Gina Mayer

Die Schwimmerin

Roman

HarperCollins

1. Auflage 2022
Ungekürzte Ausgabe im HarperCollins Taschenbuch

Gesetzt aus der Minion
von GGP Media GmbH, Pößneck
Umschlaggestaltung von Magdalena Mau / HarperCollins
Umschlagabbildung von Gina Mayer
Druck und Bindung von CPI books GmbH, Leck
Printed in Germany
ISBN 978-3-365-00115-8
www.harpercollins.de

Klimaneutral
Druckprodukt
ClimatePartner.com/15109-2009-1001

FSC
MIX
Papier
FSC® C083411

Für meine Geschwister Ruth und Ansgar Mayer

Secrets are the stones
that sink the boat
Take them out and look at them
Throw them out and float

Lemn Sissay

Weilerbach, 1945

Sie ging immer bis zu der Stelle, an der der Grund plötzlich steil nach unten abfiel. Dahinter begann die Tiefe.

Dort atmete sie ein und ließ sich nach vorn fallen.

Wenn das braungrüne Wasser über ihr zusammenschlug, packte sie die Panik. Sie hatte alles vergessen, was Xaver ihr beigebracht hatte, sie konnte sich nicht mehr erinnern, wie man schwamm. Ich werde ertrinken, dachte sie und stellte sich vor, wie sie in die Tiefe sinken und erst in einigen Tagen wieder auftauchen würde, wenn die Gase ihren Körper an die Wasseroberfläche trieben. Sie ist ins Wasser gegangen, würden die Leute sagen. Wer hätte das gedacht, dass sie so verzweifelt war.

Dann übernahm ihr Körper die Kontrolle. Ihre Arme streckten sich, ihre Hände teilten das Wasser, die Beine dehnten sich und traten aus, sie schnellte nach oben, nach vorn.

Sie schwamm in großen Zügen bis zur Mitte des Sees, dort legte sie sich auf den Rücken und trieb auf der Wasseroberfläche wie ein Blatt. Sie blickte in den Himmel, der manchmal wolkenlos war und manchmal verhangen.

Manchmal fiel Regen in ihr Gesicht. Sie ließ sich treiben. Das Wasser trug sie.

Sie hatte jetzt überhaupt keine Angst mehr.

1

Essen, 1962

Das glückliche Ende. Betty hatte so lange darauf gewartet, und jetzt war es da.

Martin schloss die Wohnungstür auf und trug sie über die Schwelle, durch die Diele und in die Küche. Dort setzte er sie wieder ab und lächelte sie an. Und Betty lächelte zurück.

Vor fünf Stunden hatte sie im Standesamt ihre Vergangenheit abgelegt, zusammen mit ihrem alten Namen. Es gab keine Elisabeth Sonne mehr. Sie war jetzt Frau Martin Strissel.

Ein neuer Name, ein neues Leben. Das alte konnte sie endlich vergessen.

»Es ist natürlich noch ein bisschen leer«, sagte Martin, der ihr Schweigen falsch deutete. »Aber das wird sich ändern.«

»Es ist alles wunderbar«, sagte Betty. Sie schloss die Augen und sog den Duft ein. Nach frischer Farbe, nach Tapetenleim, nach gebohnertem Linoleum. Hier gab es keinen Staub, keine Spinnweben, keine Erinnerungen. Denn auch die Küche, die Wohnung, das Haus, die ganze Siedlung waren neu. Die hellgelben Fliesen in der Küche und im Bad waren erst letzte Woche verlegt worden. Martin und Betty hatten keinen Finger gerührt, der Hauswirt hatte die Handwerker bestellt und die Arbeiten überwacht. Sie müssen einfach nur einziehen, hatte er gesagt.

Die Küche hatte Betty gemeinsam mit Martin ausgesucht. Die Unterschränke waren in einem zarten Orange, die Oberschränke hatten hellblaue Türen. Arbeitsflächen aus Resopal, genau wie die Platte des Küchentischs. Das reinigt sich praktisch von allein, hatte ihnen der Verkäufer versichert. Da werden Sie staunen.

Sie fuhr zusammen, weil Martin in die Hände klatschte.

»Wie es hier hallt!«, stellte er fest. »Wir brauchen einen Teppich.«

»Hier in der Küche?« Betty schüttelte den Kopf. »Das ist keine gute Idee. Wenn was runterfällt, gibt es nur Flecken. Außerdem sieht man dann den schönen Boden gar nicht mehr.«

Blaues Linoleum mit weißen Sprenkeln. Wie tiefes klares Wasser, in dem sich die Sonne spiegelt.

»Wie du meinst«, sagte Martin. »Du bist die Hausfrau.«

Du bist die Hausfrau. Die bestimmte, wie die Küche eingerichtet wurde, was eingekauft und gekocht wurde, wann man den Boden wischte und wann die Fenster geputzt wurden. Das ist alles meins, dachte Betty und spürte, wie das Glück in ihr aufwallte wie ein heftiger Schmerz. Wer hätte das je für möglich gehalten, dass sie es einmal so weit bringen würde.

Betty wartete auf eine spitze Bemerkung von Schwester Edeltraud. Aber es kam nichts. Sie meldete sich seltener in letzter Zeit.

Martin nahm Bettys Hand und zog sie zum Fenster. Zwei Stockwerke darunter lag der Garten. Drei Parzellen, eine für jede Partei im Haus. Alle drei lagen brach, vereinzelte Grashalme und Unkraut bohrten sich durch die lehmige Erde ans Licht.

»Im Sommer werden wir hier Bohnen ernten. Und Erdbeeren«, sagte Betty.

Martin nickte. »Mutter kann dir bestimmt dabei helfen. In Kreuzburg hatten wir einen großen Garten.«

»Das wäre schön«, sagte Betty. Sie stellte sich den Garten vor, rechteckige Beete mit Salat, Gurken, Karotten und Kohlrabi.

»Solange du bloß keinen Kohlrabi pflanzt. Von Kohlrabi wird mir schlecht.«

Betty lachte. »Dann verzichten wir auf den Kohlrabi. Wir pflanzen stattdessen Rotkohl. Und Wirsing.«

»Und Rosinen«, scherzte er. »Damit du Rosinenstuten backen kannst. Schließlich war es ein Rosinenstuten, der uns zusammengebracht hat.«

»Wie könnte ich das vergessen?«

Er zog sie an sich und küsste sie. Seine Zunge öffnete ihre Lippen und drang in sie ein, seine Hände wanderten über ihren Körper. Sie spürte seine Erregung durch seine Anzugshose, durch den Rock ihres Kleides und begann zu zittern. Vor Nervosität, vor Erwartung, vor Glück. Die Betten im Schlafzimmer waren noch nicht bezogen, und auf der Matratze lag noch die Schutzfolie aus Plastik. Aber das spielte keine Rolle, das konnte sie nicht aufhalten. Nichts konnte sie aufhalten, sie waren jetzt Mann und Frau.

Sie schmiegte sich an ihn und hatte das Gefühl, dass ihr Körper zu schmelzen begann. Sie hatte alles erreicht, wovon sie immer geträumt hatte.

»Betty«, flüsterte Martin und begann ihr Kleid aufzuknöpfen, die kleinen runden samtbezogenen Knöpfe, hinter denen sich das neue weiße Mieder verbarg, und darunter waren ihre Brüste, die er noch nie gesehen hatte.

Einem Mann kann man niemals trauen, sagte Schwester Edeltraud. Da war sie wieder! Dabei hatte sie Betty nichts mehr zu sagen. Betty war jetzt Frau Martin Strissel und erfüllte ihre eheliche Pflicht.

Schwester Edeltraud lachte sanft und verächtlich. Die eheliche Pflicht. Am helllichten Tag.

Martin hatte sich inzwischen zu ihrem Mieder vorgearbeitet, er keuchte leise, und Betty keuchte auch. Aber nicht aus Verlangen. Sie bekam plötzlich keine Luft mehr. Es war, als ob ihr jemand die Hände um den Hals legte und langsam zudrückte.

»Was ist mit dir?«, fragte Martin, als sie sich aus seiner Umarmung löste. »Du bist ja ganz bleich!«

Sie wandte sich ab, stützte ihre Arme aufs Fensterbrett und spürte, wie sich der Griff um ihren Hals lockerte. Sie nahm einen tiefen Atemzug.

»Entschuldige.« Martin streichelte ihren Rücken. »Ich war zu stürmisch.«

»Nicht doch. Ich … mir wurde plötzlich schwindlig.«

Sie wollte sich ihm wieder zuwenden, aber im selben Moment bemerkte sie die Frau. Eine junge hochgewachsene Dunkelhaarige in Männerhosen. Sie stand unten im Garten, in dem Streifen neben der Parzelle von Martin und Betty, rauchte und blickte zu ihnen empor. Und starrte auf Bettys offene Bluse, auf ihre weißen Brüste, die aus dem Mieder quollen.

Mit einem erschrockenen Aufschrei sprang Betty zurück und bedeckte ihren Busen mit den Armen.

»Was ist denn jetzt los?«, fragte Martin irritiert.

»Man beobachtet uns.« Sie wies mit einer Kopfbewegung in Richtung Garten.

Nun blickte auch er nach unten, sah die Frau und lachte. Er hob die Hand und grüßte hinunter, halb spöttisch, halb amüsiert. Betty konnte nicht sehen, ob die Frau zurückgrüßte.

»Kennst du sie?«, fragte sie.

»Bis jetzt noch nicht.« Auch Martin zog jetzt seine Zigaretten aus der Hemdtasche und steckte sich eine zwischen die Lippen. »Vermutlich ist sie unsere Nachbarin.« Sein Feuerzeug flammte auf. Er nahm einen tiefen Zug. »Ganz schön neugierig, die Gute.«

»Wir brauchen Vorhänge«, sagte Betty.

Er hatte fast zu Ende geraucht, als es klingelte.

Das ist die Frau aus dem Garten, dachte Betty und spürte, wie ihr Herz schneller pochte, nervös, aber auch neugierig. Sie eilte zur Tür und öffnete.

»Herzlichen Glückwunsch zur Hochzeit!«, klang es ihr entgegen. Im Treppenhaus standen Martins Schulfreunde Klaus und Hartmut und Hartmuts Frau Annemarie und Klaus' Verlobte, deren Namen Betty vergessen hatte, obwohl sie ihr schon zweimal vorgestellt worden war.

Klaus hatte zwei Flaschen Schnaps dabei, eine in jeder Hand.

»Hab leider keine Hand frei«, erklärte er und hob die Flaschen zum Beweis.

»Aber ich.« Hartmut reichte Betty seine Rechte. »Alles Gute zur Vermählung. Und mein Beileid zu diesem Mann. Aber eine musste ihn ja nehmen.«

»Nun lass doch diesen Blödsinn«, sagte Annemarie, die ihr dunkles Haar mit einer Menge Spray und Festiger zu einem riesigen Windbeutel geformt hatte. Sie überreichte Betty ein Tablett mit belegten Broten. »Die herzlichsten Glückwünsche für euch beide. Die Männer haben darauf bestanden, dass wir euch überfallen. Hoffentlich kommen wir nicht gar zu ungelegen.«

»Natürlich nicht.« Betty blickte sich nervös nach Martin um, der jetzt aus der Küche kam.

»Na, das ist ja wohl eine Überraschung.« Martin nahm Klaus die Flaschen ab und zog ihn gleichzeitig in den Flur. »Immer nur rein in die gute Stube. Was für eine Freude!«

»Ich glaub dir kein Wort. Ihr hattet bestimmt etwas Besseres vor.« Klaus' Verlobte zwinkerte Betty zu und kicherte.

»Das ist also das neue Domizil.« Annemarie blickte sich neugierig um. »Ist ja nicht von schlechten Eltern.«

»Woher willst du das wissen?«, fragte Hartmut. »Du hast doch noch gar nichts gesehen.«

»Das lässt sich ändern.« Martin führte die vier durch die Wohnung, zeigte ihnen die Küche, das Bad und das Wohnzimmer mit dem neuen Kanapee und den Sesseln.

»Ein Traum!« Annemarie war begeistert. »Ihr seid wirklich zu beneiden.« Sie sah ihren Mann vorwurfsvoll an. »Und wir hausen immer noch in dem ollen Loch bei deinen Eltern.«

»Wenn du nicht ein Blag nach dem anderen bekommen würdest, könnten wir uns so was vielleicht auch leisten«, sagte Hartmut. »Aber du kannst ja nicht genug kriegen.«

»Ich mach mir die Kinder nicht selbst«, erklärte seine Frau.

»Kannst doch die Pille nehmen, wie andere Frauen auch.«

»Davon werde ich fett«, sagte Annemarie. »Und krieg schlechte Laune.«

»Ich krieg von dem ständigen Kindergeplärre schlechte Laune.«

»Jetzt hört aber mal auf«, sagte Klaus' Verlobte. Sieglinde hieß sie, nun fiel es Betty wieder ein. »Kinder sind doch etwas Wunderbares. Klaus und ich wollen auch zwei, nicht wahr, Klaus?« Sie hakte sich bei ihrem Verlobten ein und strahlte ihn an.

Hartmut schnaubte verächtlich. »Zwei wären schon in Ordnung. Aber dabei bleibt es ja nicht.«

»Sag bloß!« Sieglinde riss ihre großen blauen Augen auf. Genau wie Annemarie hatte auch sie ihre Haare in schwindelerregende Höhen toupiert. »Ist bei euch etwa wieder was unterwegs?«

Hartmut schnaubte noch einmal, Annemarie senkte den Blick und lächelte verschämt.

»Da wird's aber eng in der Bude«, stellte Klaus fest.

»Hier ist noch eine Wohnung im Erdgeschoss frei«, sagte Martin. »Die ist sogar noch größer als unsere. Wär das nichts für euch?«

»Und wie soll ich das bezahlen, kannst du mir das auch verraten?« Hartmut rieb Daumen und Zeigefinger gegeneinander. »Ich bin kein Bürohengst wie du, dem sie das Geld hinten reinstecken.«

»Die alte Leier wieder.« Klaus klatschte in die Hände und rieb die Handflächen gegeneinander. »Was ist jetzt? Wollen wir mal anstoßen oder was?«

Betty holte Gläser und Teller aus der Küche, die Männer bekamen Schnaps, die Frauen Likör, zur Feier des Tages trank sogar Annemarie ein Gläschen mit. Dazu gab es die belegten Brote und einen Kuchen, den Sieglinde aus ihrem Korb holte. Betty hatte jedoch keinen Hunger, sie war noch satt vom Mittagessen.

Außerdem schlugen ihr Martins Freunde auf den Magen. Sie waren so laut und derb, ganz anders als Martin. Klaus und Hartmut hatten auch nicht studiert, sondern direkt nach der Schule in der Zeche Zollverein angefangen. Inzwischen hatte sich Klaus zum Steiger hochgearbeitet, während Hartmut immer noch als Hauer arbeitete und viel weniger Geld verdiente als seine beiden Schulkameraden.

Wenn die drei Männer zusammenkamen, wurde immer eine Menge getrunken und gelacht. Annemarie und Sieglinde störte das nicht, sie tranken mit und lachten über die anzüglichen Witze und Zoten.

»Du darfst sie bloß nicht ernst nehmen«, hatte Martin Betty gewarnt, bevor er ihr seine Freunde vorgestellt hatte.

Sie versuchte es, aber es gelang ihr nicht. Sie fragte sich, ob sie gekränkt waren, weil sie sie nicht zu ihrer Hochzeit eingeladen hatten. Bestimmt gaben sie Betty die Schuld daran, und damit hatten sie recht. Es war ihr Wunsch gewesen, die Feier auf den kleinsten Kreis zu beschränken. Nur das Brautpaar, Martins Mutter Hedwig, ihre Schwester Erika, deren Mann Albert und ihr gemeinsamer Sohn, der ebenfalls Albert hieß und ihr Trauzeuge war. Und Bettys Kollegin Karin, die zweite Trauzeugin.

Sie waren am frühen Morgen aufs Standesamt gegangen und von dort direkt zur Kirche. Martin im schwarzen Anzug, Betty ganz in Weiß, aber nicht in einem langen Kleid, der Rock endete eine Handbreit über dem Knie.

»Flott«, hatte Hedwig gesagt, als sie das Kleid gesehen hatte.

»Und vor allem praktisch«, meinte Betty. »Ich will das Kleid nämlich später färben lassen, dann kann ich es weiter tragen.«

»Das ist sehr vernünftig«, fand Martins Mutter und lächelte tapfer. Auch wenn sie es zu verbergen versuchte – Betty wusste, dass sie enttäuscht war. Martins Vater und sein älterer Bruder waren im Krieg gefallen, seine Schwester war auf der Flucht ums Leben gekommen. Nur ihren Jüngsten, ihren Martin, hatte sie behalten dürfen, er war ihr Ein und Alles, und nun heiratete er, und anstatt ein rauschendes Fest zu geben, mit einer Blaskapelle und Tanz und Hunderten von Gästen, ging es nach der Kirche zum Essen in eine Gaststätte, und das war's.

Als die Getränke serviert wurden, hob Hedwig mit einem traurigen Lächeln ihr Glas. »Trinken wir auf das Hochzeitspaar. Und auf alles, was wir verloren haben.«

»Auf Schlesien.« Tante Erika bekam sofort glänzende Augen, weil sie wohl an ihr schönes Haus in Kreuzburg dachte, in dem jetzt Weißrussen wohnten, die ihre Heimat genauso vermissten wie Hedwig und Erika. »Und auf unsere Lieben, die nicht mehr unter uns sind.«

»Wenn Hermann das bloß noch hätte erleben dürfen.« Hedwig seufzte.

»Die Besten gehen immer zuerst.« Onkel Albert nahm einen kräftigen Schluck aus seinem Glas. Auch seine Augen glänzten, aber das lag wahrscheinlich eher daran, dass er schon das dritte Bier trank.

»Deine lieben Eltern sind ja auch schon von uns gegangen«, sagte Tante Erika zu Betty. »Sie wären bestimmt unendlich stolz auf dich. Ihr seid so ein schönes Paar.«

Betty nickte und schwieg. Ihre lieben Eltern. Ihre Mutter wohnte in Düsseldorf, keine fünfzig Kilometer entfernt, und trauerte um Ohlenforst, der vor zwei Monaten an einer Lungenembolie verschieden war. Seit er tot war, dachte sie wieder sehnsüchtig an ihre verlorene Tochter. Aber davon wusste Betty nichts, davon würde sie auch nie erfahren. Und Tante Erika natürlich auch nicht.

»Und sonst gab es keinen, den du an diesem Freudentag hättest einladen können?«, bohrte Tante Erika weiter. »Keine Großeltern, keine Tante, noch nicht einmal eine Cousine?«

Betty machte ein bedauerndes Gesicht, schüttelte den Kopf, trank einen Schluck Wein und genoss die fruchtige Süße auf ihrer Zunge.

»So ein Jammer«, klagte Tante Erika. Onkel Albert winkte der Kellnerin, weil er noch ein Bier bestellen wollte, und fuhr erschrocken zusammen, als Martin mit der Faust auf den Tisch schlug.

»Nun reicht es aber!«, rief er laut. »Wollt ihr etwa den ganzen Tag über die Toten reden und über den Krieg und über Schlesien? Das ist unsere Hochzeit und kein Begräbnis, verflucht noch eins.«

»Martin!« Tante Erika war empört, aber bevor sie Martin zurechtweisen konnte, mischte sich Hedwig ein.

»Lass nur, Erika«, sagte sie. »Der Junge hat ja recht. Was vorbei ist, ist vorbei. Schauen wir lieber nach vorn und freuen uns, dass es uns so gut geht. Und dass mir mein Martin so eine liebe Tochter ins Haus gebracht hat.« Sie tätschelte Bettys Hand und lächelte sie an, und Betty merkte, wie sich eine wohlige Wärme in ihr ausbreitete.

Nachdem die zweite Flasche Schnaps leer war, wurden Annemarie und Sieglinde unruhig und wären gerne nach Hause gegangen, aber nun kamen die Männer erst so richtig in Fahrt. Martin brachte noch ein paar Flaschen Bier ins Wohnzimmer, und während er einschenkte, drehte Hartmut das Radio lauter.

»Jetzt wird getanzt«, verkündete er und zog seine Annemarie vom Sofa, die keine rechte Lust hatte, aber das interessierte ihn nicht.

»Halt!«, rief Sieglinde, als sie den Teppich zur Seite geschoben hatten und gerade loslegen wollten. »Zuerst ist das Brautpaar dran.«

Betty erhob sich ein bisschen schwankend, weil sie zu viel von dem Eierlikör getrunken hatte. Martin legte den Arm um sie und führte sie zur Zimmermitte. Im Radio lief *Ich kauf mir lieber einen Tirolerhut*. Martin versuchte, Walzer darauf zu tanzen, das war der einzige Tanz, den er beherrschte, aber die Musik passte nicht zu seinen Schritten, und Betty war ihm im Weg, er trat ihr ständig auf die Füße. Dennoch hielt er eisern durch, bis das Lied zu Ende war.

Danach tanzten auch die anderen, bis der Babysitter-Boogie kam und Annemarie daran erinnerte, dass sie den Schwiegereltern versprochen hatten, bis Mitternacht zurück zu sein. Es war aber schon halb eins.

Sie brachen überstürzt auf.

Martin und Klaus schenkten sich noch ein letztes Bier ein, während Betty und Sieglinde die leeren Gläser und Teller in die Küche trugen.

»Was für ein schöner Abend«, sagte Betty. »Ich bin froh, dass ihr gekommen seid.«

Sieglinde band sich eine Küchenschürze um und ließ Wasser in die Spüle.

»Lass das doch«, sagte Betty. »Ich mach den Abwasch morgen in aller Ruhe.«

»Nichts da«, sagte Sieglinde. »Zusammen sind wir doch ruckzuck fertig.« Sie zog die grünen Gummihandschuhe an, die auf der Spüle lagen, und ließ Wasser ins Becken. Während Betty die Gläser abtrocknete, dachte sie an ihr schönes neues Bett, das immer noch nicht bezogen war, wie ihr in diesem Moment einfiel.

»Nun seid ihr also verheiratet.« Sieglindes grüne Finger verschwanden in dem weißen Schaumberg, der auf dem Spülwasser schwebte wie Sahne auf einer Torte. »Bist du glücklich?«

»Sehr.«

»Wir werden im März heiraten«, sagte Sieglinde, deren Blick auf dem Schaumberg ruhte. »Ihr seid natürlich eingeladen.«

»Wunderbar. Ich freue mich schon darauf.«

»Wollt ihr Kinder?«, fragte Sieglinde, immer noch ohne sie anzusehen.

»Natürlich«, sagte Betty. »So schnell wie möglich.« Zuerst einen Jungen und dann ein Mädchen. So wünschten sie es sich, aber wenn es anders käme, würden sie sich genauso freuen.

Sieglinde schwieg einen Moment, dann lachte sie kurz auf, als wäre ihr etwas Lustiges eingefallen. »Wer hätte das gedacht. Dass Martin so schnell unter die Haube kommt. Ich hab immer geglaubt, der heiratet nie.«

Betty musste daran denken, wie überrascht ihre Chefin gewesen war, als Betty ihr erzählt hatte, dass sie und Martin heiraten würden. »Sie und Herr Strissel?«, hatte Frau Storz gefragt. »Wirklich?«

Ihre Verwunderung hatte Betty zuerst gekränkt, aber dann erfüllte sie sie mit Stolz. Es war ja auch erstaunlich. Martin sah gut aus, war charmant und witzig, und als Buchhalter bei Krupp verdiente er eine Menge Geld. Und Betty war schon zweiunddreißig, drei Jahre älter als er, und hatte kein Geld, keine Familie und eine Vergangenheit, die keiner kannte.

Ich hab immer geglaubt, der heiratet nie. Sieglinde erwartete jetzt sicher, dass Betty nachfragte. Aber den Gefallen tat Betty ihr nicht. Sie wollte gar nicht wissen, warum Sieglinde was dachte. Sie wollte ihr Bett beziehen und mit Martin schlafen gehen.

»Wie wollt ihr denn feiern? Habt ihr schon Pläne?«, fragte sie, während sie einen tropfenden Teller von der Ablage neben dem Spülbecken nahm.

Aber so leicht ließ Sieglinde sich nicht ablenken. »Er hat nichts anbrennen lassen.« Sie betrachtete nachdenklich ihre nassen grünen Gummihände. »Dein Martin.«

Betty polierte den Teller mit einem solchen Nachdruck, dass es quietschte. »Ja nun«, sagte sie und wunderte sich, wie ruhig ihre Stimme klang. »Das ist Vergangenheit.«

Sieglinde schien das zu akzeptieren, jedenfalls spülte sie schweigend weiter. Unter dem Schaumberg klapperte das Besteck. Betty schwieg ebenfalls. Sie mochte Sieglinde nicht, sie hatte sie nie gemocht. Sie wollte sie loswerden, so schnell wie möglich. Nur wie? Auch ihr Kopf war auf einmal voll knisterndem Seifenschaum, in dem ihre Gedanken ertranken.

Sieglinde legte den letzten Teller auf die Ablage, trocknete sich die Hände an der Schürze ab und lächelte sanft. Da begriff Betty, dass sie nicht eher gehen würde, bevor sie nicht gesagt hatte, was sie sagen wollte. Und dass das der einzige Grund gewesen war, warum sie überhaupt mit in die Küche gekommen war.

»Martin ist der geborene Schürzenjäger«, sagte Sieglinde. »So einer ändert sich nie. Glaub mir, ich kenn mich da aus.«

Betty wischte den letzten Teller trocken und stellte sich vor, wie sie ihn zu Boden schleudern würde, direkt vor Sieglindes Füße. Und wie sie die Gläser, die bereits sauber und trocken auf dem Tisch standen, mit einer schnellen Handbewegung von der Platte wischte. Das laute Klirren, die Scherben auf dem wasserblauen Linoleum und Sieglindes verstörtes Gesicht.

»Na ja, vielleicht irre ich mich auch. Ich will dir ja deine Illusionen nicht nehmen«, erklärte Sieglinde, während Betty den Teller behutsam auf den Stapel der anderen stellte. Dann zog sie die Gummihandschuhe aus, nahm die Schürze ab, hängte sie an den Haken neben der Tür und ging zurück ins Wohnzimmer.

2

Weilerbach, 1942

»Nicht weinen, Mutti«, sagte Elisabeth mit fester Stimme, obwohl sie selbst kurz vor den Tränen stand. »Es ist doch eigentlich ganz gut hier.« Sie nahm die Hand ihrer Mutter, die Elisabeths Finger so fest umklammerte, dass es wehtat.

»Wie es hier riecht.« Frau Sonne sog die Luft ein und verzog das Gesicht. Die Luft war warm und abgestanden, staubig, trocken.

»Das stimmt.« Elisabeth löste sich aus der Hand ihrer Mutter. Sie ging zu dem Dachfenster, das zwischen den schwarzen Holzbalken eingelassen war, und zog es weit auf. Von draußen drang Mistlachengestank herein.

»Das ist ja noch schlimmer.« Die Stimme ihrer Mutter klang, als drücke jemand ihren Kopf unter Wasser. »So ein Kaff. Ein Glück, dass dein Vater das nicht erleben muss.« Und nun brach ihre Stimme. Die Schultern begannen zu zucken. Dann liefen Tränen über ihre Wangen. Sie wischte sie weg, blickte mit starrem Gesicht in den blauen Himmel hinter dem Fenster und versuchte sich zu beruhigen.

Elisabeth schloss das Fenster wieder. Der Himmel verfärbte sich prompt gräulich, so dreckig war die Scheibe. Sie drehte sich um und musterte den schmalen dunklen Raum mit der schrägen Holzdecke, unter der sich vier Feldbetten aufreihten. Es gab zwei Türen, eine führte ins Treppenhaus, die andere in einen winzigen Verschlag, in dem ein uralter Herd stand und daneben ein Waschbecken mit fließendem Wasser. Immerhin.

»Welches Bett willst du haben?«, fragte sie ihre Mutter.

Frau Sonne rieb sich mit dem Zeigefingerknöchel eine Träne aus dem Auge und antwortete nicht.

Elisabeth trug ihren Pappkoffer zu dem eisernen Bettgestell am Fenster. Sie hievte ihn auf die dünne Matratze und klappte ihn auf.

Die Dinge, die sie gerettet hatte: Das karierte Wollkleid mit dem Matrosenkragen, das sie nie gemocht hatte. Das Kreuz, das ihr ihre Großmutter zum zehnten Geburtstag geschenkt hatte. Zwei Röcke, drei Blusen, ein paar Leibchen, Mieder, Strumpfhalter. Unterwäsche, die ziemlich grau war. Wollstrümpfe, die meisten davon oft geflickt.

Die Dinge, die sie geliebt hatte, waren verbrannt. Ihr schöner roter Rock mit den Rüschen, ihre geblümte Bluse, der lila Regenschirm mit Sonne, Mond und Sternen. Der Koffer, den Elisabeth für den Notfall gepackt und mit in den Luftschutzkeller genommen hatte, enthielt nur Kleider, die sie wochenlang nicht getragen hatte.

Als es losging, hatten sie keine Zeit, irgendwas zu suchen. Elisabeth nahm den Alarm auch gar nicht ernst. Sie waren vorher schon zweimal mitten in der Nacht in den Keller gerannt, und dann war nichts passiert.

Aber dieses Mal passierte etwas.

Draußen heulten die Stabbrandbomben, und im Keller heulte die alte Witwe Trossinger aus dem Vorderhaus. Nach jedem Einschlag begann sie einen Rosenkranz zu beten. Gegrüßet seist du Maria, Mutter Gottes, begann sie, danach fielen Frau Kreuz, Frau Nagel und die Wandlers aus dem Hinterhaus ein. *Du bist gebenedeit unter den Weibern, und gebenedeit ist die Frucht deines Leibes, Jesu …*, weiter kamen sie nie, denn nun jaulte und krachte es draußen wieder, durch die Lüftungsrohre drang Ruß in den Keller und brachte alle zum Husten und die Kinder zum Schreien und Witwe Trossinger zum Heulen, bis sie erneut mit dem Rosenkranz loslegte.

Elisabeth hockte neben ihrer Mutter, sie hielten sich eng umschlungen. »Wenn es zu Ende geht, gehen wir zum Vater«, flüsterte Frau Sonne ihr zu, und Elisabeth wusste, dass sie damit nicht den himmlischen Vater meinte, zu dem die anderen beteten.

Auf der Pritsche neben ihr hielten sich Fräulein Bosch und Fräulein Hüllekremer bei den Händen. Sie waren beide Verkäuferinnen und wohnten in zwei möblierten Zimmern im Hinterhaus. Fräulein Bosch weinte, Fräulein Hüllekremer streichelte das weiche hellblonde ondulierte Haar ihrer Freundin und flüsterte: »Wird alles wieder gut, wird alles wieder gut.«

Elisabeth hatte das Gefühl, dass sie den zarten Rosenduft riechen konnte, den Fräulein Boschs Puder verströmte, aber vermutlich täuschte sie sich. Der Keller war voller Staub und Ruß, dagegen hatte der Rosenpuder keine Chance.

Fräulein Hüllekremer täuschte sich auf jeden Fall. Als am frühen Morgen wieder die Sirenen losheulten und Entwarnung meldeten und Herr Schneck zur Tür ging, musste er feststellen, dass sie nicht aufging. Irgendetwas Schweres drückte von außen dagegen.

»Wir müssen hier raus«, stöhnte Frau Sieverding, die die ganze Nacht keinen Ton von sich gegeben hatte. Ihre beiden Zwillingstöchter begannen laut zu weinen.

»Ruhe«, sagte Herr Schneck. »Wir müssen unter allen Umständen die Ruhe bewahren.« Mit Hilfe von dem alten Herrn Wandler schaffte er es nach einer Weile doch, die Tür einen Spaltbreit aufzustemmen.

Der Kellerzugang lag voller Trümmer. Das Vorderhaus war völlig zerstört, das Dachgeschoss war eingestürzt, die Fassade schwarz verkohlt, die Rückwand sah aus wie ein verfaultes Gebiss. Das Hinterhaus brannte noch, aus dem Dachstuhl loderten Flammen. Auch aus den umstehenden Gebäuden schlug Feuer, schwarze Rauchschwaden bedeckten den Himmel.

Fräulein Hüllekremer wurde vor Schreck ohnmächtig, dabei hatte sie doch nur ein Zimmer verloren, und die Möbel waren nicht einmal ihre eigenen gewesen.

»Na, unser Klosett ist immerhin noch da«, sagte Herr Schneck. »Und eine schöne Aussicht haben wir jetzt auch.« Und damit hatte er recht. Durch die zerstörte Fassade des Vorderhauses konnte man direkt auf die Klosettschüssel auf der halben Treppe zum vierten Stock blicken, die unversehrt schien, zumindest von hier unten.

Elisabeth und ihre Mutter hatten im fünften Stock gewohnt, eine Etage unter dem Dachgeschoss. Von ihrer Wohnung waren noch ein paar Zimmerwände erhalten, der Rest war zerstört. Der rote Rüschenrock, die geblümte Bluse und der Regenschirm, Elisabeths Bücher, Frau Sonnes Geranien, das gute Porzellan, die Kristallleuchter und die Kerzenständer, die noch von Frau Sonnes Urgroßmutter stammten, waren zu einem großen schwarzen Klumpen geschmolzen.

In einem Jahr würden die Engländer die halbe Stadt in einen großen schwarzen Klumpen verwandelt haben. Bei den Pfingstangriffen würden sie ihr Bombardement auf die Altstadt konzentrieren, denn hier gab es besonders viele Holzhäuser. Sie deckten die Dächer mit Luftminen ab und warfen Stabbrandbomben hinein, die einen Feuersturm entfachten, der sich wie ein Ungeheuer durch die Gassen von Düsseldorf wälzte und alles auffraß, was sich ihm in den Weg stellte. Der sich überfraß, bis ihm schlecht wurde und er Klumpen von Schwarzgeschmolzenem und Asche erbrach.

Aber so weit war es noch nicht. Noch standen die meisten Gebäude, und Elisabeth und Frau Sonne fanden sofort Platz in einer Notunterkunft, die in der Turnhalle von Elisabeths ehemaliger Schule untergebracht war. Es war unerträglich. Siebzig Leute teilten sich zwei Toiletten und drei Waschbecken, und das Wasser musste von einem Brunnen auf der Hindenburgallee geholt werden.

Wer Verwandtschaft auf dem Land hatte, floh aus der Stadt. Elisabeths Großeltern wohnten in Dortmund und Bochum, da sah es genauso schlimm aus. Aber drei Tage später fuhr ein Polizeiwagen an der Schule vorbei, eine blecherne Lautsprecherstimme forderte die ausgebombten Bürger auf, sich auf den Rheinwiesen einzufinden.

»Was passiert denn dort mit uns?«, fragte Frau Sonne.

»Wir werden evakuiert«, sagte Elisabeth. »Endlich.« Sie nahm ihren Koffer in die eine Hand und ihre Mutter an die andere, und dann marschierten sie in großen Schritten durch die malträtierte Stadt. Leider waren sie nicht die Einzigen, die ihre Wohnung verloren und die Botschaft gehört hatten, auf den Wiesen vor dem Rhein drängten sich die Wohnungslosen dicht an dicht.

»Sie verschicken erst mal nur Frauen mit Kindern«, teilte ihnen Frau Sieverding mit, die mit ihren Zwillingen schon in der Schlange vor der improvisierten Meldestelle stand. »Die Übrigen müssen warten.«

»Na, das ist ja auch recht und billig, dass die Frauen und die Kinder Vorrang haben«, sagte Frau Sonne.

»Es geht aber nur um die kleinen Kinder«, sagte Frau Sieverding. »Elisabeth ist ja schon groß.«

»Sie ist erst zwölf«, erklärte Frau Sonne.

»Ach so«, sagte Frau Sieverding. »Na, dann haben Sie vielleicht doch noch Glück.«

Als sie nach zwei Stunden endlich vorne an der Anmeldung angekommen waren, zog Elisabeth unwillkürlich den Kopf ein. Sie duckte sich, wie sie es immer tat, wenn sie irgendwohin kam, wo man sie nicht kannte. Ihre Größe hatte ihr ihr Leben lang nichts als Nachteile gebracht. In der Schule erwarteten die Lehrer von ihr, dass sie vernünftiger, verantwortungsvoller und gewissenhafter war als ihre Klassenkameraden. Ein großes Mädchen wie du, sagten sie.

Natürlich ließ sich die Frau hinter dem Holztisch von Elisabeths krummer Haltung nicht täuschen. »Wie alt ist das Mädchen denn?«, erkundigte sie sich skeptisch. »Ab vierzehn kommen die Kinder ...«

»Elisabeth ist zwölf«, sagte Frau Sonne und gab ihr Elisabeths Geburtsurkunde. Das Familienstammbuch war glücklicherweise in ihrem Koffer gewesen, als sie den Alarm gehört hatten.

Die Frau musterte die Urkunde mit gerunzelter Stirn, dann bohrte sich ihr Blick in Elisabeths Stirn. »Bist du wirklich Elisabeth?«, fragte sie streng.

Elisabeth nickte und nahm unwillkürlich Haltung an, wodurch sie wieder größer wurde. Die Frau kniff die Augen zusammen.

»Meinetwegen.« Sie gab Frau Sonne die Geburtsurkunde zurück, drückte zwei Stempel auf zwei Formulare und reichte sie ebenfalls über den Tisch. »Bitte schön.«

»Und jetzt?«, fragte Frau Sonne schüchtern.

»Sind Sie reiseberechtigt«, erklärte die Frau.

»Wo geht der Transport denn ab? Am Bahnhof?«

»Am Bahnhof.« Die Frau zog die Mundwinkel nach unten. »Da läuft erst mal gar nichts. Der Transport beginnt hier. Lastwagen oder Fuhrwerk, je nachdem.«

»Und wann?«

»Warten Sie einfach ab, dann wissen Sie es.« Sie nickte ihr noch einmal aufmunternd zu, danach blickte sie zur nächsten Frau, die hastig nach vorn trat.

Sie warteten bis abends um sechs, dann schafften sie es auf das letzte Fuhrwerk, das die Rheinwiesen an diesem Tag verließ. Zusammen mit zwölf Frauen, einer Handvoll Kinder und einem uralten Mann quetschten sie sich auf die Ladefläche, auf der sonst Getreide transportiert wurde, das sah man an den Spelzen und Halmen, die überall lagen. Elisabeth hatte fast den ganzen Tag gestanden und dämmerte sofort ein, als sich der Wagen rumpelnd in Bewegung setzte.

Einige Stunden später kam das Fuhrwerk vor einem Bahnhofsgebäude zu stehen.

»Alles aussteigen!«, schrie der Kutscher.

»Wat sollen wir denn hier?«, rief eine der Frauen zurück, eine robuste, stämmige Person mit roten Wangen und leicht hervorquellenden Augen.

»Na, dreimal dürfen Se raten.«

»Es geht mit dem Zug weiter«, sagte Elisabeths Mutter leise.

»Heute Nacht geht doch kein Zug mehr.« Die rotbäckige Frau schüttelte den Kopf. »Wie stellen Se sich dat vor, Meister?«, schrie sie wieder nach vorn zum Fahrer. »Solle mer vielleicht auf'm Bahnsteig übernachten?«

Genau so war es. Der Kutscher versuchte zwar eine Weile lang vergeblich, einen Bahnhofsvorsteher aufzutreiben, der ihnen das Bahnhofsgebäude aufschloss, aber es fand sich keiner. Also kletterte er wieder auf seinen Bock, schnalzte mit der Zunge, knallte mit der Peitsche und fuhr davon.

Die Frauen schimpften und weinten, dann ergaben sie sich in ihr Schicksal. Man breitete Decken, Röcke, Tücher auf dem nackten Boden aus, darauf ließ man sich nieder. Keiner rechnete damit, dass sie auch nur ein Auge zutun würden, aber nach einer halben Stunde schliefen sie alle, auch Elisabeth.

In ein paar Tagen würde ein englischer Jagdflieger drei Brandbomben auf den Bahnhof werfen, und das Gebäude und der hölzerne Bahnsteig, auf dem sie lagen, würden komplett ausbrennen. Aber in dieser Nacht blieb alles ruhig. Nur ein streunender Hund kam vorbei, angezogen vom Duft des Proviants in ihren Taschen, stand er eine Weile lang auf einem Perron und starrte voll Verlangen zu ihnen herüber. Dann verschwand er wieder, und keiner der Schlafenden wusste, dass er da gewesen war.

Um sechs Uhr morgens fuhr zischend und schnaufend ein Zug ein. Trotz der frühen Stunde waren die Abteile bereits voll, auch auf den Gängen drängten sich die Menschen. Man quetschte sich dennoch hinein. Als der Bahnsteig leer war, setzte sich der Zug mit einem Ruck wieder in Bewegung. Alle gerieten ins Schwanken, aber keiner fiel um, dafür war der Zug viel zu voll.

Nach drei Tagen landeten sie in einem Auffanglager in Schwäbisch Gmünd. Von dort schickte man sie wieder eine Woche später nach Weilerbach. Auf dem Dachboden des Schulhauses war eine Notunterkunft für sie eingerichtet.

Und hier waren sie nun.

»S'isch halt, wie's isch«, sagte die Frau, die ihnen die Tür aufschloss, und erklärte ihnen noch so einiges andere, das sie aber nicht verstanden, weil ihr Schwäbisch so breit war.

Als Elisabeth nachts aufwachte, hörte sie das Getrippel von Vogelfüßen auf den Dachschindeln. Ein leises Gurren. Tauben.

Vor ihrem Kinderzimmer in der Sternstraße hatten auch Tauben genistet. Direkt unter einem Dachbalken, zum großen Missfallen des Hauswarts, der immer wieder versuchte, das Nest zu vernichten, aber er konnte es einfach nicht erreichen.

Dann hatten die Engländer die Sache für ihn erledigt und hatten nicht nur die Tauben vertrieben, sondern auch Elisabeth und ihre Mutter.

Das Gescharre und Getrappel auf dem Dach klang so beruhigend. Elisabeth drehte sich auf die andere Seite und wollte gerade wieder einschlafen, als sie das Schniefen hörte. Dann ein Schluchzen. Auch das war wie früher.

Ihre Mutter schlief nicht. Seit der Brief mit der Todesnachricht gekommen war, weinte sie jede Nacht.

Elisabeth lauschte auf das Seufzen und Schluchzen. Und dachte an ihren Vater, der auf dem Heldenfriedhof von Wolodylow lag. Grab 36, Reihe 8. Werner Sonne.

Sie versuchte, sich sein Gesicht ins Gedächtnis zu rufen. Das dichte Haar, die dunklen Augen. Es gelang ihr nicht. Sie erinnerte sich aber plötzlich an sein Lachen, laut und fröhlich.

Das Lachen ihres Vaters. Das Weinen ihrer Mutter. Mit diesen Geräuschen im Kopf schlief sie wieder ein.

In Düsseldorf war Elisabeth aufs Auguste-Viktoria-Lyzeum gegangen, doch in Weilerbach gab es nur die Volksschule. Dafür musste sie morgens aber auch nicht in aller Herrgottsfrühe aus dem Haus, um elf Stationen mit der Straßenbahn zu fahren, sondern brauchte nur zwei Treppen nach unten zu gehen, dann war sie schon da. Im Erdgeschoss wurden die Klassen eins bis vier unterrichtet, im ersten Stock fand der Unterricht für alle weiteren Klassen statt. Und zwar in einem Raum.

Als Elisabeth das Schulzimmer betrat, waren schon ein paar Jugendliche da. Ein hochgewachsener Junge mit dunklen Haaren versetzte einem anderen eine Kopfnuss. Drei Mädchen schauten zu, die Münder und Augen weit aufgerissen, als gäbe es etwas besonders Schönes zu sehen. Dann bemerkten sie Elisabeth und richteten ihre Aufmerksamkeit auf sie. Die mittlere und größte der drei gab sich schließlich einen Ruck und kam auf sie zu.

»Bischdudrflichtleng?«

»Wie bitte?«

Das Mädchen wiederholte seine Frage, langsamer, deutlicher. »Bisch du der Flichtleng?«

Elisabeth nickte.

»I hoiß Rosel«, stellte sich das Mädchen vor. »Du hasch scheene Hoor.«

Es dauerte eine Weile, bis Elisabeth auch diese Worte entschlüsselt hatte. Nervös fuhr sie sich durch ihren kinnlangen Pagenkopf. Rosel und die beiden kleineren Mädchen trugen lange Zöpfe. Dunkle Schürzen über den weiten Röcken.

»Ich heiße Elisabeth«, sagte sie. »Ich komme aus Düsseldorf.«

Nun standen alle um sie herum, auch die Jungen, die sich gerade noch gestritten hatten.

Düsseldorf, davon hatte keiner der fünf bisher gehört. Sie lachten, als Elisabeth erklärte, dass es eine Großstadt war, mit hohen Häusern und Kinos und Warenhäusern. Jedenfalls hatte es früher hohe Häuser, Kinos und Warenhäuser gegeben, jetzt war ja alles zerstört.

Inzwischen hatte sich der Raum gefüllt, zum Schluss kam der Lehrer ins Zimmer, ein großer dicker Mann, dem der rechte Arm fehlte. Er hieß Herr Häufele, das teilte er Elisabeth mit, nachdem sie sich vorgestellt hatte. Er sprach ebenfalls Schwäbisch, aber nicht so schlimm wie die Kinder. Er wies ihr einen Platz in der letzten Reihe zu, ganz in der Nähe des großen Jungen, der die Kopfnuss verteilt hatte.

Sie wollte sich gerade setzen, als Herr Häufele seinen linken Arm nach oben riss. »Heil Hitler«, brüllte er, als könne er durch die Lautstärke wieder wettmachen, dass er den Hitlergruß aufgrund seiner Behinderung nicht richtig ausführen konnte.

Die Schüler hoben die rechten Arme und erwiderten den Gruß mit lautstarker Begeisterung.

Man sang ein Morgenlied, das Elisabeth nicht kannte, und dann durften sich alle setzen.

Es wurde gerechnet. Herr Häufele stand stramm neben seinem Pult, brüllte Rechenaufgaben in den Raum und danach den Namen des Schülers, der aufstehen und die Aufgabe lösen sollte. War die Antwort richtig, kam der nächste dran. Aber wenn sich einer verrechnete oder zu lange brauchte, marschierte Herr Häufele mit knarzenden Schuhen durch den Raum und trat vor den Schüler hin, so dicht, dass das Kind zu ihm aufblicken musste, denn Herr Häufele war sehr groß. Nun stellte er die nächste Aufgabe, die noch schwerer war. Einige Mädchen brachen gleich nach der ersten Frage in Tränen aus, dann schnaubte Herr Häufele verächtlich und ließ sie in Ruhe.

»Sieben mal sieben«, brüllte Herr Häufele. »Xaver!«

Am Tisch neben Elisabeth erhob sich der Kopfnuss-Junge.

Er stand aber nicht stramm, sondern lehnte lässig an seiner Stuhllehne.

»Woiß net.«

Die knirschenden Schuhe machten sich auf den Weg. Aber als Herr Häufele ihn erreicht hatte, blickte Xaver nicht zu ihm auf, weil sie beide genau gleich groß waren.

»Fünf plus fünfzehn«, sagte Herr Häufele.

Xaver zuckte mit den Schultern und unterdrückte ein Gähnen.

Zwölf durch vier konnte er ebenfalls nicht lösen.

Elisabeth hielt den Atem an. Xaver war älter als sie, bestimmt schon vierzehn oder fünfzehn. War er wirklich so vernagelt, oder wollte er einfach nicht?

Herrn Häufeles Miene wurde immer finsterer. Nach dem dritten Scheitern schnippte er mit den Fingern. Ein Mädchen, das ganz vorne saß, sprang auf und holte die Rute, die neben der Tafel hing.

Xaver verdrehte die Augen und streckte die Hände aus, die Handflächen waren zur Decke gedreht. Als Herr Häufele ihm mit der Linken drei Tatzen verpasste, verzog er keine Miene. Herrn Häufeles Gesicht zuckte dagegen bei jedem Hieb, als versetzte man ihm einen Stromschlag.

»Lernen«, sagte er, als er fertig war. »Wenn'd ned lernsch, bleibsch so blöd, wie'd bisch.« Und drehte sich um und marschierte zurück zum Pult. Xaver lächelte kalt.

»Achtzehn mal drei«, brüllte Herr Häufele. »Elisabeth.«

»Vierundfünfzig!« Elisabeth hatte die Antwort gerufen, noch bevor sie aufgesprungen war. Sie war gut im Rechnen, auf jede Aufgabe, die Herr Häufele bisher gestellt hatte, hatte sie die Antwort gewusst. Dennoch hämmerte ihr Herz jetzt zum Zerspringen.

Er stellte ihr neunzehn Fragen, eine schwerer als die andere. Sie beantwortete sie alle richtig.

Danach war das Kopfrechnen beendet. Herr Häufele setzte sich hinter sein Pult und rauchte eine Pfeife, die ihm ein Junge in der ersten Reihe gestopft hatte. Die Schüler mussten einen Aufsatz schreiben.

»Heimat«, war das Thema.

Elisabeth kaute eine Weile auf ihrem Bleistift herum. Dann beschrieb sie einen Zoobesuch mit ihrem Vater, der nie stattgefunden hatte, ihr Vater hatte sich nichts aus Tieren gemacht und aus Elisabeth auch nicht viel.

Aber das konnte Herr Häufele nicht wissen. Er kannte auch den Düsseldorfer Zoo nicht und hatte keine Ahnung, dass es hier nur eine altersschwache Hyäne gab, aber keine Löwen, Tiger und Leoparden, die *mit lautem Gebrüll um ihre verlorene Heimat trauerten*, wie Elisabeth schrieb. Auch den gelehrigen Braunbären, der sich auf die Hinterbeine stellen und Polka tanzen konnte, suchte man in Düsseldorf vergeblich. Elisabeth erfand Menschenaffen, die sich auf die Brust trommelten, trompetende Elefanten und bunte Papageien, die den Hitlergruß kreischten.

Und weil sie schon einmal dabei war, erfand sie auch gleich einen neuen Vater, der Elisabeth die Tierwelt erklärte, der ihr Süßigkeiten und einen roten Luftballon kaufte. Einen Vater, der seine Tochter vergötterte und der für sie alles war.

Genau wie die Tiere habe auch ich meine Heimat verloren, schrieb Elisabeth. *Mein Vater war meine Heimat für mich. Er starb am 9. Januar den Heldentod für unser Vaterland.*

Zumindest der letzte Satz war nicht gelogen.

Am nächsten Tag las Herr Häufele ihren Aufsatz der ganzen Klasse vor, und als er ihn ihr zurückgab, hatte er Tränen in den Augen. Sie kam nach vorn in die erste Reihe und durfte ab sofort die Pfeife stopfen.

Das immerhin lernte sie, aber ansonsten verschwendete sie im Klassenzimmer ihre Zeit. Im Lyzeum in Düsseldorf hatten sie Bruchrechnen und Wurzelziehen geübt, hier beschäftigte man sich noch mit den Grundrechenarten. Und statt Englisch- und

Französischvokabeln zu pauken, verbrachte sie Stunden damit, eine Tischdecke im Kreuzstichmuster zu besticken.

Ihre Klassenkameraden blieben ihr fremd, sie freundete sich mit keinem der Mädchen an. Nach ein paar Wochen verstand sie den Dialekt, aber natürlich konnte sie ihn nicht sprechen und blieb somit immer außen vor.

Sie hatte auch kaum Gelegenheit, die anderen Mädchen kennenzulernen. Wenn sie sich am Nachmittag trafen, um gemeinsam am Bach Gänse zu hüten oder auf dem Feld zu arbeiten oder zu spielen, dann hockte Elisabeth auf dem Dachboden der Schule. Frau Sonne wollte nicht, dass sie wegging, sie bekam schon Zustände, wenn Elisabeth die beiden Treppen hinunter ins Klassenzimmer lief.

»Pass auf dich auf«, sagte sie immer. Aber was sie eigentlich meinte, war: Pass auf *mich* auf.

3

Die Langeweile tropfte von den dunklen Holzbalken, sie strömte unter den Feldbetten empor und füllte den ganzen Raum, füllte auch Elisabeth selbst mit grauer Leere.

Um ihr zu entkommen, durchsuchte sie das Schulhaus. Im zweiten Stock gab es einen kleinen Raum, in dem alte Karten, Lehrmaterialien und Bücher lagerten. Ausgestopfte Wiesel, Eulen und Marder verstaubten in einem Regal, darunter lagen bunte Vogeleier und ein halb verschimmeltes Nest. An der Wand stand ein menschliches Skelett, das sie lange betrachtete, obwohl es sie gruselte.

Sie fand einen Atlas von 1885, den sie mit nach oben auf den Dachboden nahm. Stundenlang vertiefte sie sich in die Karten der Erdteile und Länder. Namen wie aus einem Märchenbuch: Rio de Oro, Abessinien, Osmanisches Reich.

Afrika war bunt, die englischen Kolonien waren gelb eingefärbt, die französischen violett, Holland war grün, Spanien orange und Portugal rot. Madagaskar war zu einer Hälfte orange und zur anderen gelb. Deutschland war blau und hatte keine Kolonien.

Das alles war Vergangenheit, die Grenzen, die in dem alten Atlas verzeichnet waren, galten längst nicht mehr. Sie veränderten sich täglich. Das blaue Deutschland dehnte sich aus wie ein überkochender Brei, der aus einem zu kleinen Topf strömt. Man hatte bereits Böhmen und Mähren überschwemmt, Österreich, Polen, die Niederlande und Frankreich. Und nun galt es, Russland zu erobern.

Elisabeth starrte auf die Weltkarte. Das russische Reich war rosa, es bedeckte den halben asiatischen Kontinent. Eine Fläche, in der Deutschland auch in seiner neuen Größe zwanzigmal Platz gefunden hätte. Wenn Deutschland Russland besiegte, dann war es wirklich nicht mehr weit zur Weltherrschaft, von der der Führer träumte.

Irgendwo in diesem Riesenreich lag Wolodylow, wo ihr Vater begraben war. Elisabeth beugte sich dicht über die Karte, kniff die Augen zusammen, suchte den Ort und fand ihn nicht. Er war viel zu klein.

Durch die schmutzigen Scheiben drangen helle Kinderstimmen in den Raum. Elisabeth erhob sich und öffnete das Fenster. Auf dem Schulhof spielten die kleine Agnes und ihre Schwester Mari Hickelkasten. Sehnsüchtig blickte Elisabeth zu ihnen hinunter. Dann sah sie Xaver über den Platz schlendern. Er hatte die Hände tief in den Hosentaschen vergraben und kaute auf einem Strohhalm, der ihm schief aus dem Mundwinkel ragte. Die Mädchen unterbrachen ihr Spiel und riefen ihm etwas zu, das Elisabeth nicht verstand. Er lachte und erwiderte etwas, das ebenfalls nicht zu ihr hochdrang.

Dann ging er weiter, und die Langeweile griff wieder nach Elisabeth und zog sie zurück in den Raum.

Xaver machte sie neugierig.

Er war der älteste Sohn vom Wengert, dem größten und reichsten Bauern im Dorf, das erfuhr Elisabeth von Rosel.

Xaver war nicht dumm, das wurde ihr schnell klar. Die Antworten auf Herrn Häufeles Rechenaufgaben hätte er einfach aus dem Ärmel schütteln können, und die Aufsätze hätten ihm auch keine Mühe bereitet.

»Eigentlich könnt er älles«, erklärte ihr Rosel. »Aber er mag net. Weil er da Häufele net leida ka.«

Das war eine gewaltige Untertreibung. Xaver hasste Häufele aus tiefstem Herzen, aber warum das so war, das konnte auch Rosel nicht sagen.

Häufele erwiderte Xavers Abneigung, es verging kaum ein Schultag, an dem er nicht einen Grund fand, ihm ein paar Tatzen zu verabreichen. Allerdings wagte er es nicht, Xaver übers Knie zu legen und mit dem Stock zu verprügeln wie die anderen Jungen.

»Isch halt a Wengert«, sagte Rosel. »Und an Wengert verhaut mer net.«

Xaver gab in der Schule den Ton an, weil er einer der ältesten Schüler war und der größte von allen. Und weil er nicht den geringsten Zweifel an seiner Vorherrschaft aufkommen ließ. Sobald es einer wagte, ihm zu widersprechen, oder sich gar über ihn lustig machte, passte er ihn nach der Schule ab und verprügelte ihn, bis er zu Kreuze kroch.

»Ekelhaft«, sagte Elisabeth, als Rosel ihr erzählte, dass Xaver den Müllers Franz am Vortag fast im Dorfweiher ertränkt hätte, nur weil dieser sich über ihn lustig gemacht hatte. »So ein hirnloser Grobian.«

Noch während sie die Worte aussprach, sah sie, wie Rosel bleich vor Entsetzen wurde. Und als Elisabeth sich umdrehte, stand Xaver hinter ihr.

Seine Brauen zogen sich zusammen, aber er wirkte weniger wütend als vielmehr verwundert.

»A hirnloser Grobian«, wiederholte er halblaut, als müsste er die Worte noch einmal hören, um sie zu begreifen.

Rosel lachte nervös, als habe Elisabeth nur einen Scherz gemacht, aber Elisabeth verzog keine Miene und Xaver auch nicht.

»Wer zuschlägt, weil ihm die Argumente fehlen, ist hirnlos«, sagte Elisabeth und wunderte sich, dass ihre Stimme so fest und furchtlos klang. Ob Xaver auch Mädchen schlug? Bislang hatte sie nicht mitbekommen, dass er sich an einer vergriffen hätte. Aber bislang hatte es auch keine gewagt, ihn zu kritisieren.

Xaver lächelte. »Pass bloß auf, dass du net plötzlich in da Weiher fliagsch«, sagte er, dann drehte er sich um und verschwand.

»Obacht«, warnte Rosel Elisabeth, als er weg war. »Der moint des fei net luschdig.«

Elisabeth winkte verächtlich ab, obwohl ihr Herz bis zum Hals schlug. Doch es war keine Angst, die sie spürte, es war etwas anderes.

An diesem Nachmittag ertrug sie die Langeweile noch schlechter als sonst. Draußen schien die Sonne, drinnen klebten die Minuten aneinander und wollten nicht vergehen. Als die Kirchenglocken sechs schlugen, hielt Elisabeth es nicht mehr aus.

»Darf ich noch mal raus?«, fragte sie.

»Jetzt noch?«, sagte Frau Sonne. »Es ist schon so spät.«

»Ich muss der Rosel aus meiner Klasse noch was bringen«, log Elisabeth. »Ein Heft. Sie braucht es bis morgen.«

Frau Sonne runzelte die Stirn. »Wieso hast du das denn nicht schon vorher erledigt?«

»Ich hab's vergessen. Bitte, Mutti!«

»Es wird doch bald dunkel.« Ihre Mutter blickte besorgt aus dem Fenster, hinter dem die Sonne hell leuchtete. Es würde noch Stunden dauern, bis sie unterging. Sie seufzte schwer. »Aber danach kommst du gleich wieder, versprochen?«

Elisabeth rannte nach unten. Natürlich ging sie nicht zu Rosel, die schwer gestaunt hätte, wenn sie bei ihr geklingelt hätte.

Sie lief zum Dorfweiher, lehnte sich an den Stamm einer Trauerweide und malte mit den Schuhspitzen Hakenkreuze in den Dreck zu ihren Füßen.

Sie wartete auf Xaver, auch wenn sie sich das damals noch nicht eingestand. Er kam aber nicht.

Nach ein paar Wochen rief Herr Häufele Elisabeth in der Pause zu sich.

»Du sollsch zum Pfarrer«, teilte er ihr ohne Umschweife mit.

»Zum Pfarrer? Warum das denn?« Elisabeth spürte, wie sie

errötete. Sie war evangelisch getauft, und als sie klein gewesen war, waren sie und ihre Mutter auch öfter in der Kirche gewesen. Ihr Vater war niemals mitgekommen, er mochte den Pfaffen nicht, und die Lieder und Gebete gingen ihm auf die Nerven. Seine Totenandacht hatten sie dennoch in der Kirche gefeiert, aber danach wollte Frau Sonne von Gott nichts mehr wissen. Er hatte ihr ihren Mann genommen, warum sollte sie ihn dafür auch noch anbeten?

In Düsseldorf gab es viele, die sonntags lieber ausschliefen, anstatt in den Gottesdienst zu gehen. Aber in Weilerbach sah die Sache anders aus. Hier waren alle evangelisch, und am Sonntagmorgen war man in der Kirche, es sei denn, man war schwer krank oder tot.

In der ersten Woche waren Frau Sonne und Elisabeth ebenfalls hingegangen. Frau Sonne saß mit einem angespannten Gesicht in der Bank und knetete nervös ihre Hände. Sie schien die ganze Zeit damit zu rechnen, dass sie gleich jemand aufrufen würde, um sie im Katechismus zu prüfen. Und am nächsten Sonntag blieb sie zu Hause.

»Die Leute gucken einen immer so an«, sagte sie.

»Das bildest du dir nur ein«, erwiderte Elisabeth, obwohl sie wusste, dass ihre Mutter recht hatte. Sie waren anders, sie gehörten nicht dazu.

Und genau das teilte ihr jetzt auch Herr Häufele mit. »I hab dem Pfarrer von dir erzählt«, fuhr er fort. »Dass du so a b'sonders Mädle bisch und wie schöne Aufsätz' du schreibsch.« Er unterbrach sich und musterte sie nachdenklich.

Elisabeth schluckte. Sie hatte keine Ahnung, worauf der Lehrer hinauswollte.

»Am liebschten tät ich dich behalten.« Herr Häufele rieb sich den Unterkiefer und machte ein Gesicht, als habe er Zahnschmerzen. »Aber du gehörsch net hierher. Du brauchsch ebbes anders.«

»Ich kann aber doch nicht …«, begann Elisabeth.

»Geh zom Pfarrer«, unterbrach sie Herr Häufele. »Glei' nach der Schul.«

Es war ein heißer Sommertag, vor den Bauernhöfen dampften die Misthäufen, und hinter den Gartenzäunen blühten die Rosen. Elisabeth lief die Dorfstraße hinunter, in einem Slalom um die Kuhfladen herum, die den Weg bedeckten.

Am glasblauen Himmel tauchte ein Jagdflieger auf, silbern glitzernd in der Sonne. Elisabeth ging in einem Hauseingang in Deckung, zog den Kopf ein und schloss die Augen. Das Flugzeug zog weiter, nach Stuttgart, Ulm oder Nürnberg. Weilerbach war uninteressant, es lohnte sich nicht, Bomben auf die Handvoll Häuser zu verschwenden.

Elisabeth dachte an Düsseldorf. Die zertrümmerten Häuser, die aufgerissenen Straßen, die nächtlichen Fliegerangriffe, die überfüllten Luftschutzkeller. All das kam ihr seltsam unwirklich vor, als ob sie nur davon gelesen und es nicht selbst erlebt hätte.

Als sie die Augen wieder öffnete, stand Xaver vor ihr. Er hatte sich vollkommen lautlos genähert. Jetzt starrte er sie an, herausfordernd und spöttisch zugleich.

»Was ist?«, fragte sie unwirsch.

»Am Samschdig isch Kirchweih in Auberg«, sagte er. »Gehsch mit mir na?«

»Mit dir?« Auberg, das war bestimmt zehn Kilometer entfernt. Niemals würde ihre Mutter sie dahin lassen.

»Hasch koi Luschd?«, fragte er. »Oder magsch es net?«

Vielleicht war ihm ja gar nicht klar, dass sie erst zwölf war. Die meisten hielten sie für älter. Oder er machte sich über sie lustig.

»Nicht mit dir.« Sie schnaubte verächtlich.

Das Lächeln, mit dem er sie betrachtete, wurde noch breiter, noch herablassender. Auf seiner Nase tanzten winzige Sommersprossen. Sie passten nicht zu seinem Gesicht, in dem auch sonst nichts zueinander passte. Xaver hatte dicke Brauen, die über der Nase fast zusammenwuchsen, schmale braune Augen, einen breiten Mund, auf dessen Oberlippe ein dunkler Bartflaum spross.

»Brauchsch koi Angscht habe«, sagte er.

Elisabeth zog die Augenbrauen hoch. »Wovor sollte ich denn Angst haben?«

Er lächelte. Schwieg.

Sie schüttelte den Kopf. »Ich hab keine Zeit für so einen Quatsch. Ich muss weiter«, erklärte sie und rannte weg.

Als sie die Glocke am Pfarrhaus zog, war sie nass geschwitzt, und daran war nicht die Sonne schuld. Xaver brachte alles in ihr durcheinander. Wie er wohl reagiert hätte, wenn sie auf sein Angebot eingegangen wäre? Ob er sie wirklich mit nach Auberg genommen hätte? Wahrscheinlich hätte er sie ausgelacht.

»I mach auf!« Eine helle Mädchenstimme gellte im Inneren des Hauses. Elisabeth fuhr sich mit beiden Händen durch die kurzen Haare, atmete tief durch und versuchte sich zu sammeln.

Ein kleines Mädchen öffnete die Tür, Elisabeth kannte sie von der Schule. Eins der Pfarrkinder, hatte Rosel ihr gesagt, aber Elisabeth erinnerte sich nicht an den Namen.

»Grüß Gott.« Elisabeths Stimme klang kratzig und fremd. »Ich bin Elisabeth.«

Das Mädchen legte den Kopf schief und starrte sie neugierig an, sie machte jedoch keine Anstalten, Elisabeth einzulassen.

»Ich soll mich hier melden«, sagte Elisabeth. Das klang, als ob sie etwas ausgefressen hätte. Aber genauso fühlte sie sich ja auch.

»Wer isch do, Hanne?« Eine Frauenstimme drang aus der Tiefe des Hauses.

»Elisabeth«, schrie Hanne zurück, ohne den Kopf zu wenden.

»Elisabeth?« Jetzt näherten sich Schritte, eine Frau erschien im Flur. Sie war klein und rundlich, mit roten Apfelbäckchen und dunklen Rosinenaugen. Das Lächeln, mit dem sie Elisabeth ansah, war so warm und liebevoll, dass diese ihre Angst vergaß und zurücklächelte.

»Ich bin …«

»Elisabeth«, sagte die Frau. »I weiß. Du willsch bestimmt zu meinem Mann. Komm rein.« Ihr weiches Schwäbisch überzog ihre Worte wie ein durchsichtiger Kuchenguss. Sie schob ihre Tochter zur Seite, die Elisabeth unverwandt anstarrte. »Ich bin die Frau Nolting, die Paschtorin. Du wohnsch mit deiner Mutter oba im Schulhaus, gell? Ich hab euch besucht, aber du warsch grad ned do. I freu mich, dass mir ons jetzt kennelernet.«

Elisabeths Lächeln begann zu flackern. Sie schwitzte noch stärker. Bestimmt war Frau Nolting zu ihnen ins Schulhaus gekommen, um sie zum Gottesdienst einzuladen. Frau Sonne hatte Elisabeth nichts davon erzählt. Wahrscheinlich war ihr der Besuch unangenehm gewesen.

Fremde Menschen hatten ihr immer schon Angst gemacht. Obwohl sie vor dem Krieg oft Gäste gehabt hatten. Kollegen ihres Vaters mit ihren Frauen. Parteifreunde. Frau Sonne hatte für alle gekocht, aufwendige Gerichte, mehrere Gänge. Deftige Küche, der Vater liebte Wild und Mehlspeisen. Die Gäste blieben bis tief in die Nacht, Elisabeth hörte in ihrem Zimmer die lauten Stimmen, das Gläserklirren, das Lachen. Und roch den Zigarrenrauch, der unter der Tür zu ihr hereinkroch. Die Stimme ihrer Mutter hatte sie nie gehört an diesen Abenden. Frau Sonne legte Essen nach und füllte die Gläser, wenn sie ausgetrunken waren. Und lächelte und schwieg. Nachdem der Vater eingezogen worden war, hatten sie keinen Besuch mehr bekommen. Frau Sonne wollte niemanden sehen, sie war gelähmt vor Angst. Sie war neunzehn gewesen, als sie sich verheiratet hatte. Davor hatten ihre Eltern alles für sie entschieden, danach ihr Mann. Aber jetzt stand sie plötzlich allein da. Noch dazu mit einem Kind.

Sie schrieb ihrem Mann lange Briefe voller Fragen an die Front. Der Schuster auf der Feldstraße sei gestorben, schrieb sie, zu wem solle man jetzt die Schuhe bringen? Wer könne ihnen den Badeofen reparieren, der nicht mehr richtig heize, und wo solle man den Wintermantel für das Kind kaufen? Außerdem habe sie die alte Trossinger im Verdacht, dass sie sich an ihren Kohlen bediente.

Aber bevor die Antworten des Vaters eintrafen, mussten die Schuhe besohlt, der Boiler repariert und der Wintermantel besorgt werden. Und weil ihre Mutter wie gelähmt war, traf Elisabeth die Entscheidungen. Und kaufte auch ein Vorhängeschloss und hängte es an ihren Kellerverschlag, worauf die Witwe Trossinger sie vier Wochen lang nicht mehr grüßte.

Wenn Post vom Vater kam, war die Freude groß. *Es geht mir gut*, schrieb er. *Lasst den Mut nicht sinken. Der Krieg wird nicht mehr lange dauern, bald sind wir wieder glücklich vereint. Grüß das Kind von mir. Heil Hitler.*

Er schrieb über das Wetter, die weite russische Taiga und machte Scherze über seine Kameraden. Niemals erwähnte er den Krieg. Seine Briefe hörten sich an, als befände er sich auf einer vergnüglichen Ferienreise. Manchmal fragte er nach Dingen, die sie ihm schicken sollte. Seife. Ein neues Rasiermesser. Schokolade. Marmelade.

Frau Sonne las Elisabeth die Briefe beim Frühstück vor, jeden Morgen aufs Neue. Wenn ein neuer Brief kam, kannten sie den alten Brief beide auswendig. Die Feldpost wurde ihnen immer vom Blockwart persönlich überreicht, der früher zusammen mit Herrn Sonne in der SA gewesen war. Der Blockwart überbrachte ihnen im Januar auch die Todesnachricht.

»Mein aufrichtiges Beileid«, sagte er und schlug die Hacken zusammen. Dann redete er von Führer, Volk, Vaterland und dem Endsieg, der nun nicht mehr weit wäre, und Frau Sonne hörte zu und nickte ernst, als wären seine Worte von größter Bedeutung.

»Jetzt muss ich zumindest keine Angst mehr um ihn haben«, sagte sie, als der Blockwart endlich gegangen war.

Ihre Gefasstheit wich jedoch bald einer tiefen Verzweiflung. Sie begann oft unvermittelt zu weinen, beim Kochen, beim Essen, beim Zähneputzen. Manchmal konnte sie sich danach stundenlang nicht wieder beruhigen.

Elisabeth weinte manchmal mit, weil ihr ihre Mutter so leidtat. Ihren Vater vermisste sie nicht. Er hatte sich nie besonders um sie gekümmert. Kindererziehung war Frauensache, hatte er immer gesagt, dafür fehle ihm die Zeit.

Sie versuchte, ihre Mutter aufzuheitern, abzulenken, und hin und wieder schaffte sie es auch und brachte sie sogar zum Lachen. Aber nur ganz kurz, dann kehrten die Trauer und der Schmerz zurück.

»Mei Mann isch in seinem Arbeitszimmer.« Frau Nolting führte Elisabeth durch einen langen schmalen Flur. Auf einer Anrichte stand ein Krug mit Wiesenblumen, darüber hing ein Kreuz. Im Spiegel neben der Tür erhaschte Elisabeth ihr eigenes Gesicht, blass und fremd. Daneben die Pastorin, die ein Stück kleiner war als sie.

Frau Nolting klopfte kurz an eine Tür und öffnete sie, bevor von drinnen eine Antwort kam.

»Die Elisabeth isch da.« Sie schob sie ins Zimmer, lächelte noch einmal aufmunternd, dann war sie weg.

Und Elisabeth war allein mit dem Pastor.

Er war das genaue Gegenteil seiner Frau, ein hagerer Mann mit wirrem Haar, einer hohen Stirn und tief liegenden Augen. In seinem Arbeitszimmer wirkte er noch größer als auf seiner Kanzel in der Kirche.

»Elisabeth! Das ist aber schön, dass du mich besuchst.« Er sprach Hochdeutsch ohne eine Spur von Schwäbisch. »Ich habe viel von dir gehört.«

»Wirklich?«

Als er ihr die Hand reichte, knickste sie unwillkürlich. Er wies auf den Sessel, der vor seinem Schreibtisch stand. »Bitte, nimm Platz.«

Während sie sich setzte, blickte sie sich verstohlen um. Das Arbeitszimmer eines Pfarrers hätte sie sich ganz anders vorgestellt.

Eine weiche Staubschicht bedeckte alle Oberflächen und Möbel im Zimmer. Im Sonnenschein, der durch das Fenster fiel, leuchtete der Staub weiß wie frisch gefallener Schnee.

Die Vorhänge waren zerrissen, und die Armlehne des Sessels, in dem Elisabeth saß, war so zerschlissen, dass die helle Strohfüllung herausquoll. Drei schmutzige Teetassen standen auf dem Tisch.

In ihren Zimmern unter dem Dach im Schulhaus war es genauso dreckig. Dabei war Frau Sonne früher eine exzellente Hausfrau gewesen und hatte großen Wert auf Ordnung und Sauberkeit gelegt. Aber die Räume im Schulhaus gehörten ihr nicht und waren auch nicht von Dauer, also verschwendete sie auch keine Mühe darauf.

Im Studierzimmer des Pfarrers gab es eine Unmenge von Büchern, zumindest das entsprach Elisabeths Erwartungen. Sie standen nicht nur im Regal, sondern stapelten sich auch auf dem Schreibtisch und auf dem Fensterbrett. Ob der Pfarrer sie alle gelesen hatte?

»Weißt du, warum ich dich sprechen wollte?«, fragte Herr Nolting.

»Nein.«

»Herr Häufele erzählt, dass du seine begabteste Schülerin bist.«

Sie zuckte mit den Schultern.

»Du kommst aus Düsseldorf, das stimmt doch? Und dort bist du aufs Gymnasium gegangen?«

»Aufs Mädchen-Lyzeum.«

»Hast du Griechisch und Latein gelernt?«

Sie schüttelte den Kopf. »Englisch und Französisch.«

Die falsche Antwort, das sah sie an seinem Gesicht.

»Welche Stufe?«, fragte er.

»In der Quinta.« Sie war eine der Jüngsten in der Klasse gewesen, aber das größte Mädchen.

»Meine Tochter ist auch in der Quinta«, sagte Pastor Nolting. »Sie geht auf die höhere Mädchenschule in Schwäbisch Gmünd.«

Elisabeth nickte ratlos.

»Herr Häufele meint, dass du auch auf die höhere Schule sollst.«

»Aber ich kann nicht nach Schwäbisch Gmünd«, sagte Elisabeth. »Es ist viel zu weit.«

»Du würdest unter der Woche in der Schule wohnen und nur am Wochenende nach Hause kommen«, erklärte Pastor Nolting. »Genau wie Susanne.« Er räusperte sich. »Was hältst du davon?«

»Sie meinen, ich soll ins Internat?«, fragte Elisabeth.

Der Pastor schüttelte den Kopf. »Es gibt kein Internat, du müsstest zur Untermiete wohnen.« Er sah sie nachdenklich an. »Herr Häufele hat recht. Hier in der Dorfschule lernst du nichts, das ist die reine Zeitverschwendung. Wir würden auch mit dem Geld helfen, wenn das ein Problem ist.«

»Nein«, sagte Elisabeth. »Ich glaube nicht, dass das ein Problem wäre.« Ihr Vater war Offizier gewesen, nach seinem Tod erhielt ihre Mutter eine ansehnliche Witwenrente.

»Aber?«, fragte Herr Nolting.

»Wir sind doch nur für kurze Zeit hier«, sagte Elisabeth. »Wenn der Krieg vorbei ist, gehen wir wieder zurück nach Düsseldorf.«

Diese beiden Sätze hielten ihre Mutter am Leben, sie wiederholte sie ständig. Elisabeth versuchte sich das Leben vorzustellen, in das sie zurückkehren würden. Aber da war nichts mehr, das man sich vorstellen konnte. Keine Stadt, kein Haus, keine Wohnung, kein Vater. Sie betrachtete die Staubpartikel, die in der Sonne tanzten wie winzige Mücken.

»Natürlich.« Der Pfarrer seufzte. Dann räusperte er sich. »Es kann aber auch noch dauern. Ich möchte, dass du darüber nachdenkst. Und dass du mit deiner Mutter darüber sprichst. Es lässt sich alles arrangieren.«

Elisabeth nickte. Es wäre ganz wunderbar. Nach Schwäbisch Gmünd zu ziehen und die hässliche Dachkammer, die schmutzigen Fenster und die Langeweile hier zurückzulassen. Aber sie würde auch ihre Mutter zurücklassen, und das war undenkbar. Das konnte sie ihr nicht antun.

»In Schwäbisch Gmünd wärest du in den besten Händen«, sagte der Pfarrer, der ihr Zögern bemerkte. »Du könntest ein Zimmer bei Frau Blau nehmen, dort wohnt unsere Susanne auch. Wir sind mit der Zimmerwirtin gut bekannt, man kann ihr vertrauen. Und die Stadt ist sehr klein, man muss keine Bombenangriffe fürchten.«

Elisabeth nickte erneut, ohne ihn dabei anzusehen.

»Möchtest du gehen?«, fragte Herr Nolting.

»Nein«, sagte Elisabeth.

Herr Nolting gab aber nicht auf, sondern kam ein paar Tage später zu ihnen nach Hause, um mit ihrer Mutter persönlich zu reden. Danach war die Sache entschieden. Elisabeth würde nach den Sommerferien nach Schwäbisch Gmünd aufs Mädchengymnasium wechseln.

Zunächst hatte Frau Sonne mit blankem Entsetzen auf den Vorschlag reagiert. »Das geht doch nicht. Meine Elisabeth gehört zu mir.«

Aber dann hatte ihr Pastor Nolting ins Gewissen geredet. Sie müsse vor allem an das Wohl ihres Kindes denken. Das Mädchen verkümmere hier und habe doch großes Potenzial. Und seine eigene Tochter sei auch in Gmünd, genau wie die beiden ältesten Söhne.

Frau Sonne schüttelte den Kopf. Sie hatte Tränen in den Augen.

Der Pastor redete auf sie ein, als stünde sie in seiner Kirche oben auf der Orgelempore und drohe damit, herabzuspringen. Er appellierte an ihr Verantwortungsgefühl, ihre Mutterliebe, ihr

Herz, ihr Gewissen, ihre Vernunft. »Sie müssen doch einsehen«, sagte er und: »Glauben Sie mir« und »Um der Liebe Christi willen.«

Am Ende gab sie nach, nicht weil er sie überzeugt hatte, sondern weil er ein Mann war und der Pastor. Und weil sie immer alles verloren hatte, was ihr am Herzen lag. Ihren Mann, ihren ganzen Besitz, ihre Heimatstadt, jetzt auch noch die Tochter.

Herr Nolting tätschelte ihre Hand. »Es ist die beste Lösung für alle«, erklärte er, und während Frau Sonne mit den Tränen kämpfte, hob er den Kopf und begegnete Elisabeths Blick. Zu ihrem Entsetzen zwinkerte er ihr zu. Als wären sie beide Verbündete gegen ihre Mutter.

Und das waren sie ja auch.

4

Essen, 1962

Die dicke Dame im geblümten Badeanzug blockierte die Badeleiter. Mit der flachen Hand schöpfte sie Wasser aus dem Becken, benetzte damit ihren Bauch, ihre mächtigen Oberarme und tätschelte ihren Busen.

»Kalt heute«, sagte sie zu Betty, die fröstelnd hinter ihr stand. »Noch kälter als gestern.«

Sie stieg eine Stufe nach unten, aber ihr üppiger Oberkörper bewegte sich gleichzeitig nach oben, weg vom Wasser. Sie schnappte nach Luft. Währenddessen lief Bettys Zeit ab. Sie hatte ihre Dauerkarte zu Hause liegen lassen und ein Einzelbillett lösen müssen, das nur anderthalb Stunden gültig war. Wenn man die Zeit abzog, die man zum Duschen und Umziehen brauchte, blieben höchstens fünfundsiebzig Minuten zum Schwimmen übrig. Und die vergeudete sie nun hier an der Badeleiter.

»Sie sparen, wo sie können«, schimpfte die Frau. »Die Heizung …«

Mehr hörte Betty nicht, weil das Wasser über ihrem Kopf zusammenschlug. Sie war vom Rand ins Becken gesprungen.

Als sie auftauchte, hörte sie den schrillen Pfiff, der durch die Schwimmhalle gellte.

»Es ist verboten, vom Beckenrand zu springen!« Hinter der dicken Dame, die immer noch an der Badeleiter klebte wie ein Kaugummi am Schuh, stand der Bademeister, die Trillerpfeife in der Hand, und deutete wütend auf das Schild an der Wand. »Können Sie nicht lesen?«

»Gut, dass Sie hier sind.« Die Frau drehte sich zu ihm um. »Ich möchte mich beschweren. Die Wassertemperatur ist heute wirklich …«

Betty nutzte die Gelegenheit und tauchte weg.

Blaue Stille.

Über ihr Beine, die sich froschartig schlossen und streckten. Unter ihr die türkisfarbenen Schwimmbadkacheln. Um sie herum das Wasser, kalt und klar.

Die Stimmen verstummten, die Meckerei der dicken Frau, die Antwort des Bademeisters, das Schmatzen der Badelatschen. Bettys Gedanken verschwammen und lösten sich auf. Alles verlor sein Gewicht.

Sie legte eine halbe Beckenlänge unter Wasser zurück, bevor sie wieder auftauchte und zu kraulen begann. Es war noch früh, das Becken war weitestgehend leer, sie hatte freie Bahn. Später kämen die Schulklassen, vierzig kreischende, johlende Kinder im Wasser und am Rand ein Lehrer, dessen Anweisungen keiner Beachtung schenkte.

Am Nachmittag dann Mütter mit ihren Kleinkindern, Jugendliche, die sich gegenseitig ins Becken schubsten und unter Wasser drückten und ihre Slalombahnen um Hausfrauen mit blumenverzierten Badekappen zogen. Und in der letzten Stunde vor der Schließung die Werktätigen, die direkt von der Arbeit ins Schwimmbad kamen.

Wie Betty früher. Dreimal in der Woche hatte sie die Schwimmsachen mit in die Bäckerei genommen und war nach Feierabend mit der Straßenbahn zum Friedrichsbad gefahren.

Eine Bahn Bruststil, eine Bahn Rücken, eine Bahn Kraul. So hielt sie es. Sie zählte die Bahnen nicht, die sie zurücklegte, sie achtete auch nicht auf die Uhr neben der Tür zu den Duschen. Der Bademeister holte sie schon aus dem Becken, wenn das Bad geschlossen wurde.

Sie schwamm.

Und Schwester Edeltraud hielt den Mund. Sonst mischte sie sich überall ein. Wenn Betty sich morgens anzog, wenn sie das Haus verließ, wenn sie Brötchen in eine Papiertüte packte.

Wer sich wie eine Dirne anzieht, wird auch so behandelt, sagte sie. Wahre Schönheit kommt aus einem reinen Herzen. Wenn du einst vor deinem Schöpfer stehst, nützt dir die Schminke nicht.

Sie sah alles. Was Betty tat und was sie nicht tat. Und nichts davon gefiel ihr.

Aber im Schwimmbad war sie still. Vielleicht fehlten ihr beim Anblick der vielen halb nackten Menschen die Worte. Die jungen Mädchen mit ihren bunten Zweiteilern, die Männer mit haariger Brust und muskulösen Oberschenkeln. Und dazwischen Betty im blauen Badeanzug. Eine Bahn Brust, eine Bahn Rücken, eine Bahn Kraul. Schwerelos. Frei.

Heute konnte sie sich nicht darauf verlassen, dass sie der Bademeister rechtzeitig aus dem Becken holte. Sie musste selbst auf die Zeit achten.

Gleich nachdem Martin zur Arbeit gegangen war, war sie zum Schwimmbad gefahren. Das schmutzige Frühstücksgeschirr stand noch auf dem Tisch, das Bett war noch nicht gemacht. Sie würde sich später darum kümmern, bis Martin Feierabend hatte, hatte sie noch jede Menge Zeit. Dennoch war es ein seltsames Gefühl, am Vormittag schwimmen zu gehen. Als täte sie etwas Verbotenes.

Sie schlug am Beckenrand an, drehte sich auf den Rücken und blickte hoch zu den Leuchtstoffröhren, die sich an der Decke der Schwimmhalle entlangzogen. Und stellte sich vor, dass es der blaue Himmel wäre. Ihr rechter Arm glitt nach oben, beschrieb einen Halbkreis in der Luft, tauchte hinter ihrem Kopf wieder ein und schaufelte durch das Wasser, während sich gleichzeitig der linke Arm aus dem Wasser hob. Wenn das Schwimmbad voll war, musste man beim Rückenschwimmen aufpassen, dass man dicht am Rand blieb. Sonst stieß man früher oder später mit einer der

Damen zusammen, die mit hoch erhobenem Kopf durch die Wellen pflügten und doch nichts sahen.

»Sie sehen aus wie eine Schwimmerin«, hatte Martin zu Betty gesagt, als er das erste Mal in die Bäckerei gekommen war. Er wollte Rosinenstuten, der lag auf dem obersten Regalbrett. Und als sie sich umdrehte und streckte, um einen Laib herunterzuholen, waren ihm ihre muskulösen Arme aufgefallen. Die breiten Schultern.

Zu viel Sport ist nicht gut für Mädchen, sagte Schwester Edeltraud.

Aber Martin gefielen ihre kräftigen Arme. Er mochte auch ihre kurzen Haare, die Schwester Edeltraud fürchterlich fand, obwohl sie ansonsten ja sehr fürs Praktische war.

Er kam von da an jeden Tag in die Bäckerei, kaufte Puddingschnecken und Apfeltaschen, Windbeutel, Mohnbrötchen und Pumpernickel. Wenn Betty einmal nicht im Laden war, weil sie gerade Kaffeepause machte oder hinten in der Backstube frische Brötchen holte, dann wartete er so lange, bis sie wieder nach vorn kam. Und nach drei Wochen fragte er sie: »Hätten Sie Lust, mich heute Abend ins Kino zu begleiten?«

»Welcher Film wird denn gegeben?«, fragte Betty zurück und ärgerte sich im gleichen Moment fürchterlich. Als ob das eine Rolle spielte. Aber Frau Storz stand genau neben ihr, sortierte Fünf-Pfennig-Münzen in die Ladenkasse und tat so, als ob sie nicht zuhörte.

»Ich habe keine Ahnung«, sagte Martin.

»Wenn das so ist, komme ich gerne mit«, antwortete Betty.

Daraufhin verzählte sich Frau Storz prompt und musste noch mal von vorne anfangen.

Sie sahen *Kohlhiesels Töchter* im Saal 2 der Lichtburg. In Saal 1 lief James Bond, der Martin viel lieber gewesen wäre, da war sich Betty sicher, aber sie hatte den Liebesfilm gewählt, weil sie sehen wollte, wie er reagierte. Er kaufte zwei Billetts, ohne mit der Wimper zu zucken.

Es war ja auch vollkommen egal, in welchem Film sie saßen. Sie bekamen beide kaum etwas von der Handlung mit. Betty hörte jedoch, was Lilo Pulver als Liesel ihrem Alter Ego Susi vorsang:

Das Glück kommt über Nacht, vielleicht eh du's gedacht.

Die Liebe winkt auch dir, das glaube mir.

Und genau so war es.

Als sie das nächste Mal auf die Uhr schaute, war es fünf nach neun. Sie musste schleunigst aus dem Becken, wenn sie nicht nachzahlen wollte.

Unter der Dusche schloss sie die Augen und reckte ihr Gesicht in den Wasserstrahl. Klares, warmes Wasser, soviel sie wollte, solang sie wollte. Auch wenn sie hundert Jahre würde, niemals würde sie aufhören, das zu genießen.

In der Umkleide rubbelte sie sich hastig trocken, schlüpfte in ihre Kleider, die Schuhe, den Mantel. Sie warf eine Münze in den Föhn, kämmte sich mit den Fingern durch die Haare, während die heiße Luft durch ihr Haar wirbelte und ihr Gesicht zum Glühen brachte. Neben ihr nebelte sich eine Frau mit Haarspray ein, der scharfe Geruch erinnerte Betty an Sieglinde, die sie seit jenem Abend nicht mehr wiedergesehen hatte. Betty hatte Martin nichts von ihrer Bemerkung in der Küche erzählt. Sie hatte versucht, den Vorfall zu vergessen. Aber natürlich gelang es ihr nicht.

Martin ist der geborene Schürzenjäger. So einer ändert sich nie.

Vorgestern Nacht hatte sie davon geträumt. Im Traum hatte sie auf der Couch im Wohnzimmer gesessen und Martin dabei zugesehen, wie er mit einer fremden Frau Walzer tanzte. Und während er mit ihr tanzte, zog er sie langsam aus.

Sie war schreiend aufgewacht.

Als Martin sie festhielt und streichelte, erzählte sie ihm, dass sie schlecht geträumt hatte. Aber nicht, was sie geträumt hatte.

Und Martin flüsterte: »Träume sind Schäume. Alles ist gut.«

»Verlass mich nicht«, flüsterte Betty zurück. »Versprich mir, dass du mich nie verlässt.«

»Niemals«, sagte Martin.

Glaub mir, ich kenn mich da aus.

»Aber ich weiß es besser«, murmelte Betty.

»Was?«, fragte die Frau mit der Haarspraydose.

Betty schüttelte den Kopf und hastete zum Ausgang.

In der kleinen Kabine neben der Absperrung saß ein junges Mädchen und verkaufte die Eintrittskarten und prüfte die Tickets der Leute, die das Schwimmbad verließen.

»Sie sind drüber«, erklärte es, als Betty ihm ihre Karte reichte.

»Aber nur ein paar Minuten.« Betty warf einen Blick auf die Uhr. Der große Zeiger stand ein kleines Stück unter der Drei.

9 Uhr 15 stand auf ihrem Ticket.

»Zu spät ist zu spät«, sagte das Mädchen und klappte die Kasse auf, die vor ihm stand. Es nahm einen Stapel Eintrittskarten heraus und riss das oberste Billett ab.

»Nun komm schon«, sagte Betty. Das Mädchen musste neu hier sein, sie hatte es noch nie zuvor gesehen. Vielleicht war es sein erster Tag, und es wollte alles richtig machen. Es war noch sehr jung, fünfzehn, höchstens sechzehn Jahre alt, schätzte Betty. Dass sie so einem unerfahrenen Ding die Kasse überließen, verwunderte sie. Vielleicht war es ja die Tochter von einem der Bademeister.

»Dat macht neunzig Pfennig«, sagte das Mädchen.

»Was?« Betty riss die Augen auf. »Wegen zwei Minuten? Ich bitte dich. Ich habe eigentlich eine Dauerkarte, ich hab sie heute nur vergessen.«

»Neunzig Pfennig.« Das Mädchen nahm einen Kaugummi aus der Tasche, wickelte ihn langsam aus und schob ihn in den Mund, ohne dabei den Blick von Betty zu wenden.

Sein Gesicht war blass und herzförmig, die Augen groß und dunkel. Halblanges, schmutzig braunes Haar, das wirkte, als hätte man es mit einer Nagelschere abgehackt. Das Mädchen war sehr dünn, aber wie es Betty jetzt anstarrte, hatte etwas Bedrohliches.

»Wenn Sie nicht zahlen wollen, hol ich den Chef.«

Dann hol ihn doch, wollte Betty entgegnen. Dann kann ich mich gleich über dich beschweren. Aber sie brachte keinen Ton heraus.

Das Mädchen starrte sie unverwandt an, starrte in sie hinein und sah ihre Gedanken und erkannte, dass Betty Angst hatte. Betty spürte, wie ihr ein kalter Schauder über den Rücken lief. Sie senkte den Blick, kramte nach der Geldbörse in ihrer Tasche. »Meinetwegen«, murmelte sie. »Wegen der paar Groschen streite ich mich doch nicht lange rum.« Ohne den Blick zu heben, wusste sie, dass das Mädchen triumphierend grinste.

»So, jetzt kann ich wieder übernehmen, Claudia.« Aus den Umkleideräumen kam die Badefrau, die sonst immer an der Kasse saß. »Danke fürs Aufpassen. Annegret wartet in der Dusche auf dich.«

Das Mädchen stand auf. Es war wirklich ungeheuer dünn, stellte Betty jetzt fest. Es drückte sich aus der Kabine, in der die Badefrau Platz nahm und Betty erwartungsvoll ansah.

»Ich möchte raus«, sagte Betty.

»Ihr Billett.« Die Frau streckte die Hand nach Bettys Karte aus, suchte nach der aufgestempelten Uhrzeit und fand sie nicht. »Das ist nicht gültig.«

»Ich musste nachzahlen.« Betty deutete auf ihre ursprüngliche Eintrittskarte, die neben der Kasse lag.

Die Badefrau starrte auf das Ticket, auf die Uhr an der Wand, die inzwischen neun Uhr zwanzig zeigte, auf Betty und schließlich auf Claudia, die mit aufreizender Lässigkeit an der Tür zu den Umkleiden lehnte. »Wegen fünf Minuten?«

Claudia kaute ihren Kaugummi und zuckte mit den Schultern. »Vorschrift ist Vorschrift.«

Die Badefrau griff wortlos in die Kasse, fischte neunzig Pfennig heraus, drückte sie Betty in die Hand und schloss die Kasse mit einem Knall. »Worauf wartest du noch, Claudia? Du sollst Annegret in den Duschen helfen.« Dann öffnete sie die Absperrung für Betty.

Als sie zum Ausgang ging, spürte sie den Blick des Mädchens in ihrem Rücken. Gegen ihren Willen drehte sie sich noch einmal nach ihm um. Aber Claudia war nicht mehr da.

5

Weilerbach, 1942

Die Kriegsmaschine lief auf Hochtouren, die Front wälzte sich von Deutschland aus nach Osten, Westen, Süden und Norden und trieb einen Berg von Toten vor sich her. Es lag ein Heulen und Zähneklappern in der Luft und eine düstere Vorahnung, dass das Ende noch fern war und dass es furchtbar werden würde. In Weilerbach blieb der Krieg eine abstrakte Angelegenheit, eine beständig länger werdende Liste von Namen, die im sonntäglichen Gottesdienst verlesen wurde. »Gott sei ihnen gnädig im Gericht und gebe ihnen Frieden und ewiges Leben.«

Elisabeth ging jetzt auf die höhere Mädchenschule in Schwäbisch Gmünd. Die Schule lag am Stadtrand, durch die hohen Fenster der Klassenzimmer blickte man auf grüne Wiesen und Hügel, dahinter lagen die blauen Bergzüge der Schwäbischen Alb. Das Schulgebäude war uralt, die Treppe und der Steinboden auf den Gängen waren abgetreten von den Füßen ehemaliger Schüler, die heute alt waren oder bereits tot. Aber durch die hohen Fenster fiel frisches Licht, jeden Tag aufs Neue.

Elisabeth wohnte unter der Woche bei Frau Blau in der Uferstraße, genau wie Susanne Nolting, die Tochter vom Pfarrer. Sie hatten sich bereits in den Ferien in Weilerbach kennengelernt.

»Des isch doch ein Glück«, sagte die Direktorin, als sie Elisabeth begrüßte.

Und das war es wirklich. Denn Susanne Nolting, die niemals für sich und immer ein Teil von etwas anderem war, gab Elisabeth das Gefühl, ebenfalls dazuzugehören.

Susanne war keine besonders gute Schülerin und auch nicht

sehr gewissenhaft. Von den Lehrern wurde sie oft dafür getadelt, dass sie bei ihren Hausaufgaben schluderte, während des Unterrichts träumte oder mit ihren Banknachbarn schwatzte. Aber wenn Susanne sie dann mit ihren großen blauen Augen schuldbewusst ansah, blieb es bei einer Verwarnung. Sie wurde niemals bestraft, man konnte ihr nicht böse sein.

Elisabeth war in Düsseldorf eine sehr gute Schülerin gewesen, aber der Anfang in Gmünd fiel ihr schwer. Der Grund dafür waren die Sprachen, Latein und Griechisch. Mit Griechisch hatte der Rest der Klasse im letzten Sommer begonnen. Und Latein hatten sie schon seit der Sexta.

Pfarrer Nolting hatte einen Tutor für Elisabeth organisiert, der ihr dabei helfen sollte, das Verpasste aufzuholen. Kaplan Wiefelspütz hatte die siebzig bereits überschritten, er liebte sowohl die lateinische als auch die griechische Sprache, kannte die halbe Ilias auswendig und begrüßte Elisabeth gleich in der ersten Stunde auf Latein.

»Quid agis, puella?«

Sie starrte ihn an, worauf er die Frage so lange wiederholte, bis sie nickte. Da war er zufrieden.

Kaplan Wiefelspütz hatte seine eigenen, sehr eigenwilligen Methoden des Sprachenunterrichts. Von den Lehrbüchern, die sie im Unterricht benutzten, hielt er gar nichts.

»Man muss ganz in eine Sprache eintauchen«, erklärte er Elisabeth, diesen Satz sagte er immerhin auf Deutsch, er war einer der wenigen, die sie verstand.

Ansonsten sprach Kaplan Wiefelspütz in einem Gemisch aus Latein, Griechisch und Deutsch, das ihr unbegreiflich blieb. Die grammatikalischen Regeln behandelte er, wann immer sie ihm in den Sinn kamen. In der allerersten Lateinstunde erklärte er Elisabeth den Ablativ mit allen seinen Ausnahmeregelungen.

»Adtende genus, numerum et casum«, dozierte er und sah sie so lange an, bis sie wieder nickte.

Auf jede ihrer Fragen antwortete er mit langen, unendlich komplizierten Erklärungen. »Quod erat demonstrandum«, schloss er seine Ausführungen stets, aber bis dahin hatte Elisabeth ihre Frage schon wieder vergessen.

Sie ließ die Nachhilfestunden über sich ergehen und hielt sich an Susanne, die ihr geduldig und bereitwillig half. Obwohl sie keine Leuchte in den alten Sprachen war, schaffte Elisabeth mit ihrer Hilfe in Griechisch den Anschluss an den Rest der Klasse. Nach einigen Monaten schrieb sie schon bessere Noten als Susanne, die das ohne Neid zur Kenntnis nahm.

Latein fiel Elisabeth schwerer, aber auch hier überholte sie Susanne schnell.

Sie liebte Mathematik und Naturwissenschaften, Fächer, die den Mädchen allerdings nur in winzigen Dosen zugemutet wurden. Ihr Mathematiklehrer Dr. Mechthaber wurde nicht müde zu betonen, dass er das weibliche Gehirn für ungeeignet zur wissenschaftlichen Produktion hielt. Deshalb stünden ja auch Handarbeiten, Hauswirtschaft und Singen auf dem Stundenplan.

In Düsseldorf hatte Elisabeth nie viele Freundinnen gehabt. Vielleicht lag es an ihrer Größe, sie stach immer heraus.

Hier in Schwäbisch Gmünd hob sie sich noch mehr ab, sie sprach ja nicht einmal Schwäbisch wie alle anderen in ihrer Klasse. Dennoch war sie von Anfang an Teil einer Gemeinschaft.

Das verdankte sie Susanne. Die Pfarrerstochter war nicht nur in ihrer Klasse, sondern in der ganzen Schule ungemein beliebt, und sie schleppte Elisabeth einfach überallhin mit und stellte sie allen vor. Sie bestand sogar darauf, dass Elisabeth sie zu Geburtstagsfesten begleitete, zu denen sie gar nicht eingeladen war.

»Du g'hörsch doch dazu«, sagte sie, was wiederum dazu führte, dass sie an der Schule bald den Spitznamen »die siamesischen Zwillinge« bekamen. Das war absurd, denn Susanne war wie ihre Mutter rotwangig und pummelig und fast einen Kopf kleiner als Elisabeth.

Susanne führte Elisabeth auch bei den Jungmädels ein. Schon in Düsseldorf war Elisabeth zu den Heimabenden der Hitlerjugend gegangen, doch dort hatte sie kein großes Vergnügen daran gefunden.

Hier in Schwäbisch Gmünd war es besser. Die Jungmädels bastelten und handarbeiteten nicht die ganze Zeit wie die Gruppe in Düsseldorf, man turnte mehr und wanderte an sonnigen Nachmittagen singend hoch zum Kalten Feld. Aber auch wenn germanische Heldensagen vorgelesen oder Socken für die Soldaten an der Front gestrickt wurden, bestand Susanne darauf, dass sie mit von der Partie waren. Elisabeth wunderte sich über das Pflichtbewusstsein ihrer Freundin. Im Dorf war es ein offenes Geheimnis, wie Pastor Nolting zum Führer und seiner Politik stand. Er mochte beides nicht. Aber Susanne war mit Feuereifer bei der völkischen Sache. Sobald jemand gebraucht wurde, um Geld einzusammeln oder einen Ausflug zu organisieren, dann schnellte ihr Finger in die Höhe. Am Sonntag sang sie im Gottesdienst *Ein feste Burg ist unser Gott*. Und unter der Woche schmetterte sie in Gmünd mit derselben Inbrunst *Die Fahne hoch*. Und beides war ihr Leben.

Jeden Samstag nach Schulschluss ging es zurück nach Weilerbach.

Zwischen Schwäbisch Gmünd und dem Dorf lagen nur zehn Kilometer, die man leicht zu Fuß zurücklegen konnte, jedenfalls in die eine Richtung. Zur Stadt hin ging es nämlich die ganze Zeit bergab. Der Rückweg war um einiges mühsamer. Von Schwäbisch Gmünd brauchten sie fast drei Stunden bis nach Weilerbach. Wenn sie nach dem Mittagessen losgingen, waren sie erst am späten Nachmittag zu Hause.

Aber das war nicht schlimm, Elisabeth zog es ohnehin nicht heim. Außerdem war es eine herrliche Wanderung. Die schmale, gewundene Straße führte mitten durch den Wald, unter duftenden Tannen und Fichten hindurch, an dunkelgrünen Lichtungen vorbei. Und auf dem Weg waren sie in guter Gesellschaft, Elmar und Rüdiger, Susannes ältere Brüder, begleiteten sie.

Elmar war der Jüngere der beiden, er ging in die Untertertia des Jungengymnasiums und sah aus, als wäre er Susannes Zwillingsbruder. Beide kamen nach der Mutter und hatten ihre kleine, gedrungene Statur und ihr dünnes blondes Haar geerbt. Elmar war keine Schönheit, man sah jetzt schon den dicklichen glatzköpfigen Mann in ihm, der er einmal geworden wäre, wenn er den Krieg überlebt hätte. Er ließ sich auch von strömendem Regen oder drückender Hitze nicht die Laune verderben und machte seine Scherze über alles und jeden, am liebsten über sich selbst.

Der fünfzehnjährige Rüdiger war eine Klasse über Elmar und hochgewachsen und schlank wie sein Vater. Glänzend schwarze Locken umrahmten sein blasses Gesicht, er hatte dunkelbraune Augen und geschwungene, volle Lippen. Elisabeth fand ihn wunderschön.

Aber leider ignorierte Rüdiger sie vollkommen. Während Elmar ohne Punkt und Komma quasselte, sprach Rüdiger kaum ein Wort. Wenn er etwas sagte, dann sagte er es auf Hochdeutsch. Genau wie sein Vater sprach Rüdiger keinen Dialekt, nur hin und wieder verwendete er ein schwäbisches Wort. Er wanderte entweder ein Stück voran oder folgte ihnen mit einigen Metern Abstand.

Alles, was Elisabeth über ihn wusste, erfuhr sie von Susanne: dass er ein sehr guter Schüler war und wunderbar Klavier spielte. Dass er gerne Gedichte las und malte und später Pfarrer werden wollte wie sein Vater. Dass er die Nazis verabscheute. Er ging zur HJ, weil die Teilnahme für Oberschüler obligatorisch war, aber im Gegensatz zu seiner jüngeren Schwester tat er niemals mehr als das Notwendigste.

Auf dem Weg nach Hause sangen sie viel. Nicht die Lieder der Hitlerjugend, sondern Volks- und Kirchenlieder.

»Sah ein Knab ein Röslein stehn«, stimmte Susanne an, und Elmar fiel ein und sang die zweite Stimme, so zart und innig, dass

Elisabeth die Tränen in die Augen stiegen. Manchmal sang sogar Rüdiger mit. Sein tiefer Bass war das Fundament für Elmars helle Tenorstimme, und darüber schwang sich Susannes gläserner Sopran.

Ein einziges Mal versuchte auch Elisabeth mitzumachen. Sie sang mit Susanne die erste Stimme, aber nach ein paar Takten wechselte Susanne in die zweite Frauenstimme, und das brachte Elisabeth so aus dem Konzept, dass sie sich prompt versang und das ganze Klanggebäude zum Einsturz brachte. Elmar machte einen Witz, und alle lachten, auch Elisabeth. Danach ging sie lieber stumm neben den Geschwistern her, hörte zu und war froh darüber, zu ihnen zu gehören, wenigstens für die Dauer der Wanderung.

Mit jedem Kilometer, den sie sich dem Dorf näherten, nahm ihr Wohlbehagen ab, und ihre Beklemmung wuchs. Wenn die ersten Häuser zwischen den Bäumen auftauchten, verloren ihre Schritte alle Leichtigkeit. Sie trennten sich am Dorfbrunnen. Susanne und ihre Brüder gingen die Straße hinunter zum Pfarrhaus.

Elisabeth blieb noch einen kurzen Moment lang stehen, blickte den dreien nach und stellte sich vor, wie sie im Pfarrhaus empfangen würden. Die kleine Hanne würde ihnen die Tür öffnen. Frau Nolting käme aus der Küche geeilt, um sie zu begrüßen, gefolgt von ihrem Jüngsten, Jürgen. Zum Schluss würde Herr Nolting aus dem Arbeitszimmer treten, und alle wären begierig zu erfahren, was die Großen während der Woche gemacht und gelernt hätten. Man würde zusammen essen, lachen, beten und musizieren.

Am liebsten wäre Elisabeth ihnen gefolgt. Stattdessen rannte sie zum Schulhaus, das oberhalb des Brunnens lag. Wenn sie die Treppen hochstieg, öffnete Frau Sonne oben die Wohnungstür. Sie lächelte, wenn sie Elisabeth sah, aber das kostete sie große Mühe. Ihre Augen waren rot gerändert, als ob sie die ganze Woche über geweint hätte. Vielleicht tat sie das ja auch.

»Du bist spät heute«, sagte Frau Sonne, jedes Mal sagte sie das, obwohl Elisabeth immer zur gleichen Zeit nach Hause kam. Die

Dachkammer roch nach feuchter Wäsche und Einsamkeit. Die Langeweile wartete schon.

Frau Sonne wollte alles ganz genau wissen, wie es in Gmünd war und ob sie Freundinnen gefunden hatte. Aber wenn Elisabeth zu erzählen begann, merkte sie, dass ihre Mutter gar nicht richtig zuhörte.

Sie blühte auf, wenn sie von früher redeten. Von ihrem Haus und den Spaziergängen im Park, die sie mit dem Vater gemacht hatten, den schönen Geschäften auf der Königsallee, sogar über die Witwe Trossinger sprach sie gerne, über die sie sich früher immer geärgert hatte.

Wenn Elisabeth am Sonntagnachmittag ihre Sachen packte, zog sich Frau Sonne in sich zusammen wie eine Schnecke, die man mit einem Grashalm kitzelt. Und Elisabeths Kehle wurde eng und schmerzte, als ob da etwas steckte, was sich weder hinunterschlucken noch ausspucken ließ.

»Bald ist der Krieg vorbei, dann gehen wir wieder zurück nach Düsseldorf«, sagte sie zu ihrer Mutter.

Frau Sonne nickte tapfer, die Arme vor der Brust ineinander verschlungen. Ihre Augen glänzten. Sobald Elisabeth die Tür hinter sich geschlossen hätte, würden die Tränen hervorbrechen.

Das wussten sie beide, und dennoch oder genau deswegen löste sich der Kloß in Elisabeths Kehle, während sie mit ihrem Wäschesack auf dem Rücken zum Dorfbrunnen rannte, wo Susanne, Elmar und Rüdiger schon auf sie warteten. Ihre Brust weitete sich, sie fühlte sich auf einmal so leicht, dass sie sich nicht gewundert hätte, wenn sie plötzlich vom Boden abgehoben und davongeflogen wäre.

Sie liefen durch den Wald, flink und schnell, denn nun ging es bergab, die anderen begannen zu singen, und Elisabeth hörte zu und schämte sich darüber, wie glücklich sie war.

Ihr graute es vor den ersten Ferien. Im Oktober stand eine ganze Woche an. *Kartoffelferien* wurden sie genannt, weil sie eingerichtet worden waren, damit die Bauernkinder ihren Familien auf dem Feld helfen konnten.

»Du hasch's gut, Elisabeth«, sagte Hilde Schner, die von einem Bauernhof in Heubach stammte. »Du hasch die Feria frei und musch ned aufs Feld.«

Elisabeth zog eine Grimasse, was Hilde wohl daran erinnerte, dass sie ja ihren Vater und ihr Zuhause verloren hatte. Sie wurde rot und verzog sich.

Aber wider Erwarten wurde es eine gute Zeit. Das verdankte Elisabeth Susanne und ihren schlechten Noten. Susannes Leistungen in der Quinta waren so miserabel, dass der Klassenlehrer Herrn Nolting einen Brief geschrieben hatte, und daraufhin hatte der Pfarrer seine Tochter dazu verdonnert, den gesamten Stoff des letzten Halbjahres in den Ferien noch einmal zu repetieren. Susanne bat Elisabeth, ihr zu helfen, und Elisabeth stimmte hocherfreut zu. Sie fühlte sich wie eine Ertrinkende, der man in letzter Sekunde einen Rettungsring zuwarf.

Jeden Morgen nach dem Frühstück rannte sie ins Pfarrhaus und übte mit Susanne unregelmäßige Verben, Matheformeln und Geschichtszahlen. Susannes Wissen wies tiefe Löcher auf, Elisabeth merkte schnell, dass sie sich in einer Woche nicht alle füllen ließen. Sie konzentrierte sich auf die schlimmsten Untiefen, ließ Susanne konjugieren, deklinieren und rezitieren. Und lauschte gleichzeitig in die Tiefen des Pfarrhauses. Sie hörte Hanne im Nebenzimmer singen, sie hörte die tapsigen Schritte von Jürgen im Flur, sie hörte den Pfarrer in seinem Arbeitszimmer husten. Und sie hörte ein Klavier, das musste Rüdiger sein. Gerne hätte sie Susanne gefragt, was er spielte. Und womit er sich sonst noch so beschäftigte, in seinen Ferien. Aber sie wollte sie nicht unterbrechen, Susanne ließ sich ohnehin viel zu leicht ablenken.

Wenn es Mittag wurde, drangen köstliche Gerüche in das kleine Studierzimmer im Erdgeschoss, in dem sie saßen. Frau Nolting kochte Linsen mit Spätzle, Krautwickel oder Gaisburger

Marsch – einen köstlichen Eintopf aus Kartoffeln, Spätzle und Ochsenfleisch. Elisabeths Magen begann zu knurren, so laut, dass Susanne es hörte.

»Iss halt mit uns«, sagte sie. »Mei' Mudder freut sich.«

Nichts lieber als das. Elisabeth war nach allem hungrig, was es im Pfarrhaus gab. Dennoch schüttelte sie den Kopf. »Ich muss nach Hause. Mutti wartet doch auf mich.«

Susanne nickte verständnisvoll. »Was gibt es denn bei euch?«

Elisabeth zuckte mit den Schultern.

Ihre Mutter kochte schon lange nicht mehr. Elisabeth würde rasch ein paar Brote schmieren.

»Gehst du schon wieder dorthin?«, fragte Frau Sonne, wenn Elisabeth nach dem Essen erneut loswollte.

»Ich hab dem Herrn Pfarrer doch versprochen, dass ich Susanne helfe«, sagte Elisabeth.

»Ja, aber du musst es doch nicht den ganzen Tag tun. Du hast doch Ferien.«

»Ich tu es ja gerne.«

Frau Sonne schwieg, die Kieferknochen fest aufeinandergepresst.

»Soll ich Susanne sagen, dass sie hierherkommen soll? Dann wärst du nicht allein«, schlug Elisabeth vor.

Frau Sonnes Blick wanderte durch den Raum, die verrußten Deckenbalken unter der niedrigen Decke. »Das würde ihr nicht gefallen.«

Elisabeth zog ihre Schuhe an. Im Pfarrhaus war es nicht viel sauberer als hier und ganz bestimmt nicht ordentlicher, überall lagen Kleiderstapel, Schuhe, Stöße von Zeitungen, Bücher und Papier. Aber die Räume waren voller Leben. Dort fühlte man sich wohl und hier nicht.

»Komm halt einfach mit«, sagte sie. »Frau Nolting hat gesagt, dass du immer willkommen bist.«

Doch sie wusste schon, bevor ihre Mutter den Kopf schüttelte, dass sie sich nicht darauf einlassen würde.

Susannes Faulheit war Elisabeths Glück. Dank der Nachhilfe gingen die Noten nach den Herbstferien sprunghaft nach oben, aber schon nach wenigen Wochen waren sie wieder im Keller, und der Lehrer schrieb einen weiteren Brief an ihren Vater.

Also bat Herr Nolting Elisabeth, auch in den Weihnachtsferien mit Susanne zu lernen. »Natürlich nur, wenn du möchtest«, sagte er. Man würde sie gerne für die Mühe entlohnen …

»Nicht nötig«, erwiderte Elisabeth. »Es ist doch ein Vergnügen.«

Wieder rannte sie Tag für Tag ins Pfarrhaus und übte mit Susanne.

Ihre Mutter fand sich damit ab. Sie protestierte nicht einmal mehr, wenn Elisabeth von den Noltings zum Mittag- oder Abendessen eingeladen wurde.

Das lag daran, dass auch sie beschäftigt war. Sie ging nämlich seit Anfang Dezember zu der alten Frau Rossecker, um ihr ein bisschen zu helfen. Pfarrer Nolting hatte sie darum gebeten, sich um die Dame zu kümmern, die in eine tiefe Schwermut verfallen war, nachdem zwei ihrer Söhne gefallen waren. Frau Sonne hätte sich niemals auf die Sache eingelassen, aber der Pfarrer war immer noch der Pfarrer, sie wagte es auch diesmal nicht, ihm zu widersprechen.

Das Ganze war ein Segen, nicht nur für Frau Rossecker, sondern auch für Frau Sonne. Die beiden einsamen Frauen wurden keine Freundinnen, dafür waren sie zu unterschiedlich, aber Frau Sonne musste jetzt jeden Tag aus dem Haus, und Frau Rossecker musste ihr die Tür öffnen. Sie putzten, kochten und wuschen zusammen und schimpften dabei über den Krieg und die Engländer, die die Rossecker-Söhne abgeschossen hatten, und die Russen, die Herrn Sonne auf dem Gewissen hatten. So waren sie nicht getröstet, aber weniger allein.

6

Weilerbach, 1943

Kurz vor den Sommerferien gab Dr. Mechthaber den Schülerinnen ihre Mathearbeit zurück. Wie immer ging er mit großen, schwungvollen Schritten durchs Klassenzimmer und knallte die Hefte auf die Tische der jeweiligen Mädchen. Elisabeth hatte eine Eins, Susanne öffnete ihr Heft nur ganz kurz, warf einen Blick auf die Note, schlug es wieder zu und verdrehte die Augen. Eine Fünf. Elisabeth atmete auf, die Ferien waren gerettet.

Dann brach Trudi Schäfer, die in der Bank vor ihnen saß, in Tränen aus. Das war seltsam, denn sie hatte ihr Heft noch gar nicht zurückbekommen.

»Was ist denn jetzt los, Gertrud?«, fragte Dr. Mechthaber und blieb irritiert stehen.

Trudi versuchte etwas zu erwidern, aber es ging nicht. Die Tränen erstickten und würgten sie und schwemmten ihre Antwort weg. Marga Huber, ihre Banknachbarin, reichte ihr ein Taschentuch, das Trudi gegen die Augen drückte. Es war im Nu durchnässt, aber die Tränen flossen unvermindert weiter.

Dr. Mechthaber stand jetzt vor ihr und betrachtete sie mit einer Mischung aus Unbehagen und Abscheu. »Warum heulst du denn? Du hast deine Arbeit doch noch gar nicht zurück.« Er suchte das Heft aus dem Stapel und warf es vor ihr auf den Tisch.

Dr. Mechthaber hatte zeit seines Lebens in einer Realschule für Jungen unterrichtet, bevor man ihn kurz vor seiner Pensionierung an das Schwäbisch Gmünder Mädchengymnasium versetzt hatte. An seiner früheren Schule hatten sich seine Schüler in den Pausen geprügelt, einmal hatte er sogar eine Messerstecherei schlichten müssen. Mit solchen Problemen kam er zurecht, daran war er gewöhnt. Aber Tränen und andere Gefühlsausbrüche überforderten ihn.

»Ned weina, Trudi!« Marga legte den rechten Arm um ihre Sitznachbarin, während sie mit der Linken Trudis Arbeitsheft aufschlug. »Du hasch a Drei, des isch doch gar ned schlecht.«

Aber das tröstete Trudi nicht. Die Tränen tropften auf das grau karierte Papier und brachten die blaue Tinte zum Zerfließen.

»Nun pass doch auf, du machst ja alles nass!«, rief Dr. Mechthaber und brachte das Heft in Sicherheit. Angewidert schüttelte er den Kopf. »Du bist ja hysterisch. Raus mit dir auf den Flur, und zwar so lange, bis du dich wieder beruhigt hast.«

Trudi erhob sich schwankend. Ihre Nase war rot geschwollen, auf der Stirn prangten hektische Flecken. »I bin … es tut mir …« Es hatte keinen Sinn. Sie brachte keinen zusammenhängenden Satz heraus.

Elisabeth und Susanne blickten sich verwundert an. Trudi war ein blasses, stilles Mädchen, das man immer übersah. Sie war keine besonders gute Schülerin, im Schriftlichen mittelmäßig, im Mündlichen miserabel, weil sie sich so gut wie nie meldete. Nie zuvor hatte sie irgendwelchen Ehrgeiz an den Tag gelegt. Ein Gefühlsausbruch wie dieser passte überhaupt nicht zu ihr.

»Schluss jetzt mit dem Quatsch!«, donnerte der Lehrer. »Was ist das denn für ein Theater? Raus mit dir, Gertrud, aber plötzlich.«

Die Hände vors Gesicht geschlagen, wankte Trudi zur Tür. Als sie zehn Minuten später wieder hereinkam, war ihre Nase immer noch geschwollen, und die Lippen sahen aus, als flössen sie in ihr Gesicht hinein. Aber sie war jetzt gefasst, setzte sich ruhig auf ihren Platz und faltete die Hände auf dem Tisch. Als Marga ihr einen fragenden Blick zuwarf, schüttelte sie nur den Kopf.

Am nächsten Tag blieb ihr Platz leer.

»Ist Trudi krank?«, flüsterte Elisabeth Susanne zu, die ratlos die Schultern hob und wieder fallen ließ. Auch Marga wusste nicht, was mit ihr los war.

Sie ging nach der Schule in die Stadt, um ihr die Hausaufgaben vorbeizubringen. Kurz danach stürmte sie aufgeregt in Elisabeths und Susannes Zimmer, in dem die beiden Mädchen gerade Lateinvokabeln lernten.

»Die Trudi isch weg!«, rief sie laut.

»Wie – weg?«, fragte Susanne.

Marga ließ sich auf einen Stuhl fallen und fächelte sich mit der Hand Luft zu. Ihre Stirn glänzte vor Schweiß, und ihre Wangen leuchteten rot vor Aufregung. »Die Wohnung isch leer. Die sen umzoga.«

»Umzoga?« Susanne runzelte die Stirn. »Oifach so? Und warum hat se ons des net verzählt?«

»Weil äbba«, sagte Marga. Dann blickte sie sich verstohlen um und senkte die Stimme. »Die Nachbarin hat gsagt, dass mer se abg'holt hat.«

Abgeholt. Elisabeths Herz schlug schneller. Trudis Vater war vor einem halben Jahr plötzlich verstorben. Er war Arzt gewesen, ein beliebter, einflussreicher Mann in Schwäbisch Gmünd. Seitdem wohnte Trudi mit ihrer Mutter und deren Eltern zusammen. Und diese Großeltern, daran erinnerte sich Elisabeth jetzt, waren Juden.

»Aber Trudi ist doch getauft wie wir«, sagte sie. »Und ihre Mutter auch. Das ist bestimmt ein Versehen.«

Marga erhob sich achselzuckend. »I muss jetzt hoim.«

Am Abend hatten Susanne und Elisabeth Dienst bei den Jungmädels, und auf dem Weg zum Versammlungsraum gingen sie in der Bocksgasse vorbei, wo Trudi wohnte. Oder vielmehr gewohnt hatte, denn der Name Schäfer war auf keinem der Klingelschilder zu finden.

»Was passiert denn jetzt mit ihr?«, fragte Elisabeth leise.

»Die kommet in da Oschda«, gab Susanne ebenso leise zurück. »Älle Juda werda umg'siedelt.«

»Aber Trudi ist keine Jüdin. Sie ist hier geboren. Sie ist doch eine von uns.« Elisabeth suchte Susannes Blick, doch ihr Gesicht hatte etwas Wandartiges, Undurchdringliches.

Es war ein heißer Tag, die Sommerhitze lag faul auf den buckligen Dächern der alten Häuser.

Doch Elisabeth fröstelte. Sie dachte an Herrn Kuhn, der in Düsseldorf die Schneiderei auf der Blücherstraße gehabt hatte. Jahrelang hatte ihre Mutter dort ihre Kleider machen lassen, bis der Laden plötzlich geschlossen und Herr Kuhn verschwunden war. »Frag nicht«, hatte ihre Mutter gesagt, aber das hatte Elisabeth erst recht neugierig gemacht. Von ihrer Mutter bekam sie keine Antwort, aber von ihrem Vater.

Die Juden, sagte ihr Vater, seien eine minderwertige Rasse, die das deutsche Volk aussauge wie ein Parasit, die der Nation die Kraft raube und sie zugrunde richte, wenn man sich ihrer nicht erwehre.

Herr Kuhn war ein kleiner dicker Mann gewesen, der Elisabeth jedes Mal ein Lakritzbonbon geschenkt hatte, wenn sie in seinen Laden gekommen war. Nachdem er verschwunden war, probierte Frau Sonne drei andere Damenschneider aus, aber die Blusen, die sie ihr nähten, sagten ihr nicht zu, da kaufte sie sie lieber im Warenhaus von der Stange.

Herr Kuhn ist kein Parasit, dachte Elisabeth, genauso wenig wie Trudi und ihre Mutter Parasiten sind.

»Mir müsset zum Dienschd«, sagte Susanne. »Wir sin' schon spät dran.«

»Ich will da nicht hin«, erklärte Elisabeth mit fester Stimme.

Susannes Augen wurden groß vor Verwunderung. »Aber … du kannsch doch ned oifach wegbleiba.«

»Das mit Trudi«, sagte Elisabeth. »Das ist nicht recht.«

Susanne schob die Spitze ihres Zopfes in den Mund und nagte darauf herum.

»Sie hatte Angst. Deshalb hat sie gestern so geweint.« Elisabeth ballte ihre Fauste »Es ist nicht recht.«

Susannes Gesicht glühte. Sie sah aus wie ihre Mutter, wenn eines der Kinder ihr nicht gehorchte. »Komm, Elisabeth«, sagte sie leise und beschwörend. »Mir müsset los.«

»Ich gehe nicht mit«, beharrte Elisabeth trotzig.

Sie blieb hart und ließ Susanne allein zum Treffen der Jungmädels gehen. Auch in den nächsten beiden Wochen fehlte sie beim Dienst. Sie rechnete fest damit, dass die Gruppenleiterin sie aufsuchen und zur Rede stellen würde, und fieberte der Konfrontation regelrecht entgegen, obwohl sie keine Ahnung hatte, wie sie sich rechtfertigen würde. Aber nichts passierte, und niemand kam.

Nachdem Trudi verschwunden war, wurde nicht mehr von ihr gesprochen. Die Lehrer erwähnten sie mit keinem Wort, und die Schülerinnen fragten auch nicht nach ihr. Es war, als habe sie nie existiert.

Nur aus Elisabeths Kopf ließ sie sich nicht vertreiben. Sie geisterte in ihren Gedanken herum und schwebte über dem leeren Platz neben Marga. Sie drängte sich zwischen Elisabeth und Susanne. Und drängte sie auseinander.

Seit Trudi weg war, redeten sie kaum noch miteinander. Susanne machte oft den Versuch, mit Elisabeth über Belangloses zu plaudern, die Hausaufgaben, die Klassenkameraden, die Sommerferien in Weilerbach. Aber Elisabeth ging nicht darauf ein, sie antwortete kurz und einsilbig und wandte sich ab. Sie war sich selbst nicht im Klaren darüber, was sie von Susanne erwartete. Dass sie offen für Trudi Partei ergriff, dass sie ihr Verschwinden nicht einfach akzeptierte, sondern nachfragte, wo sie geblieben war? All das tat Elisabeth ja selbst nicht, weil sie wusste, dass es sie in größte Schwierigkeiten bringen würde.

Am letzten Schultag vor den Sommerferien ging Elisabeth in die Stadt, um ein paar Besorgungen zu machen. Auf dem Marktplatz traf sie Konstanze, ihre Gruppenleiterin bei den Jungmädels.

Konstanzes Augen weiteten sich vor Besorgnis, als sie Elisabeth sah. »Mensch, Elisabeth! Wie goht's dir denn?«

»Gut.« Elisabeth lächelte unsicher.

»Mir hen ons scho' Sorga g'macht«, fuhr Konstanze fort. »D' Susanne hot verzählt, wie krank du warsch!«

Elisabeth begriff. Susanne hatte also für sie gelogen. Obwohl Elisabeth sie nicht darum gebeten hatte. Wie konnte sie es wagen, sich ungefragt in ihre Angelegenheiten zu mischen? Auf einmal begann es vor Elisabeths Augen zu flackern, sie war wütend, so wütend, dass sie beschloss, die Sache auffliegen zu lassen, hier und jetzt. Wenn sie Konstanze erzählte, dass sie gar nicht krank gewesen war, sondern den Dienst aus Protest geschwänzt hatte, dann würde das schlimme Folgen haben, das war ihr klar. Für Elisabeth. Aber auch für Susanne. »Also, es ist so ...«

Konstanze unterbrach sie, indem sie ihr die Hand auf den Arm legte. »Du, i muss weiter. Mir fahret morga ens Zeltlager, i muss no' so viel erlediga. Sei mir ned bös. Mach's gut, gell! Heil Hitler.«

Sie verschwand zwischen den Marktständen und ließ Elisabeth mit ihrer überflüssigen Entschlossenheit stehen.

Am nächsten Tag wanderten sie zu viert zurück nach Weilerbach. Diesmal schwieg nicht nur Rüdiger, sondern auch Elisabeth. Susanne dagegen plauderte und scherzte mit Elmar, als wäre alles in schönster Ordnung.

Am Dorfbrunnen verabschiedeten sie sich, ohne sich für den nächsten Tag zu verabreden. Elisabeth war wild entschlossen, hart zu bleiben und sich während der gesamten Sommerferien nicht bei Susanne zu melden. Ohne ihre Nachhilfe würde Susanne im nächsten Schuljahr in Schwierigkeiten kommen, aber das war ihr Problem, dachte Elisabeth finster.

Ihre Mutter war sehr verwundert, als Elisabeth am nächsten Morgen zu Hause blieb, anstatt zum Pfarrhaus zu laufen.

»Habt ihr euch gestritten?«, fragte sie. »Was gab es denn?«

Elisabeth zuckte mit den Schultern. »Nichts. Mir ist eben nicht nach Gesellschaft.«

In der Dachkammer staute sich die Hitze. Als ihre Mutter nachmittags zu Frau Rossecker ging, hielt es auch Elisabeth nicht mehr in der Wohnung aus und rannte zum Weiher, wo sich die Dorfjugend vergnügte. Jungen und Mädchen planschten gemeinsam im Wasser. Elisabeth kannte keins der Kinder, sie waren alle viel jünger als sie. Ihre ehemaligen Klassenkameraden aus der Dorfschule hatten keine Zeit mehr zum Baden, sie arbeiteten auf dem Feld.

Im Weiher wurde gespritzt, gekreischt und gelacht. Elisabeth kaute missmutig an ihren Fingernägeln und dachte an die sechs Wochen Ferien, die vor ihr lagen. An das Pfarrhaus, in dem alle zusammen waren, nur sie fehlte.

Neben ihr ließ sich jemand zu Boden fallen.

»Isch des a Sauhitz'!« Es war Xaver, den sie seit Monaten nicht mehr gesehen hatte.

In der Zwischenzeit war er noch größer und kräftiger geworden. Sein Gesicht war tiefbraun gebrannt, die Brauen zwei dicke, struppige Balken über den Augen. Seine Wangen waren rasiert, und doch wirkte er bärtig, ein düsterer Schatten zog sich über die Oberlippe und übers Kinn.

»Kommsch mit ens Wasser?«

»Da rein?« Elisabeth zeigte auf den Weiher und lachte spöttisch.

»Siehsch no' a anders Wasser?« Er griff sich in den Nacken und zog sein Hemd über den Kopf, mit einer einzigen kraftvollen Bewegung. Sein nackter Oberkörper war muskulös und sehr viel heller als das Gesicht und die Arme. Elisabeth senkte den Blick. Die weiße Haut hatte etwas Verletzliches und gleichzeitig Aggressives. Sie spürte, wie ihre Wangen zu glühen begannen, und ärgerte sich darüber.

»Oder kannsch ned schwemme?«, fragte Xaver.

Die Frage war nicht ernst gemeint, und doch traf sie den Nagel auf den Kopf. Elisabeth hatte nie schwimmen gelernt. Der Weiher war nicht besonders tief, sie hätte an den meisten Stellen stehen können. Das trübe moosgrüne Wasser machte ihr dennoch Angst. Aber das würde sie Xaver bestimmt nicht auf die Nase binden.

Sein neugieriger Blick glitt über ihr Gesicht, was ihre Wangen noch heißer werden ließ.

»Brauchsch koi Angscht habe.« Genau dieselben Worte, die er vor einem Jahr zu ihr gesagt hatte, als sie auf dem Weg zum Pfarrhaus gewesen war.

»Ich habe keine Angst«, entgegnete sie.

Er lachte, stand auf und lief zum Weiher. Als er sich ins Wasser warf, erhob sie sich ebenfalls und ging weg, ohne sich noch einmal zu ihm umzudrehen.

Sie wollte eigentlich nach Hause, aber am Dorfbrunnen schlug sie den Weg zum Pfarrhaus ein. Die Sehnsucht war mit einem Mal übermächtig. Das Zerwürfnis mit Susanne kam ihr plötzlich lächerlich und nichtig vor. Was war denn groß geschehen? Eine Klassenkameradin hatte die Schule verlassen, den genauen Grund dafür kannte keiner. Deshalb gibt man doch keine Freundschaft auf, dachte Elisabeth und zog an der Glockenschnur neben der Haustür.

Sie hörte es im Inneren des Pfarrhauses läuten, wartete auf das Geräusch von Schritten, aber niemand kam. Vielleicht waren sie hinten im Garten. Elisabeth ging am Haus vorbei, zwischen dem Schuppen und dem Gemüsegarten hindurch. Als sie das Küchenfenster passierte, nahm sie im Inneren des Hauses eine Bewegung wahr. Sie starrte nach drinnen – und blieb wie versteinert stehen.

Vor dem Herd stand ein blasses Mädchen mit langen Zöpfen, sein Blick und der von Elisabeth verhakten sich ineinander. In den Augen des Mädchens lag blankes Entsetzen.

Elisabeth krallte sich mit beiden Händen am Fensterbrett fest, weil ihr plötzlich schwindlig war. Die Hitze war zu viel für sie, sie halluzinierte. Anders war es nicht zu erklären. Sie sah Dinge, die es nicht gab. Menschen, die nicht hier sein konnten.

Sie sah Trudi Schäfer in der Küche von Pfarrer Nolting.

7

Essen, 1962

Vor ihrem Haus stand ein Möbelwagen. Auf der Treppe begegneten Betty zwei Packer, Zigaretten im Mund, Schweißperlen auf der Stirn. Sie kamen aus dem ersten Stock, aus der Wohnung unter Betty und Martin, die bisher leer gestanden hatte.

In der offenen Wohnungstür lehnte die große dunkelhaarige Frau, die Betty an ihrem ersten Tag im Garten gesehen hatte. Auch sie rauchte. Als sie Betty sah, schob sie die Zigarette in den Mundwinkel und streckte ihr die Hand hin.

»Hallo! Wir sind jetzt Nachbarn. Ich bin Frau Ansbach.«

»Strissel.« Betty drückte die schmale Hand. »Willkommen. Wir wohnen oben im zweiten Stock.«

»Ich weiß. Ich hab Sie neulich am Fenster gesehen«, sagte Frau Ansbach. Betty dachte an ihr offenes Kleid und an Martins Hände und spürte, wie ihr Gesicht heiß wurde. Sie zupfte nervös an ihren Haaren, die wahrscheinlich in alle Richtungen standen. Sie hatte nach dem Schwimmen nicht mehr in den Spiegel geschaut.

Frau Ansbach war dagegen perfekt geföhnt. Sie sah aus wie eine Italienerin: Ihr dunkles kinnlanges Haar umspielte ein schönes Gesicht mit mandelförmigen Augen, einer ziemlich großen Nase und vollen Lippen. Ein breites rosa Seidenband hielt die hohe Stirn frei. Die Lippen glänzten in demselben zarten Rosaton.

»Kommen Sie«, sagte Frau Ansbach. »Ich mache uns eine Tasse Kaffee.«

Sie drehte sich um und verschwand in der Wohnung, bevor Betty erklären konnte, dass sie gar keine Zeit hatte. Sie musste noch spülen, waschen, aufräumen, einkaufen und kochen.

Wenn sie sich ein bisschen beeilte, wäre das allerdings alles kein Problem. Und sie war neugierig, wie die Wohnung von Frau Ansbach aussah.

Der Schnitt war genau wie oben, ein schmaler Flur, zwei Türen links, zwei rechts. Links war das Schlafzimmer, dahinter die Küche, geradeaus ging es ins Bad, und die rechten Türen führten ins Wohnzimmer und in ein weiteres Schlafzimmer, das Betty und Martin *das Kinderzimmer* nannten.

Frau Ansbach stand in der Küche und löffelte Kaffeepulver in eine Filtertüte. »Mögen Sie ihn stark?«, fragte sie, ohne sich zu Betty umzudrehen.

»Gerne.«

»Das ist gut. Mir kann er nicht kräftig genug sein.« Sie streckte sich, um einen Teller aus dem Schrank zu holen, und legte zwei Stück Bienenstich darauf.

Als ob sie mich erwartet hätte, dachte Betty, während Frau Ansbach den Kuchen auf den Tisch stellte und zwei weitere Teller dazu. Das Wasser gurgelte durch den Filter in die Kanne. Frau Ansbach holte Sahne und Zucker und schenkte den Kaffee ein.

»Auf gute Nachbarschaft.« Sie prostete Betty mit ihrer Tasse zu. Dann erzählte sie, dass sie und ihr Mann aus Unna kamen. Sie waren nach Essen gezogen, weil Herr Ansbach hier Arbeit gefunden hatte. »Als Pförtner bei Krupp.«

»Mein Mann ist auch bei Krupp«, sagte Betty. »In der Buchhaltung.«

»Na, das ist ja ein Zufall.« Frau Ansbach lud ihr ein Stück Bienenstich auf den Teller. »Ich hoffe, er schmeckt. Ich hab ihn in der Bäckerei an der Ecke gekauft.«

»Vielen Dank.« Das Schwimmen hatte Betty hungrig gemacht. Und Süßem konnte sie ohnehin nicht widerstehen.

»Guten Appetit. Stört es Sie, wenn ich rauche?«

»Natürlich nicht.« Betty deutete auf das andere Stück. »Mögen Sie keinen Kuchen?«

»Ich mache mir nichts daraus. Außerdem will ich abspecken.« Sie klopfte sich mit der Linken auf den Bauch, der so flach wie ein Brett war.

»Abspecken? Das ist aber nicht Ihr Ernst.«

»Nur ein paar Kilo. Aber lassen wir das.« Frau Ansbach blies den Rauch zur Decke. »Erzählen Sie mir von sich.«

»Da gibt es nicht viel zu erzählen. Mein Mann und ich haben vor zwei Wochen geheiratet und sind hier eingezogen.«

»Sie kommen aus Essen?«

»Martin ja. Ich stamme ursprünglich aus Düsseldorf. Aber ich lebe nun auch schon zehn Jahre hier.«

»Aus Düsseldorf kommen Sie?« Noch ein Rauchring. »Ich bin auch in Düsseldorf aufgewachsen. Als ich zwölf war, sind meine Eltern ins Westfälische gezogen. Aber meine Heimat ist und bleibt Düsseldorf. Was für eine schöne Stadt. Dagegen kann Essen nicht anstinken. Dieser Dreck hier. Schauen Sie sich die Fenster an. Letzte Woche hab ich sie geputzt, und jetzt sind sie schon wieder schwarz vor Ruß.« Angewidert verzog sie das Gesicht.

Betty zuckte mit den Schultern. Seit sie aus Düsseldorf weggezogen war, hatte sie keinen Fuß mehr in ihre Heimatstadt gesetzt. Warum hatte sie Frau Ansbach überhaupt erzählt, dass sie von dort stammte? Normalerweise verschwieg sie das immer. Normalerweise verschwieg sie alles, was länger zurücklag als zehn Jahre.

Im Wohnzimmer rumpelte etwas. Ein Mann fluchte laut. Frau Ansbach verdrehte die Augen.

»Wollen Sie nicht nachsehen, was passiert ist?«, fragte Betty.

Frau Ansbach winkte ab. »Nicht nötig. Unsere Möbel sind nichts wert. Nicht schlimm, wenn da was kaputtgeht.«

»Wie Sie meinen.« Betty nahm einen Schluck Kaffee und hätte ihn fast wieder ausgespuckt, so bitter war er. Sie hatte schon zwei Löffel Zucker genommen, rührte aber nun noch zwei weitere ein und gab so viel Kaffeesahne hinzu, dass die Tasse fast überlief.

Aber als sie wieder kostete, merkte sie kaum einen Unterschied. Frau Ansbach dagegen trank ihren Kaffee mit offensichtlichem Genuss.

»Wo haben Sie in Düsseldorf gewohnt?«, fragte sie. »Unsere Wohnung war in Pempelfort, ganz in der Nähe vom Hofgarten. Ich bin in der Lennéstraße zur Schule gegangen. Ach, wunderbare Jugend. Obwohl damals alles zerbombt war. Und Hunger hatten wir auch ständig.«

»Aha.« Ob es sehr unhöflich wäre, den Kaffee einfach stehen zu lassen? Trinken konnte sie ihn jedenfalls nicht. Schon der bittere Geruch, der von der Tasse aufstieg, sorgte dafür, dass sich Bettys Magen krümmte wie ein Hund in Erwartung eines Trittes. Sie beschloss zu fliehen und erhob sich. »Ach, du liebe Zeit. Mir ist gerade eingefallen, dass gleich noch ein Handwerker kommt. Den darf ich auf keinen Fall verpassen.«

»Aber Sie haben doch Ihren Kuchen noch gar nicht gegessen«, sagte Frau Ansbach. »Und Kaffee ist auch noch da. Warum hängen Sie nicht einfach einen Zettel an die Tür, dass Sie hier unten bei mir sind?«

»Ein anderes Mal gerne. Aber heute habe ich wirklich keine Zeit.« Betty war schon im Flur. Leider kam sie nicht ins Treppenhaus, die beiden Packer schleppten nämlich gerade ein schweres Eichenbüfett in die Wohnung. Es passte millimetergenau durch die Tür in die Diele, aber dort konnte es natürlich nicht bleiben, sondern musste ins Wohnzimmer.

»Na, so ein Pech«, sagte Frau Ansbach. »Jetzt sind wir hier gefangen. Kommen Sie, wir setzen uns noch einmal hin.«

Widerwillig ging Betty zurück zum Tisch. Der bittere Kaffeegeruch ekelte sie. Auch der fettig glänzende Bienenstich war ihr auf einmal zuwider. Sie hielt die Luft an und richtete den Blick auf die Tür.

»Jetzt erzählen Sie doch mal«, fing Frau Ansbach wieder an. »Wo haben Sie in Düsseldorf gewohnt?«

»Außerhalb.« Bettys Stimme klang gepresst. »Schon fast auf dem Land.«

»Ach so.« Frau Ansbach lächelte.

Nun hatten die beiden Männer das Büfett endlich ins Wohnzimmer manövriert, der Weg war frei. Betty sprang sofort wieder auf.

»Vielen Dank für Kaffee und Kuchen. Kommen Sie doch bei Gelegenheit mal hoch zu mir, dann kann ich mich revanchieren.«

»Das mache ich gern.« Frau Ansbach stand ebenfalls auf. »Und Sie müssen mich auch wieder besuchen. Beim nächsten Mal mach ich den Kaffee auch nicht mehr so stark.«

»Ich bitte Sie …«, wollte Betty widersprechen, aber Frau Ansbach wischte den Einwurf mit einer Handbewegung beiseite.

»Meinen Sie, ich habe nicht gemerkt, dass er Ihnen nicht schmeckt? Und dass Sie nicht gerne von Düsseldorf sprechen, ist mir auch nicht entgangen.«

»Na, also, was Sie so denken.« Betty lachte, aber es klang nicht amüsiert, sondern gequält. Wie Frau Ansbach sie jetzt ansah. So durchdringend und zweifelnd. »Ich muss jetzt wirklich …«

»Natürlich. Lassen Sie sich bloß nicht aufhalten. Ich habe heute auch noch einiges zu tun. Ich will mir nämlich eine Arbeit suchen.«

»Eine Arbeit?« Herr Ansbach war wohl ein liberaler Mann. Martin hätte es nie und nimmer erlaubt, dass Betty nach der Heirat weiter als Verkäuferin gearbeitet hätte.

»Sonst können wir uns die Miete nicht leisten.« Frau Ansbach zog eine Grimasse. »Also, wenn Sie mal was hören …«

»In der Bäckerei Storz suchen sie jemanden für den Verkauf«, sagte Betty. »Ich habe bisher dort gearbeitet. Es ist natürlich nichts Besonderes …«

»Das klingt wunderbar. Wo ist die Bäckerei denn?«

»Pielstieckerstraße 5. Gar nicht weit von hier. Die Chefin heißt Storz. Grüßen Sie sie von mir, das hilft vielleicht.«

»Das mach ich glatt. Vielen Dank für den Tipp. Ich geb Ihnen Bescheid, ob es geklappt hat.«

»Tun Sie das.« Betty reichte Frau Ansbach die Hand, dann klemmte sie die Tasche mit den nassen Badesachen unter den Arm und entschwand.

Am Sonntagmorgen gingen Martin und Betty in die Kirche. Sie saßen wie immer in der letzten Reihe, darauf bestand Betty. Dennoch wurde sie das unangenehme Gefühl nicht los, dass Schwester Edeltraud hinter ihr saß und die Augen in ihren Rücken bohrte. Gottes Anwesenheit spürte Betty dagegen nie, vermutlich war er kein Kirchgänger.

Nach der Kirche gingen sie zu Martins Mutter. Sie hatte Schweinebraten mit Kartoffelklößen und Kraut gemacht. Auf schlesische Art, wie alles, was sie kochte. Das Essen war schwer, die Portionen reichhaltig, auch das war wie immer.

»Noch ein bisschen Braten?«, fragte Mutti. Die Gabel mit der Fleischscheibe schwebte bereits über Bettys Teller.

»Danke, ich kann wirklich nicht mehr. Leider. Es schmeckt ja so gut.«

»Du hast doch kaum etwas gegessen«, sagte Hedwig vorwurfsvoll, dabei hatte Betty vier Klöße und zwei Portionen Fleisch verdrückt. »Du wirst immer dünner, Betty.«

»Das stimmt überhaupt nicht! Seit der Hochzeit hab ich bestimmt schon vier Kilo zugenommen.«

»Und ich auch«, erklärte Martin. »Du hättest Betty das Kochbuch nicht schenken dürfen, Mutter. Jeden Tag probiert sie ein neues Rezept aus, und ich esse viel mehr, als mir guttut.«

»Nun hört aber auf. Ihr seid beide dürr wie Bohnenstangen.« Hedwig steuerte die Gabel mit dem Fleischstück zum Teller ihres Sohnes, wo sie die Bratenscheibe platzierte, ohne ihn zu fragen, ob er noch etwas wollte. »Lasst es euch schmecken, was soll ich denn sonst mit dem ganzen Essen anfangen?«

»Das solltest du dir lieber vorher überlegen. Jeden Sonntag kochst du, als ob du eine ganze Kompanie verpflegen müsstest.«

»Lass doch, Martin«, sagte Betty. »Der Braten schmeckt auch kalt gut.«

»Ich habe auch noch Streuselkuchen«, erklärte Mutti. »Ihr bleibt doch zum Kaffeetrinken?«

»Das geht nicht«, sagte Martin. »Wir haben heute Abend Gäste. Betty muss noch das Essen vorbereiten.«

»Davon wusste ich ja gar nichts. Wer kommt denn?«

»Die Nachbarn von unten«, antwortete Betty. »Sie haben uns letzte Woche eingeladen, und nun sind wir an der Reihe.«

»Das ist ja nett, dass ihr euch angefreundet habt. Was wirst du kochen?«

»Nichts Großes. Wir haben kalte Platten bestellt. Dazu gibt es Eiersalat und Pommes frites.«

»Pommes frites?« Mutti runzelte die Stirn.

»Selbst gemacht«, sagte Betty stolz. »Martin hat mir eine Fritteuse geschenkt. Damit gelingen sie wunderbar.«

»Ich mach mir nichts aus dem Zeug. Pellkartoffeln sind mir lieber. Die sind auch viel gesünder.«

»Wenn du uns das nächste Mal besuchst, mach ich dir eine Portion von meinen Pommes frites, Mutti«, versprach Betty. »Du wirst sie lieben, das garantier ich dir.«

»Meine Mutter wirst du nicht überzeugen können. Sie isst nur Sachen, die in Schlesien erfunden worden sind«, spottete Martin.

Muttis Miene verdüsterte sich. Wenn es um ihre verlorene Heimat ging, hörte für sie der Spaß auf. Über Schlesien konnte sie nicht lachen. Es zerriss ihr das Herz, dass ihr Sohn sich kaum noch daran erinnerte. Dass er die alten Geschichten, die Erinnerungen und Anekdoten, auch gar nicht mehr hören wollte. Und dass er nicht im Traum daran dachte, nach Schlesien zurückzugehen.

»Hast du eigentlich daran gedacht, mir die Tomaten und Gurken für den Garten vorzuziehen?«, fragte Betty, um ihre Schwiegermutter von ihrer verlorenen Heimat abzulenken.

Es wirkte, Muttis Gesicht hellte sich wieder auf. »Natürlich habe ich daran gedacht. Ich hab auch Salat ausgesät. Und Rettich und Kohlrabi.«

»Wunderbar.« Betty warf Martin einen warnenden Blick zu. Wenn er jetzt bloß nicht davon anfing, dass ihm Kohlrabi zuwider war. Sie würde die Setzlinge mit nach Hause nehmen und stillschweigend vernichten, und seiner Mutter würden sie erzählen, dass sie die Schnecken gefressen hatten. »Wann können wir sie denn ins Freie setzen?«

»Nicht vor Mai«, sagte Mutti. »Was sind denn das für Leute, eure Nachbarn?«

»Der Mann ist auch bei Krupp«, erzählte Martin. »Die Frauen haben sich kennengelernt, als sie bei uns im Haus eingezogen sind, und jetzt sehen wir uns hin und wieder.«

Hin und wieder, das war allerdings eine Untertreibung. Seit Betty und Frau Ansbach den ersten Kaffee getrunken hatten, trafen sie sich fast täglich. Manchmal allein, oft auch mit den Männern. Man trank nach Feierabend ein Glas Bier zusammen, spielte Karten oder schaute fern, seit zwei Wochen hatten Martin und Betty nämlich einen Fernsehapparat. Manchmal gingen sie auch kegeln oder spazierten durch den Park.

Die Ansbachs waren ein seltsames Paar, im Grunde passten sie überhaupt nicht zusammen. Karlheinz – inzwischen waren sie alle zum Du übergegangen – war ein rundlicher, gutmütiger Mann, der gerne Witze erzählte, über die er dann selbst am lautesten lachte.

Gabriele Ansbach war ein ganzes Stück größer als er. Sie war schön, klug und belesen. Während Karlheinz nur die Volksschule absolviert hatte, hatte sie die mittlere Reife. Danach hatte sie eine Bürolehre begonnen, die sie allerdings nie zu Ende gebracht hatte, weil sie sich mit ihrem Chef überworfen hatte.

»Er hat mich ständig betatscht, der Mistkerl«, hatte sie Betty erzählt. »Bis ich ihm eine Ohrfeige verpasst habe. Dann war Schluss – mit der Grabscherei, aber auch mit der Lehre. Am nächsten Tag haben sie mir meine Papiere gegeben.«

»Besser so«, fand Betty.

»Nicht für mich.« Gabriele zog eine Grimasse. »Wenn ich noch mal die Chance hätte, würde ich die Zähne zusammenbeißen und die Lehre zu Ende bringen. Inzwischen wäre ich längst fertig. Ich hätte mir eine andere Stelle gesucht. Vermutlich würde ich heute wieder in Düsseldorf wohnen, in meiner eigenen kleinen Wohnung. Stattdessen hab ich Karlheinz geheiratet und backe kleine Brötchen. Oder vielmehr: Ich verkaufe sie.« Sie hatte nämlich Bettys alte Stelle in der Bäckerei Storz bekommen.

»Aber es geht dir doch gut mit Karlheinz«, wandte Betty ein. »Ich finde, er ist ein netter Mann.«

Gabriele seufzte. Karlheinz hatte Dreher gelernt, aber schon im ersten Jahr bei einem Unfall drei Finger verloren. Danach konnte er seinen Beruf nicht mehr ausüben, nur mit sehr viel Glück war es ihm gelungen, die Stelle als Pförtner bei Krupp zu bekommen. Er war zufrieden, aber Gabriele träumte von mehr. Vom Einkaufsbummel auf der Königsallee, von Urlaubsfahrten nach Italien, von einem eigenen Auto.

»Und wenn du das alles hättest, würde es dir auch nicht lange genügen«, sagte Betty. »Man will immer mehr, als man hat.«

»Das stimmt nicht. Karlheinz will nicht mehr. Und du auch nicht. Du bist überhaupt die zufriedenste Person, die ich kenne.«

Betty lächelte. Sie hatte ja auch allen Grund zur Zufriedenheit. Sie war mit einem wunderbaren Mann verheiratet und hatte eine traumhafte Wohnung mit Fernseher und Garten. Sie musste nicht mehr arbeiten gehen, sie konnte den ganzen Tag tun und lassen, was sie wollte.

»Du verstehst dich sogar mit deiner Schwiegermutter«, sagte Gabriele, die sich mit Karlheinz' Mutter regelmäßig stritt, dass die

Fetzen flogen. »Ich wünschte, ich hätte deine Ausgeglichenheit. Gibt es ein Rezept dafür? Verrat es mir.«

Schwester Edeltraud, dachte Betty. Sie war der Dorn in Bettys Fleisch, der sie daran erinnerte, wie erbärmlich ihr Leben einst gewesen war und wie gut es ihr heute ging. Und wie zerbrechlich ihr Glück war. Denn es stand ihr nicht zu, sondern war ihr bloß in den Schoß gefallen und konnte ihr jederzeit wieder entgleiten.

»Du hörst uns ja gar nicht zu, Liebes«, sagte Martin. »Mutter hat dich etwas gefragt.«

Betty sah ihre Schwiegermutter verwirrt an. »Entschuldige. Ich war mit meinen Gedanken woanders.«

»Beim Essen für heute Abend?« Mutti lächelte. »Keine Angst, ich will euch nicht mehr lange aufhalten. Ich wollte nur wissen, ob du den Streuselkuchen mitnehmen willst.«

»Er ist nach original schlesischem Rezept gebacken«, sagte Martin. Seine Mutter warf ihm einen vorwurfsvollen Blick zu.

»Wir essen ihn hier«, entschied Betty. »So viel Zeit muss sein. Ich muss auch gar nicht so viel machen. Die Platten werden geliefert, den Rest hab ich im Handumdrehen fertig.«

Ihre Schwiegermutter tätschelte ihre Hand. »Was bist du nur für ein tüchtiges Mädchen«, sagte sie stolz.

Martin war verstimmt.

»Ich frage mich, warum wir immer so lange bleiben müssen«, schimpfte er, als sie endlich die Haustür aufschlossen. »Der ganze Tag ist hinüber. Ich will mich am Wochenende entspannen, die Woche ist hart genug.«

»Bei deiner Mutter kannst du dich doch entspannen«, sagte Betty. »Sie macht alles für uns, und du musst keinen Finger rühren.«

»Dafür quasselt sie in einer Tour.« Martin streifte seine Schuhe ab, ohne die Schnürsenkel zu öffnen. Er ließ sie einfach im Flur liegen, den einen hier, den anderen dort, ging ins Wohnzimmer und ließ sich aufs Sofa fallen.

Betty räumte die Schuhe in den Schuhschrank. »Sie ist einsam. Sie kennt hier in Essen so wenige Leute. Und seit du ausgezogen bist …«

»Das ist doch nicht meine Schuld, dass sie keine Freunde hat. Sie wohnt jetzt schon so lange hier. Aber mit dem Kopf ist sie immer noch in Schlesien, das ist ihr Problem.«

Betty antwortete nicht. Sie ging die Post durch, die sie mit nach oben gebracht hatten, sie hatte nämlich am Vortag vergessen, den Briefkasten zu leeren. Ein Werbeprospekt, die Stromrechnung und ein Brief in einem sahneweißen weich gefütterten Umschlag. Betty schlitzte ihn mit dem Zeigefinger auf und zog eine ebenso sahneweiße Karte heraus.

Einladung zu unserer Vermählung, stand da in einer geprägten Goldschrift. *Von Klaus Stricker und Sieglinde Abt.*

Betty klappte die Karte auf. *10 Uhr: Feierliche Hochzeitsmesse in der Herz-Jesu-Kirche. Danach laden wir zum Essen in die Gaststätte »Zum roten Affen« ein. Um Antwort wird gebeten.*

Sie klappte die Karte wieder zu.

Wie sie Sieglinde einschätzte, hatte sie eine Menge Gäste eingeladen. Es gäbe ein Menü mit vier Gängen, danach Buttercremetorte und Sahneschnitten. Am Abend Tanz. Und einen Monat nach der Hochzeit wäre Sieglinde schwanger.

Während Betty und Martin immer noch darauf warteten, dass es endlich passierte.

Martin ist der geborene Schürzenjäger, hörte sie Sieglinde wieder zischen. So einer ändert sich nie.

Erst will sie mir Martin miesmachen. Und dann heiratet sie diesen Langweiler, dachte Betty. Klaus, der kein anderes Thema kannte als seine miese Bezahlung. Und die Modelleisenbahnen, mit denen er seinen Feierabend verbrachte.

Sie wog die Karte einen Moment lang in der Hand, dann riss

sie sie langsam mitten durch. Und zerriss auch den Umschlag, einmal und noch einmal und immer so weiter, bis die kleine Kommode im Flur mit winzigen Kartenschnipseln bedeckt war, die kein Mensch mehr entziffern konnte. Sie fegte sie in ihre Hand und trug sie in die Küche, wo sie sie im Mülleimer entsorgte. Darunter lag ein alter Kaffeefilter. Mit Genugtuung beobachtete sie, wie sich die sahneweißen Papierschnitzel braun verfärbten.

Um Antwort wird gebeten.

»Aber was, wenn die Post nie angekommen ist?«, murmelte sie.

»Was?«

Betty fuhr herum. Martin war in die Küche getreten. Hastig schloss sie den Deckel des Mülleimers und drehte sich zu ihm um.

»Nichts.«

»Ich dachte, du hättest etwas gesagt.« Er schlang die Arme um sie, zog sie mit dem linken an sich, während er mit der rechten Hand den Reißverschluss ihres Oberteils öffnete.

»Was machst du denn?«, fragte sie. »Ich muss doch noch den Eiersalat …«

»Später«, murmelte er und küsste sie.

Sie schloss die Augen und schmiegte sich an ihn.

Martin ist der geborene Schürzenjäger.

Er war vielleicht ein Schürzenjäger, dachte Betty. Aber nun hat er mich und bekommt, was er will. Mehr als genug.

8

Weilerbach, 1943

Elisabeth machte auf dem Absatz kehrt und hastete zurück zur Straße. Sie musste in den Schatten, ins Kühle, um wieder zu Verstand zu kommen. Sie musste weg.

Als sie die Vorderseite des Pfarrhauses erreicht hatte, wurde die Haustür aufgerissen.

»Elisabeth!« Pfarrer Noltings Stimme dröhnte über die Straße.

Sie blieb stehen, ohne sich zu ihm umzudrehen, aber ihr Herz rannte weiter und schlug dabei wie rasend. Trudi in der Küche des Pfarrhauses. Hatte sie sich das wirklich nur eingebildet?

»Hierher, Elisabeth!«, rief der Pfarrer, als ob sie ein Hund wäre.

Nun sah sie ihn an.

Die Augen in den tiefen, dunklen Höhlen flackerten unruhig, sein Blick machte ihr Angst. Am liebsten wäre sie geflohen, aber sie schaffte es nicht, sich ihm zu widersetzen. Sie senkte den Kopf und trottete zu ihm.

Er wartete, bis sie in den Flur getreten war, dann zog er die Tür ins Schloss. Dabei zuckte sie zusammen, als habe er sie geohrfeigt.

»Was willst du hier?«, herrschte er sie an.

»Ich … nichts …« Sie schwitzte. »Ich wollte Susanne besuchen.«

»Warum schleichst du dich ums Haus wie ein Dieb?«

Ihr Herzschlag dröhnte in ihren Ohren. Sie wagte nicht, ihm in die Augen zu sehen. »Ich wollte nichts Böses, wirklich nicht. Ich dachte nur …«

»Auf die Elisabeth isch Verlass, Vater.« Das war Susannes Stimme. Sie stand auf einmal auf der Treppe und lächelte Elisabeth aufmunternd zu. »Die verrät uns ned.«

Herrn Noltings Blick wanderte von Elisabeth zu seiner Tochter und wieder zurück. Seine Augen durchbohrten Elisabeth, sie nagelten sie an die Wand.

»Trudi.« Elisabeths Stimme war ein bloßes Krächzen. »Sie ist wirklich hier, oder?«

Der Pfarrer antwortete nicht. Ihr Mund war entsetzlich trocken. Ihre Gedanken flogen durcheinander. Was machte Trudi in der Küche des Pfarrhauses? Warum war sie hier? Was hatte der Pfarrer mit ihr vor?

Sie sah Susanne an, blickte in ihr rundes rotwangiges vertrautes Gesicht. Sah, wie sie lächelte, und wurde augenblicklich ruhiger. Niemals würde ihre Freundin zulassen, dass ihr Vater ihr etwas zuleide tat.

»Komm in mein Zimmer, Elisabeth«, befahl Herr Nolting. »Und du auch, Susanne.«

Nachdem Trudi in der Schule in Tränen ausgebrochen war, war Susanne zu ihr gegangen und hatte erfahren, dass die Schäfers und Trudis Großeltern in größter Gefahr schwebten. Trudis katholischer Vater hatte die Familie vor der Deportation geschützt. Doch seit er tot war, rechneten sie täglich damit, dass man sie abholte und in den Osten brachte. Susanne hatte Trudi und ihrer Mutter die Adresse des Pfarrhauses gegeben, und noch am selben Tag war die Familie nach Weilerbach aufgebrochen. Und nun wurden sie im Pfarrhaus versteckt, bis man einen sicheren Ort für sie gefunden hatte, an dem sie den Krieg überdauern konnten.

Das erfuhr Elisabeth in Pfarrer Noltings staubigem Arbeitszimmer.

»Wenn rauskommt, dass sie hier sind, sind sie alle verloren«, schloss Herr Nolting seinen Bericht. »Und wir auch.«

»Von mir wird niemand etwas erfahren«, sagte Elisabeth.

Sie sah die Zweifel im Gesicht des Pfarrers und seine Angst. Und senkte den Blick und erkannte, dass seine Hände zitterten. Herr Nolting war kein guter Lügner, im Verhör wäre er sofort aufgeflogen.

»Ich habe ihnen hundertmal gesagt, dass sie nicht in die Küche gehen sollen«, murmelte er, mehr zu sich selbst als zu Elisabeth.

»Die hocket die ganz' Zeit im Keller rum«, sagte Susanne. »Do wirsch ja verrückt.«

»Verrückt?« Die Stimme des Pfarrers überschlug sich fast vor Empörung. »Wenn Eisenbart oder ein anderer von diesen Holzköpfen mitbekommt, dass sie hier sind, dann sind wir alle tot. Darum geht es und um nichts anderes.«

Elisabeth schluckte. Eisenbart war der Bürgermeister von Weilerbach, der gleichzeitig Ortsgruppenleiter war, ein glühender Nazi.

»Ich werde niemandem etwas sagen, wirklich nicht«, beteuerte sie noch einmal. »Bestimmt nicht.«

»Was ist mit deiner Mutter?«, fragte der Pfarrer.

»Ich erzähle ihr nichts.« Meine Mutter wäre die Letzte, die das Geheimnis ausplaudern würde, dachte Elisabeth. Frau Sonne redete ja mit niemandem außer der Rossecker, und Frau Rossecker hatte wiederum niemand außer Frau Sonne. Aber sicher war sicher.

»Auf die Elisabeth isch Verlass, Papa«, wiederholte Susanne und lächelte Elisabeth zu. Dabei hatte sie selbst Elisabeth auch nicht vertraut und ihr nicht erzählt, dass sie Trudis Familie zu ihren Eltern geschickt hatte.

Wie dumm sie gewesen war, wurde Elisabeth jetzt klar. Vorgestern war sie kurz davor gewesen, Konstanze zu verraten, dass sie den Dienst geschwänzt hatte, nur um Susanne eins auszuwischen. Ihr wurde heiß und kalt bei dem Gedanken, was der lächerliche Protest hätte auslösen können.

»Jesus«, murmelte der Pfarrer. Wieder bohrten sich seine unruhigen Augen in die von Elisabeth, als wollte er darin lesen, ob sie wirklich aufrichtig war. Sie bemühte sich, den Blick nicht zu senken. Ihm standzuhalten.

»Ich schwör's, dass ich niemand etwas verraten werde«, flüsterte sie.

Der Pastor glaubte ihr oder glaubte ihr nicht. Er rieb sich mit beiden Händen übers Gesicht und stand auf. »Ich werde unsere Gäste noch einmal ermahnen.«

Nachdem sich die Tür hinter ihm geschlossen hatte, blickten sich die beiden Freundinnen an.

»Tut mir leid«, sagte Susanne. »Aber i hab doch nix saga dürfa.«

»Du hättest doch wissen müssen, dass du dich auf mich verlassen kannst«, sagte Elisabeth und dachte wieder voller Unbehagen an die Begegnung mit Konstanze auf dem Markt.

Susanne zuckte mit den Schultern. »Wir müsset halt aufpassa. Keiner darf wissa, was wir machat oder denkat. Deshalb geh i au zum Heimabend. Und Elmar und Rüdiger müsset zur HJ.« Sie zog eine Grimasse. »Des isch älles Theater.«

Elisabeth dachte daran, wie oft sie selbst mit Inbrunst *Die Fahne hoch* und *Die Jugend marschiert* geschmettert hatte, und Susanne hatte neben ihr gestanden und mit der gleichen Begeisterung mitgesungen, aber bei ihr war es nur Theater. Die Uniform mit dem dunkelblauen Rock, der weißen Bluse, dem schwarzen Halstuch und dem Lederknoten war ihr Kostüm in einem bizarren Stück, in dem sie die Schurkenrolle spielte. Ihre Darstellung hatte alle überzeugt, auch Elisabeth.

Die Familie hielt zusammen, aber Elisabeth gehörte nicht zur Familie, deshalb war sie außen vor geblieben. Bis sie zufällig am Haus vorbeigegangen war und Trudi in der Küche gesehen hatte.

»Hilfsch du mir jetzt wieder mit Latein und Griechisch?«, fragte Susanne leise.

Elisabeth nickte. »Natürlich. Wir können gleich anfangen, wenn du willst.«

Sie verbrachte von da an noch mehr Zeit mit der Pfarrersfamilie. Tagsüber lernte sie mit Susanne, abends saß sie oft im Kreis der Familie im Wohnzimmer.

Abends durften auch Trudi, ihre Mutter und die Großeltern nach oben, denn nun waren die Vorhänge zugezogen, und keiner konnte sie sehen. Frau Schäfer und ihre Eltern, die sich Rötlich schrieben, hockten stumm auf ihren Stühlen und kneteten die Hände im Schoß, als ob sie sehnsüchtig darauf warteten, dass sie endlich wieder zurück in den Keller durften. Niemals beteiligten sie sich am Gespräch, niemals wechselten sie untereinander ein Wort. Sie bedienten sich auch nur sehr zögerlich und nach mehrmaliger Aufforderung an den Nüssen oder Apfelschnitzen, die Frau Nolting anbot.

Nach drei Tagen waren sie plötzlich verschwunden.

»Die sin' in Sicherheit«, sagte Susanne, als Elisabeth nachfragte, wohin man sie gebracht habe. »Je weniger mir wisset, desto besser.«

Das ganze Haus schien danach aufzuatmen. Herrn Noltings Schultern strafften sich wieder, seine Augen verloren ihr Flackern und seine Bewegungen die Fahrigkeit. Genau wie nach ihrem ersten Verschwinden in Schwäbisch Gmünd erwähnte man die Juden mit keinem Wort mehr. Und doch war es ganz anders.

Die Noltings hatten Trudi und ihrer Familie das Leben gerettet. Und Elisabeth hatte ihren Teil zu dieser Rettung beigetragen, indem sie geschwiegen hatte. Sie hatte bewiesen, dass man ihr trauen konnte.

An den Abenden im Pfarrhaus wurden Kerzen angezündet. Frau Nolting strickte oder stopfte. Die anderen unterhielten sich oder spielten Karten. Manchmal holte Elmar seine Gitarre, und Herr

Nolting setzte sich ans Klavier, dann wurde musiziert und gesungen.

Gott war immer bei ihnen. Er war im flackernden Licht der Kerzen, im Tee in ihren Tassen, in der Musik und in jedem von ihnen.

Rüdiger beteiligte sich nur selten an den Gesprächen. Er saß stets auf demselben Sessel am Fenster, beugte sich über seine Bücher, meist las er Gedichte oder die Bibel. Manchmal notierte er seine Gedanken in einem schwarz gebundenen Notizbuch. Seine Handschrift war winzig, wunderschön und sehr präzise, niemals sah Elisabeth, dass er ein Wort durchstrich oder korrigierte.

Sie hätte so gerne gewusst, was er da aufschrieb.

Dass Elisabeth nun dazugehörte, zeigte sich daran, dass niemand mehr ein Blatt vor den Mund nahm, wenn sie zugegen war. Man redete offen über die Schandtaten der Nazis, über den Krieg, den man längst verloren gab, über den Tyrannenmord, den man herbeisehnte.

Es erschreckte Elisabeth, mit welch glühender Leidenschaft Pfarrer Nolting davon sprach, dass irgendjemand den verhassten Diktator erschießen, in die Luft sprengen, vergiften sollte.

»Aber es ist doch gegen das fünfte Gebot«, wagte sie einmal einzuwenden.

Da wurden die Augen des Pfarrers wieder düster und traurig. »Es wäre aber in Gottes Sinne, wenn einer stirbt, damit Millionen leben«, erklärte er. »Dieser Krieg muss enden, bevor die ganze deutsche Nation vernichtet und ausgelöscht wird. Und bevor sie uns allen die Söhne nehmen und ins Verderben schicken wie so viele Unschuldige zuvor.« Seine Stimme bebte.

Frau Nolting ließ ihr Strickzeug sinken und wischte sich verstohlen mit dem Handrücken über die Augen. Herr Nolting war bisher vom Wehrdienst verschont geblieben, weil er nur noch einen Lungenflügel hatte und deshalb dienstuntauglich war. Aber Rüdiger würde im Herbst sechzehn Jahre alt werden. Wenn er in

Stuttgart, Nürnberg oder Düsseldorf zur Schule gegangen wäre, wäre er längst zur Flak eingezogen worden, aber im friedlichen Schwäbisch Gmünd gab es keine Geschützstellungen, in denen er dienen konnte. Wie lange würden er und seine Klassenkameraden noch verschont bleiben? An der Ostfront fielen die Soldaten wie Dominosteine, der Bedarf an Nachschub wurde immer größer.

Herr Nolting legte seine Hand auf die seiner Frau. »Gott hält seine schützende Hand über uns«, sagte er. »Wenn wir auf ihn vertrauen, wird uns nichts Böses geschehen.«

Der Führer aber war der Antichrist. Beim Frühstück und Mittagessen hörte Elisabeth seine schnarrende Stimme aus dem Volksempfänger dringen, der auf dem Fensterbrett neben dem Esstisch stand. Hitler forderte Leidenschaft. Einsatz. Opfer. Er versprach die totale Vernichtung des Feindes. Den Endsieg.

Elisabeths Mutter lauschte den Tiraden, ohne eine Miene zu verziehen. Sie äußerte sich heute genauso wenig zur politischen Lage, wie sie sich dazu geäußert hatte, als Elisabeths Vater noch am Leben gewesen war. Elisabeth hatte keine Ahnung, was ihre Mutter von den Nazis hielt, die ihr Mann so verehrt hatte und die ihn ihr letztlich geraubt hatten. Vielleicht wusste Frau Sonne es selbst nicht.

Die Noltings hatten ihren Glauben an Gott und ihre festen Überzeugungen und waren sich dessen so sicher, dass sie dafür in den Tod gegangen wären. Wie stolz Elisabeth war, dass sie nun ein Teil dieser Familie war.

9

In diesem Sommer verliebte sich Elisabeth in Rüdiger Nolting. Es geschah ganz allmählich und ohne dass sie sich dessen bewusst war.

Eines Abends fiel ihr Blick auf ihn, wie er in seinem Sessel am Fenster saß, ein Buch auf dem Schoß, sein Notizbuch und den gespitzten Bleistift in der Hand, und ihr Herz begann wild und aufgeregt zu schlagen.

In diesem Moment hob er den Kopf und betrachtete sie stirnrunzelnd, als habe er ihren Blick gespürt, als fühle er sich davon gestört. Elisabeth spürte, wie eine heiße Woge der Begierde in ihr aufwallte und das Blut in ihr Gesicht trieb. Und obwohl sie sich zum ersten Mal verliebte, wusste sie sofort Bescheid, denn sie kannte diese Gefühle aus den Romanen, die sie aus der Bücherei auslieh oder von ihren Schulkameradinnen borgte.

Leider war ihre Leidenschaft aussichtslos. Obwohl sie Rüdiger Tag für Tag im Pfarrhaus begegnete, obwohl sie zusammen zu Mittag und zu Abend aßen, obwohl sein Sessel und der Stuhl, auf dem sie saß, weniger als einen Meter voneinander entfernt waren, war die Entfernung zwischen ihnen unüberbrückbar.

Denn wenn Rüdiger sie ansah, dann blickte er durch sie hindurch. Niemals richtete er das Wort an sie. Er war fünfzehn und sie noch nicht einmal vierzehn. Für ihn existierte sie gar nicht.

Elisabeth beschloss, Rüdiger wenigstens in spiritueller Hinsicht näherzukommen, wenn es ihr im echten Leben schon nicht gelang.

Pfarrer Nolting hatte ihr schon oft angeboten, sich an seinem Bücherschrank zu bedienen. Aber die theologischen und philosophischen Werke, klassischen Epen, Dramen und Lyrikbände, die dort standen, interessierten sie nicht. Sie ging lieber mit Susanne in die kleine Pfarrbücherei neben der Kirche, in der es die Romane gab, die sie auch in Gmünd verschlangen.

Aber jetzt plötzlich verstand Elisabeth, wie seicht und abgeschmackt die Geschichten waren, in denen sich glutäugige Jungfrauen nach edlen Rittern, schneidigen Offizieren oder muskulösen Jungbauern verzehrten. Wie hatte sie ihre Zeit nur mit einem solchen Schund verschwenden können? Ab sofort würde sie sich ernsthafteren Dingen zuwenden!

Als sie hörte, wie Rüdiger im Gespräch mit seinem Vater *Bunte Steine* von Adalbert Stifter lobte, beschloss sie, sich dieses Buch vorzunehmen.

Obwohl Pfarrer Nolting ihr ausdrücklich erlaubt hatte, seine Bücher zu leihen, nahm sie das Buch heimlich aus dem Regal und las die Erzählungen nur zu Hause, als täte sie etwas Verbotenes.

Leider langweilten sie die Geschichten entsetzlich. Vergeblich wartete sie darauf, dass etwas geschah. Dass ein Liebesabenteuer begann oder wenigstens eine Intrige. Aber bei Stifter gab es keine klopfenden Herzen und bösen Schurken, es ging – wie der Titel schon verriet – um Gestein.

Sie quälte sich durch *Granit* und *Kalkstein.* Bei *Turmalin* kapitulierte sie. Am nächsten Tag stellte sie das Buch wieder zurück ins Regal, dachte kurz darüber nach, ob sie nicht doch lieber in die Gemeindebibliothek … aber dann gab sie sich einen Ruck und wählte eine Gedichtsammlung aus. Deutsche Lyrik vom Mittelalter bis zur Gegenwart.

Auch zu dieser Lektüre musste sie sich am Anfang zwingen. Sie kämpfte sich durch Gedicht um Gedicht, las die Worte und fühlte nichts. Walther von der Vogelweide, Hans Sachs, Gryphius, Gerhardt, Klopstock rauschten an ihr vorbei. Auch Goethe ließ sie kalt. Für die Balladen von Bürger, Schiller und Uhland hätte sie sich begeistern können. *Lenore, Die Bürgschaft, Des Sängers Fluch.*

Diese Werke packten sie, weil sie sie an die Romane erinnerten, die sie bisher gelesen hatte. Aber leider wusste sie, dass Rüdiger die *Romanzen* – wie er die Balladen nannte – verabscheute und als kitschiges, leeres Gefasel bezeichnete.

Sie hätte auch dieses Buch fast wieder weggelegt, aber ganz am Ende der Anthologie stieß sie auf das Gedicht *Liebe* von Gottfried Benn und war sofort ergriffen. Es war ihre Liebe zu Rüdiger, über die Benn schrieb, so empfand sie es.

Liebe – du gibst die Worte
weiter, die dir gesagt,
Reigen – wie sind die Orte
von Verwehtem durchjagt.

In der Sammlung gab es nur dieses eine Gedicht von Benn, aber gleich am nächsten Tag suchte Elisabeth in Pfarrer Noltings Bibliothek nach weiteren Benn-Gedichten und wurde rasch fündig.

Sie nahm den Band mit nach Hause und verschlang ihn atemlos. Benns Werke waren fremd und verstörend, vieles verstand sie nicht, aber jedes Gedicht bewegte etwas in ihr. Es war eine Erweckung, die ihr zuteilgeworden war, ohne dass sie irgendetwas dafür geleistet oder getan hatte. Dennoch fühlte sie sich ungeheuer stolz.

Und als der Pfarrer am Abend im Wohnzimmer ans Fenster trat und die herrliche Abendstimmung lobte, da nahm sie allen ihren Mut zusammen, holte tief Luft und deklamierte:

»Du bist so weich, du gibst von etwas Kunde,
von einem Glück aus Sinken und Gefahr
in einer blauen, dunkelblauen Stunde,
und wenn sie ging, weiß keiner, ob sie war.«

Danach herrschte einen Moment lang verblüfftes Schweigen. Susanne sah Elmar an, der zog die Brauen nach oben und öffnete schon den Mund zu einer spöttischen Bemerkung, aber Rüdiger war schneller.

»Das ist von Benn.«

Elisabeth nickte. Ihr Herz schlug in ihrer Kehle, selbst wenn ihr irgendeine Entgegnung eingefallen wäre, hätte sie sie nicht herausgebracht.

»Benn ist ein Nazi«, sagte Rüdiger vorwurfsvoll.

»Na, na!« Sein Vater schüttelte den Kopf. »*Die blaue Stunde* ist wundervoll, eines meiner Lieblingsgedichte. Woher kennst du es, Elisabeth?«

Er sah sie lächelnd an, aber sie brachte noch immer keinen Ton heraus. *Benn ist ein Nazi.* Stimmte das? Sie wusste so wenig, sie wusste nichts.

»Liebliche Worte von einem gewissenlosen Verbrecher«, sagte Rüdiger.

»Benn ist Hitler auf den Leim gegangen wie viele andere auch«, wandte sein Vater ein. »Aber inzwischen hat er seinen Irrtum eingesehen.«

»Nichts hat er eingesehen. Er hat nur gemerkt, dass sie ihn nicht akzeptieren und nicht hofieren«, sagte Rüdiger. »Wenn sie ihn zum Staatsdichter erklärt hätten, hätte er Hitler mit größter Freude am Arsch geleckt.«

»Rüdiger!« Frau Noltings Gesicht glühte vor Empörung. »Was sin' denn des für Ausdrück'? Wir sind doch ned in der Gosse!«

»Ehre, wem Ehre gebührt«, sagte Elmar, während Rüdiger schweigend aufstand und das Zimmer verließ.

Gottfried Benn hatte Elisabeth und Rüdiger noch weiter auseinanderkatapultiert, aber immerhin hatte er dafür gesorgt, dass er sie zur Kenntnis genommen hatte. Außerdem wusste Pfarrer Nolting nun von Elisabeths Interesse für Gedichte. Gleich am nächsten Tag gab er ihr *Das Jahr der Seele* von Stefan George.

»Georges Gedichte liegen mir unendlich am Herzen«, sagte er. »Vielleicht gefallen sie ja auch dir.«

Auch wenn sie die Gedichte nicht so aufwühlten wie die von Benn, so bewegten sie sie doch sehr. Sie schrieb sie in ein kleines

Notizbuch, aber das wäre gar nicht nötig gewesen, denn als der Pfarrer hörte, dass ihr das Buch gefiel, schenkte er es ihr. Und lieh ihr gleich den nächsten Band. Gedichte, das erzählte er Elisabeth nun, waren seine große Leidenschaft, es bekümmerte ihn, dass er diese Begeisterung an keines seiner Kinder weitergegeben hatte.

Das bekümmerte Elisabeth auch, bisher war sie fest davon ausgegangen, dass auch Rüdiger Gedichte liebte, sonst hätte sie nicht damit begonnen, sie zu lesen. Aber nun war es zu spät aufzuhören.

Sie kam nicht mehr davon los.

Es war, als ob sich in ihrem Inneren ein Fenster geöffnet hätte, das immer verschlossen gewesen war. Dahinter lag ein blühender Garten voller Blumen, Schmetterlinge und bunter Vögel. Sie sah die Farben und roch den Duft und hörte das Summen und Zwitschern.

Als die Ferien endeten, besaß sie eine eigene kleine Sammlung an Lyrikbänden, die ihr der Pfarrer geschenkt hatte. Benn, George, Rilke, Novalis.

»Aber bedenke«, sagte Herr Nolting. »Diese Bücher kann man dir wegnehmen. Lern so viel wie möglich auswendig. Gedichte, Lieder, Psalmen. Was du in deinem Kopf hast, kann dir niemand stehlen.«

Diese Worte machten sie fast noch glücklicher als die geschenkten Bücher. Weil sie die Warnung verstand, die sich darin verbarg. Du bist jetzt eine von uns, und genau wie wir schwebst du in ständiger Gefahr. Sei darauf vorbereitet.

Wie gerne sie mit Rüdiger über all diese Dinge geredet hätte! Auf dem Rückweg nach Schwäbisch Gmünd unternahm sie mehrere Versuche, mit ihm ins Gespräch zu kommen. Aber wie immer antwortete er nur kurz und einsilbig und beschleunigte dann seine Schritte oder fiel hinter ihr zurück.

Es gab keine Hoffnung, dass sich ihre Liebe erfüllen würde. Und doch konnte Elisabeth ihn nicht vergessen. Sie dachte den ganzen Tag an ihn. Ob sie in der Klasse saß oder mit ihren Kameradinnen über den Schulhof rannte, ob sie sich die Zähne putzte oder Tee trank, immer spürte sie den prüfenden Blick aus seinen dunklen Augen auf sich ruhen, obwohl er sie in Wirklichkeit niemals anschaute.

Sie verbrachte jetzt viel weniger Zeit mit Susanne. Seit Schulbeginn gingen sie wieder gemeinsam zu den Heimabenden der Jungmädels, auch Elisabeth hatte begriffen, dass der Dienst ein notwendiges Übel war, wenn sie den Verdacht der Machthaber nicht auf sich lenken wollten.

Aber Susanne übertrieb die Sache ganz gewaltig, fand Elisabeth. Nachdem Konstanze die Leitung einer BDM-Gruppe übernommen hatte, war Susanne gefragt worden, ob sie nicht die Jungmädels anführen wollte, und sie hatte ohne Zögern zugesagt.

Nun bereitete sie die wöchentlichen Treffen vor und blieb auch oft am Wochenende in Schwäbisch Gmünd, um einen Ausflug zu begleiten oder neue Mitglieder zu werben.

»Des isch älles nur Tarnung«, sagte sie zu Elisabeth und zwinkerte ihr zu, aber Elisabeth zwinkerte nicht zurück.

An ihren freien Nachmittagen ging sie allein in den Wald, um auf einer Bank zu lesen. Allerdings las immer nur ein Teil von ihr, der andere hielt Ausschau nach Rüdiger. Ob er nicht zufällig zwischen den Bäumen auftauchte, sein Notizbuch in der Hand.

Sie hoffte so sehr, dass er käme und sich zu ihr setzte.

Dass ihre Geschichte endlich begann.

Schließlich traf sie Rüdiger aber nicht im Wald, sondern beim Arzt. Ihre Zimmerwirtin hatte Elisabeth zum Doktor geschickt, weil ihr Husten einfach nicht besser werden wollte. Nun saß sie in dem überfüllten Wartezimmer zwischen niesenden und röchelnden Patienten und las die Ilias. Allerdings nicht im Original wie Kaplan Wiefelspütz, sondern in der deutschen Übersetzung.

Sie bemerkte Rüdiger erst, als ihr Name aufgerufen wurde und sie aufstand, um in den Behandlungsraum zu gehen. Er saß ihr genau gegenüber und hatte sie natürlich längst bemerkt. Auf der Stelle wurde ihr schwindlig vor Freude und Panik.

»Wie lange bist du schon hier?«, fragte sie.

Er zuckte mit den Schultern. »Eine Weile.«

»Warum hast du nichts gesagt?«

»Hab ich doch. Aber du warst so vertieft, du hast mich nicht gehört. Was liest du denn da? Benn?« Er lächelte. Zum ersten Mal, seit sie ihn kannte, lächelte er sie an.

Ihr Herz schlug noch schneller, es wollte aus ihrer Brust heraus und zu ihm, genau wie der Rest ihres Körpers auch.

»Homer.«

Er nickte anerkennend. »Besser.«

»Fräulein Sonne, bitte!« Die Stimme der Arzthelferin gellte durch den Raum, laut und ungeduldig. Aber Elisabeth wollte jetzt nicht ins Besprechungszimmer, sie war am Ziel ihrer Träume. Sie tat, als habe sie den Aufruf nicht gehört.

»Warum bist du hier?«, fragte sie und dachte: Was für eine dumme Bemerkung. Und viel zu aufdringlich.

Er schien das Gleiche zu denken, jedenfalls murmelte er etwas, das sie nicht verstand, dann senkte er den Blick auf sein eigenes Buch. Die Audienz war beendet, aber das wollte sie nicht wahrhaben.

»Was liest du denn da?«, bohrte sie weiter.

Nun hob er den Kopf wieder und musterte sie irritiert, als habe er ihre Gegenwart bereits wieder vergessen und könne sich nicht einmal mehr an ihren Namen erinnern. Wenn ihr Gesicht nur nicht so geglüht hätte.

»Elisabeth Sonne!« Plötzlich stand die Helferin vor Elisabeth und packte sie am Arm. »Sag amol, bisch du taub oder was?«

»Entschuldigung«, sagte Elisabeth, sowohl zu der Frau als auch zu Rüdiger, aber sie nahmen es beide nicht zur Kenntnis.

Das winzige kurze Lächeln, das er ihr geschenkt hatte, verlieh ihr den Mut, ihm einen Brief zu schreiben. Eigentlich war es gar kein Brief, sondern nur drei magere Zeilen, für die sie gleichwohl einen ganzen Nachmittag brauchte.

Bin auf der Suche nach den Geschichten vom lieben Gott *von Rilke,* schrieb sie. *In der Schülerbücherei leider nicht vorhanden. Hast du vielleicht ein Exemplar, das du mir leihen könntest?*

Es war ein billiger Trick. Sie wusste ganz genau, dass er das Rilke-Buch besaß, seine Eltern hatten es ihm nämlich zu Weihnachten geschenkt. Sie hoffte aber inbrünstig, dass er nicht wusste, dass sie es wusste.

Seine Antwort kam postwendend. Ihre Finger zitterten, als man ihr am nächsten Mittag einen Umschlag überreichte, der mit seiner Handschrift beschriftet war. Als sie ihn öffnete, fielen ein Buch und ein Brief heraus. Aufgeregt faltete sie ihn auf.

Liebe Elisabeth. Wie schön ihr Name aussah in seiner Schrift. *Die* Geschichten vom lieben Gott *besitze ich wohl, aber ich habe sie in Weilerbach. Du musst dich bis zum Wochenende gedulden. Ich kann dir jedoch Rilkes* Stunden-Buch *leihen, das mir sehr am Herzen liegt. Womöglich kennst du es aber schon.*

Ein Gedichtband von Rilke. Obwohl Rüdiger doch angeblich gar keine Gedichte mochte. Und dann diese lange freundliche Antwort auf ihre kurze Anfrage. Vielleicht bestand da ja doch noch Hoffnung, vielleicht war sie nur zu ungeduldig gewesen.

Als sie die Gedichtsammlung aufschlug, erlebte sie noch eine freudige Überraschung. An den Rand des Buches hatte Rüdiger mit Bleistift viele Anmerkungen geschrieben. Seine Notizen waren winzig und wegen der vielen Abkürzungen nur schwer zu entziffern, dennoch las sie sie alle und mit viel größerer Aufmerksamkeit als die Gedichte selbst. Als wären es Geheimbotschaften, die er nur für sie verfasst hatte.

Nichts war noch vollendet, eh ich es erschaut.
ein jedes Werden stand still.

Meine Blicke sind reif, und wie eine Braut,
kommt jedem das Ding, das er will,
hieß es bei Rilke.

S. HLS 4.8 hatte Rüdiger daneben notiert. Elisabeth brauchte eine halbe Stunde, bis sie diesen Code entschlüsselt hatte. *Siehe Hohelied des Salomo, Kapitel 4 Vers 8,* lautete der Klartext.

Sie schlug die Stelle in ihrer Bibel nach.

Komm mit mir, meine Braut, vom Libanon, komm mit mir vom Libanon, steig herab von der Höhe des Amana, von der Höhe des Senir und Hermon, von den Wohnungen der Löwen, von den Bergen der Leoparden!

Sie dachte lange darüber nach, warum Rüdiger ausgerechnet diese Bibelstelle notiert hatte. Und kam zu keinem Ergebnis. Außer dem Wort *Braut,* das sowohl in Rilkes Gedicht als auch in dem Bibelzitat vorkam, erkannte sie keine Verbindung zwischen den beiden Texten. Sie lernte dennoch sowohl das Gedicht als auch den Bibelspruch auswendig.

In dieser Nacht konnte sie nicht schlafen vor lauter Sehnsucht.

Sie zählte die Stunden bis zum Wochenende, wenn sie ihn endlich wiedersehen würde. Diesmal, da war sie sich sicher, würde er ihr nicht ausweichen, sie würden sich über die Gedichte austauschen. Das Buch lag ihm ja am Herzen, das hatte er selbst geschrieben.

Aber zu ihrer großen Enttäuschung erschien am Samstag nur Elmar vor der Schule, um sie und Susanne abzuholen. Rüdiger verbrachte das Wochenende mit einem Schulfreund beim Wandern, er würde nicht nach Weilerbach gehen.

Aufgeschoben. Nicht aufgehoben. Elisabeth beschloss, dass sie Rüdiger das Buch persönlich zurückgeben würde. Es war ihre Chance. Er sollte endlich merken, dass sie kein dummer kleiner Backfisch mehr war, sondern eine Seelenverwandte.

Sie bereitete sich auf das Treffen vor wie auf eine Prüfung. In jeder freien Minute las sie die Rilke-Gedichte. Während des Schulunterrichts hielt sie das Buch auf dem Schoß, beim Essen lag es neben ihrem Teller, und nachts schob sie es unter ihr Kopfkissen.

Selbst Susanne, die sich schon lange nicht mehr dafür interessierte, was Elisabeth las, fiel die neue Besessenheit auf.

»Was hasch'n du immer mit deine Bücher?«, fragte sie vorwurfsvoll. »Komm, mir gehet 'naus, die andere spielet Völkerball.«

Als Elisabeth nur stumm den Kopf schüttelte, schnaubte sie verächtlich und stürmte aus dem Raum.

Elisabeth senkte ihren Blick auf ihr Buch.

Der Sommer war so wie dein Haus,
drin weißt du alles stehn –
jetzt mußt du in dein Herz hinaus
wie in die Ebene gehn.
Die große Einsamkeit beginnt,
die Tage werden taub,
aus deinen Sinnen nimmt der Wind
die Welt wie welkes Laub.

Elisabeth schlug das Buch zu. Die Sehnsucht war zu groß, sie hielt es nicht mehr länger aus. Sie musste Rüdiger sehen, jetzt und sofort.

Rüdiger wohnte im Knabeninternat neben der Schule, und Elisabeth hatte erwartet, dass es am Eingang einen Pförtner gäbe, bei dem man sich anmelden musste, und dann würde der betreffende Schüler geholt werden.

Aber als sie vor dem großen grauen Gebäude ankam, atemlos, weil sie den ganzen Weg gerannt war, da stand die Eingangstür sperrangelweit offen. Auf der breiten Steintreppe, die zu den Aufenthaltsräumen und Schlafsälen führte, war niemand zu sehen.

Sie trat in den Flur und wartete darauf, dass jemand kam, der sie fragte, was sie hier wolle. Es kam jedoch keiner. Also umklammerte sie das Stunden-Buch mit beiden Händen und machte sich auf den Weg nach oben.

Durch die Türen im ersten Stock drangen Stimmen nach draußen. Lachen. Jemand übte Blockflöte. Dann knallte hinter ihr eine Tür zu. Erschrocken fuhr Elisabeth herum und sah einen sommersprossigen Jungen den Flur entlangrennen, er kam direkt auf sie zu. Als sie ihn ansprach, blieb er so abrupt stehen, dass er noch ein paar Zentimeter über den blank gebohnerten Holzboden schlitterte.

»Ich suche Rüdiger Nolting«, sagte Elisabeth.

»Kenn i ned.« Der Knabe zog seine ausgeleierten Kniestrümpfe nach oben, erst den linken, dann den rechten. »Welche Klasse?«

»Obersekunda.«

»Die hen ihren Raum oba em zweita Stock«, sagte der Junge und rannte weiter, ohne sich zu verabschieden.

Elisabeth strich sich die Haare glatt und biss sich auf die Lippen, damit das Blut hineinfloss.

Rote Lippen. Als ob Rüdiger so etwas auffallen würde.

In der zweiten Etage klopfte sie an mehrere Türen, bis sie den Aufenthaltsraum der Sekunda gefunden hatte. Ein Junge versprach, Rüdiger zu holen. Er blieb eine ganze Zeit lang weg, bis er kopfschüttelnd zurückkam. »Der isch ned da.«

»Es ist aber wichtig«, sagte Elisabeth.

Der Junge sah sie neugierig an. »Bisch du sei Schweschter? Isch ebbes passiert?«

»Ja«, sagte sie erleichtert. »Ich meine, nein! Es ist nichts passiert. Aber ich muss ihn wirklich dringend sprechen.«

»Woiß ebber, wo der Rüdiger isch?«, brüllte der Junge, ohne den Kopf zu wenden.

»Oba!«, kam von hinten eine Stimme. »Wollt ebbes hole, glaub i.«

»Oben?«, fragte Elisabeth.

»Im Schlafsaal em dritta Stock. Da Flur entlang ond die letschde Tür rechts.«

»Danke!« Sie rannte los, hastete die Treppen nach oben, so schnell, dass sie fast gestürzt wäre. Mit etwas Glück würde sie

Rüdiger allein antreffen. Wenn er verärgert reagierte, würde sie ihm einfach nur das Buch in die Hand drücken und sich dafür bedanken. Aber vielleicht interessierte es ihn ja, wie ihr die Gedichte gefallen hatten.

Im dritten Stock roch es nach Staub, feuchter Wäsche und Heimweh, genau wie im Dachboden im Schulhaus. Elisabeth fand die Tür am Ende des Flurs, klopfte an und bekam keine Antwort. Noch ein Versuch. Schließlich legte sie die Hand auf die Klinke und drückte sie nach unten. Sie rechnete fest damit, dass die Tür abgeschlossen war, aber sie ging auf.

Dahinter lag ein Schlafsaal. Drei doppelstöckige Betten an der einen Wand, ein breiter Schrank an der anderen, am Ende des Raums ein großes Fenster. Der einzige Wandschmuck ein Kreuz neben dem Schrank.

»Hallo?« Ihre Stimme hallte von den kahlen Wänden wider.

Rüdiger war nicht hier. Sie war enttäuscht und doch auch wieder erleichtert. Es war eine hirnrissige Idee gewesen, ihn hier zu treffen. Sie würde das Buch seinen Kameraden geben und sich auf den Heimweg machen.

Als sie die Tür fast schon wieder zugezogen hatte, hörte sie ein Geräusch. Ein helles Seufzen, gefolgt von einem leisen Würgen. Sie schob die Tür erneut auf und starrte in den Raum. Nun bemerkte sie die Gestalt, die unten auf dem letzten der drei Stockbetten lag. Zusammengekauert, das Gesicht zur Wand gekehrt, die Schultern hoben und senkten sich.

»Rüdiger?«

Das kann er nicht sein, dachte sie. Das war nicht seine Art. Sich wimmernd in einen Schlafsaal zu verkriechen.

Der Junge auf dem Bett lag jetzt ganz still da, aber er drehte sich nicht zu ihr um. Sie trat in den Raum und schloss behutsam die Tür. Auf Zehenspitzen näherte sie sich dem Bett, so leise, dass sie ihre eigenen Schritte nicht hörte. Der Junge gab keinen Laut mehr von sich.

Er war groß und dünn und hatte glänzende schwarze weiche Locken, die sich in seinem weißen Nacken kringelten. Es war Rüdiger, jetzt gab es keinen Zweifel mehr.

Als sie ihn behutsam an der Schulter berührte, zuckte er zusammen, als habe sie ihm einen Stromstoß versetzt, und fuhr in die Höhe. Um ein Haar wäre er mit dem Kopf gegen das obere Bett geprallt.

»Nicht erschrecken, Rüdiger.« Sie hob besänftigend die Hände, die linke umklammerte immer noch das Buch. »Ich bin's nur, Elisabeth.«

Ich bin's nur. Als ob das vollkommen normal wäre, dass sie ihn in seinem Schlafsaal besuchte.

»W-w-was willst du denn hier?«

Er starrte sie aus seinen dunklen Augen an. Vorwurfsvoll und traurig. Rüdiger war bleich, furchtbar bleich, und auf seiner Stirn schimmerten Schweißperlen.

»Bist du krank?«, fragte sie erschrocken.

Er wollte etwas erwidern, doch dann schüttelte er nur den Kopf und schloss die Augen.

»Was ist denn los?«, fragte sie leise und setzte sich neben ihm aufs Bett. Und fühlte sich wie in einem Traum, es war alles so wunderbar, so seltsam. Dass sie allein mit ihm in seinem Schlafsaal war und dass sie jetzt die Hand ausstreckte und seine ergriff, und er zog sie nicht weg. Seine Finger umklammerten ein Blatt Papier. Einen Brief. Hatte er deshalb geweint?

»Ich hab meine Einberufung bekommen«, flüsterte er. »Ich muss in den Krieg.«

»In den Krieg?« Sie suchte seinen Blick und fand ihn nicht, weil er die Augen auf seine Beine gesenkt hatte. »Aber du bist doch noch viel zu jung.«

»Ich soll als Helfer zur Flak. Nach Friedrichshafen.«

»Als Flakhelfer.« Vor lauter Nervosität hatte sie die Luft angehalten. Jetzt atmete sie erleichtert auf. »Ich dachte schon.«

»Was?« Er wirkte gekränkt, als habe sie sich über ihn lustig gemacht.

»Als Flakhelfer musst du nicht kämpfen«, sagte Elisabeth. »Du musst den Soldaten nur zur Hand gehen.« Als Flakhelfer stirbst du höchstens vor Langeweile, hatte Wolfram Kreuz gesagt, der in Düsseldorf in ihrem Haus gewohnt hatte. Wolfram war schon mit fünfzehn Flakhelfer geworden, zusammen mit dem Rest seiner Klasse. Bevor es losgegangen war, hatte er sich damit großgetan, dass er nun persönlich dafür sorgen würde, dass die Tommies einen auf die Mütze bekämen. Aber schon nach der ersten Woche hatte er zugeben müssen, dass er die Geschütze bestenfalls putzen und zusammenschrauben durfte, aber niemals benutzen. Wache schieben. Betten machen. Den Kasernenhof fegen. Das gehörte zu seinen Aufgaben.

»Du musst wirklich keine Angst haben«, sagte Elisabeth zu Rüdiger und wagte es, seine Hand, die sie immer noch hielt, sanft zu streicheln. Aber das war ein Fehler, denn jetzt entzog er ihr seine Finger.

»Du hast gut reden«, sagte er verächtlich. »Du bist ein Mädchen und musst nicht dahin und musst auch niemanden töten. Du weißt ja gar nicht, wie das ist, wenn du so einen Brief bekommst, und nicht nur ich hab ihn bekommen, alle in meiner Klasse sind einberufen worden, und diese Schwachköpfe freuen sich noch darüber und können es kaum erwarten.« Wie bitter er klang. Doch gleichzeitig zitterte seine Stimme vor Erregung. »Aber ich will niemanden totschießen, ich will auch nicht mithelfen, dass wir den Krieg gewinnen. Ich will das alles nicht, hörst du das? Verstehst du das?«

Rüdiger war immer schneller geworden, die letzten Worte stieß er atemlos und wütend hervor. Ein feiner Speichelregen flog Elisabeth ins Gesicht, sie wollte ihn abwischen, aber im selben Moment beugte sich Rüdiger nach vorn und packte sie bei den Schultern. Er schüttelte sie, als ob er sie persönlich dafür verantwortlich machte, dass er einberufen worden war.

»Rüdiger!« Sie wand sich, um sich aus seinem Griff zu lösen.

Er umklammerte ihre Schulterblätter, seine Fingerspitzen bohrten sich in ihr Fleisch. Er tat ihr weh.

»Nun nimm doch Vernunft an!«, rief Elisabeth, da ließ er sie los und begann wieder zu weinen.

Die Tränen liefen aus seinen großen dunklen Augen, er machte keine Anstalten, sie zu verbergen. Wie schön er war mit seinen geschwungenen vollen Lippen, den hohen Wangenknochen und der marmorweißen Haut. Er sah aus wie eine griechische Statue.

Makellos. Unwiderstehlich.

Elisabeth legte die Hand in seinen Nacken und zog seinen Kopf an ihre Schulter. Sie rechnete fest damit, dass er zurückweichen und sie von sich stoßen würde, aber er ließ seine Stirn an ihrem Hals ruhen. Und während ihre Bluse nass und nasser wurde, küsste sie sein schönes schwarzes Haar.

Sie hatte sich diese Szene so oft ausgemalt. Wie es wäre, mit Rüdiger allein zu sein, ihn zu halten, ihn zu küssen. Und nun war es so weit und war ganz anders, als sie es sich vorgestellt hatte.

Als draußen eine Kirchturmuhr schlug, kam Rüdiger zur Besinnung. Er zog ein Taschentuch aus der Hose, wischte sich damit die Tränen aus dem Gesicht, dann putzte er sich die Nase.

»Ich muss wieder nach unten«, erklärte er mit belegter Stimme.

»Ich muss auch los«, sagte Elisabeth, obwohl sie erst zum Abendessen zurück sein musste, und bis dahin war es noch mehr als eine Stunde.

Er stand auf, und sie folgte ihm zur Tür. Es hätte sie nicht gewundert, wenn er einfach wortlos verschwunden wäre, aber bevor er in den Flur trat, wandte er sich ihr zu und legte ihr die Hand auf die Schulter.

»Ich danke dir, Elisabeth«, sagte er leise, »dass du in dieser Stunde der Bedrängnis für mich da warst.«

Eine Woge des Glücks wallte in ihr auf. »Das habe ich sehr gerne getan«, flüsterte sie zurück.

Diesmal sehnte sie sich nicht nach dem Wiedersehen, diesmal fürchtete sie sich davor. Sie war überzeugt, dass Rüdiger seinen Gefühlsausbruch bereute, dass er sich schämte, weil er sich so hatte gehen lassen. Obwohl es überhaupt keinen Grund dafür gab. Er war verzweifelt gewesen, und sie hatte ihn getröstet, das war keine Schande.

Jetzt, da sie seine Schwäche und seine Angst kannte, liebte sie ihn noch mehr als zuvor. Sie versuchte ihm zu schreiben und fand keine Worte und zerriss sämtliche Briefe wieder.

Als sie sich am Wochenende trafen, um zurück nach Weilerbach zu gehen, empfing er sie zu ihrer Erleichterung mit einem freundlichen Lächeln. Seine Einberufung tat er allerdings mit einer wegwerfenden Handbewegung ab. »Wird schon gut gehen.« Stattdessen fragte er sie nach ihren Eindrücken zum Stunden-Buch.

Während der ganzen Wanderung unterhielten sie sich über die Gedichte, und als die ersten Häuser des Dorfes zwischen den Bäumen auftauchten, hätte Elisabeth am liebsten kehrtgemacht und wäre wieder mit ihm nach Gmünd zurückgelaufen, so sehr genoss sie das Gespräch.

Leider würde Rüdiger am nächsten Tag nicht mit ihr in die Stadt zurückkehren, er blieb bei seinen Eltern. Es mussten noch ein paar Dinge besorgt werden, und am Dienstag würde der Pfarrer ihn dann nach Geislingen bringen, wo er den Rest seiner Klasse treffen sollte, um von dort den Zug nach Friedrichshafen zu nehmen.

In dieser Nacht fand Elisabeth keinen Schlaf. Sie malte sich aus, wie sie sich von Rüdiger verabschieden wollte, alle möglichen Szenerien stellte sie sich vor. Diesmal wird Rüdiger nicht in Tränen ausbrechen, dachte sie. Er wäre ernst, aber gefasst. Sie stellte sich vor, dass er sie umarmte. Vielleicht sogar küsste.

Am Sonntag ging sie jetzt immer in die Kirche, und nach dem Gottesdienst trat sie zu ihm. »Wir werden uns eine ganze Weile nicht sehen.«

»Das ist wohl wahr.« Er nickte ernst, als habe sie etwas ungeheuer Bedeutsames gesagt.

»Ich wünsche dir alles Gute«, fuhr Elisabeth fort.

»Danke, Elisabeth. Ich werde dir schreiben, wenn du es möchtest.«

»Natürlich.« Ihr Gesicht begann vor Freude zu glühen. »Ich schreib dir auch ganz bestimmt zurück.« Sie zögerte. Sollte sie ihm vorschlagen, dass sie am Nachmittag einen Spaziergang zusammen machten, bevor sie nach Schwäbisch Gmünd aufbrach? Oder dass sie jetzt gleich ein paar Schritte taten?

Aber bevor sie die richtigen Worte fand, reichte er ihr die Hand. »Auf Wiedersehen, Elisabeth. Und Gottes Segen.«

»Das wünsche ich dir auch«, stammelte sie.

10

Essen, 1962

Betty brauchte ein Kleid. Deshalb war sie zu Horten in die Stadt gefahren, und nun stand sie in der Damenabteilung und fand nichts. Nicht, weil es keine Kleider gab, sondern viel zu viele. Die Ständer quollen über von Kleidern, Röcken und Oberteilen in allen Farben und Schnitten.

»Soll der Rock weit schwingen, oder möchten Sie ihn lieber eng? An was für eine Farbe haben Sie gedacht? Uni oder lieber gemustert? Diese Blumendessins sind gerade sehr in Mode. Vielleicht möchten Sie dieses Modell einmal anprobieren?«

Die Wangen der Verkäuferin leuchteten rot, ihre Augen glitzerten. Als Betty die Abteilung betreten hatte, hatte sie sich auf sie gestürzt wie ein Wachhund auf einen Einbrecher. Und nun bombardierte sie sie mit Fragen. Betty reagierte auf jede mit einem Nicken. Die Verkäuferin schien es nicht zu bekümmern, dass sie keine richtige Antwort bekam. Sie legte Betty ein Kleid über den Arm, pflückte ein paar weitere von den Bügeln und reichte ihr auch diese.

»Nun schlüpfen Sie doch einfach mal da rein. Dann sehen wir weiter.«

Folgsam machte Betty sich mit dem Kleiderstapel auf den Weg zu den Umkleiden. Dabei wäre sie am liebsten schnurstracks nach Hause gegangen. Am Ende, das war ihr jetzt schon klar, würde sie genau das Kleid kaufen, das die Verkäuferin für sie auswählte. Und zu Hause würde es dann im Schrank bleiben, genau wie die Bluse mit den Polka-Tupfen und der karierte Rock, den sie im letzten Sommer gekauft hatte. Ungeliebt, ungetragen. Vielleicht sollte sie dazu übergehen, ihre Kleidung im Versandhandel zu bestellen, da gab es wenigstens keine Verkäuferinnen, die einen bedrängten.

Oder sie könnte Gabriele mit zum Einkaufen nehmen, das wäre auch eine Lösung. Ihre Nachbarin hätte die aufdringliche Verkäuferin längst zum Teufel geschickt. Aber danach hätte sie ihre Rolle übernommen und würde die Kleider aussuchen und am Ende auch entscheiden, welches gekauft wurde. Betty seufzte.

Als sie die Umkleidekabinen fast erreicht hatte, sah sie das Mädchen.

Es stand vor einem Tisch, auf dem bunte Halstücher lagen, und drehte Betty den Rücken zu. Dennoch erkannte sie es sofort. Vielleicht lag es an dem schlecht geschnittenen rattenbraunen Haar, das auch heute ein wenig staubig wirkte, genau wie damals an der Schwimmbadkasse. Oder an der allgemeinen Ausstrahlung. Sogar von hinten wirkte das Mädchen widerspenstig. Seine Kleidung war unordentlich, die ungebügelte Bluse hing aus dem Rockbund. Die Schuhe waren abgetreten und schon lange nicht mehr geputzt worden.

Claudia. Die längst nicht mehr im Schwimmbad arbeitete. Schon als Betty das nächste Mal schwimmen gegangen war, war sie nicht mehr da gewesen.

»Wir haben sie rausgeworfen«, hatte die Badefrau auf Bettys Nachfrage hin erklärt. »Es gab nichts als Ärger mit ihr. Die Leute haben sich über sie beschwert.«

Nun war sie hier. Nicht als Verkäuferin, die trugen alle die gleichen schwarzen Kleider. Sondern als Kundin wie Betty.

Noch hatte sie sie nicht gesehen. Und sie sollte sie auch nicht sehen, Betty war nun wirklich nicht scharf auf eine zweite Begegnung. Auch wenn sich Claudia vermutlich längst nicht mehr an sie erinnern konnte.

Betty drückte den Kleiderstapel an die Brust und beschleunigte ihre Schritte. Sie hatte die erste Kabine fast erreicht, da drehte sich das Mädchen plötzlich um und starrte sie an. So als habe es die ganze Zeit gewusst, dass Betty hier war.

Einen Moment lang verharrten sie beide regungslos, die Blicke ineinander verschmolzen. Claudias Augen waren so groß und unschuldig, sie passten nicht zu dem verwahrlosten Rest. Betty gab sich einen Ruck, riss sich los und verschwand in der Kabine.

Ihr Herz schlug rasend. Ihre Hände schwitzten so, dass ihr das Kleiderbündel fast entglitt. Sie hängte die Kleider an den Haken an der Wand, ließ sich auf den Hocker sinken und versuchte sich zu beruhigen. Was war nur mit ihr los? Warum brachte das Mädchen sie so durcheinander?

Sie kannten einander doch gar nicht, abgesehen von diesem einen Zusammentreffen im Schwimmbad. Und doch war da etwas Vertrautes in Claudia. Das Betty anzog und gleichzeitig auch wieder abstieß.

Sie erhob sich, trat an den Vorhang und schob ihn ein winziges Stück zur Seite. Ihre Knie waren weich, ihre Beine zitterten, als wäre sie gerannt.

Das Mädchen hatte sich wieder dem Wühltisch zugewandt. Es zog ein buntes Tuch heraus, legte es um die Schultern, drehte sich damit hin und her. Nahm es dann wieder ab und warf es zurück auf den Tisch. Wählte ein neues, ein zartes Seidengewebe, das mit gelben Rosen bedruckt war. Es passte nicht zu Claudia, zu ihrer schmuddeligen Kleidung, ihren stumpfen Haaren. Wieder legte sie es um die Schultern, wendete sich, betrachtete sich in einem Spiegel, den Betty nicht sehen konnte. Dann warf sie einen verstohlenen Blick über die Schulter.

Bettys Herz machte vor Aufregung einen kleinen Sprung. Hielt sie etwa nach ihr Ausschau? Claudia nahm das Tuch wieder ab, faltete es zusammen, erst einmal, dann noch einmal, kleiner und kleiner. Und dann ließ sie es in ihrer Tasche verschwinden.

Betty schnappte nach Luft. Ihr Herz ratterte wie eine Nähmaschine, sie schwitzte am ganzen Körper. Claudia hingegen wirkte vollkommen gelassen. Mit unbewegtem Gesicht wandte sie sich vom Wühltisch ab und entfernte sich in Richtung Ausgang.

Mit dem Tuch in der Tasche.

Was für eine Unverfrorenheit. Kopfschüttelnd betrachtete Betty die Kleider. Zog das erste vom Bügel, um es anzuprobieren, aber mitten in der Bewegung hielt sie inne. Es ging nicht.

Es war, als ob sich mächtige Arme um sie legten, Krakenarme mit Saugnäpfen, die sie in die Tiefe zogen. Sie atmete tief durch die Nase ein und durch den Mund wieder aus, aber die Luft blieb ihr in der Kehle stecken, sie erreichte ihre Lunge nicht. Betty lehnte sich mit dem Rücken an die Wand und rang nach Atem. Die Beklemmung wurde immer stärker. Es war, als ob sie langsam ertrank, in einer Umkleidekabine im Kaufhaus.

Als Betty durchs Treppenhaus nach oben ging, traf sie Gabriele. Sie stand vor ihrer Wohnung, in Hosen, ein buntes Tuch um den Kopf geschlungen, und polierte die Türklinke.

»Frühjahrsputz«, erklärte sie, als sie Betty sah. »Karlheinz hat sich beklagt, dass es bei uns so dreckig ist. Da hab ich einen Tag Urlaub genommen, um gründlich sauberzumachen.«

»Dann will ich dich nicht aufhalten«, sagte Betty.

»Was ist denn mit dir los? Du bist ja käseweiß. Hast du ein Gespenst gesehen?«

»Keine Ahnung. Vielleicht ist bei mir eine Erkältung im Anmarsch.« Betty lächelte kraftlos. Sie war doch tatsächlich ohnmächtig geworden in der Umkleidekabine bei Horten. Nur ein paar Sekunden lang, soweit sie das beurteilen konnte. Als sie wieder zu sich gekommen war, hatte sie das Kaufhaus fluchtartig verlassen. Und jetzt wollte sie nur noch nach Hause. »Ich denke, ich lege mich besser hin …«

»Ich mach dir schnell einen Tee!« Gabriele hatte sich schon abgewandt und war in der Wohnung verschwunden. »Komm rein!«, rief sie aus dem Flur.

Widerwillig folgte Betty ihr in die Küche, wo Gabriele bereits Wasser aufsetzte.

»Es wäre bestimmt besser, wenn ich mich hinlege.« Sie hüstelte ein bisschen, um die drohende Erkältung noch glaubhafter zu machen.

»Ganz bestimmt. Sobald du den Tee getrunken hast. Setz dich. Und schau dich bitte nicht um.«

Aber genau das tat Betty gerade. Die Küche sah verheerend aus. Das Frühstücksgeschirr stand noch auf dem Tisch, in der Spüle türmten sich schmutzige Töpfe und Teller. Zerknülltes Zeitungspapier lag auf dem Fußboden, die Topfpflanzen auf dem Fensterbrett waren vertrocknet, und überall standen Aschenbecher voller Zigarettenkippen. Die Küche wirkte, als sei sie kein einziges Mal geputzt worden, seit die Ansbachs vor drei Monaten hier eingezogen waren.

»Ich hasse diese Putzerei«, erklärte Gabriele, die ihrem Blick gefolgt war.

»Niemand putzt gerne«, sagte Betty, doch das stimmte nicht. Sie selbst putzte gerne. Sie liebte ihre Wohnung, und sie liebte es, sie in Ordnung zu halten. Sie liebte den Geruch von Essig und das Brummen ihres Staubsaugers, sie liebte blanke, blinkende, glänzende Oberflächen, sie war so stolz auf ihre drei Zimmer, Küche, Diele, Bad. Ihr Reich.

Gerade wollte sie Gabriele anbieten, ihr zu helfen, als ihr einfiel, dass sie ja krank war. Gabriele schien den Großputz auch wieder vergessen zu haben. Sie holte ihre Zigaretten aus der Tischschublade, steckte sich eine an und betrachtete nachdenklich die glühende Spitze, während sie den Rauch zur Decke blies.

»Wo warst du denn heute Morgen?«, erkundigte sie sich dann.

»Bei Horten. Aber ich habe nichts gefunden.«

»Du hast nichts gefunden? Wirklich nicht?« Die Zigarette im Mundwinkel, bückte Gabriele sich zu dem Zeitungsstapel neben dem Tisch und zog eine bunte Reklamebroschüre hervor. »Das war letzte Woche in der Post. Von Horten. Da sind die tollsten Sachen drin. Wenn wir Geld übrig hätten, wär ich selbst losgezogen.«

»Die Reklame hatte ich auch im Briefkasten. Deshalb bin ich doch dahin. Aber die Kleider, die ich anprobiert habe, waren alle fad.«

Sie hatte ja kein einziges anprobiert, die Kleider hingen immer noch in der Umkleide, sofern die Verkäuferin sie nicht wieder weggeräumt hatte.

»Wie schade.« Gabriele blätterte das Prospekt auf und blickte sehnsüchtig auf ein dunkelblaues Kleid mit weitem Glockenrock. Aber nun kochte das Wasser. Gabriele behielt die Zigarette im Mund, während sie einen Teebeutel aus einer Dose fischte, in eine Tasse warf und überbrühte. »Bitte schön.« Sie stellte den Tee vor Betty auf den Tisch. »Honig oder Zucker?« Bevor Betty antworten konnte, hatte sie beides dazugestellt. »Das wird dir guttun.« Sie räusperte sich etwas unbehaglich. »Ach, übrigens … wir sind im Moment so knapp bei Kasse, und in der Bäckerei zahlen sie erst am Monatsende …«

»Wie viel brauchst du denn?« Betty griff nach ihrer Handtasche, die hinten an ihrem Stuhl hing. Es war nicht das erste Mal, dass Gabriele sich Geld lieh. Oft gab Betty ihr kleinere Beträge, die sie manchmal zurückzahlte und manchmal nicht. Betty erinnerte sie niemals daran.

Sie öffnete ihre Tasche. Seidiger Stoff quoll ihr entgegen. Ein weißes Gewebe, das mit großen gelben Rosen bedruckt war. Ein Tuch, was war das für ein Tuch?

Die Erinnerung traf sie wie ein Schlag in die Magengrube. Claudia im Kaufhaus. Das Tuch, das sie sich um die Schultern gelegt hatte, das sie in ihre Tasche gesteckt hatte, das sie gestohlen hatte.

Und jetzt war es hier in Bettys Handtasche.

Das kann nicht sein, dachte Betty.

Mit den Fingern tastete sie über den zarten Stoff, ihre Gedanken überschlugen sich. Vielleicht hatte sie sich nur eingebildet, dass sie Claudia gesehen hatte, und das Tuch selbst eingesteckt. Weil sie nämlich den Verstand verloren hatte.

Bettys Kopf dröhnte, und die Krake griff wieder zu und saugte sich an ihr fest. Nicht schon wieder, dachte sie verzweifelt, nicht hier, nicht jetzt.

»Was ist denn mit dir?«, fragte Gabriele und drückte ihre Zigarette in dem ohnehin schon vollen Aschenbecher aus. »Wird dir übel?«

Betty rang nach Luft, aber da war kein Sauerstoff in der Küche, nur Zigarettenrauch. Ihr Geldbeutel, wo war ihr Geldbeutel? Sie wühlte unter dem Tuch in der Tasche, sie wollte es auf keinen Fall herausziehen, Gabriele sollte es nicht sehen.

Der Geldbeutel war weg.

Claudia hat ihn gestohlen, dachte Betty mit einer großen Erleichterung. Das war es, was sie wollte. Mein Geld, nur mein Geld.

Der Griff um ihren Hals lockerte sich. Sie wollte die Tasche wieder schließen, sie wollte Gabriele sagen, dass sie oben noch Geld hatte, aber im selben Moment stießen ihre Finger auf ihr Portemonnaie. Es hatte sich in der Seitentasche verborgen, und der Zehnmarkschein und die beiden Zwanziger, die sie am Morgen hineingesteckt hatte, waren immer noch da. Sie zog einen Schein heraus und reichte ihn Gabriele. »Hier, bitte schön. Reicht das?«

Ihre Stimme hallte blechern in ihren Ohren.

»Danke.« Gabriele ließ das Geld in ihrer Hosentasche verschwinden. »Du kriegst es am Wochenende zurück. Oder spätestens nächste Woche. Du bist weiß wie die Wand.«

Betty erhob sich schwankend. »Ich muss ins Bett.«

»Hab ich einen Hunger!« Martin rieb sich erwartungsvoll die Hände, als er aus dem Flur in die Küche kam. »Was gibt es denn heute?«

»Rindsgulasch«, sagte Betty. »Nach altem schlesischen Rezept.«

Martins Augen leuchteten auf. Auch wenn er sich immer über die deftige Küche seiner Mutter lustig machte, wollte er nach einem anstrengenden Bürotag doch genau diese Gerichte essen. Einmal hatte Betty ihm Toast Hawaii serviert, das war gar nicht gut angekommen.

Sie schöpfte zwei Teller voll, für ihn eine ordentliche Portion, für sich etwas weniger. Als sie sie zum Tisch trug, fächelte Martin sich mit beiden Händen Luft zu. »Wie das duftet! Köstlich. Du bist die beste Köchin von allen!«

»Quatschkopp!« Betty lachte. »Aber Hauptsache, es schmeckt.«

»Eh ich's vergesse«, sagte Martin, als Betty den Tisch abräumte und er sich eine Zigarette anzündete. »Klaus hat mich heute auf der Arbeit angerufen. Er fragt, warum wir nicht auf die Einladung reagiert haben.«

»Welche Einladung?«, fragte Betty.

»Das hab ich ihn auch gefragt. Er meinte, dass sie uns schon vor Wochen eine Hochzeitseinladung zugeschickt haben. Hast du was bekommen?«

»Nicht dass ich wüsste. Vielleicht ist die Karte in der Post verloren gegangen.« Betty runzelte die Stirn. »Wie ärgerlich. Wann heiraten sie denn?«

»Am 10. April. Das ist Samstag in einer Woche. Da haben wir doch nichts vor, oder?«

»Ich glaube nicht.« Betty verfrachtete die schmutzigen Teller in die Spüle, wischte sich die Hände an der Schürze ab und holte den kleinen Kalender aus dem Flur, in den sie alle ihre Termine eintrug. »Ach, du liebe Zeit«, murmelte sie leise.

»Was?«

»Ich … verflixt. Es ist zu dumm.«

»Was denn?«

»Ich … es sollte eigentlich eine Überraschung für dich sein.

Deshalb hab ich nichts davon erzählt. Aber nun müssen wir es wohl absagen.«

»Was müssen wir absagen? Kannst du dich nicht mal klar ausdrücken?«

»Ich hab Karten für ein Fußballspiel besorgt. Schwarz-Weiß Essen gegen Viktoria Köln. Sie spielen hier in Essen.«

»Du meinst, am selben Tag?«

»Ja, leider. Ich werde versuchen, die Karten wieder loszuwerden. Die Hochzeit geht natürlich vor. Aber schade ist es schon.«

»Das Spiel wird bestimmt toll«, sagte Martin, der ein großer Fußballfan war. Seit er denken konnte, war Schwarz-Weiß Essen sein Verein, die Kölner hasste er dagegen mit großer Leidenschaft. Und nun spielten die beiden Mannschaften in Essen, und er sollte stattdessen auf eine Hochzeitsfeier. Mit Klaus' Familie, die ihn schon als Kind gelangweilt hatte.

»Vielleicht interessieren sich die Ansbachs ja für die Karten«, überlegte Betty laut. »Oder du fragst mal im Büro nach, ob sie jemand will. Was meinst du?«

»Nein«, entschied Martin. »Ich habe eine bessere Idee. Ich sag Klaus, dass wir verhindert sind. Eine … Taufe, zu der wir bereits zugesagt haben. Das muss er verstehen. Und wenn er es nicht versteht, kann ich es auch nicht ändern.«

»Aber er ist dein Jugendfreund.«

»Das bleibt er doch auch. Zu der Hochzeit sind bestimmt fünfzig Leute eingeladen. Da fällt es doch gar nicht auf, ob wir dabei sind oder nicht.«

»Wenn du meinst«, sagte Betty und lächelte.

Nachts lag sie lange wach und dachte an die Papierschnipsel im Abfall, die längst auf der Müllkippe verrottet waren. Und fragte sich, ob sie ein schlechtes Gewissen haben müsste. Aber sie spürte nichts, außer der Erleichterung, dass ihnen die Hochzeit erspart bliebe. Klaus und Sieglinde vor dem Altar. Wie sie sich die Ringe an die Finger steckten und später beim Hochzeitstanz.

Neben ihr drehte sich Martin von der linken auf die rechte Seite. Er schlief unruhig, kein Wunder, er hatte ja auch drei Teller von dem Gulasch gegessen. Durch einen Spalt zwischen den Vorhängen fiel Mondlicht ins Zimmer.

Betty betrachtete Martins Gesicht. Wie friedlich er aussah. Wie glücklich er war.

Wie sehr sie ihn liebte. Und er liebte sie auch.

Niemand darf jemals zwischen uns treten, dachte Betty. Ich werde unsere Ehe beschützen, mit aller Kraft, mit allen Mitteln.

Der Zettel kam ihr wieder in den Sinn, den sie vor drei Tagen im Briefkasten gefunden hatte. Kein Umschlag, nur ein Blatt Papier, das in der Mitte geknickt und mit einem Klebestreifen zugeklebt worden war. *An Frau Sonne*, stand auf der Rückseite. Ihr Mädchenname.

Sie hatte das Blatt mit in die Wohnung genommen, bevor sie es gelesen hatte.

Liniertes Papier, aus einem Schulheft ausgerissen.

Gefällt dir das Tuch?, stand da in einer ungelenken, kindlichen Handschrift.

Kein Gruß, keine Unterschrift. Das war ja auch nicht nötig.

Claudia hatte ihr das Halstuch in die Tasche gesteckt. Vermutlich war sie Betty in die Straßenbahn gefolgt und hatte das Menschengewühl genutzt, um ihre Tasche zu öffnen und das Tuch hineinzuschmuggeln.

Claudia wusste auch, wo Betty wohnte. Und sie kannte ihren alten Namen. *Ich weiß Dinge über dich.*

Das war die eigentliche Botschaft des Briefes, die hinter den Worten stand.

Aber was, fragte sich Betty seitdem. Was weißt du? Was willst du?

Neuestens ging sie nicht nur an drei Tagen die Woche ins Schwimmbad, sondern jeden Morgen. Nur wenn sie ihre Bahnen zog, Brust, Rücken, Kraul, Brust, Rücken, Kraul, löste sich die

Beklemmung, die sie inzwischen den ganzen Tag über spürte, und in Nächten wie dieser, wenn sie keinen Schlaf fand.

Beim Schwimmen vergaß sie Claudia, vergaß sie sich selbst. Sie vergaß auch die Zeit. Einmal hatte sie das Schwimmbad erst um elf verlassen, nachdem sie drei Stunden im Becken gewesen war.

Sie hatte das Tuch mit den gelben Rosen in Streifen zerschnitten und im Garten vergraben, sie hatte den Zettel im Spülbecken verbrannt, und jeden Tag, wenn sie zum Briefkasten ging, fürchtete sie sich davor, dass da wieder eine Nachricht für sie wäre.

Und jeden Tag war sie enttäuscht, weil nichts mehr kam.

Ein Teil von ihr zitterte davor, Claudia wiederzusehen, der andere suchte nach ihr.

Am Montag war sie sogar zu Horten gefahren und durch die Damenabteilung flaniert. Claudia war nicht da, natürlich nicht, und Betty war froh und traurig zugleich.

Es war, als ob sie eine Verabredung hätten, und Claudia versetzte sie ein ums andere Mal.

Unten auf der Straße fuhr ein Auto vorbei. Das Motorengeräusch drang in Martins Träume, er schürzte die Lippen wie ein Kind. Sie streichelte behutsam seine Wange und sah, wie er lächelte.

11

Weilerbach, 1944

Elisabeth ließ ihr Buch sinken und blickte auf das moosgrüne Wasser. Auf der Oberfläche schwammen Sonnenpunkte, und dazwischen liefen winzige Spinnen auf und ab. Für sie war das Wasser ein fester, sicherer Grund und der kleine Waldsee ihr Universum.

Der Krieg und das Morden existierten nicht in der Spinnenwelt. Sie wussten nichts von den Bomben, die Nacht für Nacht auf die deutschen Städte regneten, von den Bergen aus Toten, die immer höher wuchsen. *Du schaufelst die Trümmer aus einem zerstörten Haus und findest ein totes Kind in den Steinen*, hatte Rüdiger ihr in seinem letzten Brief geschrieben. *Wann hört das endlich auf?*

Die Spinnen führten ebenfalls Kriege. Sie kämpften mit anderen Spinnen, die ihnen ihr Territorium streitig machten. Manchmal gingen die Kämpfe glimpflich aus, und die unterlegene Spinne verlor nur ein oder zwei Beine. Manchmal bissen sich die Tiere auch tot. Allerdings wären sie niemals so weit gegangen, gleich die halbe Population auszulöschen.

Doch vor dem ersten Tode kam der Mord, schrieb Rilke. Hass und Neid waren vom Anbeginn der Zeit in die Menschen hineingelegt und womöglich auch in die Spinnen.

In den Zweigen der Bäume gurrte eine Taube. Elisabeth nahm ihr Buch wieder auf. *Die Krankheit zum Tode* von Kierkegaard.

Rüdiger hatte ihr das Buch wärmstens empfohlen.

Es ist eines der Werke, an welchem ich in den letzten Monaten die größte Freude gehabt habe. Es steckt unendlich viel Wahrheit und Weisheit darin. Und dabei ist es in einer Einfachheit und Klarheit geschrieben, dass einem das Herz aufgeht.

Daraufhin hatte sich Elisabeth den Kierkegaard in der Stadtbücherei ausgeliehen – und nun versuchte sie seit über einer Woche, das Buch zu lesen, und war doch nicht über das erste Kapitel hinausgekommen. Für sie war der Text weder einfach noch klar, sondern unendlich kompliziert. Aber sie wollte Rüdiger nicht enttäuschen, also quälte sie sich durch die Seiten. Sie senkte den Blick auf das aufgeschlagene Buch.

Ist das Verhältnis, das sich zu sich selbst verhält, durch ein anderes gesetzt, so steht es als Verhältnis zu sich selbst außerdem in einem Verhältnis zu dem Dritten, das das ganze Verhältnis gesetzt hat.

Mit einem lauten Knall schlug Elisabeth das Buch zu. Es reichte. Einfachheit und Klarheit, das war ja zum Lachen. Die Worte verstopften ihr Gehirn, anstatt ihr neue Erkenntnisse zu eröffnen. Sie würde in der Bibliothek nach etwas anderem von Kierkegaard suchen, ein Buch, das eingängiger war. Oder zumindest kürzer. *Die Krankheit zum Tode* würde sie nicht lesen. Und wenn ihr Verlobter es noch so empfahl.

Ihr Verlobter.

Wie immer lösten diese beiden Worte einen warmen, fast wollüstigen Schauer in ihr aus.

Ihre Verlobung war geheim, niemand wusste davon, noch nicht einmal Susanne hatte Elisabeth eingeweiht. Rüdiger wollte es so. »Es ist besser so«, sagte er. »Sie wären alle gegen uns. Keiner würde es verstehen.«

Er hatte recht, das sah Elisabeth ein. Seine Eltern, ihre Mutter, Susanne und Elmar, ihre Klassenkameradinnen, das ganze Dorf, alle würden ihre Verbindung missbilligen. Eine Verlobung in diesem Alter. Das kann nicht gut gehen, seid doch vernünftig.

Es wird aber wohl gut gehen, dachte Elisabeth. Weil sie beide viel reifer waren als ihre Altersgenossen. Weil Gott sie füreinander geschaffen hatte. Ihre Seelen brachten sich gegenseitig zum Klingen.

Daran änderte auch die Entfernung zwischen ihnen nichts. Seit Rüdiger eingezogen worden war, hatten sie sich nur zwei Mal gesehen. An Weihnachten und an Ostern. Beide Male waren sie nur selten allein miteinander gewesen.

Ihre Liebe fand in den Briefen statt, die sie einander schrieben. Rüdiger schrieb so wunderbare Briefe.

Den ersten hatte Elisabeth zwei Tage nach seiner Abreise erhalten, er hatte ihn direkt nach seiner Ankunft in Friedrichshafen zu Papier gebracht. Seine Klasse teilte sich einen Schlafsaal in einer Baracke, in der außer ihnen noch vier weitere Gymnasialklassen untergebracht waren. Gleich am ersten Tag hatte man ihn zum Friseur geschickt, denn Soldaten trugen keine langen Haare, sondern Gasmasken.

Ich bin kahlgeschoren, schrieb Rüdiger, *und sehe aus wie ein Sträfling. Und wie Sträflinge behandeln sie uns auch. Vom frühen Morgen bis zum Abend wird man angebrüllt und herumkommandiert.*

Elisabeth stiegen Tränen in die Augen, als sie an Rüdigers schöne schwarze Locken dachte. Und an seine zarte Seele. Er war nicht dafür geschaffen, angebrüllt und herumkommandiert zu werden. Er war viel zu dünnhäutig und empfindsam für den Krieg.

Zum Glück sah das auch sein Spieß rasch ein. Er kommandierte Rüdiger zum Dienst in der Telefonzentrale ab. Da hatte er seine Ruhe. Wenn keine Anrufe kamen, konnte er sogar lesen oder Briefe schreiben, während seine Kameraden im tiefsten Winter Schützenlöcher aushoben und schwere Geschütze bedienten. Die Zeiten, in denen man als Flakhelfer den Hof fegte und ansonsten Däumchen drehte, waren endgültig vorbei.

Wir sind jeden Tag neun Stunden im Einsatz, mitunter auch zehn, schrieb Rüdiger. *Unsere Vorgänger sind von einem Tag auf den anderen befördert worden – vom Flakhelfer zum Untergefreiten. Und danach ging es ab an die Ostfront. Sieg Heil!*

Elisabeth bekam Bauchschmerzen, als sie das las. Nicht nur, weil Rüdiger über das Schicksal schrieb, das ihn selbst erwartete, wenn der Krieg nicht endlich endete. Seine spöttischen Kommentare waren so gefährlich!

Er musste sich doch bewusst sein, dass ihre Briefe gelesen wurden. Den Flakhelfern war es verboten, über ihre Arbeit zu schreiben. Und Rüdigers Ton war zynisch, zersetzend und respektlos. Wenn der Brief in die Zensur geriet, würde man ihn dafür an die Wand stellen.

Sie beschwor ihn, vorsichtiger zu sein, aber er dachte gar nicht daran, ein Blatt vor den Mund zu nehmen.

Die haben Besseres zu tun, als unsere Post zu kontrollieren, versicherte er ihr. *Du ahnst ja gar nicht, was hier los ist. Alles geht drunter und drüber. Mit dem regelmäßigen Schulunterricht, den sie uns versprochen haben, ist es auch Essig. In den letzten drei Wochen haben wir nur ein einziges Mal einen Lehrer gesehen. Er hat uns eine halbe Stunde Algebra gegeben, dann wurde Fliegeralarm ausgelöst, da hat er die Flucht ergriffen, und wir mussten in Stellung. Ich frage mich, wie wir jemals das Abitur bestehen sollen, wenn wir nichts anderes lernen als Krieg spielen.*

Krieg spielen, das war allerdings eine gewaltige Untertreibung. In den fünf Monaten, die Rüdiger als Flakhelfer gedient hatte, hatte es bereits drei Luftangriffe auf Friedrichshafen gegeben. Die Flugabwehr war chronisch unterbesetzt, die Flakhelfer übernahmen die Aufgaben der Soldaten. Die Funküberwachung an den Messgeräten lag in den Händen von Sechzehnjährigen, die noch vor ein paar Monaten Papierkügelchen durchs Klassenzimmer geschnipst hatten. Und Rüdiger saß stundenlang allein vor den Schaltern und Steckverbindungen in der Telefonzentrale. Manchmal nickte er vor Erschöpfung ein und wachte erst wieder auf, wenn sämtliche Leitungen gleichzeitig surrten.

Einmal wurde während seines nächtlichen Dienstes ein Fliegerangriff gemeldet. Er löste Alarm aus und wollte sich dann selbst in Sicherheit bringen, aber die Tür des Unterstands war bereits verschlossen, er kam nicht mehr hinein. In letzter Sekunde schaffte er es, sich in die Kantine zu retten. Wie durch ein Wunder blieb die Baracke unversehrt, während sowohl der Unterstand als auch die Telefonzentrale durch einen Luftminen-Treffer zu Kleinholz und Asche verwandelt wurden.

In dieser Nacht starben vier seiner Schulkameraden, der Spieß und ein Obergefreiter mussten ebenfalls dran glauben.

Rüdiger schrieb sich den nächtlichen Albtraum in einem zehnseitigen Brief von der Seele. Ohne Punkt und Komma fügte er die Worte aneinander, er schrieb Kleines groß und Großes klein, er begann Sätze, die er nicht zu Ende brachte, ließ Worte aus, andere wiederholte er, ohne es zu merken. Den Zwischenfall mit dem verschlossenen Unterstand beschrieb er gleich zweimal hintereinander in fast denselben Worten. Das letzte Blatt war in der Mitte durchgerissen, als habe er ihr den Rest des Briefes ersparen wollen, der Bericht endete mitten im Satz. Kein Gruß, keine Unterschrift.

Elisabeth las den Brief mit atemlosem Entsetzen. Vielleicht hatte Rüdiger vor lauter Panik den Verstand verloren. Voller Angst schrieb sie zurück: *Bist Du gesund? Bitte melde Dich.*

Das tat er postwendend. Er entschuldigte sich für die drastischen Schilderungen. *Du bist die Einzige, der ich davon erzählen kann. Aber ich mute Dir viel zu viel zu, verzeih mir meine Unüberlegtheit.*

Du bist die Einzige, der ich davon erzählen kann. Wie stolz sie dieser Satz machte. Die Tatsache, dass er ihr und nur ihr vertraute. Sie beschwor ihn, sie nicht zu schonen. *Ich will alles wissen und alles erfahren*, schrieb sie. *Nur so kann ich Dir ganz nahe sein.*

Oft schickte er ihr Listen mit Büchern, die sie ihm aus der Bücherei ausleihen sollte, in Friedrichshafen komme man nicht an gute

Lektüre, und die Bücher seines Vaters kenne er bereits. In jedem Brief nannte er ihr auch einen oder mehrere Titel, die sie sich besorgen und lesen sollte. Die meisten seiner Empfehlungen gefielen ihr, auch wenn sie vieles nicht verstand.

In den Briefen, die sie selbst an Rüdiger schrieb, erzählte sie nur wenig von ihrem Alltag. Was hätte sie auch schreiben sollen? Der Schulunterricht war auf das Nötigste beschränkt worden, da die meisten Lehrer eingezogen worden waren. Ihre Freizeit verbrachte sie größtenteils allein. Sie las oder ging spazieren. Mit ihren Klassenkameradinnen konnte sie nichts mehr anfangen, sie waren ihr alle zu kindisch. Und Susanne war ihr ebenfalls entglitten. Sie war inzwischen zur BDM-Führerin befördert worden. Aber auch das verschwieg Elisabeth lieber. Es hätte Rüdiger bestimmt nicht aufgeheitert.

Über die Bücher, die sie las, über die Fragen, die sie bewegten, konnte sie in Gmünd mit niemandem reden. Also schrieb sie ihre Gedanken auf und schickte sie an Rüdiger. Jeder Brief brachte sie an ihre Grenzen, denn sobald sie ihre Erkenntnisse in Sätze fassen wollte, zerplatzten sie wie Seifenblasen. Sie merkte, wie wenig sie von dem Gelesenen begriffen hatte. Wie wenig sie wusste und verstand. Sie kämpfte um jedes Wort und schaffte es nie, das auszudrücken, was sie wirklich sagen wollte.

Er verstand sie dennoch. In seinen Briefen beantwortete er jede ihrer Fragen, auch die, die sie gar nicht gestellt hatte.

Ihre Korrespondenz wurde zum Rückgrat ihres Lebens. Sie wusste jetzt, wie sich ihre Mutter früher gefühlt hatte, wenn ein Brief ihres Vaters von der Front gekommen war. Und wie Frau Sonne las Elisabeth Rüdigers Briefe wieder und wieder, so lange, bis sie sie auswendig konnte.

Lesend, schreibend, wartend. So verging die Zeit.

Den ganzen Herbst über hatte sie Weihnachten entgegengefiebert. Rüdiger sollte erst am Heiligabend in Weilerbach ankommen,

Elisabeth war schon ein paar Tage vorher da. Am Nachmittag stand sie am Fenster und starrte hinunter auf den Schulhof, wo die Pfützen zu Eis gefroren. Sie wusste, dass Rüdiger nicht zu ihr kommen würde, er hatte sie noch nie im Schulhaus besucht. Dennoch wartete sie auf ihn.

Als die Dämmerung einsetzte, hielt sie es nicht mehr aus und rannte zum Pfarrhaus.

»Da bisch du ja endlich!«, rief Susanne, als sie ihr die Tür öffnete. »Wir hen scho' denkt, du kommsch gar nemme!«

Elisabeths Herz machte einen freudigen Satz, aber dann stellte sich schnell heraus, dass Susanne mit dem *Wir* nicht Rüdiger gemeint hatte.

Es war Frau Nolting, die auf Elisabeth gewartet hatte und sich fragte, wo sie blieb. Seit Rüdiger in Friedrichshafen war, waren Elisabeths Besuche im Pfarrhaus viel seltener geworden, abends blieb sie nun immer zu Hause. Susanne hatte sich damit abgefunden, sie hatten ja auch in Schwäbisch Gmünd nur noch wenig miteinander zu tun. Aber Frau Nolting hing an Elisabeth und vermisste sie.

»Komm rein«, sagte Susanne. »Mir backet grad Guatsla.«

»Ist Rüdiger schon da?«, fragte Elisabeth und bemühte sich um einen beiläufigen Ton, obwohl ihr Herz laut hämmerte.

»Scho' seit heut' Morga.« Falls Susanne ihre Erregung auffiel, ließ sie sich nichts anmerken. »Er isch mit dem Vater em Wald, die holet da Baum. Und nachher schmücket mir ihn gemeinsam. Jetzt komm halt rein.«

Elisabeth begleitete Susanne in die Küche, wo Frau Nolting gerade ein Blech mit Springerle aus dem Ofen zog. Die Plätzchen dufteten köstlich. Als Susannes Mutter Elisabeth sah, leuchteten ihre Augen auf. »Nun isch die Familie endlich komplett.«

Früher hätte diese Bemerkung Elisabeth unendlich glücklich gemacht, heute rauschte sie an ihr vorbei. Sie lauschte nach draußen, auf das Geräusch der Haustür.

Dann kam er.

»Ratet amol, wer do isch«, rief Frau Nolting.

Elisabeth zwang sich, sitzen zu bleiben, bis die beiden Männer in die Küche kamen. Sie begrüßte zuerst Herrn Nolting, dann stand sie Rüdiger gegenüber.

»Ich wünsche dir sehr von Herzen ein frohes Weihnachtsfest«, sagte er und reichte ihr seine eisige, schmale Hand.

»Das wünsche ich dir auch«, antwortete Elisabeth und suchte in seinem Gesicht, in seinen Augen, nach der Liebe, die aus seinen Briefen leuchtete, doch sie fand sie nicht.

Sie sah ihn noch ein paarmal an den Feiertagen und erlebte jedes Mal die gleiche Enttäuschung. Es war, als habe ihr ein anderer die Briefe geschrieben, die sie unter ihrem Kopfkissen hortete, die sie Wort für Wort im Herzen trug.

Danach mied sie das Pfarrhaus, saß zu Hause, starrte in ein aufgeschlagenes Buch und ließ die Zeilen vor ihren Augen verschwimmen. Was hatte sie bloß falsch gemacht?

Sie trafen sich erst am Altjahresabend wieder, einen Tag bevor sein Weihnachtsurlaub endete und er wieder zurück nach Friedrichshafen musste.

Nach dem Gottesdienst standen sie auf dem Platz vor der Kirche. Die Nacht war eiskalt und sternenklar. Schneeflocken taumelten aus dem schwarzen Himmel und blieben auf dem Kirchplatz liegen wie tote Fliegen. Noch waren es viel zu wenige, um den Boden zu bedecken.

Susanne legte den Kopf in den Nacken und ließ die Schneeflocken in ihren Mund fallen.

»Iss bloß ned zu viele«, sagte Elmar. »Sonsch gfriersch.«

Susanne lachte. »Brr, mir isch jetzt scho' schrecklich kalt. I will hoim. Bei uns gibt's no' a Feuerzangenbowle, des isch jetzt genau des Richtige.« Sie hakte sich bei Elisabeth unter. »Gell, du kommsch doch no' mit zu ons?«

Elisabeth sah Rüdiger an, der neben Susanne stand und in die

Schneeflocken starrte, als wollte er sie zählen. *Du bist die Einzige, der ich davon erzählen kann,* hatte er ihr vor wenigen Wochen noch geschrieben, und jetzt schaffte er es nicht einmal, ihr in die Augen zu blicken. Es kümmerte ihn nicht, ob sie den Jahreswechsel mit ihnen feierte oder nicht. Das flaue Gefühl der Verzweiflung, das schon seit Tagen in ihrem Magen lag, blähte sich auf und stieg in ihr hoch wie etwas Verdorbenes. Am liebsten hätte sie ausgespuckt.

Stattdessen fasste sie den Entschluss, dass sie ihre Liebe zu Rüdiger beenden würde. Sie würde ihn im alten Jahr zurücklassen und frei und allein ins neue gehen.

»Ich kann leider nicht«, sagte sie mit fester Stimme. »Ich muss nach Hause.«

»Echt?«, fragte Susanne ungläubig. »Du willsch hoim?«

»Ich kann meine Mutter heute Nacht ja schlecht allein lassen«, sagte Elisabeth, dabei war Frau Sonne mit Sicherheit schon im Bett.

»Des würd' i mir gut überlega, wenn ich du wär'«, sagte Elmar. »Die Feuerzangenbowle isch fei spektakulär.«

Elisabeth sah Rüdiger an, der seinen Blick nun endlich von den taumelnden Schneeflocken löste. Seine Augen waren dunkel, traurig, vorwurfsvoll, aber er sagte kein Wort.

Da drehte sich Elisabeth um und ging.

Sie war fast schon zu Hause, als er sie einholte.

»Was soll das, Elisabeth?« Seine Stimme bebte vor Erregung.

Elisabeth bebte ebenfalls, sie zitterte am ganzen Körper, weil sie so wütend war.

»Was das soll?« Sie fuhr herum. »Das frage ich dich. Du behandelst mich wie Luft! Warum tust du das?«

»Ich verstehe nicht …« Er unterbrach sich und schluckte. »Was hast du erwartet?«

»Dass du mit mir redest. Dass du mich zumindest hin und wieder anschaust. Oder ist das zu viel verlangt?«

»Ich schaue dich ununterbrochen an, Elisabeth«, sagte er leise. »Es ist mir eine solche Freude, dich anzusehen.«

Dieser Satz öffnete sämtliche Ventile in ihr, und ihre Wut entwich und verdampfte in der eisigen Winterluft. »Aber warum gehst du mir dann ständig aus dem Weg?«, fragte sie verwirrt.

»Das tu ich doch nicht. *Du* lässt dich nicht mehr bei uns blicken.«

»Weil du mich ignorierst, wenn ich komme.«

Er schüttelte den Kopf und lächelte sein trauriges Lächeln. »Du hast alles falsch verstanden. Lass uns ein paar Schritte gehen. Ich habe auch etwas, das ich dir geben will.«

Er wartete ihre Antwort nicht ab, ging einfach los und war sich sicher, dass sie ihm folgen würde. Und das tat sie auch.

Kalter Wind stemmte sich ihnen entgegen, als sie das Dorf in Richtung Wald verließen. Rüdiger lief so schnell, mit gesenktem Kopf kämpfte er sich voran. Elisabeth hatte Mühe, ihm zu folgen. Ein paarmal blieb er stehen und wartete, bis sie ihn eingeholt hatte. Immer hoffte sie, dass er den Arm um sie legen, dass er sie zumindest unterhaken würde, aber er nickte ihr nur zu und setzte sich wieder in Bewegung, die Hände tief in die Taschen seines Wehrmachtsmantels vergraben.

Nun hatten sie den Waldrand erreicht. Die Bäume schützten sie vor dem Wind, aber es war zu spät. Die Kälte war längst durch ihre Kleider gekrochen und unter ihre Haut, und nun biss sie in ihre Knochen.

Was machten sie hier? Elisabeths Zähne klapperten aufeinander.

Rüdiger griff in seine Jackentasche und zog ein kleines Kästchen hervor, das er ihr reichte. Als sie es aufklappte, fand sie einen schmalen Ring darin, silbern glitzernd wie der Halbmond über den Tannenwipfeln.

Überrascht schaute sie Rüdiger an. »Du schenkst mir einen Ring?«

Er lächelte. »Es ist das Zeichen meiner Liebe. Ich würde mich sehr freuen, wenn du ihn trägst.«

Ein Ring zum Zeichen seiner Liebe. Ihr fehlten die Worte. Mit steifen Fingern klaubte sie den Ring aus der Schachtel.

Er nahm ihn ihr aus der Hand. »Darf ich?«

Als sie nickte, steckte er ihn an ihren linken Ringfinger.

»Sind wir jetzt verlobt?«, fragte Elisabeth. Es sollte ein Scherz sein, aber es klang nicht wie ein Scherz.

Wenn es nur nicht so dunkel gewesen wäre. Sie konnte Rüdigers Gesicht nicht sehen. Sie hätte so gerne gewusst, ob er lächelte.

»Du bedeutest mir alles, Elisabeth.« Rüdigers Stimme klang tiefer als sonst, bewegt und feierlich. »Und ich spüre, dass auch du viel für mich empfindest. Dass da ein Einklang zwischen unseren Seelen ist, den ich noch nie zuvor gefühlt habe.«

Da waren sie, die großen Gefühle, die auch aus seinen Briefen klangen. Ihr Herz schlug schneller und pumpte warmes Blut durch ihren Körper, in alle Glieder.

»Ich liebe dich«, flüsterte sie. Wie schal und abgedroschen das klang im Vergleich zu seinen Worten. Wie ein Satz aus den Romanen, die sie früher immer verschlungen hatte.

Rüdiger und sie waren allein in der riesigen, eiskalten Nacht, warum wärmten sie sich nicht gegenseitig?

Vielleicht traut er sich nicht, dachte Elisabeth und trat einen Schritt auf ihn zu.

Als sie ihre Arme um seinen Nacken schlang, versteifte sich sein Körper, aber sie ließ ihn nicht los. Sie schmiegte ihren Kopf an seine Schulter und hielt ihn fest, bis sie merkte, dass er sich entspannte. Eine ganze Weile verharrten sie so, aneinandergelehnt, ineinander versunken. Im Wald knackte ein Ast. Irgendwo schrie ein Nachtvogel.

Die Zeit stand still, bis sie den Kopf hob und ihn ansah. Sein Gesicht war ein helles Oval, die Augen zwei dunkle Flecken.

»Wenn es dir ernst ist, dann musst du mich jetzt küssen«, flüsterte Elisabeth.

Sie schloss die Augen und hielt die Luft an. Und konnte das Ungeheuerliche nicht fassen, dass Rüdiger hier mit ihr im Wald stand und sie umarmte. Dass er sie liebte.

Nun beugte er sich zu ihr hinab, seine kalte Nase streifte ihre Wange, seine Lippen berührten die ihren, aber bevor sie den Mund öffnen konnte, hatte er sich schon wieder zurückgezogen.

»Wir müssen vernünftig sein, Elisabeth.« Seine Stimme klang heiser. »Du bist sehr jung.«

»Alt genug«, wisperte sie und reckte ihm das Gesicht entgegen. Er legte die Hände an ihre Wangen und hielt ihren Kopf wie einen Weinkelch. Und hob ihn an die Lippen und nippte daran, aber diesmal öffnete sie den Mund, und für einen winzigen Moment berührten sich ihre Zungen.

Er ließ sie sofort los und wich zurück. »Nein, Elisabeth«, sagte er ernst. »Wir dürfen uns nicht gehen lassen. Das, was uns verbindet, ist sehr groß. Wir müssen der Versuchung um jeden Preis widerstehen.«

Sie nickte beschämt und fühlte sich plötzlich schmutzig und verderbt. Es war, als ob er sie auf eine Probe gestellt hätte, und sie hatte versagt.

Rüdiger schien ihre Verwirrung zu bemerken. Er legte den Arm um ihre Schultern und zog sie an sich. »Du zitterst ja vor Kälte«, sagte er leise. »Lass uns zurückgehen, die anderen warten bereits auf uns.«

Am nächsten Mittag war er abgereist, und dann hatten sie sich erst an Ostern wiedergesehen. Zu Elisabeths Erleichterung ging Rüdiger ihr nun nicht mehr aus dem Weg, sie machten jeden Tag einen langen Spaziergang zusammen. Wie in ihren Briefen redeten sie nur wenig von ihrem Alltag, sie sprachen von der Sinnlosigkeit des Krieges, über das Böse in der Welt und warum es so mächtig war, über die moralische Pflicht, Gutes zu tun, über die Liebe, die stärker war als der Tod.

Einmal erzählte ihr Rüdiger von einem entsetzlichen Erlebnis. Nach einem Fliegerangriff auf die Geschützstellung hatten sie einen Oberleutnant gefunden, er lag tot unter einer eingestürzten Mauer. Der Oberwachtmeister wollte ihm den Ehering abziehen, um ihn mit den anderen Habseligkeiten an die Angehörigen zu schicken. Aber der Finger des Toten war geschwollen, der Ring ließ sich nicht entfernen. Da gab der Oberwachtmeister Rüdiger die Anweisung, ein Beil zu holen. Und vor seinen Augen trennte er den Finger von der Hand und zog den Ring nach hinten ab.

»Als wäre es kein Mensch, sondern ein Schlachttier«, sagte Rüdiger.

Sein Gesicht blieb ganz ruhig, als er die Geschichte erzählte, nur seine Kiefer mahlten.

Danach hätte ihn Elisabeth so gerne geküsst, aber sie hielt sich zurück, weil sie wusste, dass sie Rüdiger damit in Versuchung geführt hätte und sich selbst auch.

Doch er sah ihre Begierde und spürte ihr Verlangen. Ganz behutsam und vorsichtig strich er ihr eine Haarsträhne aus der Stirn. »Später«, sagte er leise.

»Später ist es vielleicht zu spät«, erwiderte Elisabeth. »Denk an deinen Oberleutnant.«

Er lächelte traurig. »Wenn ich hinfort muss und dich zurücklasse, dann ist es besser, dass du rein und unbefleckt bist. Wie sollte ich sonst vor meinen Schöpfer treten?«

Aber noch ist es nicht so weit, dachte Elisabeth. Noch bist du hier, und ich bin es auch. Aber diesen Gedanken sprach sie nicht aus, Rüdiger hätte ihn ohnehin nicht gelten lassen. Das Leben ergibt nur Sinn, wenn man es vom Ende her denkt, sagte er immer. Der letzte Moment muss unsere Zeit auf Erden bestimmen.

Sie genoss die Spaziergänge mit Rüdiger, und sie liebte ihn für seine Disziplin, seine Unerbittlichkeit, seine moralische Stärke. Und sie verwünschte ihn dafür.

Auf dem Waldsee tanzten die Spinnen. Elisabeth schob den Kierkegaard in ihren Korb. Zu dumm, dass sie kein anderes Buch mitgebracht hatte, in das sie sich jetzt vertiefen konnte. In der Gemeindebücherei gab es einen neuen Bergengruen, das hatte ihr Susanne erzählt. Rüdiger verachtete Bergengruen, er sei unter ihrem Niveau, hatte er ihr einmal geschrieben. Elisabeth hatte die Romane früher geliebt, seit sie mit Rüdiger verlobt war, hatte sie keinen mehr gelesen. Rüdiger war es wichtig, dass sie sich mit denselben Büchern beschäftigten, dass sie überhaupt in möglichst allem konform gingen. *Ich mag es gar nicht, wenn Mann und Frau unterschiedlicher Meinung sind,* hatte er ihr neulich geschrieben.

»Es ist nur ein Buch«, murmelte Elisabeth. »Und den Kierkegaard lese ich ganz gewiss nicht, das kannst du dir aus dem Kopf schlagen.«

Sie warf einen Blick auf ihre Armbanduhr. Kurz vor vier. Die Bücherei hatte montags bis fünf geöffnet, wenn sie sich beeilte, war sie rechtzeitig zurück im Dorf. Wenn sie Pech hatte, war das Buch allerdings bereits ausgeliehen.

Sie fuhr zusammen, als der gellende Warnschrei eines Eichelhähers die Stille zerriss. Und erschrak noch mehr, als sie eine große, fast hünenhafte Gestalt aus dem Schatten der Bäume treten sah. Der Mann kam direkt auf sie zu. Elisabeth zog hastig die Beine an den Leib und schob den Rock über die Knöchel. Sie kam so oft an den Weiher, bisher war sie hier immer ungestört gewesen.

»Grieß Gott.« Der Riese hob seinen Hut und enthüllte struppiges braunes Haar. »Stör i?«

Natürlich, dachte Elisabeth und umschlang ihre Knie mit den Armen.

»Ach, du bisch des«, sagte der Riese. »I hab di zerschd gar ned kennt.«

»Xaver«, sagte Elisabeth überrascht. »Was machst du denn hier?«

Er ließ sich neben ihr ins Gras fallen, fischte eine Packung Zigaretten aus der Hemdtasche und bot ihr eine an. Als sie den Kopf schüttelte, zündete er sich eine an, sog den Rauch tief in die Lunge und stieß ihn dann langsam durch die Nase wieder aus. Er war viel massiger als früher und noch haariger. Seine Brauen bildeten einen dicken Balken unter seiner Stirn, Bartstoppeln wucherten auf seinen Wangen und krochen über den Hals in sein Hemd. Selbst auf seinen Fingern wuchsen dunkle Haare.

»Raucha«, sagte er. »Ond du?«

»Ich hab Sommerferien.« Sie wies auf das Buch in ihrem Korb. »Hab gelesen.«

Sein Blick flog über den Buchtitel. *Die Krankheit zum Tode.*

»Willsch du Doktr werda?«

Sie lachte. »Es ist ein Buch über Philosophie.«

Er nahm einen letzten Zug, drückte die Zigarette dann aus und schnippte den Stummel von sich. »Philosophie. Du warsch scho' immer g'scheidr wie wir älle.«

»Es interessiert mich halt«, meinte sie achselzuckend.

Er sah sie an, nicht spöttisch oder herablassend, sondern voll echtem Interesse. Seine Augen waren moosgrün wie der See, das überraschte sie. Hatte er schon immer so grüne Augen gehabt?

Nun verschränkte er die Hände im Nacken und ließ sich nach hinten fallen, dabei verströmte er einen stechenden Geruch nach Schweiß und Zigarettenrauch.

»Ich woiß no' den Aufsatz, den du damals gschriebe hasch«, sagte er, den Blick zum Himmel gerichtet. »Wia du mit deim Vater in da Zoo bisch. Häufele hat ihn vorgläsa. Da hat mr scho' gmerkt, dass du was kasch.«

Der Aufsatz, der sie zu Häufeles Lieblingsschülerin gemacht

hatte. Ihre Geschichte hatte den Lehrer tief bewegt. Und Xaver ganz offensichtlich auch. Obwohl das Ganze erstunken und erlogen war.

»Mi hat der Häufele immer verhaue«, fuhr Xaver gedankenverloren fort. »Weil i ned rechna kenna hab.«

»Konntest du doch«, sagte Elisabeth. »Aber du hast dich lieber verdreschen lassen, als es zuzugeben.«

Xaver sah sie an und grinste. Dann verzog er das Gesicht. »Der alde Seggel. Der hat immer bloß die verdrosche, die nix g'het hen. Den Jonge vom Eisenbart hot er ned oglangt, egal was der für an Scheiß g'macht hot. Oder da Hegers Franz. Weil der ihm immer a Wurscht brocht hat ond an Butter. Älle, die ihm ebbes mitbrocht hen, hot er in Rueh glossa.«

»Aber dich hat er nicht verschont. Deine Eltern sind doch auch nicht gerade arm.«

»Mei Alter hat ehm halt gsagt, dass er mi haue soll. Am beschde äll Dag. Als ob mei Vaddr des ned scho' selber gmacht hätt'.«

Xavers Vater, der alte Wengert, war im letzten Jahr verstorben, daran erinnerte sich Elisabeth plötzlich. Das ganze Dorf war auf der Beerdigung gewesen, sogar ihre Mutter war hingegangen. Nur Elisabeth hatte mit einer Grippe im Bett gelegen. Nun führte Xaver den Hof zusammen mit seinem älteren Bruder.

»Und du hast deine Wut dafür an allen anderen ausgelassen, die kleiner und schwächer waren als du.«

Sie fuhr erschrocken zusammen, als er sich plötzlich aufrichtete und aufstand. Wie groß er war, wenn er so vor ihr stand. Er ging zum Ufer des Waldsees, ohne auf ihre Bemerkung einzugehen.

Sie sah ihm zu, wie er einen Stein hob und ihn flach übers Wasser schleuderte. Er hüpfte über die Oberfläche. Einmal, zweimal, dreimal. Für die Spinnen war es eine Katastrophe, viele wurden von den Steinen in die Tiefe gerissen. Die anderen flogen in alle Richtungen.

Xaver zog sein Hemd aus und ließ es achtlos zu Boden fallen. Dann knöpfte er die Hose auf. Mitten in der Bewegung drehte er sich zu ihr um. »Was isch jetzt? Kommsch mit nei?«

Sie schüttelte den Kopf. »Das könnte dir so gefallen.«

»Du kannsch immer no' ned schwemme.« Es war keine Frage, sondern eine Feststellung.

Dann warf er sich ins Wasser und durchmaß den kleinen See mit kräftigen Zügen. Elisabeth betrachtete die Tropfen, die von seinen kräftigen Oberarmen in alle Richtungen flogen, glitzernd im Sonnenlicht, während für die Spinnen die Welt unterging.

Als er aus dem Wasser stieg, schüttelte er sich wie ein Hund. Falls es ihn überraschte, dass sie noch da war, ließ er es sich nicht anmerken. »Des Wasser isch fei herrlich«, rief er ihr zu, während er sich wieder anzog, nass, wie er war. »Wenn du magsch, breng i dir des Schwemma bei.«

»Danke, kein Bedarf«, sagte Elisabeth, während sie das Buch wieder aus dem Korb fischte und so tat, als würde sie sich darin vertiefen.

»Sagsch mer's halt, wenn du dir's andersch überlegsch«, meinte er.

Sie zuckte mit den Schultern, ohne den Blick zu heben. Als sie das nächste Mal wieder aufschaute, war er weg.

12

Elisabeth hatte den kleinen Waldsee zufällig entdeckt, auf einem ihrer Spaziergänge an Ostern mit Rüdiger. Es war wie ein Ort aus einem Traum: das moosgrüne Wasser, die Waldeinsamkeit und das weiche dunkelgrüne Gras am Ufer. Danach war sie jedes Wochenende hierhergekommen, um zu lesen, Briefe zu schreiben, zu träumen. Und in den Sommerferien hatte sie sich beinahe täglich auf den Weg in den Wald gemacht. Niemandem hatte sie von ihrem geheimen Ort erzählt, auch nicht Susanne, mit der sie ohnehin nur noch das Nötigste redete.

Nachdem sie Xaver getroffen hatte, ging sie nicht mehr zum See. Sie wusste, dass es Rüdiger zutiefst missfallen hätte, wenn es dort zu einer zweiten Begegnung mit Xaver gekommen wäre.

Xaver hätte ihm missfallen, dachte sie.

Sie kamen beide aus demselben Dorf, wahrscheinlich waren sie sogar einmal in dieselbe Klasse gegangen, bevor Rüdiger aufs Gymnasium nach Schwäbisch Gmünd gewechselt war. Aber sonst verband sie nichts.

Xaver war wie Rüdigers Kameraden, von denen er voller Abscheu erzählte. Die ihre freien Abende dazu nutzten, sich zu betrinken. Die in Friedrichshafen mit leichten Mädchen poussierten, mit ihrer Männlichkeit prahlten und jeden verprügelten, der ihnen krumm kam.

Menschen wie Xaver befremdeten Rüdiger, sie verstörten ihn.

Und Xaver nahm Menschen wie Rüdiger gar nicht zur Kenntnis. Er las keine Bücher, er machte sich keine Gedanken über den Lauf der Welt und den Sinn des Lebens. Er lebte es genau wie sein

Vater und stellte es nicht infrage. Wenn das Gras lang genug war, wurde Heu gemacht. Wenn ihm heiß war, sprang er in den See. Er prügelte sich manchmal zum Vergnügen oder weil es sein musste.

Elisabeth saß jetzt nachmittags immer in der stickigen Dachkammer und las. Sie vermisste die stillen Stunden am See und nahm es Xaver übel, dass er sie dort vertrieben hatte.

Anfang August kam Rüdiger für einen kurzen Urlaub nach Hause. Er brachte schlechte Nachrichten. Nach dem letzten Fliegerangriff auf Friedrichshafen war die Stadt vollkommen zerstört. Die Flakstellung war aufgegeben worden, weil es nichts mehr zu beschützen gab. Alle Flakhelfer, die noch keine siebzehn waren, wurden auf andere Stellungen verteilt. Alle, die älter waren, kamen an die Front.

»Als Kanonenfutter«, sagte Rüdiger. »Vielleicht sollte ich mich lieber selbst erschießen, bevor es die Russen tun.«

»Nun hör aber auf!«, widersprach sein Vater. »Du darfst den Mut nicht verlieren. Der Herr wird …«

»Der Herr hat sich längst von uns abgewandt«, unterbrach ihn Rüdiger in scharfem Ton. »Schau dir das Morden und Sterben doch einmal an. Mit Gott hat das nichts mehr zu tun.«

Sein Vater schwieg. Seine Mutter weinte. Elisabeth weinte auch oft, aber nur wenn sie allein war. Bei ihren Spaziergängen mit Rüdiger versuchte sie, so zuversichtlich und fröhlich wie möglich zu sein.

»Du bist der einzige Lichtblick in dieser düsteren Zeit«, sagte er und erfüllte sie damit mit großem Stolz.

Als er wieder abreiste, empfand sie fast ein Gefühl der Erleichterung, weil sie ihre Verzweiflung nun nicht mehr verbergen musste.

Der Sommer fiel über das Land wie eine Heuschreckenplage. Tagsüber war es schrecklich heiß, in der Dachkammer der Schule war es kaum auszuhalten. Vor ein paar Wochen war zu allem

Überfluss Frau Rossecker gestorben, seitdem war Frau Sonne wieder jeden Tag zu Hause und so schwermütig wie eh und je.

Es dauerte über eine Woche, bis Elisabeth den ersten Brief von Rüdiger bekam, der noch nicht in Russland war, sondern in einer Kaserne bei Königsberg in Ostpreußen. In seinem ersten Brief klagte er über Wanzen. Drei Seiten lang erging er sich über die Blutsauger. Seine schöne präzise Schrift war fahrig, an einigen Stellen war die Tinte verschmiert. Er hatte die Zeilen in großer Eile geschrieben. Keine Bücherempfehlung. Zum Lesen fehlte ihm die Zeit. Er wurde zum Funker ausgebildet, das war schwieriger als gedacht, obwohl er so lange in der Telefonzentrale gesessen hatte.

Elisabeth las den Brief am See. In der Dachkammer war es zu eng, sie wollte nicht, dass ihre Mutter ihr beim Lesen zusah.

Auch hier im Wald war es schwül. Elisabeths Schweiß zog Mücken an, die aus den Tiefen des Waldes heranschwirrten, um sie zu stechen. Ein Schweißtropfen löste sich von ihrer Schläfe und tropfte auf den Brief. Das grobe Papier saugte die Flüssigkeit auf. In dem Fleck verschwamm die Tinte.

Sie faltete das Blatt zusammen und steckte es zurück in den Umschlag.

Heute hatte sie kein Buch mitgebracht, sie hatte vorgehabt, Rüdigers Brief gleich zu beantworten. Aber es war auch zum Schreiben zu heiß. Ihre dünne Bluse war nass geschwitzt, der Rock klebte an ihren Schenkeln.

Der See lag im Schatten der Bäume und glänzte. Kühles, klares, moosgrünes Wasser.

Sie zog die Schuhe aus und ging zum Ufer. Als sie fünf oder sechs gewesen war, hatte ihr Vater beschlossen, ihr das Schwimmen beizubringen, und war mit ihr in die Badeanstalt gegangen. Gleich beim ersten Mal war sie am Beckenrand ausgerutscht und hatte sich die Knie aufgeschlagen, danach waren sie unverrichteter Dinge wieder nach Hause gegangen. Beim zweiten Mal lieh sich ihr Vater vom Bademeister eine Schwimmangel aus. Er legte

Elisabeth einen Ledergurt um die Brust, der an einer langen Leine befestigt war, die an einer Angelrute hing, die er wiederum in den Händen hielt.

Der Vater blieb am Beckenrand stehen, Elisabeth musste ins Wasser. Und dann ging es los.

»Leg dich nach vorn«, befahl ihr Vater. »Keine Angst, ich halte dich.«

Elisabeth beugte pflichtschuldig den Oberkörper nach vorn. Mit den Füßen blieb sie auf dem Boden stehen. Als ihr Gesicht fast das Wasser berührte, kniff sie die Augen zu.

»Du musst dich in die Angel legen«, sagte ihr Vater. »Nimm die Beine hoch.«

Sie warf sich todesmutig nach vorn, in die Angel und in ihre Angst hinein. Ihr Oberkörper kippte nach unten, ihr Kopf geriet unter Wasser. Sie schnappte zu spät nach Luft, atmete Wasser ein, hustete und schluckte, während ihr Vater an der Angel riss, aber bevor er sie aus dem Wasser ziehen konnte, hatte sie die Füße wieder auf den Beckenboden gestellt.

Der Bademeister kam zu Hilfe, er hielt die Angel, während ihr Vater zu Elisabeth ins Becken stieg und ihren Körper über den Ledergurt drapierte. Solange sie den Kopf über Wasser hielt, war alles gut. Der Bademeister zog sie wie einen Teebeutel durchs Becken, sie planschte mit den Armen im Wasser, klappte die Beine auf und zu, genau wie es ihr ihr Vater vormachte, der vor ihr herschwamm.

»Wunderbar«, lobte der Bademeister von oben.

»Siehst du, es ist ganz einfach«, sagte ihr Vater.

Beim nächsten Mal versuchten sie es ohne Angel. Aber sobald der Gurt fehlte, wagte Elisabeth es nicht mehr, die Beine anzuheben. Ihr Vater redete auf sie ein, er schwamm im Kreis um sie herum, er kraulte, er ließ sich auf dem Rücken treiben. Sie stand frierend im flachen Teil des Beckens, die Arme vor der Brust verschränkt.

Irgendwann verlor er die Geduld, er tauchte nach unten, griff nach ihren dünnen Beinen und riss sie um. Sie knickte ein und fiel nach hinten, das Wasser schlug über ihrem Kopf zusammen und drang in ihre Lunge. Sie schlug wie wild um sich und verlor die Orientierung. Sie stieß mit der Stirn gegen den Beckenboden, wollte schreien und schluckte noch mehr Wasser. Ihr Vater sah ihr dabei zu. Nach dem ersten Schreck, dachte er, würde sie sich an die Oberfläche kämpfen, und danach wäre der Knoten geplatzt, das Problem gelöst und Elisabeths unvernünftige Angst vor dem Wasser ein für alle Mal behoben.

Doch obwohl das Wasser Elisabeth an dieser Stelle gerade einmal bis zur Hüfte ging, ertrank sie fast. Am Ende rettete ihr der Bademeister das Leben, indem er ihr die Schwimmangel zuwarf. Sie klammerte sich mit letzter Kraft daran fest, er zog sie nach oben. Hustend und würgend stolperte sie zum Rand.

»Sie muss gleich wieder ins Wasser«, sagte der Bademeister zu ihrem Vater. »Sonst behält sie die Angst.«

Aber ihr Vater hatte nun ebenfalls die Lust verloren, und zwar gründlich.

»Wie ist es gelaufen?«, fragte die Mutter, als sie zu Hause waren.

»Es war schlimm«, sagte der Vater.

Seitdem hatte sich Elisabeth vom Wasser ferngehalten. Wenn ihre Klassenkameraden in Düsseldorf im Rhein schwammen oder in der Düssel planschten, blieb sie am Ufer sitzen.

»Ich darf nicht«, sagte sie, und die anderen, die ihre übervorsichtige Mutter kannten, nickten verständnisvoll und mitleidig.

Man kam gut durchs Leben, wenn man nicht schwimmen konnte. Und inzwischen war Elisabeth ohnehin in einem Alter, in dem es sich nicht mehr gehörte, halb nackt in den Fluss zu springen oder im Dorfweiher zu planschen.

Die Sonne brannte auf ihren Nacken, der Schweiß lief ihr in Strömen den Rücken hinunter. Elisabeth machte einen Schritt ins Wasser. Spürte den seidenweichen Uferschlamm unter ihren Füßen. Noch ein Schritt nach vorn. Mit einem schmatzenden Geräusch lösten sich ihre Fußsohlen vom Boden, bevor der Schlamm sie wieder ansaugte. Das Wasser berührte jetzt ihre Knöchel. Herrlich.

Sie ging langsam weiter, schürzte den Rock und hielt ihn hoch, bis der See an ihren Knien leckte. Die Mücken tanzten um ihren Kopf. Die Spinnen tanzten auf der Wasseroberfläche.

Ihr Nacken brannte, als stünde er in Flammen. Vor ein paar Wochen hatte sie die Haare noch kürzer schneiden lassen, sie trug jetzt einen Bubikopf. Das einzige Mädchen im Dorf, das keine Zöpfe hatte. Rüdiger war enttäuscht gewesen. »Du siehst ja aus wie ein Kerl.«

Noch ein paar Schritte. Das Seeufer war ganz seicht, erst nach ein paar Metern wurde das Wasser dunkelgrün und tief. Zum ersten Mal in ihrem Leben sehnte sie sich danach zu schwimmen.

Den Rock jetzt bis zur Hüfte gerafft, stand sie bis zu den Schenkeln im Wasser. Sie hielt den Rocksaum mit der Linken, mit der Rechten schöpfte sie Wasser und benetzte damit ihr Gesicht, den heißen Nacken, ihren Hals. Die Tropfen flossen in ihren Ausschnitt. Sie wäre so gerne untergetaucht. Aber das ging nicht, sie war schon viel zu tief in den See hineingewatet.

Als sie sich umdrehte, um zurückzugehen, entdeckte sie Xaver. Er stand am Waldrand und sah sie an, mit einem Blick, der stach wie die Sonne. Vor Überraschung entglitt ihr der Rock, er fiel ins Wasser und saugte sich sofort voll. Sie machte einen schnellen Schritt nach vorn, dabei trat sie in ein Loch, verlor erst das Gleichgewicht und dann den Boden unter den Füßen. Wie damals im Schwimmbad schlug das Wasser über ihrem Kopf zusammen, bevor sie schreien konnte. Und wie damals geriet sie sofort in Panik.

Diesmal gab es keinen Bademeister, der ihr eine Schwimmangel hinstreckte, und Xaver war viel zu weit weg, um sie zu retten. Sie schlug und trat um sich wie der Frosch in der Milch. Literweise Wasser hatte sie schon geschluckt, bis sie es endlich schaffte, auf die Beine zu kommen. Dann stand sie da, tropfnass, hustend, spuckend, zitternd.

Wütend auf sich selbst, weil sie so dumm gewesen war, so tief in den See zu gehen. Und auf Xaver, vor allem auf Xaver. Wenn er nicht gewesen wäre, wäre sie nicht ausgerutscht. Was musste er sie so blöde anglotzen!

Inzwischen hatte er seine Schuhe ausgezogen und watete auf sie zu.

»Geh weg«, schrie sie, wollte sie schreien, aber sie hatte immer noch Wasser in der Lunge und brachte nicht mehr als ein Krächzen heraus. »Lass mich in Ruhe.«

»Bisch du scho' fertig?«, fragte er. »Du warsch ja gar ned richtig dren.«

Sie stampfte an ihm vorbei ans Ufer, wischte sich das Wasser aus den Augen, versuchte dann, den Rock auszuwringen, aber es war sinnlos. Das Wasser sammelte sich in einer Pfütze zu ihren Füßen.

Xaver betrachtete sie neugierig, mit schief gelegtem Kopf. »Zieh des nasse Glomp aus«, sagte er. »Und häng's in d'Sonn. Sonscht trocknet des ned.«

Sie antwortete nicht. Am liebsten hätte sie ihn ins Wasser gestoßen und nach unten gedrückt, noch nie in ihrem Leben hatte sie ein Mensch so wütend gemacht.

Er zuckte mit den Achseln und begann sich bis auf die Unterhose auszuziehen. Dann warf er sich in den See und schwamm weg.

Wenn sie nicht so nass gewesen wäre, wäre sie einfach nach Hause gegangen. Aber so konnte sie nicht zurück ins Dorf. Ihre Kleider mussten erst wieder trocknen.

Sie verschränkte die Arme vor der Brust. Jetzt war ihr nicht mehr heiß, sie fröstelte, obwohl sie in der Sonne stand. Sie sah Xaver dabei zu, wie er den See durchpflügte, einmal zum anderen Ufer, dann wieder zurück. Er kam wieder an Land und ließ sich neben ihr zu Boden fallen. Nass und nackt räkelte er sich in der Sonne.

»Zieh des Glomp aus«, forderte er sie erneut auf, den Blick auf den See gerichtet. »I hab vier Schweschtra, ich woiß, wia a Mädle aussieht.«

Sie zögerte. Die Rückseite ihrer Bluse fühlte sich schon recht trocken an. Aber ihr Rock tropfte nach wie vor.

»Dreh dich um«, befahl sie.

Gelangweilt schloss er die Augen. Sie zögerte noch einen Moment lang, dann schlüpfte sie aus dem Rock, zog die Bluse aus und hängte beides über ein Gebüsch in die Sonne.

Danach verschränkte sie die nackten Arme über dem Mieder und betrachtete ihre langen weißen Beine. Steckenbeine, hatte ihr Vater sie immer genannt. Als Kind war sie furchtbar dünn gewesen. Warum fiel ihr das jetzt ein?

»No' amol«, sagte Xaver. »I zeig dir gern, wia mer schwemmt.«

Nun schlug er die Augen auf und sah sie an. Sein Gesicht war ruhig und gelassen, als wäre es ganz normal, dass ein großes, bleiches Mädchen in Unterhose und Leibchen vor ihm stand.

»Hier sieht ons koiner«, versicherte er ihr, dabei standen schon seit geraumer Zeit vier durstige Rehe hinter den Bäumen, die sehnsüchtig darauf warteten, dass die Menschen gingen und sie endlich ans Wasser konnten.

»Also gut«, sagte Elisabeth.

Seine Augen weiteten sich vor Überraschung. Er setzte sich auf.

»Aber du darfst mich dabei nicht anfassen«, sagte Elisabeth.

»Un' wenn d' untergosch?«

»Dann ertrinke ich eben«, erklärte sie finster.

13

Essen 1962

Frau Storz wollte gerade die Ladentür zuschließen, als Betty herangestürmt kam, vollkommen außer Atem.

»Habt ihr noch Brot?«, keuchte sie. »Ich hab ganz vergessen, welches zu kaufen.«

Gabriele erschien aus dem Nebenraum. Sie hatte schon ihren weißen Kittel ausgezogen, trug ihren roten Sommermantel und passenden Lippenstift und war schön wie immer.

»Was darf's denn sein?«, fragte sie.

»Ein Roggenbrot, wenn ihr noch eins habt.« Die Regale hinter der Theke waren bereits leer geräumt.

»Sicher. Ich hol es dir aus dem Kühlraum.«

»Gott sei Dank«, sagte Betty, als sie den Laib entgegennahm. »Sonst hätte ich Martin morgen kein Frühstück machen können.«

»Du meine Güte.« Gabriele lächelte spöttisch. »Der Arme wäre glatt verhungert.«

Sie gingen zusammen nach Hause, und weil die Sonne schien und Betty das Abendessen schon vorgekocht hatte und Karlheinz zum Skatspielen verabredet war, beschlossen sie, noch einen Abstecher in die italienische Eisdiele am Park zu machen.

Betty bestellte einen Eisbecher Venezia, Gabriele trank nur einen Kaffee.

»Wie stellst du das bloß an?«, fragte sie, als Betty einen großen Löffel voller Eis und Sahne in den Mund schob. »Du isst und isst und nimmst kein Kilo zu. Und ich muss mir Süßes nur angucken und werde fett.«

»Das bildest du dir doch bloß ein«, sagte Betty. Dabei war es unübersehbar, dass Gabriele zugelegt hatte, seit sie in der Bäckerei arbeitete. Aber das machte überhaupt nichts, die zusätzlichen Kilos standen ihr hervorragend. Den beiden jungen Männern am Nachbartisch war das auch schon aufgefallen, sie schauten nämlich die ganze Zeit zu ihnen herüber.

»Das bilde ich mir nicht ein, das sagt mir meine Waage«, erklärte Gabriele. »Vielleicht sollte ich auch mit dem Schwimmen anfangen wie du. Ich könnte dich doch mal begleiten.«

»Warum nicht?«, erwiderte Betty, obwohl ihr die Vorstellung nicht gefiel. Gabriele im Schwimmbad. Sie würde sich die ganze Zeit unterhalten wollen. Aber Betty wollte schwimmen und vergessen.

»Du hast es wirklich gut«, sagte Gabriele und zündete sich eine Zigarette an. »Dein Mann bringt genügend Geld nach Hause. Wenn Karlheinz nur endlich mal eine Lohnerhöhung bekäme. Aber die denken gar nicht daran. Warum auch? Ungelernte, die den Pförtner machen können, gibt es wie Sand am Meer.«

»Aber nicht alle sind so freundlich und zuverlässig wie Karlheinz«, widersprach Betty. »Er muss eben mal bei seinem Vorgesetzten auf den Tisch hauen. Wer nichts fordert, der kriegt auch nichts.« Das sagte Martin immer, der bereits zwei Gehaltserhöhungen bekommen hatte, seit Betty ihn kannte.

»Ach, das macht er nie.« Gabriele winkte ab. »Wenn wir mehr Geld hätten, würde ich auf der Stelle kündigen.«

»Na komm, zu Hause würde dir ja die Decke auf den Kopf fallen.«

Nun lachte Gabriele. »Ich würde mir schon eine Beschäftigung suchen.« Sie zwinkerte einem der jungen Männer am Nachbartisch zu, der vor Verwirrung fast seinen Eisbecher umwarf.

»Gabriele!«

»Was denn?« Gabriele sah sie mit einem Unschuldsblick an – aber dann wurden ihre Augen groß vor Schreck. Sie griff nach der Eiskarte und ging dahinter in Deckung.

»Was ist denn jetzt los?«

»Karlheinz' Mutter«, zischte Gabriele. »Auf der anderen Straßenseite. Wenn sie mich bloß nicht schon entdeckt hat!«

»Keine Bange. Sie geht weiter. Jetzt ist sie weg. Kannst wieder auftauchen.«

Gabriele ließ die Karte sinken. »Puh, ein Glück. Die hätte mir gerade noch gefehlt.«

»Was ist denn eigentlich so schlimm an ihr?«, fragte Betty.

»Sie meckert die ganze Zeit an mir rum. Dass ich so schlampig bin und zu viel Geld ausgebe, und überhaupt hat ihr Karlheinz was Besseres verdient. Und dann will sie immer wissen, wann wir endlich Kinder kriegen.« Gabriele verdrehte die Augen.

»Das würde ich auch gerne wissen«, sagte Betty.

»Nicht so schnell, da kannst du Gift drauf nehmen. Wir können uns gar keinen Nachwuchs leisten, wir kommen ja ohne Kinder schon nicht zurecht. Und ihr? Wollt ihr Kinder?«

Betty seufzte. »Schon.«

»Aber?«

»Es klappt einfach nicht.«

Gabriele lehnte sich über den Tisch, sodass Betty ihr tief in den Ausschnitt blicken konnte, und raunte in verschwörerischem Ton: »Dann pass mal gut auf: Wenn ihr Kinder wollt, dann müsst ihr miteinander … du weißt schon …« Sie grinste anzüglich.

Betty lachte traurig. »Ich weiß. Wir versuchen es ja. Aber ich werde eben nicht schwanger.«

Gabriele setzte sich wieder aufrecht hin und wurde ernst. »Warst du schon beim Arzt?«

»Natürlich. Dr. Weiderich sagt, es ist alles in Ordnung. Es sei normal, dass es ein bisschen dauert.«

»Da hat er ja auch recht. Immer mit der Ruhe. Ihr seid doch erst ein paar Monate verheiratet.«

»Ein halbes Jahr, immerhin. Und ich bin doch auch nicht mehr die Jüngste. Martin würde sich so freuen, wenn es endlich klappen würde. Und seine Mutter erst. Die wäre vollkommen aus dem Häuschen.«

»Und du?«, fragte Gabriele. »Würdest du dich auch freuen?«

»Natürlich!« Ein kleiner Junge mit blonden Haaren und grünen Augen wie Martin. Oder ein Mädchen, Hauptsache, es war gesund. Sie würde es lieben und verwöhnen und mit ihm Lieder singen und spazieren gehen. Und ihm alles beibringen, was es für sein Leben bräuchte.

Sie löffelte ihr Eis, das in der Sonne langsam vor sich hinschmolz, und hörte ein wenig zerstreut zu, wie Gabriele von einer Bekannten erzählte, die Zwillinge bekommen hatte und jetzt fast den Verstand verlor vor lauter Arbeit.

»Und dann die schlaflosen Nächte!«, sagte Gabriele.

An dem Nachbartisch nahmen jetzt zwei Frauen Platz. Dunkelblaue Röcke, weiße Spitzenhäubchen über dem Hinterkopf, Schleifen unter dem Kinn.

Diakonissen.

Betty rutschte der Eislöffel aus der Hand und landete in ihrem Schoß.

»Ach, verflixt, der schöne Rock.« Gabriele reichte ihr die Serviette. »Ich wasch den Fleck lieber aus«, sagte Betty mit gepresster Stimme und hastete aufs Gäste-WC.

Sie schloss die Tür ab, lehnte sich dagegen und wartete darauf, dass die Krake nach ihr griff, aber sie tauchte nicht auf. Betty spürte nur eine große Verzweiflung und begann zu weinen. Lautlos, wie sie es lange geübt hatte, aber Schwester Edeltraud hörte sie trotzdem.

Heulen nützt jetzt auch nichts mehr, sagte sie, und ihre Stimme klang dabei fast zärtlich.

Morgens machte Betty Martin immer ein Wurstbrot, das er mit zur Arbeit nahm. Sie packte es in Butterbrotpapier, und er verstaute es in seiner Ledertasche, aber heute hatte er es vergessen.

Als sie die leeren Kaffeetassen in die Spüle stellte, fand sie es auf dem Frühstückstisch und beschloss, es ihm zu bringen.

Sie fuhr mit dem Bus zur Hauptverwaltung in der Westendstraße und meldete sich beim Pförtner im Turmhaus an – allerdings nicht bei Karlheinz, der arbeitete in dem Gebäude auf der anderen Straßenseite. Der Pförtner rief Martins Sekretärin an, erreichte jedoch niemanden im Sekretariat.

Ratlos kratzte er sich hinterm Ohr. »Dann fahren Sie doch einfach nach oben«, sagte er schließlich. »Dritte Etage, Zimmer 352.«

Betty nahm den Paternoster. Die Luft im Treppenhaus war viel zu warm und roch abgestanden. Sie erinnerte sich, wie Martin ihr erzählt hatte, dass man im ganzen Gebäude die Fenster nicht öffnen konnte. Es gab ein kompliziertes Belüftungssystem, das allerdings nicht richtig funktionierte. Aber ohne die künstliche Belüftung wäre es noch schlimmer, hatte Martin erklärt. Die Essener Luft erträgt man nur gefiltert.

Betty dachte an die Wäsche, die sie am ersten warmen Frühlingstag im Garten aufgehängt hatte. Martins weiße Hemden, ihre Unterwäsche. Als sie die Sachen nach ein paar Stunden wieder hereinholte, waren sie grau verfärbt. Mit den Fenstern war es das Gleiche. Der Ruß, den man von den Scheiben und Rahmen schrubbte, war nach einem halben Tag wieder da. Die hohen Fabrikschlote in der Stadt bliesen den Schmutz in die Wolken, aus denen er wieder auf die Essener herunterrieselte.

Als sie aus dem Paternoster trat, blickte sie sich suchend um. Sie war schon einmal hier gewesen, als sie und Martin frisch verheiratet gewesen waren. Martin hatte anlässlich der Hochzeit einen Umtrunk organisiert und sie seinen Mitarbeitern vorgestellt.

Heute, ein halbes Jahr später, hatte sie die Gesichter und Namen seiner Kollegen längst vergessen. Genauso wie den Weg in sein Büro.

Vom Fenster aus konnte man das hohe kastenförmige Ziegelgebäude sehen, in dem Karlheinz arbeitete, und den vollen Parkplatz. Die Blechdächer der Wagen glänzten bunt in der Sonne. Bald würde auch ihr Auto dort unten stehen, Martin hatte es bereits bestellt. Ein Ford Taunus. Martin konnte es kaum erwarten, ihn endlich abzuholen. Er wollte, dass Betty den Führerschein machte. Allein die Vorstellung ließ ihr Herz schneller schlagen. Sie hinter dem Steuer eines Wagens, wie sie allein über eine Landstraße fuhr. Vorher müsste sie allerdings erst einmal die Prüfung bestehen.

Betty wandte sich vom Fenster ab. Zimmer Nr. 352, hatte der Pförtner gesagt. Das war nicht Martins Büro, sondern sein Vorraum. Er teilte sich eine Sekretärin mit einem Kollegen.

Sie ging den langen Flur hinunter – 350, 351, 352 – da war die Tür.

Sie klopfte an, einmal, und als keine Antwort kam, noch einmal. Dann drückte sie die Klinke nach unten und schob die Tür auf.

Ein helles Büro mit einem großen Fenster, vor dem ein Schreibtisch stand. Der Stuhl dahinter war leer. Und die Tür zum Nachbarraum stand offen. Dort war Martins Büro.

»Hallo?« Ihre Stimme klang dünn und leise, mehr ein Flüstern als ein Rufen. Sie näherte sich der offenen Tür auf Zehenspitzen. Ihr Herz klopfte schnell, als ob sie etwas Verbotenes täte. Dabei brachte sie Martin doch nur sein Frühstück.

Jetzt blickte sie durch den Türspalt in den Nebenraum. Sah den Schreibtisch, an dem Martin saß, und neben ihm die junge Frau.

Das Sonnenlicht fiel auf ihr rotblondes Haar und brachte es zum Funkeln wie etwas sehr Kostbares. Sie hielt einen Block und einen Stift in den Händen und notierte, was Martin ihr diktierte.

Ihr Gesicht war schmal und sanft. Ein Madonnengesicht aus einem alten Gemälde.

»... hoffe ich auf schnelle Bearbeitung«, sagte Martin, »und verbleibe mit hochachtungsvollen Grüßen und so weiter und so fort.«

Die Madonna fragte etwas, das Betty nicht verstand.

»Ja«, erwiderte Martin. »Und machen Sie eine Durchschrift für Müller.«

Nun klopfte Betty an die offene Tür.

Die Köpfe drehten sich beide in ihre Richtung, und Betty spürte, wie ihr Gesicht heiß wurde.

»Also, so was.« Die Sekretärin stand auf und strich ihren Rock glatt. »Was machen Sie in meinem Zimmer?«

»Betty«, sagte Martin. »Was willst du denn hier? Ist was passiert?«

Der Blick seiner Sekretärin wanderte von Betty zu Martin. Sie wirkte verwundert, fast empört, als wäre er ihr eine Erklärung schuldig.

»Meine Frau«, sagte er und ging mit großen Schritten auf Betty zu und legte ihr einen Arm um die Schulter. »Fräulein Leyensieper, meine Sekretärin.«

Fräulein Leyensieper. Den Namen hatte Betty schon oft gehört und hatte sich immer eine ältliche Dame vorgestellt, mit ondulierten Haaren und einer Brille, die an einer Kordel um den Hals baumelte. Warum hatte sie sie sich so vorgestellt?

Fräulein Leyensieper ist auch nicht mehr die Jüngste, hörte sie Martin sagen. Und das war bestimmt nicht einmal gelogen, vermutlich gab es noch jüngere Sekretärinnen bei Krupp als Fräulein Leyensieper, die sicherlich auch schon auf die dreißig zuging.

Und dennoch. Mit seiner Bemerkung hatte Martin Betty auf die falsche Fährte gelockt. Fräulein Leyensieper war vielleicht nicht die Jüngste, aber sie war jünger als Betty. Und sehr attraktiv und schlank und groß, darauf flog er.

»Das ist ja eine Überraschung«, sagte Martin, nachdem er die Tür hinter Fräulein Leyensieper geschlossen hatte. »Schneist du einfach so herein. Was gibt's denn so Dringendes? Hoffentlich nichts Schlimmes?«

»Du hast dein Butterbrot zu Hause liegen lassen«, sagte Betty und legte es auf seinen Schreibtisch.

»Ach so. Na, deswegen hättest du dich nicht auf den weiten Weg machen müssen.«

»Ich dachte, du freust dich.«

»Ich freue mich ja«, sagte Martin, aber nun begann das Telefon auf seinem Schreibtisch zu läuten. Er zeigte auf den Stuhl neben der Tür, während er zum Tisch eilte und den Hörer abnahm.

Betty setzte sich vorsichtig auf die vorderste Stuhlkante, ihre Handtasche auf den Knien balancierend, und sah ihm beim Telefonieren zu. Vor ihm türmten sich Papierstapel, Mappen, Akten. So viel Arbeit, kein Wunder, dass Martin oft länger arbeiten musste und völlig erschöpft war, wenn er nach Hause kam.

Oder hatten die Überstunden und die Erschöpfung gar nichts mit der Arbeit zu tun? War am Ende vielleicht Fräulein Leyensieper daran schuld?

»Ja, ja«, sagte Martin. »Das klären wir dann morgen, Herr Dr. Singer. Sie müssen mich jetzt entschuldigen, ich habe nämlich gerade Besuch.«

Dann legte er auf und lächelte Betty an, aber hinter dem Lächeln verbarg sich eine Anspannung und eine Ungeduld, die sie nicht an ihm kannte. Und wieder mochte es an der vielen Arbeit liegen oder an Fräulein Leyensieper.

Sie stand auf. »Ich will dich nicht länger aufhalten.«

»Danke für das Butterbrot«, sagte Martin. »Aber es wäre wirklich nicht nötig gewesen.« Er brachte sie zur Tür, die zum Flur führte. Bevor er sie aufzog, küsste er Betty.

»Ich weiß«, sagte Betty.

Seit diesem Tag dachte sie immer an Fräulein Leyensieper, wenn Martin Überstunden machte oder wenn er einen seiner Abendtermine hatte.

»Heute wird es wieder spät«, sagte Martin an einem Donnerstag im Juli. »Es gibt ein Geschäftsessen mit den Genossen im Essener Hof.« Zurzeit war nämlich eine Delegation aus der Ostzone in Essen, die Krupp-Stahl kaufen wollte, um den Eisernen Vorhang zu verstärken, wie Martin gestern noch gespottet hatte. Nun verzog er das Gesicht, damit keine Zweifel aufkamen, dass das Essen kein Vergnügen, sondern harte Arbeit sein würde. »Warte nicht auf mich.«

Aber genau das tat Betty. Um sechs Uhr abends fuhr sie zum Limbecker Platz und setzte sich dort auf eine Bank, von der man den Eingang des Restaurants im Blick hatte. Sie breitete die Zeitung vor sich aus, die sie mitgebracht hatte, spähte verstohlen über den Rand und hoffte und betete, dass Martin wirklich auftauchen würde. Und nicht mit Fräulein Leyensieper. Sie saß eine halbe Ewigkeit auf der Bank, sah Gäste in Abendgarderobe ins Restaurant gehen und andere herauskommen, sah Passanten, die auf dem Platz ihre Hunde ausführten, sah Liebespaare Hand in Hand, Mütter mit Kinderwagen auf dem Weg nach Hause.

Martin kam nicht. Wahrscheinlich saßen er und Fräulein Leyensieper in einer schummrigen Bar und tranken Martini. Wenn sie nicht sofort ins Hotel gegangen waren.

Um Viertel nach sieben hielt ein Taxi vor dem Essener Hof, aus dem fünf Herren in dunklen Anzügen stiegen, Martin war einer von ihnen. Betty hätte ihn fast übersehen, weil er als Letzter ausstieg und zum Eingang des Restaurants hastete, in dem die anderen bereits verschwunden waren. Von Fräulein Leyensieper fehlte jede Spur.

Betty faltete ihre Zeitung zusammen und warf sie in den Mülleimer neben der Bank. Dann nahm sie den nächsten Bus nach Hause und fühlte sich erleichtert und schrecklich.

In der Nacht zum 5. August starb Marilyn Monroe. Betty erfuhr es erst einen Tag später, als sie morgens das Frühstücksgeschirr abspülte, während das Radio lief.

Die Schauspielerin war in ihrem Haus in Los Angeles tot aufgefunden worden. Eine Überdosis Schlaftabletten, man ging davon aus, dass es Selbstmord war.

Die schöne Marilyn. Hatte sich umgebracht.

Die Nachricht ging Betty nahe, als ob sie eine gute Freundin verloren hätte. Dabei hatte sie die Filme mit der Monroe nicht einmal besonders gemocht. Aber nun bewies der Suizid, dass es eine düstere, traurige Wahrheit hinter der glänzenden Oberfläche gegeben hatte.

Im Radio spielten sie *Ich schau den weißen Wolken nach.*

Es sang Nana Mouskouri. Für Marilyn, die ihr schönes Leben nicht mehr ertragen hatte.

Betty weinte ins Spülwasser. Aber dann trocknete sie ihr Gesicht ab, zog die Gummihandschuhe aus und stellte das Radio ab. Sie musste los, sie hatte um zehn einen Termin in der Praxis von Dr. Weiderich.

Dr. Weiderich war ein rundlicher, glatzköpfiger Mann mit einer dicken Hornbrille. Er hatte einen guten Ruf in Essen, Frau Storz ging auch zu ihm und hatte ihn Betty wärmstens ans Herz gelegt. »Der ist nicht so grob wie andere.«

Dr. Weiderich war freundlich und hatte weiche, zarte Finger, er war das genaue Gegenteil von Dr. Jüntgen, der groß und hager gewesen war, aber das half trotzdem nichts. Sobald Betty vor ihm lag, die Unterschenkel auf den Beinhaltern, die Beine weit gespreizt, und Dr. Weiderich auf dem Stuhl vor ihr Platz nahm, dann war es genau wie damals. Dann machte sie ihren Körper hart und fest, sie verschloss sich, damit die Angst nicht nach draußen drang, das Wimmern, die Tränen, die alles nur noch verschlimmerten.

Schwester Monika hatte sie immer zu Dr. Jüntgen begleitet. Wenn Betty aufgerufen wurde, marschierte sie mit in den Behandlungsraum und setzte sich auf den Stuhl am Fenster, schräg hinter Dr. Jüntgens Hocker. Immer wenn Betty den Kopf hob, sah sie Schwester Monikas Diakonissenhaube über ihrem rechten Knie schweben. Schwester Monikas Gesicht sah sie nicht, aber sie wusste, dass ihr Blick fest auf Dr. Jüntgens Hände gerichtet war, sie spürte ihn dort unten zwischen ihren Beinen.

»Ruhig«, sagte Schwester Monika, wenn Betty doch ein Laut entfuhr.

Betty presste die Lippen zusammen, sie hätte noch viel lieber die Schenkel zusammengepresst, aber das durfte sie nicht.

»Entspannen Sie sich«, sagte Dr. Weiderich. »Es tut überhaupt nicht weh, wenn Sie ganz locker bleiben.«

Es tat ja auch nicht weh. Im Gegensatz zu Dr. Jüntgen waren Dr. Weiderichs Finger behutsam und sanft, er ging überaus vorsichtig vor, aber das machte alles nur noch schlimmer. Sie spürte ein lustvolles Ziehen in ihrem Unterkörper, als ob da nicht Dr. Weiderich säße und sie berührte, sondern Martin.

Der Teufel, sagte Schwester Edeltraud, schläft nicht. Der Teufel wartet Tag und Nacht darauf, in dich einzudringen, um dich ganz zu besitzen.

»Ganz locker«, sagte Dr. Weiderich, öffnete ihre Scheide mit einem Spekulum und leuchtete mit einer Lampe in ihr Inneres. Er murmelte etwas, das Betty nicht verstand. Dann schloss er das Instrument wieder, zog es aus Bettys Körper und erhob sich.

»Gut«, sagte er. »Sie können sich wieder anziehen.«

Sie ging hinter den Paravent, wo ihre Unterwäsche lag, die Strümpfe und die Schuhe. Während sie sich ankleidete, klopfte ihr Herz laut und schnell. Ihre Periode war seit drei Wochen überfällig. Das war ungewöhnlich, normalerweise kam die Blutung so pünktlich wie die Post. Auf diese Weise ließen sich auch ihre fruchtbaren Tage bestens berechnen, aber das hatte ihnen nichts genützt. Bisher hatte es nichts genützt.

Gut, hatte Dr. Weiderich gesagt. Das sagte er immer, nachdem er sie untersucht hatte. Das bedeutete nichts.

Betty hatte Martin nichts von der ausgebliebenen Blutung erzählt und dass sie heute einen Frauenarzttermin hatte. Er würde sich nur Hoffnungen machen, und was, wenn sie ihn enttäuschte?

Bevor sie hinter der Spanischen Wand hervortrat, schloss sie die Augen und horchte in sich hinein. War da etwas anders als sonst? Ein winziges Herz, das in ihrem Leib schlug, das Blut in einen Organismus pumpte, der noch kein Gehirn und keine Gliedmaßen hatte? Sie müsste doch etwas spüren, wenn es so wäre. Aber sie hörte nur ihr eigenes Herz schlagen, laut und aufgeregt.

Als sie auf dem Stuhl vor dem Schreibtisch Platz nahm, sah der Arzt sie nicht an. Er notierte etwas auf Bettys Karteikarte. Seine Handschrift stand für sie auf dem Kopf, aber auch wenn sie neben ihm gesessen hätte, hätte sie sie nicht lesen können. Ein paar Haken, ein paar Kringel. Schwanger oder nicht.

Nun hob er den Kopf und lächelte sie an. »Herzlichen Glückwunsch. Diesmal hat es geklappt.«

»Sie meinen … ich bin …« Schwanger. Das Wort blieb ihr in der Kehle stecken. Sie brachte es nicht über die Lippen. »Sind Sie sicher?«

»Der Test war positiv. Und die Untersuchung bestätigt es. Sie bekommen ein Kind.«

»Da wird sich mein Mann aber freuen«, sagte Betty und horchte wieder in sich hinein, ob sie sich auch freute. Aber auch diesmal fühlte sie nichts, keine Freude, auch keine Angst oder gar Widerwillen. Sie spürte nichts außer der Verwirrung darüber, dass sie nichts empfand.

»Das wollen wir aber auch hoffen, dass der sich freut«, sagte Dr. Weiderich und notierte wieder etwas auf der Karteikarte.

»Wann ist es denn so weit?«, fragte Betty, so als wäre Dr. Weiderich schwanger und nicht sie selbst.

Er zog eine runde Pappscheibe aus der obersten Schreibtischschublade. »Ihre letzte Regel wäre vor drei Wochen gewesen?«

Als Betty nickte, stellte er das Datum auf dem äußeren Ring ein.

»Anfang April.« Er lächelte wieder, und Betty lächelte zurück.

»Das ist ja noch furchtbar lange hin«, sagte sie. »Wie soll ich das bloß aushalten?«

Aber ihre Ungeduld war gespielt, genau wie die Freude. Sie erwartete ein Kind, ihr Herzenswunsch ging in Erfüllung, warum ließ sie das so kalt?

Dr. Weiderich notierte den Geburtstermin in seinen Unterlagen. »Die Helferin wird noch Ihren Blutdruck messen und Blut abnehmen«, sagte er. »Und bevor Sie gehen, machen Sie gleich den nächsten Termin aus. Wir sehen uns in den nächsten Monaten regelmäßig.«

Betty spürte ein sanftes Prickeln in ihrem Leib, wie eine Luftblase, die in einem Champagnerglas nach oben steigt und an der Oberfläche zerplatzt. War das die Freude?

»Es ist nicht Ihre erste Schwangerschaft«, stellte Dr. Weiderich fest, ohne den Blick von seinen Unterlagen zu heben.

Bettys Magen zog sich zusammen. Jetzt stiegen keine Luftbläschen mehr in ihr hoch, jetzt drängte die Magensäure nach oben.

Hast du wirklich geglaubt, dass du es geheim halten kannst?, fragte Schwester Edeltraud. Es wäre besser gewesen, du hättest gleich alles gestanden.

»Sie haben bereits ein Kind zur Welt gebracht.« Dr. Weiderich schob seine Unterlagen zur Seite und sah sie an. »Das stimmt doch, oder?«

Seine Augen waren groß und verschwommen hinter den dicken Brillengläsern, wie Fische in einem Goldfischglas. Da lag ein Zweifel in seinem Blick, er war sich nicht ganz sicher. Sie musste ihn davon überzeugen, dass er sich täuschte.

Aber sie brachte kein Wort heraus. Spürte nur, wie die Krake aus der Tiefe auftauchte, ihre Arme um sie schlang und sich an ihr festsaugte.

Dr. Weiderich sah sie besorgt aus seinen großen verschwommenen Augen an. Sah die Schweißperlen auf ihrer Stirn, sah, wie blass sie war, sah ihre Angst.

Sie musste sich beruhigen. Sie musste seine Zweifel zerstreuen.

»Entschuldigen Sie«, keuchte sie. »Mir ist nicht gut.« Atmen, wenn sie nur atmen könnte. Aber die Krake hielt sie viel zu fest, sie presste ihre Lunge zusammen.

»Ganz ruhig«, sagte Dr. Weiderich.

Sie antwortete nicht, sie konnte nicht antworten. Sie kämpfte mit dem Ersticken, und er konnte ihr nicht helfen, er war Frauenarzt, mit Erstickungsanfällen kannte er sich nicht aus. Nun stand er auf, eilte weg und überließ sie ihrem Schicksal.

Ihr Herz hatte sie ebenfalls verlassen, sie hörte es in weiter Ferne pochen. Vor ihren Augen begann es zu blitzen. Als ob sich das Behandlungszimmer mit Wasser gefüllt hätte, durch das Sonnenlicht fiel.

Durch die Wasserwellen drang Dr. Weiderichs Stimme an ihr Ohr. »Nehmen Sie die Tüte«, sagte er. »Ich möchte, dass Sie in die Tüte atmen.«

Sie ergriff die Papiertüte, die er ihr vors Gesicht hielt, und hielt sich daran fest. In die Tüte atmen, wie sollte das gehen, wenn sie keine Luft mehr bekam?

Ihr Atem war so flach wie eine Regenpfütze. Sie pustete in die Tüte, sog die Luft wieder ein. Durch das Wasser, das sie immer noch umgab, drangen Stimmen. Eine Frauenstimme fragte etwas, Dr. Weiderich antwortete. Betty schloss die Augen, atmete in die Tüte und spürte, wie sich ihre Brust weitete, wie der Druck nachließ. Luft strömte in ihre Lunge. Sie wollte die Tüte sinken lassen, aber Dr. Weiderich schob sie wieder nach oben. »Atmen Sie in die Tüte. Das tut Ihnen gut.«

Sie nickte. Das Wasser im Zimmer war verschwunden, die Krake hatte sich verzogen, ihr Herz glitt zurück in ihre Brust.

»Am besten, Sie legen sich ein bisschen hin«, sagte Dr. Weiderich. »Kommen Sie, wir helfen Ihnen.«

Eine der Helferinnen griff ihren linken Ellenbogen, eine andere packte ihren rechten. So steuerten sie sie zur Liege in den

Nebenraum. Dr. Weiderich schob ihr eine Rolle unter die Füße, dann nahm er ihr die Tüte aus der Hand. »Geht es wieder?«

Sie nickte, langsam und vorsichtig.

»Haben Sie das öfters?«

»Nie«, log sie. »Die gute Nachricht. Das war wohl zu viel für mich.«

Er glaubte ihr nicht, das sah sie ihm an. Natürlich nicht. Er wusste ja jetzt, dass man ihr nicht trauen konnte.

Wenn er sie nur allein gelassen hätte. Sie hätte sich gerne ein bisschen ausgeruht, nur ein paar Minuten, ohne zu reden, ohne zu denken, aber er zog sich einen Stuhl heran und setzte sich neben sie.

»Erzählen Sie«, sagte er. »Was ist mit Ihrem ersten Kind geschehen?«

Seine Goldfischaugen waren nicht auf sie gerichtet, während er auf die Antwort wartete, er blickte stattdessen auf einen Kunstdruck in einem Rahmen an der Wand.

Sie blickte ebenfalls auf das Bild, ein Seerosenteich von Monet, und wünschte sich an jenen anderen See. An das moorgrüne Wasser, so tief, dass man nicht auf den Grund blicken konnte.

Die Sprechstundenhilfe hatte den Raum wieder verlassen. Aber Dr. Weiderich würde nicht weggehen, bevor sie ihm geantwortet hatte.

»Es ist gestorben«, sagte sie. »Gleich nach der Geburt.«

»Wann war das?«, fragte Dr. Weiderich.

»Vor vielen Jahren. Ich war damals noch sehr jung.« Sie holte tief Luft, bevor sie sich in den nächsten Satz stürzte. »Mein Mann weiß nichts davon. Dass ich damals …«

»Nein«, sagte Dr. Weiderich. »Alles, was Sie mir sagen, unterliegt der Schweigepflicht. Ich werde nichts erzählen.«

Sie nickte. Die Zunge klebte am Gaumen, ihr Mund war so trocken. Zu ihrer Erleichterung erhob sich Dr. Weiderich jetzt. Er musste weitermachen, das Wartezimmer war voller Patientinnen.

Sie wollte sich aufrichten, doch er winkte ab. »Bleiben Sie ruhig noch ein bisschen liegen. Man wird sich gleich um Sie kümmern.«

»Natürlich.« Sie drückte die Hand, die er ihr hinstreckte. Blickte in seine verschwommenen Augen und erkannte die Besorgnis darin und die vielen offenen Fragen. »Ich sehe Sie dann in vier Wochen. Denken Sie daran, gleich den Termin zu machen.«

Als er das Zimmer verlassen hatte, stand sie auf. Der Boden fühlte sich an, als wäre er aufgeweicht, ihre Füße fanden keinen rechten Halt. Sie nahm ihre Jacke und die Handtasche, die die Helferin auf einen Stuhl gelegt hatte, und verließ den Raum. Der Flur war leer, die Tür zum Sprechzimmer geschlossen. Hinter der Empfangstheke am Eingang saß eine junge Frau, aber es war keine der beiden Helferinnen, die vorhin ins Zimmer gekommen waren.

Sie nickte nur kurz, als Betty an ihr vorbeiging, mit großen schnellen Schritten. Ihre Hand zitterte, als sie sie ausstreckte, um die Tür aufzuziehen. Zum Glück fiel auch das nicht auf.

»Auf Wiedersehen«, sagte sie und dachte: Niemals.

14

Weilerbach, 1944

Elisabeth watete vom Ufer zurück in den See, es war jetzt einfacher als vorher, weil sie den Rock nicht mehr festhalten musste, aber auch schwieriger, weil sie beim ersten Mal ausgerutscht war und nun Angst hatte.

Ihr Körper war durch die nassen Kleider so ausgekühlt, dass sich das Wasser warm anfühlte. Sie spürte, wie es ihre dünnen weißen Waden umfing, dann die Knie und Schenkel. Je weiter sie in den See ging, desto weniger sah man von ihrem Körper. Das war gut. Aber mit dem Wasser stieg auch ihre Angst.

»Schwemma isch gar ned so schwer, wie's aussieht«, versicherte Xaver. »Ich hab's meine kloine Schwestra glernt. Un du lernsch des au'.«

Der Boden wurde immer weicher, ihre Füße sanken tief in den Schlick ein. Und mit jedem Schritt wurde mehr Schlamm aufgewirbelt, sodass das Wasser dunkel und undurchsichtig wurde. Man sah die Spinnen auf der Oberfläche, aber was sich darunter verbarg, sah man nicht.

Elisabeth spürte, wie die weichen Triebe von Wasserpflanzen nach ihren Beinen griffen. Unsichtbare Pflanzen, die sich durch die moosig grüne Tiefe rankten. Sie stellte sich vor, dass dazwischen Fische schwammen. Große Barsche, runde Kaulquappen, ein Hecht, der in diesem Moment ihre Zehen beäugte.

»Du brauchsch koi Angschd habe«, wiederholte Xaver. Weil er größer war als sie, stand er ein Stück tiefer im See. Er streckte den Oberkörper nach vorne, legte seine Hände zu einer Spitze zusammen, und dann stieß er die Füße vom Boden ab und schwamm.

Sie versuchte es ebenfalls. Führte die Hände vor dem Körper zusammen, stieß sich ab, aber ihre Beine lösten sich nur ganz kurz vom Boden, dann kamen die Füße wieder im Schlick auf.

»Gut«, sagte Xaver. »Genau so got's. Komm her.«

Sie bewegte sich auf ihn zu. Hopsend wie ein großer Vogel, dem man die Flügel gestutzt hatte. Nie schaffte sie es mehr als ein paar Sekunden lang, den sicheren Grund zu verlassen.

»Koi Angschd«, sagte Xaver noch einmal. »I pass auf.«

»Ich habe keine Angst.«

»Dann tauch amol.«

»Was? Wie soll das denn gehen? Ich kann doch nicht schwimmen.«

»Du sollsch ja au net schwemme. Steck dein Kopf onders Wasser.« Er machte es ihr vor, holte Luft und tauchte unter. Sie dachte sofort an ihren Vater, der ihr einfach die Beine weggezogen hatte, und stemmte ihre Füße fest in den Schlick, während sie auf den Angriff wartete, der nicht kam. Xaver tauchte hinter ihr wieder auf.

»Siehsch? Nix isch passiert.«

Sie zog eine Grimasse.

»Ond jetzt du. Nonder mit deim Kopf.«

Sie versuchte es und ging in die Hocke, aber sobald die Wasseroberfläche ihren Mund berührte, war Schluss, und sie schoss wieder in die Höhe. »Es geht nicht. Ich will es ja tun, mein Kopf will es. Aber mein Körper macht nicht mit.«

Nach ein paar Versuchen schaffte sie es immerhin bis zur Nase einzutauchen. Hustend und prustend schoss sie danach nach oben und sah das strahlende Lächeln auf Xavers Gesicht. Er sah aus, als ob gerade der Krieg zu Ende gegangen sei.

»Des war gar ned schlecht«, sagte er. »Morga mache mer weider.«

Wenn es am nächsten Tag geregnet hätte oder der Himmel bedeckt gewesen wäre, dann wäre sie wahrscheinlich nicht wieder zum See gegangen. Vielleicht wäre auch alles andere, was danach geschah, nicht geschehen.

Aber die Sonne brannte schon um neun vom Himmel wie ein Hochofen, und um zehn hielt Elisabeth es nicht mehr aus. Sie schlich sich an die Truhe, in der ihre Mutter ihre Kleider aufbewahrte, suchte ihren Badeanzug und fand ihn. Sie verbarg ihn unter ihrer Bluse und atmete auf. Es bestand keine Gefahr, dass Frau Sonne den Badeanzug vermissen würde. Elisabeths Mutter verabscheute das Wasser und ging niemals schwimmen. Der Badeanzug war ein Geschenk ihres Mannes gewesen, das einzige Kleidungsstück, das er jemals für sie ausgesucht hatte. Aus sentimentalen Gründen hatte sie ihn behalten und bei jedem Bombenalarm mit in den Luftschutzkeller geschleppt und auch mit nach Weilerbach gebracht. Das war jetzt ein Glück für Elisabeth.

Oder auf lange Sicht gesehen ein Pech, aber das wusste sie damals noch nicht.

Sie schlich mit dem Badeanzug hinunter in die Schulküche, die ihnen als Bad diente, und zog ihn unter ihre Sachen. Frau Sonne war ein bisschen kleiner und um einiges dicker als Elisabeth. Der eine Umstand glich den anderen wieder aus, sodass das Kostüm alles in allem ganz ordentlich passte. Der Badeanzug war weiß mit schwarzen Punkten. Als ihr Vater ihn vor sieben Jahren gekauft hatte, war er todschick gewesen.

In Weilerbach, wo kein Mensch einen Badeanzug besaß, war er immer noch todschick. Xaver war auf jeden Fall tief beeindruckt, als Elisabeth ihren Rock und die Bluse auszog und im Schwimmkostüm vor ihn trat.

»Damit wird's ja etzt wohl gange«, erklärte er.

Es dauerte aber trotz Badeanzug noch eine ganze Woche, bis Elisabeth endlich schwimmen konnte.

In der zweiten Schwimmstunde gelang es ihr, den Kopf unter Wasser zu halten. Mit zugekniffenen Augen, aufeinandergepressten Lippen und zugedrückter Nase tauchte sie unter und gleich danach wieder auf.

»No' mal«, forderte Xaver. »Aber desmol zählsch du auf drei, bis d' wieder noch oba kommsch.«

Am Ende schaffte sie es sogar, bis fünfzehn zu zählen, bevor sie Luft holen musste.

Xaver ließ einen Stein in den Schlick fallen, sie holte ihn wieder herauf. Er lobte sie wie einen braven Hund.

Er blieb geduldig. Falls er je an ihr zweifelte, ließ er es sich nicht anmerken. Und er hielt sein Versprechen und berührte sie kein einziges Mal.

Am siebten Tag war es endlich so weit. Elisabeth stieß sich vom Boden ab und schwamm zehn oder zwölf Meter, bevor sie sich bewusst wurde, dass sie schwamm. Vor lauter Schreck schluckte sie eine Handvoll Seewasser und kam hustend zum Stehen.

»Got doch«, sagte Xaver und tat so, als wischte er sich den Schweiß von der Stirn.

Elisabeth schwamm bis zu den Zweigen einer Trauerweide, die weit in den See hingen, dort wendete sie und schwamm wieder zurück und hin und her, ohne auch nur ein einziges Mal innezuhalten. Ihre Beine waren lang und kräftig, ihre Arme waren stark, das Wasser trug sie, es gab nichts, wovor sie Angst haben musste.

Sobald sie schwimmen konnte, hatte sie vergessen, wie es war, es nicht zu können.

Am nächsten Tag schwamm sie mit Xaver über den See. Als sie aus dem Wasser stieg, war sie außer Atem und so glücklich und stolz wie nie zuvor. Keuchend ließ sie sich auf die Steine am Ufer sinken.

»Gut g'macht«, sagte Xaver.

Sie spürte seinen Blick, wie er über ihren nassen Körper wanderte, und wusste, dass er sie gerne berührt hätte. Und dachte an Rüdiger, der sie immer abgewehrt hatte. Der in seiner Kaserne in Ostpreußen saß und sich kratzte, weil ihn die Läuse plagten.

Wenn er nicht schon in Russland an der Front war. Warum hatte er die Gelegenheit nicht genutzt und sie geküsst, solange sie beieinander gewesen waren?

Wenn ich hinfort muss und dich zurücklasse, dann ist es besser, dass du rein und unbefleckt bist.

Und nun war er weg, und sie war rein und unbefleckt und saß im Badeanzug vor Xaver, der sie begierig ansah und keine Sekunde zögern würde. Er wartete nur darauf, dass sie ihm ein Zeichen gab.

Auf dem Nachhauseweg begegnete sie Pfarrer Nolting. Er ging leicht gebückt und sah müde und angestrengt aus, aber als er Elisabeth sah, hellte sich seine Miene auf.

Ihr Gesicht wurde dagegen rot und heiß. Nervös strich sie sich eine nasse Haarsträhne aus der Stirn.

»Elisabeth«, sagte Pastor Nolting. »Geht es dir gut?«

»Danke«, erwiderte Elisabeth und wurde noch röter. »Haben Sie Post von Rüdiger?«

»Nichts«, antwortete Herr Nolting und seufzte schwer. »Wir machen uns die größten Sorgen. Und nun werden wir auch noch Elmar verlieren.«

»Was? Wird er eingezogen?«

Der Pfarrer nickte düster. »Er muss zunächst einmal zur Flak, nach Nürnberg. Aber man weiß ja, wie das endet.« Er räusperte sich geräuschvoll und spuckte aus. »Diese verdammten Verbrecher.«

Elisabeth erschrak. Dass der lebenslustige, harmlose Elmar eine Uniform anziehen und mit einem Gewehr auf andere junge Männer schießen sollte, die genauso lebenslustig und harmlos waren wie er, war unvorstellbar. Aber natürlich hatten sie alle damit gerechnet, auch Elmar selbst hatte gewusst, dass seine Einberufung zum Flakhelfer nur noch eine Frage der Zeit war.

Das war es nicht, was sie so erschreckte.

Der Pfarrer machte ihr Angst. Herr Nolting war immer ruhig und beherrscht gewesen. Zuversichtlich, auch wenn es längst keinen Grund zur Zuversicht mehr gab. Wir ruhen alle in Gottes Hand, und am Ende wird das Gerechte siegen, das war seine Gewissheit und die feste Burg, die ihn schützte.

Aber in Wirklichkeit waren es die Nazis, die ihn und seine Familie in der Hand hatten. Und nun verlor er mitten im Dorf, auf offener Straße, die Beherrschung und spuckte aus und verfluchte sie.

Er schien ihre Bestürzung zu bemerken und lächelte schwach. »Wir wollen heute Abend gemeinsam beten«, sagte er. »Komm doch zu uns.«

»Das mach ich gerne«, antwortete Elisabeth und merkte, wie der nasse Badeanzug durch ihre Tasche tropfte.

Zu Hause schrieb sie an Rüdiger.

Das Wetter war in den letzten Tagen so heiß, dass wir fast geschmolzen sind. Ich war jeden Tag am See, um zu lesen. Aber das war ja kaum möglich, wegen der schrecklichen Hitze. Stell dir vor, ich habe endlich schwimmen gelernt. Xaver Wengert hat es mir beigebracht … Ratlos starrte sie auf den unvollendeten Satz, dann strich sie ihn durch. Einmal, zweimal, viele Male glitt ihr Bleistift über die Worte, bis ein dicker schwarzer Balken sie überdeckte. Danach zerknüllte sie das Blatt und warf es in den Ofen.

Sie stand auf und holte den Badeanzug aus dem Korb. Er war immer noch klamm vor Feuchtigkeit, sie sollte ihn zum Trocknen aufhängen. Aber stattdessen faltete sie ihn zusammen und steckte ihn zurück in die Kiste, unter die Sachen ihrer Mutter, wo er bis zum Frühjahr verschimmeln würde.

Am nächsten Tag regnete es.

Sie atmete auf, als sie morgens die Augen aufschlug und die Tropfen gegen die Fensterscheibe prasseln hörte.

Der Regen war ihre Rettung. Er würde sie davon abhalten, zum See zu gehen und Xaver wiederzusehen. Sie würde nie mehr mit ihm schwimmen. Er würde sie für undankbar halten, kaum dass sie schwimmen konnte, ließ sie ihn sitzen.

Aber was kümmerte sie Xaver und seine Meinung von ihr. Xaver spielte keine Rolle. Rüdiger war wichtig. Ihr Verlobter, ihre Zukunft.

Der Krieg konnte nicht mehr lange weitergehen, in einigen Wochen oder Monaten, spätestens bis zum Winter wäre die Sache zu Ende. Die Sieger würden das Land unter sich aufteilen, es würde sicher Jahrzehnte dauern, bis die Deutschen wieder auf die Beine kämen, nach allem, was sie in der Welt angerichtet hatten.

Doch auch das war egal. Solange nur Rüdiger wieder zurückkam und sie heiraten konnten, war alles gut.

Das redete sie sich ein. Aber in den Nächten träumte sie nicht von Rüdiger, sondern von Xaver.

Sie schwamm im moosgrünen See, und ihre Füße verfingen sich in den Schlingpflanzen auf dem Grund, sie konnte sich nicht befreien und wurde langsam nach unten gezogen. Als sie nach Hilfe schrie, tauchte Xaver neben ihr auf. Tropfen rannen aus seinem dunklen Haar, fielen von seinen zusammengewachsenen Augenbrauen.

Ich ertrinke, schrie Elisabeth.

Ich darf dich nicht berühren, sagte Xaver.

Rette mich, schrie Elisabeth laut.

Da zog er sie an sich, an seine schlingpflanzenbewachsene Brust, und küsste sie.

Sie wachte auf, und zwischen ihren Beinen war alles feucht.

Manchmal träumte sie auch davon, dass sie mit Xaver über den See schwamm, und Rüdiger saß am Ufer und sah ihnen zu. Sie machte kehrt und schwamm zu ihm, aber jedes Mal verschwand er, kurz bevor sie ihn erreicht hatte.

Am nächsten Morgen schämte sie sich für ihre Träume. Für das

Verlangen, das sie spürte, wenn sie an Xaver dachte. Sie fürchtete sich davor, ihm zu begegnen, also ging sie kaum noch aus dem Haus.

Von morgens bis abends ging sie in der Dachkammer auf und ab und starrte aus dem Fenster in den Regen, der in grauen Schnüren vom Himmel fiel.

»Was ist denn nur los mit dir?«, fragte ihre Mutter, erwartete jedoch wie immer keine Antwort und bekam auch keine.

Elisabeth zählte erst die Tage, dann die Stunden, bis die Schule wieder losging und sie sich auf den Weg nach Schwäbisch Gmünd machen konnte. Nur weg von hier, an einen Ort, an dem Xaver nicht war.

Jeden Abend besuchte sie die Noltings.

Zu ihrer Erleichterung war Elmar bester Dinge und hatte seine gute Laune nicht verloren. Mit seinen Scherzen brachte er hin und wieder sogar seine Eltern zum Lachen.

»Also dann bis morgen«, verabschiedete sich Elisabeth am Sonnabend kurz vor neun. »Wie immer um sechs am Brunnen?«

»Am Brunna?«, fragte Susanne. »Hört ihr koi' Radio? Die Schula sin' gschlossa wega dem Krieg, wir brauchet nemme nach Gmünd.«

»Bist du sicher? Aber das kann doch nicht sein.« Elisabeth hatte ihre Kraft sorgfältig eingeteilt, sie reichte genau bis morgen um sechs und keine Minute länger. Sie musste nach Gmünd, sie musste weg aus dem Dorf.

»Etz komm aber. So schlemm isch des au 'ned. I brauch koi Latein und Griechisch au' ned.«

»Du hast gut reden. Mir fällt im Schulhaus die Decke auf den Kopf.«

»I woiß scho', was wir machet. Mir könnet doch hier im Dorf a BDM-Gruppe gründa, in Gmünd isch ja jetzt …«

»Wag es!« Die Stimme des Pfarrers donnerte durch den Raum, laut und wütend, wie ihn Elisabeth noch nie gehört hatte.

Susanne fuhr erschrocken zusammen. »Was?« In ihrer Stimme schwang Verwirrung mit, Gekränktheit. Ungläubigkeit.

»Diese Dreckskerle zu unterstützen, diese Bluthunde. Du wirst diese Arbeit nicht mehr tun.«

»Aber … du hasch me doch selber da hingschickt. Zur Tarnung. Sonst hätt' i des doch gar ned g'macht.«

»Hältst du mich für beschränkt? Du machst mehr, viel mehr als nötig. Ja, es war mein Fehler, meine Schuld. Ich habe dich dem Satan ausgesetzt, und du bist ihm verfallen. Aber nun ist es genug. Nun werde ich es nicht mehr dulden, dass du ihm huldigst.«

»Was soll des denn jetzt? I huldige doch koinem. Was der Hitler will und macht, isch falsch, des weiß i ganz gut. Aber in unserer Gruppe geht's doch gar nicht um da Hitler. Mir singet und wandret zsamma oder stricket für die Soldata in Russland. Mit Hitler hat des nix zom do.« Hilfesuchend sah sie Elisabeth an. »Sag du's ihm, Elisabeth. Mir tun doch nix Böses, oder?«

Elisabeth blickte in das runde, freundliche Gesicht ihrer Freundin. Susanne war überall beliebt, weil sie immer guter Dinge war, hilfsbereit, unternehmungslustig. Niemals hatte Elisabeth erlebt, dass sie ein anderes Mädchen ausschloss, dass sie jemanden schlecht behandelte oder gar quälte.

Aber es war etwas in ihr, das Elisabeth unheimlich war. Das sie abstieß. Susanne wusste ganz genau, was mit Menschen wie Trudi Schäfer und ihrer Familie geschah, sie wusste, was all diejenigen erwartete, die es wagten, die Stimme gegen Hitler zu erheben. Sie wusste, dass der Größenwahn der Nazis unzählige Unschuldige das Leben gekostet hatte und noch viel mehr geopfert werden würden, wenn das sinnlose Morden nicht bald zu Ende ginge. Dass der Krieg längst verloren war.

Und dennoch reckte sie mit leuchtenden Augen ihre Fackel nach oben, wenn sich die Hitlerjugend zu ihren Aufmärschen versammelte, und sang aus voller Brust mit.

Was gilt denn unser Leben
für unsres Reiches Heer?
Für Deutschland zu sterben
ist uns höchste Ehr.

Die Gemeinschaft, die Begeisterung, die Hingabe gefielen ihr, die Haltung, die dahinterstand und das Ganze aufrechterhielt, blendete sie einfach aus. Sie schaffte es, jeder politischen Auseinandersetzung aus dem Weg zu gehen. Wenn die anderen voller Inbrunst vom Führer und seinen großen Ideen schwärmten, vom tausendjährigen Reich und der Überlegenheit der arischen Rasse, dann wurde ihre Miene glatt und undurchsichtig wie eine Wand. Es war, als wäre sie kurz weggegangen und hätte diese Fassade zurückgelassen. Sie kehrte wieder, wenn es darum ging, wie die nächste Sammlung fürs Winterhilfswerk organisiert und durchgeführt werden sollte.

»Bitte, Elisabeth!« In Susannes Stimme lag ein flehender Ton. »Jetzt sag doch au' mal was. Des isch doch nix Schlimmes, was mir tun.«

Elisabeth starrte auf die Wollmäuse, die sich in der Zimmerecke angesammelt hatten. »Ich will da nicht mehr mitmachen«, sagte sie leise.

Susanne stieß laut und hörbar die Luft aus. Sie verstand die Welt nicht mehr.

»Du wirst in Weilerbach keine BDM-Gruppe gründen«, erklärte Herr Nolting. »Und ich will, dass du auch die Leitung der Mannschaft in Schwäbisch Gmünd abgibst.«

Susanne senkte den Kopf, sodass die Haare ihr ins Gesicht fielen.

»Hast du das verstanden, Susanne?«, herrschte ihr Vater sie an.

Sie nickte, ohne den Kopf zu heben. Eine Träne tropfte auf ihren Rock. Eine zweite folgte.

Elisabeth legte die Hand auf Susannes Hand.

Susanne zog sie weg.

15

Weilerbach, 1944/45

Der Regen hörte auf, das Wetter wurde wieder besser, aber Elisabeth blieb niedergeschlagen. Bei den Noltings war die Stimmung gedrückt, seit Elmar weg war. Es wurde kaum noch gesungen, und die Gebete des Pastors klangen immer bedrohlicher. Gott gefielen sie auch nicht, er füllte das Wohnzimmer im Pfarrhaus jetzt nicht mehr aus, sondern hing nur noch unter der Zimmerdecke wie der Geist eines Verstorbenen, der keine Ruhe fand.

Zumindest hatten Elisabeth und ihre Mutter nun das Schulgebäude für sich, denn auch in Weilerbach war der Schulbetrieb eingestellt worden. Elisabeth hielt sich tagsüber meist in einem der Klassenzimmer auf, schrieb Briefe, las oder starrte aus dem Fenster.

Natürlich konnte sie sich nicht ewig verstecken. Es war nur eine Frage der Zeit, bis sie Xaver über den Weg lief.

Sie begegnete ihm schließlich auf dem Weg zu dem Bauern, bei dem sie ihre Eier und die Milch kauften.

Xaver trieb ein paar Kühe vor sich her. Als er Elisabeth sah, blieb er stehen. Die Kühe gingen einfach weiter, mit hängenden Köpfen und schwankenden Eutern marschierten sie am Dorfbrunnen vorbei und bogen in die schmale Gasse ein, an deren Ende Xavers Hof lag.

»Grüß Gott, Xaver«, sagte Elisabeth.

Er schob seinen Hut in den Nacken und kratzte sich am Hals, wobei er sie unverwandt anstarrte. »Sieht mer di au amol wieder«, sagte er dann. »Wo warsch de ganz Zeit?«

»Das Wetter«, sagte sie achselzuckend. »War mir zu nass zum Schwimmen.«

Er warf einen Blick in den strahlend blauen Himmel. »Jetzt scheint d'Sonn wieder.«

»Ich hab aber keine Zeit mehr.«

Er lachte. Es klang spöttisch, verächtlich und verletzt, alles auf einmal. Dann schob er den Hut wieder in die Stirn und ging einfach weiter, und Elisabeth, die vorher alles darangesetzt hatte, um ihm aus dem Weg zu gehen, fand es mit einem Mal unerträglich, dass er sie so stehen ließ.

Sie hatte zuerst Rüdiger verloren und dann Susanne und den Rest der Pfarrersfamilie. Und nun wandte sich auch noch Xaver von ihr ab.

»Warte!«, rief sie ihm nach.

Er ging noch ein paar Schritte weiter, als habe er sie nicht gehört, dann blieb er stehen, ohne sich umzudrehen.

»Danke, dass du mir das Schwimmen beigebracht hast«, sagte Elisabeth.

Er schlug mit seinem Kuhstock ein paar Mal gegen seine Waden, als wollte er sich selbst zum Gehen antreiben.

»Aber ich kann dich nicht mehr treffen. Ich bin verlobt.« Die Worte taten ihr leid, kaum dass sie sie ausgesprochen hatte.

Rüdiger und sie hatten vereinbart, dass ihre Verlobung ihr Geheimnis bleiben sollte, sie hatten es allen verschwiegen, und nun erzählte sie Xaver davon, ausgerechnet Xaver.

Zumindest drehte er sich jetzt zu ihr um. »Was sagsch du do?«

Sie wiederholte den Satz nicht noch einmal.

Xaver brauchte auch keine Wiederholung. Er hatte sie ganz genau verstanden. Ein paar Sekunden nagte er an seiner Unterlippe. »Mit wem?«, fragte er dann.

Sie zuckte mit den Schultern.

»Mit wem?«, wiederholte er laut und fordernd.

Sie standen direkt vor dem Haus der Äbeles. Frau Äbele war die größte Klatschbase im ganzen Dorf, und im ersten Stock stand ein Fenster offen. Wahrscheinlich stand die Äbele da oben und hörte jedes ihrer Worte. Elisabeth begann zu schwitzen.

»Welcher isch's?«, fragte Xaver leise. Sie roch den Geruch nach Schweiß, Kuhdung und Zigarettenrauch, den er verströmte,

»Das tut nichts zur Sache«, sagte Elisabeth. »Du kennst ihn auch nicht, er kommt aus Gmünd.«

Seine Augen wurden schmal. Er glaubte ihr nicht. »Der Pfarrerssohn. Du hosch de mit d'm Pfarrer seim Sohn verlobt. I hab euch zamma gsäa, bevor er an d' Front isch.«

Ihr Herzschlag dröhnte in ihren Ohren. Sie schüttelte den Kopf. »Es tut nichts zur Sache«, sagte sie noch einmal.

Xaver drehte sich um und ging seinen Kühen nach.

Am nächsten Morgen wachte sie mit entsetzlichen Kopfschmerzen und hohem Fieber auf.

Frau Sonne machte ihr Wadenwickel und flößte ihr abwechselnd Tee und Suppe ein, aber die Quecksilbersäule in ihrem Fieberthermometer sank nicht nach unten, sondern stieg nur noch weiter an. Da ließ sie den Doktor vom Nachbardorf kommen.

»Scharlach«, konstatierte er, nachdem er Elisabeth abgehört, in ihre Ohren geschaut und ihre Zunge betrachtet hatte.

»Ach, du gütiger Gott!« Frau Sonne rang die Hände. »Was kann man dagegen machen?«

»Nichts. Viel trinken. Strenge Bettruhe.« Der Doktor kassierte fünf Mark und fuhr wieder nach Hause.

Elisabeth sank zurück in ihren Fieberschlaf. Es war, als ob der Krieg in ihren Kopf gedrungen wäre. Bomber rasten durch die Nacht, Lichter explodierten, überall brannte es.

Als sie die Augen wieder aufschlug, saß Rüdiger an ihrem Bett. Er trug einen weißen Verband um den Kopf, der über dem rechten Ohr blutverschmiert war.

»Rüdiger!« Mühsam stützte Elisabeth sich auf die Ellenbogen. »Was ist geschehen?«

»Ich bin getroffen worden. Die Kugel steckt in meinem Kopf und geht nicht mehr heraus«, sagte er. »Es tut so weh.«

»Warum bist du hier?«, fragte Elisabeth. »Hast du Urlaub?«

»Ich muss sterben, Elisabeth. Und du hast mich getötet.«

»Was sagst du da?«, keuchte Elisabeth.

»Dein schändlicher Verrat ist die Kugel in meinem Kopf«, sagte Rüdiger. Und dann begann er zu Elisabeths großem Entsetzen den Verband abzuwickeln.

Darunter kam eine klaffende Wunde zum Vorschein, aus der unaufhörlich Blut strömte, über sein Ohr auf die Schulter und von dort zu Boden tropfte.

Sie wollte aufspringen, sie wollte zumindest um Hilfe schreien, aber sie brachte kein Wort heraus. Sie schloss die Augen, und Rüdiger verschwand.

»Rüdiger Nolting?«, fragte ihre Mutter. »Wie kommst du darauf, dass er hier war?«

Sie saß auf einem Stuhl neben ihrem Bett. Durch die schmutzigen Fensterscheiben fiel helles Sonnenlicht. Wie lange hatte Elisabeth geschlafen?

»Ich hab doch mit ihm gesprochen.« Elisabeths Kehle war trocken, die Worte kratzten und taten weh. »Er ist verwundet.« Ihr Blick fiel auf das Blatt, das ihre Mutter in den Händen hielt. Blassblaue Schrift bedeckte die Seite.

»Ist der Brief von ihm?«, fragte Elisabeth.

»Was?« Frau Sonne starrte auf das Blatt, als bemerkte sie es erst jetzt. »Nein, natürlich nicht.« Sie faltete das Schreiben zusammen und steckte es weg.

Elisabeth schlief wieder ein.

Als das Fieber sich endlich legte, war der Sommer vorbei, und der Herbst begann. Vor dem Dachfenster wirbelten gelbe Blätter.

Ansonsten bewegte sich nichts. Die Schulen waren nach wie vor geschlossen, der Krieg lag in den letzten Zügen, aber er starb nicht, sondern schleppte sich weiter. Ein Todkranker, der die ganze Welt mit ins Grab riss.

Rüdiger schrieb aus Ostpreußen. Er war hungrig, verlaust, verfroren, obwohl der Winter noch gar nicht begonnen hatte. Sein Leben war nie erbärmlicher gewesen, und dennoch klang er zuversichtlicher als in den Briefen, die er aus Friedrichshafen geschrieben hatte.

Er hatte in seiner Einheit einen Freund gefunden, einen angehenden Lehrer aus einem kleinen Dorf bei Stuttgart, der ebenfalls in der Funkzentrale diente. *Man könnte sagen, dass wir auf derselben Wellenlänge sind*, scherzte er. *Das ist nicht unerheblich für Funker.*

Elmar meldete sich ebenfalls. Die Briefe, die Frau Nolting Elisabeth vorlas, waren voller Scherze und lustiger Anekdoten. Auch jetzt noch brachte er sie alle zum Lachen.

Aber dann fiel er im Januar 1945 bei einem Fliegerangriff auf seine Geschützstellung in Nürnberg. Sein Leichnam wurde nach Weilerbach überführt und dort begraben, Pfarrer Nolting selbst übernahm die Aussegnung seines Sohnes.

Danach verlor er den Verstand. Im Sonntagsgottesdienst hielt er eine flammende Predigt gegen Hitler, den Antichristen. »Wenn wir uns nicht endlich gegen ihn erheben, wird er uns alle vernichten«, donnerte er von der Kanzel.

Die Gemeindeglieder blickten erst ungläubig zu ihm hoch, dann zogen sie die Köpfe ein. Am nächsten Tag wurde der Pfarrer abgeholt.

Jeden anderen hätte man umgehend wegen Volksverrats an die Wand gestellt, aber bei ihm ließ man Gnade vor Recht ergehen. Nolting war beliebt im Dorf, und er hatte gerade erst einen seiner Söhne dem Führer geopfert.

Also schlug man ihn nur zusammen und überführte ihn nach Dachau ins KZ.

Als Rüdigers Briefe ausblieben, beruhigten sie sich zuerst gegenseitig.

»Sie sind bestimmt wieder verloren gegangen«, sagte Elisabeth zu Frau Nolting.

»Des glaub i au'«, meinte Susanne. »Als Funker isch er doch au' ned so gefährdet wie die andere Soldata.«

Sie hatte inzwischen jeden Kontakt zu ihren früheren Kameradinnen vom BDM eingestellt. Stattdessen organisierte sie jetzt mit Feuereifer eine Bibelstunde für die weibliche Dorfjugend. Ob Hitler oder Jesus – es war einerlei. Susanne engagierte sich gerne.

Einen Monat lang warteten sie vergeblich auf Nachricht, dann kam ein Brief von seinem Kompaniechef.

Der Soldat Rüdiger Nolting wurde nach einem Einsatz vermisst.

»Wir dürfet die Hoffnung ned aufgeben«, sagte Frau Nolting. »Er isch nur in Gefangenschaft. Ned tot.«

Elisabeth nickte und umfasste mit beiden Händen die Hände ihrer künftigen Schwiegermutter, die immer noch nichts von ihrer Verlobung wusste. »Der Krieg ist bald vorbei. Dann kommt er frei.«

Ein paar Tage später kam wieder ein Brief, diesmal aus dem Konzentrationslager Dachau.

Pfarrer Nolting war gestorben.

Todesursache ist eine beiderseitige Lungenentzündung und Magen-Katarrh. Die Behandlung wurde mit allen verfügbaren Heilmitteln vorgenommen, behauptete der Standortarzt der Waffen-SS, der den Totenschein ausgestellt hatte.

Eine Überführung des Leichnams nach Weilerbach war nicht möglich, der Pfarrer war bereits eingeäschert worden.

Frau Nolting informierte den Pfarrer der Nachbargemeinde, der eine Totenandacht in der Kirche hielt. Das ganze Dorf kam und lauschte angsterfüllt, ob der Pfarrer erwähnen würde, wo und warum Herr Nolting wirklich gestorben war.

Aber dieser Pastor hing an seinem Leben und sprach deshalb nur von Gottes unerklärlichen Wegen und seiner großen Liebe, in die sein Sohn Heribert Nolting nun eingegangen sei.

Im April kamen achtzehn Flüchtlinge aus Ostpreußen ins Dorf. Zu Frau Sonnes Entsetzen wurden sie alle im Schulhaus einquartiert. Zwei Familien hausten im Klassenzimmer im Erdgeschoss, zwei Frauen mit sieben Kindern wurden im ersten Stock untergebracht, und eine alte Frau ohne Anhang wurde bei Elisabeth und ihrer Mutter unter dem Dach einquartiert.

Frau Koziol hatte zotteliges graues Haar, das sie niemals kämmte, und rollte das R beim Sprechen, aber das hörte man nur selten, weil sie so gut wie nie etwas sagte. Nachts schrie sie dafür im Schlaf.

»Wie schlimm soll das alles noch werden?«, sagte Frau Sonne jedes Mal, wenn sie mit Elisabeth allein war.

Im Dorf hörte Elisabeth, dass Xaver Wengert sich mit Rosel Blach verlobt hatte, der Tochter vom Hufschmied. Als sie zusammen in die gleiche Volksschulklasse gegangen waren, hatte Xaver Rosel immer an ihren Zöpfen gezogen und sich über sie lustig gemacht. Inzwischen trug Rosel keine Zöpfe mehr, sondern einen kecken Dutt auf dem Oberkopf, und ihre Brüste waren bestimmt doppelt so groß wie die von Elisabeth.

Zumindest ist Xaver jetzt beschäftigt, dachte Elisabeth. Und für sie gab es keinen Grund mehr, den ganzen Tag in der Wohnung zu hocken.

Vor ein paar Tagen hatte nämlich der Frühling begonnen, die Wiesen am Rechbach waren weiß von Buschwindröschen, und an den Wegrändern blühten Veilchen und Himmelschlüssel. Die Luft duftete nach Kirschblüten.

Der See hatte sich nicht verändert. Das Wasser war still und moosgrün, und auf der Oberfläche tanzten die Spinnen. Elisabeth setzte sich ans Ufer und ließ die Sonne in ihr Gesicht scheinen.

Nach einer Weile zog sie ihre Jacke aus. Dann die Schuhe und Strümpfe. Es war so warm.

Der See glänzte.

Sie ging zum Ufer und trat ein paar Schritte ins Wasser. Der Schlick schmiegte sich an ihre Füße, quoll durch die Zehen, eine zärtliche Begrüßung.

Sie schürzte den Rock. Das Wasser war weich wie Seide.

Elisabeth blickte sich um und lauschte. Durch die Tannenzweige triefte honiggelbes Licht. Aus dem Wald drang Vogelgezwitscher, ansonsten war nichts zu hören. Xaver war auf dem Feld oder im Stall oder mit seiner Rosel beschäftigt. Und außer ihm hatte Elisabeth nie jemanden am See gesehen.

Sie ging zurück zum Ufer, zog sich bis auf die Unterwäsche aus und watete wieder ins Wasser, das ihr jetzt noch kälter vorkam. Ob sie überhaupt noch schwimmen konnte? Vielleicht hatte sie es in der Zwischenzeit längst wieder verlernt.

Sie ging schneller, tiefer in den See. Ihr Oberkörper zitterte, aber ihre Beine spürten die Kälte nicht mehr, es war, als hätten sie sich im Wasser aufgelöst.

Als sie hüfttief im See stand, ließ sie sich einfach nach vorne fallen. Das kalte Wasser schlug ihr ins Gesicht, es raubte ihr den Atem. Sie tauchte auf, schnappte nach Luft und ließ sich wieder nach unten gleiten. Mit weit geöffneten Augen blickte sie in die grüne Stille, die sie umgab. Über ihr tanzten die Spinnen, summten die Bienen, flogen die Jagdbomber, tobte der Krieg. Hier unten herrschte Frieden.

Sie tat die ersten Schwimmzüge im flachen Wasser, dann wagte sie sich ins tiefe. Mit jeder Bewegung ihrer Arme, mit jedem Beinschlag und jedem Meter, den sie sich vom Ufer entfernte, wurde ihr wärmer.

Sie schwamm einmal über den See und wieder zurück. Als sie aus dem Wasser stieg, bebte ihr Körper vor Anstrengung. Vor Stolz.

Sie hatte es nicht verlernt. Sie war nicht untergegangen.

Elisabeth und Frau Koziol fuhren beide erschrocken zusammen, als Frau Sonne einen spitzen Schrei ausstieß.

»Es ist vorbei!« Sie wedelte mit einem geöffneten Brief. »Düsseldorf ist befreit!«

Sie strahlte vor Freude. Elisabeth konnte sich nicht erinnern, ihre Mutter jemals so glücklich gesehen zu haben.

»Befreit?« Elisabeth blickte erschrocken zu Frau Koziol, deren Gesicht keine Regung zeigte. Für diesen Satz, für dieses eine Wort konnte man an die Wand gestellt und erschossen werden.

»Die Amerikaner haben die Stadt eingenommen«, erklärte Frau Sonne. »Wir können endlich zurück!«

»Aber der Krieg ist noch nicht aus«, sagte Elisabeth.

»Es ist nur noch eine Frage von Tagen, bis der Ami hier ist«, meinte Frau Sonne. »Das spüre ich genau.«

»Vielleicht kommt auch der Russe«, sagte Frau Koziol mit Grabesstimme. »Auf jeden Fall sind wir die Besiegten, und es wird uns übel ergehen.«

»Sagen Sie das doch nicht.« Frau Sonnes Stimme bebte.

Frau Koziol lachte bitter. »Ich hab es ja erlebt in Rügenwalde. Wir wussten, dass der Feind nur noch ein paar Meilen entfernt ist. Aber wir durften nicht weg, die Wehrmacht hat jeden erschossen, der versucht hat, die Stadt zu verlassen. Und als wir dann wegdurften, war es zu spät. Ein paar Kilometer sind wir gekommen, dann hat uns der Russe eingeholt.« Sie starrte Elisabeth ausdruckslos an. Ihre dunklen Augen schimmerten, als wären sie aus Glas.

Elisabeth schauderte. Man hörte schreckliche Geschichten darüber, was die Russen mit den deutschen Frauen machten. Die Amerikaner sollten nicht viel besser sein. Wie konnte ihre Mutter annehmen, dass sie ihr altes Leben einfach wieder aufnehmen könnten, als wäre nichts geschehen?

»Die Amis sind nicht so«, sagte Frau Sonne, als habe Elisabeth ihre Gedanken laut ausgesprochen. »Die Übergabe der Stadt ist ganz friedlich vonstattengegangen.«

»Sagt wer?«, fragte Elisabeth.

Ihre Mutter steckte den Brief in ihre Rocktasche.

»Wer hat dir geschrieben?«, fragte Elisabeth.

Neben ihr erklang ein schnarrendes Geräusch. Als sie den Kopf drehte, sah sie, dass Frau Koziol lachte. Es war das erste Mal, dass sie sie lachen hörten. Einer ihrer Eckzähne fehlte, auch das war Elisabeth bisher noch nicht aufgefallen.

Sie trat ans Fenster und blickte auf die Hakenkreuzfahne, die Herr Häufele noch gehisst hatte, bevor er das Schulhaus im letzten Sommer verlassen hatte, weil die Schulen geschlossen wurden. Die Fahne hing noch da, aber weil es ein windstiller Tag war, baumelte sie kraftlos und schlapp vom Mast mitten auf dem Schulhof.

Eine Woche später wurde auch Weilerbach befreit. Als die amerikanischen Panzer ins Dorf fuhren, klirrten im Schulhaus die Fensterscheiben. Durchs Dachfenster konnte man nichts sehen, also rannte Elisabeth zur Tür.

»Wo willst du denn hin, Elisabeth?«, rief ihre Mutter angsterfüllt. »Bleib in Gottes Namen hier.«

Aber Elisabeth war schon im Treppenhaus.

Unten öffnete sie die Tür nur einen Spaltbreit, weit genug, um hinauszublicken. Sie sah die Panzer, die gerade vorm Dorfbrunnen zum Stehen kamen. Die ratternden Motoren verstummten.

Ein paar Soldaten kletterten aus den Luken der Militärfahrzeuge heraus, sie trugen hellbeige Armeejacken und schlammfarbene Hosen und Maschinengewehre. Suchend blickten sie sich um. Das Dorf war wie ausgestorben. Normalerweise spielten Kinder am Brunnen, trieben Bauern ihre Kühe durch die Straßen, tratschten Frauen über die Gartenzäune hinweg. Nun war keiner zu sehen, auch Elisabeth nicht, die hinter der Tür den Atem anhielt.

Einer der Amis holte ein Megaphon aus dem Wagen und setzte es an den Mund. »Wo ist Burgermeister?«, schepperte seine

Stimme durch die Stille. Sie klang seltsam belegt, das R steckte tief im Rachen, wie etwas, an dem er sich verschluckt hatte.

Eisenbart, der Bürgermeister, der gleichzeitig auch Ortsgruppenleiter war, hatte sich lange vor dem Dienst am Vaterland gedrückt. Er sei unabkömmlich auf dem Hof und im Dorf, erklärte er bei jeder Gelegenheit, obwohl alle wussten, dass seine Frau die Landwirtschaft ganz allein bewerkstelligte, während er öfter im Wirtshaus war als im Rathaus. Am Ende hatten sie ihn aber doch eingezogen, und vor drei Tagen war er in der Nähe von Posen gefallen, aber davon wusste im Dorf noch keiner etwas.

Auch Eisenbarts Stellvertreter Walter Grombiegel und alle anderen, die eine Waffe halten konnten, waren an der Front. Deshalb kam jetzt der alte Horlacher aus dem Rathaus, den man zum Stellvertreter des Stellvertreters berufen hatte. Er hielt die Arme hoch über dem Kopf und schwenkte eine weiße Fahne oder vielmehr einen Stock, an den er ein weißes Oberhemd geknotet hatte.

Hinter ihm stolperten ein paar weitere Männer auf den Platz. Elisabeth erkannte den Bäcker Sillmann und den Meßner. Sie waren alle über siebzig. Der Meßner hatte sogar schon die achtzig überschritten und ging gebückt auf den amerikanischen Offizier zu, der ein bisschen enttäuscht aussah. Vielleicht hatte er sich vor der Übergabe des Dorfes ein wenig Widerstand erhofft.

Die alten Weilerbacher konnten kein Englisch, und die Amis verstanden kein Deutsch, und das Schwäbisch von Horlacher, Sillmann und dem Meßner gleich gar nicht. Sie standen sich eine Weile ratlos gegenüber. Horlacher gestikulierte mit seinem Oberhemd herum, aber das brachte sie auch nicht weiter.

Elisabeth hatte in Düsseldorf Englisch gelernt, das war lange her, aber damals war sie die Klassenbeste gewesen.

Ob sie zu den Soldaten hinausgehen sollte? Sie waren zu siebt, und jetzt kroch noch ein achter aus dem Panzer. Elisabeth schnappte nach Luft, als sie sein Gesicht unter dem Helm sah. Es war schwarz.

Nein, dachte sie. Das war zu viel. So gut war ihr Englisch auch wieder nicht.

Gerade wollte sie die Tür wieder zuziehen, als sie an Herrn Nolting dachte. Die Alliierten sind unsere Rettung, hatte er immer gesagt. Wir müssen alles daransetzen, ihnen zu zeigen, dass es nicht nur Nazis in Deutschland gibt. Sondern auch aufrechte, echte Patrioten.

Und jetzt war es so weit, der Krieg war zu Ende, und der Pastor war tot.

Aber wenn er hier wäre, dachte Elisabeth, würde er alles dafür tun, dass sich Sieger und Besiegte verstehen und etwas Neues aus dem Zerstörten erwächst.

Gott ist an deiner Seite, Elisabeth, hörte sie Herrn Nolting sagen. Sie holte tief Luft, öffnete die Tür und trat vom flachen Wasser ins tiefe. Sie konnte ja jetzt schwimmen.

16

Essen, 1962

Betty ärgerte sich über sich selbst. Dass sie überhaupt zu Dr. Weiderich gegangen war. Frau Storz hatte ihr doch erzählt, dass er sich besonders viel Zeit für jede Patientin nähme und sehr sorgfältig und gründlich sei. Sie brauchte aber keinen Frauenarzt, der sich Zeit nahm. Sie brauchte einen Arzt, der seine Arbeit erledigte und sie in Ruhe ließ.

Sie fragte sich, woran Dr. Weiderich erkannt hatte, dass sie schon einmal ein Kind gehabt hatte. Ob ein anderer Arzt das genauso bemerken würde. Aber Dr. Weiderich war sich nicht ganz sicher gewesen. Wenn sie entschieden widersprochen hätte, anstatt in Panik zu verfallen, hätte er ihr geglaubt.

Seit zwei Wochen hatten sie Telefon zu Hause, und mit dem Telefon war ein dickes gelbes Telefonbuch geliefert worden. Darin waren auch sämtliche Gynäkologen aufgelistet, sie würde sich einen aussuchen, der möglichst weit weg war. Weit weg von ihrer Wohnung, aber auch von Dr. Weiderich.

Alles, was Sie mir sagen, unterliegt der Schweigepflicht.

Vielleicht stimmte das sogar. Vielleicht hätte Dr. Weiderich wirklich den Mund gehalten, Martin gegenüber. Aber er hätte Betty immer mit diesem verschwommenen Blick angesehen.

Betty entschied sich, Martin nichts von der Schwangerschaft zu erzählen. Sie würde zuerst einen neuen Arzt finden, der ihr bestätigte, dass sie ein Kind erwartete, und der ihr den Mutterpass ausstellte, und den würde sie Martin abends auf den Tisch legen. Martin wäre außer sich vor Glück, sie freute sich jetzt schon auf sein Gesicht.

Als Betty am Kaiser-Wilhelm-Park aus der Straßenbahn stieg, hatte sich auch der letzte Rest an Beklemmung gelöst und der Schwindel verflüchtigt. Sie fühlte sich stark und zuversichtlich.

Sie war schwanger, genau wie sie es sich immer gewünscht hatte. Sie würde das Kind lieben und ihm eine gute Mutter sein.

Niemand würde sie daran hindern.

Sie war froh, dass Gabriele bei der Arbeit war. Sonst hätte sie Betty womöglich im Treppenhaus abgefangen und zu einem Kaffee eingeladen. Sie nutzte jede Gelegenheit, der Hausarbeit zu entkommen. Dementsprechend sah ihre Wohnung aus, es wurde immer schlimmer. Ein Wunder, dass Karlheinz nicht schon längst davongelaufen war.

Betty war weder nach Kaffee noch nach Gesellschaft, sondern nach Ruhe. Sie suchte in ihrer Tasche nach dem Hausschlüssel, und als sie ihn herauszog, sah sie Claudia.

Sie saß auf einer Bank auf der anderen Straßenseite, eine Tüte Tabak auf den Knien, und drehte sich eine Zigarette. Sie hatte Betty noch gar nicht bemerkt, oder zumindest tat sie so.

Nicht schon wieder, dachte Betty. Und nicht ausgerechnet jetzt.

Sie wartete darauf, dass die Krake wieder angeschwommen kam, und merkte auch, wie sich ihr Puls beschleunigte, wie ihr Atem schneller wurde, aber sie geriet nicht in Panik, sondern in Wut. Dieses Mädchen verfolgte sie. Und wurde dabei immer dreister.

Vor zwei Wochen war Claudia plötzlich wieder aufgetaucht. Als Betty aus dem Bus gestiegen war, hatte sie sie zwei Reihen hinter sich entdeckt. Claudia hatte nicht aufgeblickt, als Betty ausgestiegen war, aber das Ganze war natürlich kein Zufall. Genauso wenig wie ihr nächstes Zusammentreffen drei Tage später. Betty kam aus der Metzgerei, Claudia wollte gerade hinein. Dieses Mal hatte sie Betty frech ins Gesicht geschaut, und Betty hatte den Kopf gesenkt und war geflohen.

Kurz darauf hatte sie sie auf der Bank sitzen sehen, auf der sie auch jetzt saß. Und hatte es wieder nicht gewagt, sie anzusprechen.

Aber heute war Schluss. Mit dem Wegsehen, mit dem Weglaufen. Sie würde Claudia die Stirn bieten, sie würde sie fragen, was sie von ihr wollte.

Betty marschierte in großen Schritten auf Claudia zu, quer über die Straße. Es musste die Schwangerschaft sein, die ihr diese Wut verlieh und den Mut, Claudia zu konfrontieren. Die Gewissheit, dass sie ein Kind in sich trug, für das sie kämpfen musste.

Als sie nur noch ein paar Meter von Claudia entfernt war, hob diese den Kopf und sah sie an. Seit ihrem Zusammentreffen im Kaufhaus waren ihre Haare gewachsen. Ein Plastikreifen hielt sie aus der Stirn, sie fielen zottelig auf Claudias Schultern.

Sie steckte sich die Zigarette zwischen die Lippen, holte ein Feuerzeug aus der Tasche, zündete sie an. Und inhalierte und blies den Rauch aus, alles, ohne Betty aus den Augen zu lassen, die jetzt direkt vor ihr stand.

»Was willst du von mir?«, fragte Betty und spürte, wie die Wut in ihr versickerte, leise gurgelnd, wie Wasser in einem Ausguss.

In Claudias dunklen Augen glomm Spott auf. »Ich dachte schon, du fragst nie.«

Du. Das war ungeheuerlich. Claudia hatte Betty nicht zu duzen, sie war ja noch ein Kind. Obwohl in ihrem Gesicht etwas Verschlagenes lag, das nicht zu einem jungen Menschen passte. Sie ist vollkommen furchtlos, dachte Betty und fragte sich plötzlich, ob es wirklich die richtige Entscheidung gewesen war, die Straße zu überqueren. Dennoch zwang sie sich, dem Blick des Mädchens standzuhalten.

»Was willst du?«, fragte sie noch einmal.

»Hundert Märker.«

»Was?« Betty lachte auf, ein schrilles Lachen, das ihr selbst fremd war. »Du spinnst wohl!«

»Ich brauch dat Geld. Und ihr schwimmt doch drin.«

Ich brauch das Geld. Das mochte stimmen. Claudia sah dreckig aus. Sie hatte dunkle Schatten unter den Augen, ihre Haare waren seit Wochen nicht gewaschen worden, und ihr Rocksaum hing herunter. Ihre Haut war so zart und weiß, aber über der Nasenwurzel blühte ein entzündeter Pickel, wie eine Verletzung, die ihr gerade jemand zugefügt hatte.

»Warum sollte ich dir Geld geben?«, fragte Betty.

»Dat weißt du ganz genau.«

Auf der anderen Straßenseite torkelte Herr Kärcher aus dem Nachbarhaus vorbei, der eigentlich um diese Zeit bei der Arbeit sein sollte. Aber nachdem ihm seine Frau beim Frühstück eröffnet hatte, dass sie sich von ihm scheiden lassen wollte, war er anstatt zum Dienst in die Kneipe gegangen und hatte drei Bier und vier Kurze getrunken. Sollten sie ihn doch kündigen, darauf kam es jetzt auch nicht mehr an.

»Ich denke ja überhaupt nicht daran, dir Geld zu geben, Claudia«, sagte Betty. »Ich hab keine Ahnung, warum du mich verfolgst. Aber wenn du mich nicht endlich in Ruhe lässt, ruf ich die Polizei.«

Das Mädchen lachte. »Ich heiß nich' Claudia.«

»Ist mir egal, wie du heißt. Du hast mich verstanden.«

Das Mädchen stand abrupt auf und ließ seine Zigarette fallen. Es trat ganz dicht an Betty heran, so dicht, dass Betty den Zigarettenrauch in dessen Atem riechen konnte. »Wenn du nicht zahlst, kriegt dein Alter nen Brief von mir. Du weißt, wer ich bin. Und du weißt auch, dat du mir wat schuldig bist. Und zwar mehr als hundert Märker.«

Betty trat einen Schritt zurück. Es war ein Fehler zurückzuweichen, aber sie brauchte Abstand.

»Nächste Woche Dienstag am langen Brunnen am Gildenplatz«, sagte das Mädchen. »Zehn Uhr.« Sie lächelte und zeigte dabei einen Schneidezahn, bei dem eine Ecke fehlte. Und dann ging sie einfach weg.

Für einen Moment hatte Betty geglaubt, dass alles gut werden könnte. Aber dann hatte die Wirklichkeit sie wieder eingeholt, hatte ihr bleiches Gesicht gehoben, ihren angeschlagenen Schneidezahn gezeigt und gesagt: Ich weiß, wer du wirklich bist. Ich bin bei dir alle Tage bis ans Ende der Welt.

»Ich brauche diese Woche ein bisschen mehr Haushaltsgeld«, sagte Betty beim Abendessen zu Martin.

»Na, so was.« Er runzelte in gespielter Empörung die Stirn. »Wir haben doch erst Dienstag. Hast du etwa alles schon auf den Kopf gehauen?«

»Ich hab mir ein Paar Schuhe gekauft.« Sie wollte ihn nicht ansehen, also ging sie zum Kühlschrank, öffnete die Tür und tat, als ob sie etwas suchte. Die kalte Luft, die ihr entgegenströmte, tat gut. »Sie waren heruntergesetzt, da konnte ich nicht widerstehen.«

»Und? Sind sie schön? Zeig sie mir doch mal.«

Die Schuhe standen im Flur, sie hatte sie vorher schon zurechtgestellt. Grüne Sandaletten mit kleinen Absätzen, die sie vor zwei Jahren gekauft und so gut wie nie getragen hatte, weil sie drückten. Falls Martin sie jemals an ihr gesehen hatte, hätte er sie längst wieder vergessen.

»Schick!«, lobte er sie, als sie mit den Schuhen an den Füßen zurück in die Küche kam. »Wie teuer waren sie denn?«

»Vierzig Mark. Aber so viel brauche ich nicht. Zwanzig genügen.«

Er zog sein Portemonnaie aus der Tasche und holte zwei Zwanziger heraus. »So weit kommt's noch, dass du dir die Schuhe vom Munde absparst. Du darfst dir auch viel öfter etwas Hübsches kaufen. Ich verdiene schließlich gutes Geld.«

»Danke, Martin.« Nun musste sie ihn ansehen. Zum Glück blickte er immer noch auf die Sandaletten, so bemerkte er nicht, wie rot sie war. Nicht weil sie sich schämte. Es war die Wut, die ihr das Blut ins Gesicht trieb. Die Wut auf Claudia oder wie immer sie in Wahrheit heißen mochte, die Betty dazu zwang, ihren Mann zu belügen.

»Wirklich schöne Schuhe«, sagte Martin. »Schade, dass sie so flach sind. Hohe Absätze würden dir auch gut stehen.«

»Nicht doch. Dann bin ich womöglich größer als du.«

»Na und? Ich blicke gerne zu dir auf.« Er legte den Kopf schief und musterte sie von oben bis unten. »Die Schürze passt nicht zu den Schuhen«, stellte er dann fest.

»Wirklich nicht?« Sie lächelte. »Dann zieh ich sie eben aus.« Sie löste die Bänder und hängte die Schürze an den Haken neben der Tür.

»Das Kleid passt auch nicht. Du solltest es ebenfalls ausziehen.«

Er stand auf und kam zu ihr. Legte ihr die Hände um die Schultern und zog sie an sich. Als er sie küsste, überlegte sie für einen Augenblick, ob sie ihm nicht doch schon jetzt erzählen sollte, dass sie schwanger war. Aber dann entschied sie sich dagegen. Alles zu seiner Zeit. Erst würde sie Claudia ihr Schweigegeld geben.

Betty hatte Martin noch nie weinen sehen, aber als er den Mutterpass in den Händen hielt, brach er in Tränen aus. »Das ist …«, schluchzte er überwältigt. »Ich weiß gar nicht … was soll ich …« Er ließ sich schließlich auf einen Küchenstuhl sinken und schlug die Hände vors Gesicht.

Sie lachte und spürte das Glück in sich sprudeln wie eine Wasserleitung, die man versehentlich angebohrt hatte.

»Ich bin schon fast im dritten Monat. Anfang April ist es so weit.«

»Im dritten Monat?« Er hob das nasse Gesicht und sah sie an. »Aber warum sagst du es mir erst jetzt? Du musst es doch vorher schon gemerkt haben.«

»Schon. Aber ich war mir eben nicht ganz sicher. Und ich wollte auf keinen Fall, dass du dir falsche Hoffnungen machst.«

»Und jetzt ist es sicher?«

»Natürlich ist es sicher. Da steht es doch.« Sie tippte auf den Pass, den er immer noch umklammert hielt. »Ich war heute bei Dr. Behrend, er meint, es ist so weit alles in Ordnung. Man kann das Herzchen schon hören, sagt er.«

»Dr. Behrend?« Martin wischte sich mit seinem Taschentuch die Tränen ab, dann schnäuzte er sich kräftig. »Wer ist das denn?«

»Mein Frauenarzt.« Ein guter Arzt, fand Betty. Die Behandlung hatte keine halbe Stunde gedauert, inklusive Schwangerschaftstest und medizinischer Beratung. Dr. Behrend war um die sechzig, hatte im Krieg den rechten Fuß verloren und danach jegliches Interesse an seinen Patientinnen. Er hatte sich nicht einmal erkundigt, ob Betty verheiratet war. Falls ihm bei der Untersuchung aufgefallen war, dass sie früher schon einmal ein Kind zur Welt gebracht hatte, hatte er es nicht erwähnt.

»Du bist doch bei Dr. Weiderich«, sagte Martin.

»Ich hab den Arzt gewechselt. Dr. Weiderich war mir … unangenehm.«

»Ach wirklich? Auf mich wirkte er sehr sympathisch.« Bei ihrem ersten Besuch bei Dr. Weiderich hatte Martin sie begleitet. Ich will doch wissen, wer meine Frau untersucht, hatte er gesagt.

Es war ein Fehler gewesen, Martin mit in die Praxis zu nehmen, das war Betty heute klar. Dr. Behrend würde er jedenfalls nicht kennenlernen, wenn sie das irgendwie verhindern konnte.

»Du musstest dich ja auch nicht vor ihm ausziehen«, erklärte sie schnippisch.

»Ist ja schon gut. Es ist natürlich deine Sache. Aber warum hast du mir nicht erzählt, dass du den Arzt gewechselt hast?«

»Ich dachte, ich hätte es erwähnt. Ist doch jetzt nicht wichtig, oder?«

»Nein. Natürlich nicht. Wir bekommen ein Kind. Ich werde Vater. Ich kann es noch gar nicht glauben. Wenn ich das Mutter erzähle, fällt sie ohnmächtig um vor lauter Freude.«

»Bitte nicht! Wann wollen wir mit ihr reden?«

»Am besten gleich morgen. Ich mache früher Feierabend, und dann besuchen wir sie.«

»Das wäre ganz wunderbar.«

Alles war wunderbar. Dr. Weiderichs Goldfischaugen würden sie nie mehr fragend anblicken. Und das Problem mit Claudia hatte sich ebenfalls erledigt, zumindest hoffte Betty das.

Zwei Tage zuvor war sie morgens in die Stadt gefahren, in ihrer Handtasche ein Kuvert mit hundert Mark. Als sie um Viertel vor zehn am Gildenplatz eintraf, war Claudia noch nicht da.

Betty fragte sich, warum sie sie ausgerechnet hierher bestellt hatte. Ob sie irgendwo in der Nähe wohnte? Der Gildenplatz eignete sich nicht für geheime Machenschaften, er war so offen und weit und frei. Es gab zwei Brunnen, ein quadratisches Becken auf der Nordseite und eine lang gezogene, terrassenförmige Anlage, die den Platz zum Osten hin begrenzte.

Am langen Brunnen, hatte Claudia gesagt. Betty setzte sich auf eine der freien Parkbänke, umklammerte ihre Handtasche auf dem Schoß und begann zu warten.

Vor ihr plätscherte der Brunnen, ein flaches Betonbecken mit zwölf Fontänen. Dahinter erhob sich die AEG-Niederlassung, und daneben stand das riesige Bürogebäude mit der Kaffee-Hag-Werbung auf dem Dach.

Früher sei Essen so eine schöne, bunte Stadt gewesen, und jetzt sei alles Grau in Grau, schimpfte Frau Storz immer. Vor lauter Beton würde man ja trübsinnig. Doch Betty machte die Stadt nicht trübsinnig. Das alte Essen hatte sie nie kennengelernt, sie war erst nach dem Krieg hierhergezogen. Aber vermutlich hatte es ausgesehen wie Düsseldorf vor dem Krieg. Enge Gassen, hohe Häuser mit gelben, roten, blauen Fassaden, Erkern und Stuckverzierungen. Hinterhöfe, in die nie die Sonne schien. Kastanien und Ahornbäume am Straßenrand. Kopfsteinpflaster, das einen zum Stolpern brachte, wenn man es eilig hatte.

Das alles hatten die Bomben zerstört, die Häuser, die Hinterhöfe, das Kopfsteinpflaster. Die Menschen gleich mit.

Und dann kam der Neuanfang.

Die Leute spuckten in die Hände, schafften die Trümmer beiseite, schoben auch alles andere weg, was gewesen war, und bauten sich eine offene, moderne Stadt mit breiten Straßen und Häusern aus Beton. Die wenigen Gebäude, die nicht dem Krieg zum Opfer gefallen waren, wurden gesprengt, um Platz für Neues zu machen. Weg mit dem alten Plunder. Weg mit den Erinnerungen.

Man schaute nach vorn, denn da lag die Zukunft. Da wollte man hin.

Betty wollte auch in die Zukunft, in der sie ihre Erpresserin bereits bezahlt hatte und diese sie in Ruhe ließ. Aber inzwischen war es zehn Uhr. Von Claudia fehlte jede Spur. Betty starrte auf die Wasserfontänen, die in der Sonne glitzerten. Es war kein besonders heißer Tag, dennoch kletterten gerade zwei kleine Jungen in speckigen Lederhosen über die Betoneinfassung ins Brunnenbecken. Schuhe und Strümpfe hatten sie bei ihrer Mutter gelassen, die auf einer anderen Bank saß, neben sich zwei Tüten mit Einkäufen, im Gesicht ein erschöpftes Lächeln.

Betty versuchte sich vorzustellen, wie sie in ein paar Jahren hier sitzen würde, lächelnd, während ihre Kinder im Wasser spielten. Es gelang ihr nicht. Die Uhr am Kaffee-Hag-Haus zeigte zehn nach zehn. Wo blieb Claudia?

Betty beschloss, ihr noch weitere zehn Minuten Zeit zu geben, dann würde sie aufstehen und gehen. Wer nicht will, der hat schon, dachte sie. So dringend scheinst du das Geld dann doch wieder nicht zu brauchen.

Vielleicht gehörte es aber auch zu Claudias Plan, Betty schmoren zu lassen. Sie wollte sie mürbe machen, um am Ende noch mehr Geld zu fordern.

»Du solltest dich was schämen«, murmelte Betty und hörte

ein helles Lachen. Der größere Junge hatte es ausgestoßen. Nun schubste er seinen Bruder, sodass dieser ausrutschte, ins Wasser fiel und zu weinen begann. Die Mutter stand auf, eilte zum Brunnen, schimpfte, tröstete.

Betty blickte auf die Uhr. Viertel nach zehn.

Du weißt, wer ich bin, hatte Claudia bei ihrem letzten Treffen gesagt. Und du weißt auch, dass du mir was schuldig bist.

War Claudia wirklich das Kind, das Betty auf die Welt gebracht und im Stich gelassen hatte?

Sie sah Betty kein bisschen ähnlich. Das herzförmige Gesicht, die dunklen Augen. Claudia war recht groß, genau wie Betty, aber Betty war nie so dünn gewesen, obwohl sie damals so schrecklich hungrig gewesen war.

Elisabeth, dachte Betty und sah sich plötzlich, wie sie damals gewesen war. Wie alle Mädchen im Heim hatte sie lange Haare gehabt, die sie zu einem dicken Zopf geflochten hatte. Sie trug die Kleider, die man ihr gab, manchmal waren die Sachen zu groß, manchmal zu klein. Vor der Wäsche wurden sie eingesammelt und danach wieder neu verteilt. Obwohl sie eine Wäscherei im Heim hatten und die Kleider anderer Leute reinigten, wurden ihre eigenen Sachen nur sehr selten gewaschen. Betty dachte an die Schmutzränder an den Kleiderkragen, an den Schweißgeruch, den man nie loswurde und auch nicht mehr roch. Wenn man mit Leuten von außerhalb zusammenkam, dann sah man es in ihren Gesichtern, dass man stank. Aber man kam so selten mit Leuten von außerhalb zusammen.

Vorbei, vorbei, vorbei.

Elisabeth gab es nicht mehr, es gab nur noch Betty. Und Claudia. War sie wirklich ihr Kind?

Und wenn sie nicht ihr Kind war, wer war sie dann?

Martin würde ihr kein Wort glauben, wenn Claudia ihre Drohung wahrmachte und ihm wirklich einen Brief schrieb. Oder vielleicht doch?

Ich hätte ihm von Anfang an alles gestehen sollen, dachte Betty. Er liebt mich doch. Aber wenn sie ihm alles gestanden hätte, hätte er sie vielleicht nicht geliebt.

Und außerdem.

Er würde sie mit anderen Augen betrachten, wenn er die Wahrheit wüsste. Jedes Mal wenn er sich über sie ärgerte, würde er daran denken, aus welchem Morast sie gekrochen war.

Der Mensch ändert sich nie, hatte er neulich gesagt, als sie im Kino den Film *Wer nie sein Brot mit Tränen aß* gesehen hatten. Ein schrecklicher Film, fand Betty, aber Martin hatte er gefallen.

Der Mensch ändert sich nie. Doch Betty hatte sich geändert. Sie hatte jetzt endlich ein Zuhause und einen Mann, zu dem sie gehörte, und eine Zukunft, die in ihr heranwuchs.

Sie würde nicht zulassen, dass Claudia das alles zunichtemachte.

Die erschöpfte Mutter hatte ihre beiden Söhne aus dem Brunnen gezerrt, nun zogen sie Söckchen und Schuhe wieder an, der eine heulend, der andere mürrisch. Dann marschierten sie ab, und Betty beschloss, ebenfalls zu gehen.

Aber in diesem Moment ließ sich jemand neben ihr auf die Bank fallen. Eine junge Frau, genauso verwahrlost wie Claudia, aber älter. Fettiges Haar umrahmte ihr Gesicht mit den hohen Wangenknochen. Die Augen lagen in tiefen Höhlen. Sie trug dreckige Jeans und verströmte einen muffigen Geruch.

»Hast du das Geld?«, fragte sie. Ihre Stimme klang müde, als kostete sie das Sprechen ungeheure Anstrengung.

»Wer sind Sie?«, fragte Betty zurück.

»Claudia schickt mich.«

»Ich dachte, sie heißt nicht Claudia.«

Die Frau wischte sich mit dem Handrücken über die Nase.

»Warum kommt sie nicht selbst?«, fragte Betty.

»Sie is krank. Wat is jetz? Hässe dat Jeld oder nit?«

»Ich würde es Claudia lieber persönlich geben.«

»Et nächste Mal wäd es dürer.« Die Rothaarige räusperte sich, zog den Rotz hoch und wollte sich erheben, aber Betty hielt sie auf.

»Halt, warten Sie.« Sie zog den Umschlag aus der Tasche, streckte ihn der Frau hin, die ihn sich mit einer schnellen Bewegung schnappte. Daumen und Zeigefinger ihrer Hand waren gelb vor Nikotin. Sie riss das Kuvert auf, zog die Scheine ein Stück heraus und zählte sie. Dann stand sie auf und schlurfte wortlos weg.

17

Weilerbach, 1945

Mit großen Schritten ging Elisabeth auf die amerikanischen Soldaten zu, die sie erst zur Kenntnis nahmen, als sie nur noch wenige Meter von ihnen entfernt war. Der Mann mit dem Megaphon fuhr erschrocken zusammen. Seine Kameraden rissen die Maschinengewehre hoch und richteten sie auf Elisabeth, deren Arme nach oben fuhren. Gleichzeitig sackte ihr Magen nach unten, und ihre Knie hätten beinahe nachgegeben. Sie konnte sich gerade noch auf den Beinen halten.

Der Soldat mit dem Megaphon bellte ihr etwas entgegen, sie verstand kein Wort. Vielleicht hatten sie sich getäuscht, vielleicht waren das doch keine Amis, sondern die Russen.

Er wiederholte seine Frage noch einmal und bedeutete seinen Kameraden gleichzeitig, ihre Waffen sinken zu lassen.

Was willst du. Wahrscheinlich hatte er sie das gefragt.

»I can English«, rief Elisabeth, die die Hände immer noch über ihrem Kopf hielt.

Der schwarze Soldat riss den Mund auf. Erst als seine Kameraden ebenfalls zu johlen begannen, begriff Elisabeth, dass er lachte.

»Come here«, rief der Ami mit dem Megaphon.

Sie gingen ins Rössle, den einzigen Gasthof im Dorf, denn die Soldaten waren hungrig.

»Beer«, befahl der Amerikaner, der inzwischen sein Megaphon abgelegt hatte. Er war ganz offensichtlich der Anführer der Gruppe, denn er nahm als Erster an einem der Tische Platz, während zwei seiner Männer an der Tür stehen blieben, die Maschinengewehre im Arm, als wären es Blechblasinstrumente.

»Sie möchten Bier«, übersetzte Elisabeth.

»Bier, Resi!«, sagte Horlacher und winkte der Wirtin.

Der Megaphonmann war ein *Major*, das verstand Elisabeth auch noch, als er sich vorstellte, aber danach war es aus. Sein Nachname war ihr ein Rätsel, genau wie alles andere, was er von sich gab. Es hatte nichts mit dem zu tun, was ihr Englischlehrer Herr Meinrod ihr in Düsseldorf beigebracht hatte. Herr Meinrod hatte ja auch nur sehr selten Englisch mit ihnen gesprochen, meistens hatten sie aus dem Deutschen ins Englische übersetzt, und zwar schriftlich.

Der Major redete und redete, und Elisabeth betrachtete die Aknenarben, die seine Wangen überzogen wie ein feinziseliertes Spitzenmuster. Dann war er fertig, verschränkte die Arme vor der Brust und sah sie erwartungsvoll an.

»Yes«, sagte sie.

Der Major nickte erfreut und überrascht zugleich. »Very well.«

»Und?«, fragte Horlacher. »Was isch jetzt?«

»Ich glaube, sie wollen hier wohnen«, mutmaßte Elisabeth.

»Was? Älle?«, fragte Horlacher.

»Des goht fei ned«, sagte Frau Weigel, die gerade das Bier brachte. »Mir hen nur zwoi Gäschdezemmer. Und do sen grad Flichtleng dren.«

»How much rooms?«, fragte Elisabeth den Major. »One, two, three?«

Der Amerikaner musterte sie irritiert. Ganz offensichtlich hatte ihre Frage nichts mit dem zu tun, was er ihr gerade eben erläutert hatte. »Six«, sagte er dann.

»Sie brauchen sechs Zimmer«, übersetzte Elisabeth.

»No' müsset die Flichtleng halt naus«, sagte Horlacher.

»Two rooms«, sagte Elisabeth. »Only.«

Am Ende bekamen die Männer aber doch sechs Räume. Frau Weigel zog mit ihren vier Kindern in die Dienstbotenkammern über dem Stall, ihr Mann war sowieso an der Front.

Die Flüchtlinge wurden ins Schulhaus umquartiert, wo alle die Hände über dem Kopf zusammenschlugen, weil es doch ohnehin schon so voll war.

Weilerbach stand ab sofort unter amerikanischem Befehl. Das verkündete der Aushang in deutscher Sprache, den der Major persönlich an das Mitteilungsbrett vorm Rathaus nagelte. Es gab eine Ausgangssperre von acht Uhr abends bis sechs Uhr morgens, und niemand durfte das Dorf ohne Erlaubnis verlassen.

Während die Weilerbacher in ihren Häusern saßen und bangten und hofften, fraßen die acht amerikanischen Soldaten zuerst den Vorratskeller im Rössle leer, und danach zogen sie von einem Haus zum anderen und inspizierten die Küchen, Speisekammern, Keller und Schränke. Sie nahmen mit, was sie brauchen konnten. Fleisch, Kartoffeln, Eingemachtes, Tabak. Der Schwarze schnappte sich bei Beißwengers ein Federbett. Als er damit über die Straße lief, stach einer seiner Kameraden mit dem Messer ins Kopfkissen, und als er es wieder herauszog, schneite es mitten im Sommer. Der Messerstecher lachte sich kaputt, der Schwarze regte sich auf.

Elisabeth ging jeden Tag ins Rathaus, wo Major Sanders hinter dem Schreibtisch des Bürgermeisters saß, amerikanische Zigaretten rauchte und mit der Militärverwaltung in Schwäbisch Gmünd telefonierte. Er nannte sie Fraulein Sonne und ließ sie Briefe tippen. Am Anfang versuchte er noch, ihr zu diktieren, aber als er merkte, dass nur Unsinn dabei herauskam, schrieb er alles mit der Hand vor. Seine Handschrift war miserabel, doch Elisabeth lernte sie zu entziffern. Sie lernte auch Englisch, jeden Tag verstand sie ihn besser.

Major Sanders, dessen Namen Elisabeth inzwischen nicht nur aussprechen, sondern auch schreiben konnte, hatte keine Ahnung, dass sie erst fünfzehn war. Sie wirkte ja viel älter. Einmal fragte er sie, warum sie nicht verheiratet sei. *A nice girl like you.*

Sie winkte nur ab und sagte: »Later.«

Frau Sonne gefiel es gar nicht, dass ihre Tochter jeden Tag ins Rathaus ging.

»Dein Vater hat sein Leben für sein Vaterland gegeben«, sagte sie. »Und nun machst du dich mit dem Feind gemein.«

»Ich dachte, die Amis sind unsere Befreier«, antwortete Elisabeth.

Ihre Mutter drehte eine Weile ratlos an ihrem Ehering. »Wie dem auch sei«, sagte sie dann. »Es ist nicht richtig. Die Leute reden bestimmt schon.«

»Ich tu doch nichts Schlimmes. Ich schreibe ein paar Briefe und sorge dafür, dass Major Sanders und Horlacher sich verständigen können.«

Die Weilerbacher konnten Elisabeth dankbar sein. Major Sanders legte ihr nämlich gleich in den ersten Tagen eine Liste aller männlichen Dorfbewohner hin und wollte von ihr wissen, wer von ihnen ein Nazi gewesen sei.

»I don't know«, sagte Elisabeth, während sein Finger von einem Namen zum anderen wanderte.

»Come on!« Der Major sah sie ungläubig an. »What about Horlacher?«

»I don't know«, sagte Elisabeth. Dabei wusste sie ganz genau, dass Horlacher in der Partei gewesen war, genau wie Eisenbart und Grombiegel. Offenbar hatten sie ihre Parteibücher verbrannt und auch die Hakenkreuzfahnen und Hitlerbilder und sämtliche andere Souvenirs, denn bei ihren Hausdurchsuchungen hatten die GIs kaum belastendes Material entdeckt. Der schwarze Soldat, der Sergeant William hieß, war einen Tag lang mit einem Hakenkreuz, das er auf einem Misthaufen gefunden hatte, am Revers durchs Dorf gelaufen.

In Weilerbach gab es keine Nazis mehr. Und Elisabeth würde auch niemanden ausliefern. Wo führte das denn hin? Und vor allem: Wo hörte es auf?

Rache war etwas Kleines, hatte Pastor Nolting immer gesagt.

Und Gerechtigkeit war zu groß für die Menschen. Man überließ sie besser dem Allmächtigen.

»Der Major kann uns bestimmt nützlich sein«, sagte Elisabeth zu ihrer Mutter. »Du willst doch zurück nach Düsseldorf. Da brauchen wir eine Reiseerlaubnis.«

Frau Sonne drehte wieder an ihrem Ring. »Dann frag ihn«, sagte sie.

Aber am nächsten Tag war Sanders nicht da, er war nach Ulm gefahren und blieb dort drei Tage lang. Als er wieder zurückkam, vergaß Elisabeth, ihn nach der Erlaubnis zu fragen, oder eigentlich vergaß sie es nicht. Sie fragte ihn ganz bewusst nicht. Sie wollte nicht weg.

Die Arbeit im Rathaus gefiel ihr. Die Amerikaner behandelten sie mit Respekt, wie eine Erwachsene. Major Sanders passte auf, dass ihr keiner der Männer zu nahe trat. Er war laut geworden, als Sergeant Molton sie zum Essen eingeladen hatte.

Auf dem Heimweg vom Rathaus zur Schule begann es zu nieseln. Elisabeth eilte mit gesenktem Kopf die Straße entlang und wäre fast mit der Pfarrersfrau zusammengeprallt, die ihr entgegenkam.

»Elisabeth.« Frau Nolting machte nicht einmal den Versuch eines Lächelns. Sie sah aus wie ein Ball, aus dem man die Luft herausgelassen hatte. »Wie geht's dir denn?«

Nach Elmars und Pastor Noltings Tod war Elisabeth zuerst regelmäßig ins Pfarrhaus gegangen, dann immer seltener und irgendwann gar nicht mehr. Es war so bedrückend dort. Die Pfarrerin verrichtete stumm ihre Arbeit und blickte sogar durch ihre eigenen Kinder hindurch.

Susanne organisierte den Haushalt, kümmerte sich um die Kleinen und studierte nebenbei noch mit dem Bibelkreis ein Theaterstück ein. Sie tat, was sie konnte, darin war sie schon immer gut gewesen.

»Gut«, sagte Elisabeth. »Haben Sie Nachricht von Rüdiger?«

Frau Nolting schüttelte den Kopf. »Nichts. Aber 's isch alles gut. Des spür i.«

Nun lächelte sie doch, und Elisabeth versuchte ebenfalls ein Lächeln. Ihre Mutter hatte gespürt, dass die Amis kamen, Frau Nolting spürte, dass es Rüdiger gut ging. Sie selbst spürte nichts, außer Hunger. Sie hatte nämlich den ganzen Tag noch nichts gegessen, und Major Sanders hatte ihr zwei Dosen eingemachte Pfirsiche geschenkt. Er bezahlte sie oft in Naturalien, sie bekam Konserven, Kaugummi oder Seidenstrümpfe. Die Sachen waren Gold wert, im Gegensatz zur Reichsmark, die keiner mehr wollte.

»Und dann müsset mir ja au' bald aus'm Haus«, sagte Frau Nolting zusammenhanglos.

Es gab jetzt einen neuen Pfarrer in Weilerbach, der sonntags predigte und mit seiner jungen Familie ins Pfarrhaus ziehen sollte, davon hatte Elisabeth schon gehört.

»Wo ziehen Sie denn hin?«

»Des weiß no' keiner.« Frau Nolting seufzte schwer. »Der liebe Gott wird scho' für uns sorga.«

Der Nieselregen wurde stärker, aber das schien ihr gar nicht aufzufallen.

»Hier.« Elisabeth kramte eine der Pfirsichdosen aus ihrer Tasche und reichte sie Frau Nolting. Nach kurzem Zögern streckte sie ihr auch noch die zweite hin.

Die Pfarrerin betrachtete die Konservendose wie eine Handgranate, die jederzeit losgehen konnte. *Peaches,* stand auf dem Deckel.

»Pfirsiche«, sagte Elisabeth.

»Natürlich«, erwiderte Frau Nolting. »Du bisch ja jetzt bei de' Amerikaner.«

Ihr eingefallenes Gesicht zeigte keine Regung, aber Elisabeth spürte plötzlich eine Welle von Scham. Du machst dich mit dem Feind gemein, hörte sie Mutter wieder sagen.

Dabei war sie damals doch nur wegen des Pastors aus dem

Haus getreten und auf die Amis zugegangen. Aber das sagte sie nicht.

Frau Nolting hätte es ihr ohnehin nicht abgenommen, Elisabeth nahm es sich ja selbst nicht ab. Es ging ihr längst nicht mehr um Frieden und Völkerverständigung, sondern um Rindfleisch, parfümierte Seife und eingelegte Pfirsiche, die es für die Arbeit gab.

»Den Kindern werden die Pfirsiche bestimmt schmecken«, sagte Elisabeth.

Frau Nolting antwortete nicht.

Einen schrecklichen Moment lang war sich Elisabeth sicher, dass sie ihr die Konserve wieder zurückgeben würde. Aber dann steckte die Pastorin sie in ihren Korb und griff auch nach der zweiten.

»Verpiss dich«, murmelte sie.

Elisabeth starrte sie erschrocken an. Die Pastorin nickte ihr noch einmal zu, und erst als sie sich mit großen Schritten in Richtung Pfarrhaus entfernte, wurde Elisabeth bewusst, dass sie in Wirklichkeit *vergelt's Gott* gesagt hatte.

Auf jeden Fall hatte sie sie nicht eingeladen, sie zu besuchen.

Als Elisabeth nach Hause kam, war ihre Mutter nicht da. Nur Frau Koziol saß auf ihrer Pritsche und stopfte einen Socken, der nur noch aus geflicktem Gewebe bestand.

Auf dem Feldbett neben ihr lag eine Frau aus dem Sudetenland und starrte an die Decke. Ihre beiden Söhne spielten mit einem von Frau Koziols Wollknäueln Fußball.

»Wo ist Mutter?« Elisabeth holte ein Handtuch aus der Kommode und rubbelte sich die Haare trocken.

Frau Koziol zuckte mit den Schultern, ohne den Kopf zu heben. Einer der Jungen donnerte das Wollknäuel gegen die Wand und jubelte laut. Seine Mutter ermahnte ihn mit müder Stimme, aber die Kinder beachteten sie nicht.

Elisabeth ging in die winzige Küche und füllte einen Topf mit Wasser. Misstrauisch äugte sie in den Korb, in dem sie ihre Kartoffeln aufbewahrten. Seit die Sudetendeutschen hier wohnten, schienen ihre Vorräte noch schneller abzunehmen als vorher. Ob sie sich an ihren Lebensmitteln bedienten?

Sie stellte den Topf aufs Feuer und warf die Kartoffeln hinein, und erst als sie fertig gekocht waren, kam Frau Sonne nach Hause.

»Stell dir vor, ich war in Gmünd.« Ihr Gesicht glühte, als hätte sie einen Sonnenbrand. Dabei regnete es schon den ganzen Tag. »Der Neffe von der Rossecker hat mich mitgenommen.«

»Du warst allein in Gmünd?«, fragte Elisabeth ungläubig.

»Ich war bei der Militärverwaltung.« Frau Sonne zog ein Blatt Papier aus ihrer Tasche und wedelte damit durch die Luft. »Hab uns eine Reiseerlaubnis besorgt. Dein Major kommt ja nicht in die Pötte, da hab ich die Sache selbst in die Hand genommen.«

»Du hast … was?« Elisabeth griff nach dem Blatt und starrte darauf. Es war ein Vordruck, mit der Schreibmaschine ausgefüllt und abgestempelt.

Military Government of Germany, stand auf dem Briefkopf.

Und darunter in kleinerer Schrift:

Authorization

Name: Gertraud Sonne and daughter Elisabeth

have permission to: ride home to Düsseldorf by train and remain there.

Die Erlaubnis war drei Tage lang gültig, vom fünften bis zum siebten Mai 1945.

Und heute war der dritte.

»So schnell«, sagte Elisabeth.

»Wir waren lange genug hier.«

Elisabeth nahm den Topf mit den Kartoffeln vom Feuer. »Ich verstehe nicht, warum du so dringend zurückwillst. Du weißt doch, wie es in den Städten aussieht. Alles ist hinüber. Die Leute haben keine Wohnungen, und es gibt auch nichts zu essen.«

Jedes Wochenende fielen die Städter in Weilerbach ein. Sie kamen von Gmünd, Ulm, Heidenheim, sogar aus Stuttgart und brachten Pelzmäntel, Schmuck, Schuhe, Ballkleider, Porzellan und Silberbesteck. Was auch immer sich eintauschen ließ. Für einen Ehering aus Gold gab es einen kleinen Sack Kartoffeln, ein Hut aus echten Federn brachte eine Handvoll Eier. Wer nichts zum Tauschen anbieten konnte, bettelte. Oder stieg nachts in die Ställe und Vorratskammern ein, wie neulich der junge Ulmer. Nachdem Frau Weißgerber ihn in ihrem Keller erwischt hatte, stopfte er sich schnell noch ein Stück Speck in den Mund und kaute darauf herum, bis der Landjäger kam, um ihn abzuführen. Man konnte ihm keinen Vorwurf machen, er sah aus wie ein Skelett.

Keiner, der einigermaßen bei Verstand war, zog in diesen Zeiten freiwillig vom Land in die Stadt.

»Ich hab dir doch schon mal gesagt, dass mir das mit deiner Arbeit nicht gefällt«, sagte ihre Mutter. »Du bist fünfzehn, viel zu jung. Und man kann sich ja denken, was dieser Major von dir will.«

»Das ist doch Unsinn.« Elisabeth schüttete das kochende Wasser ab und gab die Kartoffeln in eine Schüssel. Major Sanders interessierte sich für sie, das war ihr natürlich klar. Wie er sie immer ansah, wenn er ihr seine Briefe zum Abtippen gab. Er war aber schon vierzig, das hatte sie neulich herausgefunden, als sie einen Antrag für ihn schreiben musste, auf dem sein Geburtsdatum stand. Vielleicht gab es ja eine Mrs. Sanders in Amerika. Aber eigentlich bezweifelte Elisabeth das. Major Sanders tat sich schwer mit den Frauen.

Er hatte so wässrige Augen und dann diese Aknenarben. Hoffentlich fand er nie heraus, wie jung sie war. Er wäre schockiert.

»In Düsseldorf machen bald die Schulen wieder auf«, sagte Frau Sonne. »Du könntest zurück aufs Lyzeum, zu deinen alten Freunden.«

»Und wo sollen wir wohnen?«, fragte Elisabeth. »Unsere Wohnung ist zerbombt, falls du das vergessen hast.«

Ihre Mutter verschränkte die Arme vor der Brust, ihr Gesicht wurde noch röter. Sie beugte sich nach vorn und betrachtete konzentriert ihre Fußspitzen.

»Ich habe in Düsseldorf jemanden kennengelernt.«

»Wie bitte?«, fragte Elisabeth. Ihre Mutter hatte so leise gesprochen, vielleicht hatte sie sie nicht richtig verstanden.

Frau Sonne räusperte sich. »Ich habe jemanden kennengelernt.«

Elisabeth sah sie entgeistert an. »Wen?«

Und vor allem – wie? Sie war seit zwei Jahren nicht mehr in Düsseldorf gewesen.

»Herr Ohlenforst war bei Mannesmann. Also, vor dem Krieg war er bei Mannesmann, dann wurde er ja eingezogen. Seine Schwester ist gut mit Tante Elsie bekannt, die ihm wohl so einiges von mir erzählt hat und auch Bilder gezeigt hat.« Ihre Wangen wurden noch ein bisschen röter. »Herr Ohlenforst hat mir schon von der Front in Russland geschrieben. Er hat sonst keinen, und ich habe mich über seine Post gefreut. Tja, so kamen wir uns näher und nun …« Sie verstummte, zog ein Taschentuch aus der Rocktasche und tupfte sich damit über die Stirn.

»Und nun was?«, fragte Elisabeth.

»Und nun ist eine große Sympathie zwischen uns entstanden«, fuhr ihre Mutter mit noch leiserer Stimme fort. »Herr Ohlenforst wurde in Russland schwer verletzt. Er hat ein Auge verloren. Wir befürchteten das Schlimmste, aber Gott sei Dank geht es ihm wieder gut.«

»Du willst bei ihm einziehen?« Elisabeth nahm eine Gabel, stach eine Kartoffel an und begann sie zu schälen. »Du kennst diesen Mann doch gar nicht.«

»Ich kenne ihn in- und auswendig.« Frau Sonne lächelte schüchtern. »Er schreibt wunderbare Briefe.«

»Du hast ihn nie gesehen. Man kann einen Menschen doch nicht nur durch seine Briefe erfassen.«

»Nein«, sagte ihre Mutter. »Das kann man nicht. Deshalb will ich ja auch nach Düsseldorf.«

»Aber wenn wir bei diesem Mann einziehen, sind wir ihm völlig ausgeliefert.«

»Wir könnten zuerst bei Tante Elsie wohnen. Allerdings wäre es sehr beengt. Sie hat nur ein Zimmer.« Frau Sonne nahm sich ebenfalls ein Messer und begann, eine Kartoffel zu schälen. »Herr Ohlenforst wird dir bestimmt gefallen. Er ist sehr klug und auch lustig. Und du brauchst doch wieder einen Vater.«

Ein neuer Vater. Dabei hatte Elisabeth ihren alten nie vermisst.

»Er hat eine Wohnung in Oberkassel«, fuhr ihre Mutter fort. »Im Moment ist es noch ziemlich voll dort, man hat ihm irgendwelche Leute vor die Nase gesetzt. Aber später wären wir ja unter uns.«

»Vielleicht sollte ich nachkommen«, sagte Elisabeth. Und erwartete, dass ihre Mutter laut protestierte, aber sie schälte stumm weiter.

»Das geht ja nicht«, sagte sie schließlich.

»Doch«, widersprach Elisabeth. »Ich kann bestimmt bei Frau Nolting wohnen. Im Pfarrhaus ist genügend Platz. Du fährst voraus nach Düsseldorf und ordnest die Dinge. Und ich komme nach.«

Ihre Mutter legte eine dampfende Kartoffel auf einen Teller und griff nach der nächsten. Sie mochte die Pfarrersleute nicht, hatte sie nie gemocht. Aber es wäre alles viel einfacher, wenn sie ihrem Zukünftigen erst mal ohne Tochter unters Auge treten konnte.

»Ich komme doch bestens zurecht«, versicherte Elisabeth. »Frau Nolting wird gut auf mich aufpassen, und in ein paar Wochen geht bestimmt die Schule wieder los. Dann bin ich eh die ganze Zeit in Gmünd.«

»Wir wissen ja gar nicht, ob Frau Nolting das recht wäre«, murmelte ihre Mutter.

»Das kann man rausfinden. Ich rede gleich heute mit ihr.« Elisabeth atmete auf. Sie war sich ziemlich sicher, dass die Pfarrersfrau sie nicht abweisen würde, sollte Elisabeth sie fragen, ob sie bei ihr wohnen könnte. Aber das hatte sie nicht vor.

Sie hatte ihre Arbeit bei den Amerikanern und ihr Einkommen, sie brauchte die Noltings genauso wenig wie einen einäugigen Stiefvater.

Elisabeth winkte dem Pferdewagen nach, der ihre Mutter zum Bahnhof nach Gmünd brachte. Der Abschied war tränenreich gewesen. Frau Sonne hatte ein schlechtes Gewissen, dass sie ihre Tochter allein in Weilerbach ließ, und Elisabeth hatte ein schlechtes Gewissen, weil sie ihre Mutter allein auf die Reise durch ein zerstörtes Land schickte. Zu einem Mann, den sie nie gesehen hatte.

Der Krieg war inzwischen offiziell beendet, Hitler war angeblich tot, und es herrschte Frieden, aber es fühlte sich nicht so an.

Die Tage vor der Abreise waren wie ein unruhiger Traum verflogen, so vieles musste vorbereitet, besorgt und organisiert werden. Frau Sonne hatte gar nicht die Zeit gefunden, noch einmal mit Frau Nolting zu sprechen. Und Elisabeth hatte ihr wieder und wieder versichert, dass das auch gar nicht nötig sei. »Sie freut sich auf mich«, hatte sie gesagt.

Nun ging sie zurück ins Schulhaus, wo Frau Block aus dem Sudetenland gerade ihre Pritsche in Beschlag nehmen wollte. Einer der Söhne hatte bisher auf dem Boden geschlafen, der andere bei ihr im Bett.

»Das mit dem Pfarrhaus hat sich leider zerschlagen«, sagte Elisabeth. »Ich bleibe erst mal hier.«

Frau Blocks Gesicht versteinerte.

Elisabeth ging zum Fenster, machte es auf und atmete durch. In ihr flatterte etwas. Das war die Freiheit.

Zwei Tage später war der Traum zu Ende.

»We're leaving on Monday«, sagte Major Sanders.

Die Einheit wurde nach Ulm verlegt. Leider könne man Elisabeth nicht mitnehmen, teilte er ihr betreten mit. Kontakte zwischen Armeeangehörigen und Deutschen seien streng verboten.

»No fraternisation«, sagte der Major.

Das war ihm natürlich auch vorher schon klar gewesen, aber in Weilerbach hatte es keinen gekümmert.

Als Elisabeth nach Hause ging, war ihr zum Heulen zumute.

Sie hatte noch fünfzig Mark, die eigentlich für Frau Nolting bestimmt waren, damit Elisabeth ihr nicht auf der Tasche lag, und Major Sanders schuldete ihr noch den Lohn für die letzten zwei Wochen. Aber was nützte das Geld, es war nichts wert, niemand würde ihr dafür Lebensmittel geben.

Sie hatte auch kaum noch Marken. Ihre Mutter hatte ihr ihre letzte Lebensmittelkarte gegeben, die allerdings schon angebrochen war. »Frau Nolting muss dann neue für dich beantragen.«

Und Elisabeth hatte genickt, weil sie überzeugt gewesen war, dass sie keine Marken brauchte. Sie hatte ja Major Sanders und seine Obstkonserven. Falsch gedacht.

Sie brauchte eine Arbeit. Und eine Unterkunft. Im Schulhaus konnte sie auf Dauer auch nicht bleiben, dafür würde Frau Block schon sorgen.

Aber wer in Weilerbach würde sie nehmen? Die Bauern hatten genug eigene Kinder, die für sie schufteten, und dann waren da auch noch die Flüchtlinge, die jede Arbeit annahmen, die man ihnen anbot.

Es blieb ihr nichts anderes übrig, als von ihrem restlichen Geld eine Fahrkarte zu kaufen und nach Düsseldorf zu fahren.

Um dann dort zu verhungern, mit ihrer Mutter und dem Einäugigen und dem Rest der Stadt.

Und was, wenn Rüdiger nach Weilerbach zurückkäme? Wenn er wirklich noch am Leben war, wie seine Mutter glaubte? Elisabeth konnte ihre Adresse im Pfarrhaus hinterlegen. Aber würde Frau Nolting sie ihm auch geben?

Nun kamen ihr wirklich die Tränen. Sie ballte die Hände zu Fäusten und wischte sich damit über die Augen. Heulen nützte nichts. Tüchtigkeit auch nicht.

Das Leben schubste einen von hier nach dort, manchmal sanft, meistens grob, das nannte man Schicksal.

Und in diesem Moment schubste ihr das Leben Xaver in den Weg.

18

Xaver stand vor dem Hof des Hufschmieds, eine Pfeife im Mundwinkel, einen Ackergaul am Halfter.

Als er Elisabeth sah, machte er eine übertriebene Verbeugung, bei der er mit der Pfeife durch die Luft wedelte wie ein französischer Edelmann mit seinem Hut.

Der Schmied, mit dem Xaver sich gerade unterhalten hatte, murmelte etwas Unverständliches, nickte Xaver zu und verzog sich.

»Grüß Gott«, sagte Elisabeth. »Lange nicht gesehen.«

Xaver grinste. Seine Wangen waren von einem schwarzen Schimmer überzogen, Bartstoppeln, die ans Licht drängten. Wahrscheinlich hatte er sich am Morgen noch rasiert. Sie dachte an das dunkle Gewucher auf seiner Brust, seinen Unterarmen und Beinen. Sie hatten sich nie berührt. Dennoch durfte Rüdiger nie von ihm erfahren, nie.

Xaver schob die Pfeife wieder in den Mundwinkel und sog daran, bis sie rot aufglühte. Dann blies er den Rauch aus. Warum zum Teufel sagte er nichts?

Sie zuckte mit den Schultern und wollte weitergehen.

»Kannsch es no'?«, fragte er.

»Was?«, fragte sie, obwohl sie wusste, was er meinte.

»Des Schwemma.«

»Wenn man es einmal kann, verlernt man es nicht wieder.«

»No' isch's ja guat.« Er versetzte seinem Gaul einen Klaps auf die Flanke und wollte los, aber diesmal hielt sie ihn auf.

»Warte«, sagte sie. »Ich suche Arbeit.«

»Arbeit?«, wiederholte er überrascht. »Du bisch doch bei de Amerikaner.«

»Die brauchen mich nicht mehr. Die Einheit wird nach Ulm verlegt. Und meine Mutter ist zurück nach Düsseldorf, aber ich will hierbleiben. Du hast doch einen Hof. Brauchst du keine Hilfe auf dem Feld? Oder im Stall?«

»Aufm Feld oder im Stall.« Er musterte sie von oben bis unten, die Pfeife im Mundwinkel. Sie spürte seinen Blick auf ihren nackten Armen. »Des kannsch du doch gar ned.«

»Ich kann es lernen.« Sie zögerte einen Moment lang. »Ich darf auch nicht mehr im Schulhaus wohnen. Wenn ihr mich wollt, brauche ich eine Unterkunft.«

Er blies Rauch zum Himmel, während er nachdachte. »Des isch fei schwer«, sagte er schließlich.

»Das macht mir nichts aus. Lass es mich wenigstens probieren.«

Er nickte. »Wir hen a Kammer, da hot früher ooser Knecht gschlofa. Isch abr nix Bsonders. Koi Ofe, ond s' Wasser kommt aus'm Bronne.«

»Gut«, sagte sie. »Wann kann ich anfangen?«

Wieder formten seine Lippen einen Rauchring, bevor er antwortete.

»Meedig.«

Am Montagmorgen gab ihr Xavers Mutter ein Paar ausgetretene Schuhe und ein altes Hemd, das vielleicht einmal Xaver gehört hatte und das Elisabeth nun über ihrem Rock trug. Wie eine Vogelscheuche stand sie auf dem Feld und sammelte Steine ein. Seit vier Stunden bückte sie sich und richtete sich wieder auf und bückte sich, genau wie Xavers Schwestern, die in den Reihen neben ihr arbeiteten. Die Schwestern waren viel jünger als sie und doppelt so schnell.

Jedes Mal wenn Elisabeth sich aufrichtete, spürte sie einen stechenden Schmerz im Rücken. Und die neugierigen Blicke von

Maria und Erna in ihrem Gesicht. Aber sobald Elisabeth sie ansah, senkten sie hastig die Augen zu Boden. Was sie wohl dachten?

Was die alte Wengert dachte, war keine Frage.

»Des isch nix«, hatte sie zu ihrem Sohn gesagt, als er Elisabeth am Morgen zu ihr gebracht hatte. »Dia ka doch ned schaffe.«

Elisabeth stand ein paar Meter entfernt, aber Frau Wengert sprach so laut, dass sie nicht zu überhören war.

»Etz wart's amol ab«, sagte Xaver gleichmütig.

Er war der Mann auf dem Hof, er hatte das Sagen. Nachdem Elisabeth sich umgezogen hatte, hatte er sie einfach bei den Frauen stehen gelassen, um seine Männerarbeit zu machen.

Und nun war sie hier und klaubte Steine wie ein Strafarbeiter.

Alle paar Meter musste man die Schubkarre zum Feldrand wuchten und auskippen. Am Anfang hatte Elisabeth sie viel zu voll gemacht, und als sie sie anheben wollte, ließ sie sich nicht bewegen. Sie hörte die Schwestern kichern, aber als sie sich zu ihnen umdrehte, waren ihre Gesichter leer und ausdruckslos.

Mittags aß man in der Küche. Frau Wengert hatte gekocht. Bauern und Gesinde hockten zusammen um den großen Tisch, über dem drei spiralförmige Leimstreifen baumelten, die über und über mit Stubenfliegen beklebt waren. Einige zappelten noch.

Elisabeth lebte seit drei Jahren im Dorf, aber sie hatte große Mühe, der Unterhaltung zu folgen. Das Schwäbisch, das hier gesprochen wurde, war sämig und dick wie die Grützwurst auf ihren Tellern.

Sie musste an die Abende bei den Noltings denken, an die Lieder, die Diskussionen, die Gebete. Es war eine andere Welt gewesen, auch wenn das Pfarrhaus nur ein paar Schritte vom Wengert-Hof entfernt war. Aber nun war sie verloren, diese Welt. Herr Nolting und Elmar waren tot, Rüdiger verschollen.

Xaver saß Elisabeth schräg gegenüber. Tief über seinen Teller gebeugt, schaufelte er sein Essen in sich hinein. Redete dabei mit vollem Mund mit dem Polen, einem Fremdarbeiter, der vor drei

Jahren auf den Hof gekommen war und nach Kriegsende einfach geblieben war.

Als Xavers Teller leer war, wischte er sich mit dem Handrücken den Mund ab, stand auf und stiefelte aus dem Raum. Elisabeth hatte er keines Blickes gewürdigt.

Was hast du erwartet, fragte sie sich, als sie wieder auf dem Feld stand. Ihr Rücken brannte, als hätte man sie getreten. Dass Xaver dir schöntut und dir nachläuft? Weil du was Besseres bist und schöne Aufsätze schreibst und für die Amerikaner gearbeitet hast? Fraulein Sonne.

Sie war ja froh, dass er sie nicht beachtete.

Er hatte seine Rosel, und sie wartete auf Rüdiger. Solange es keine Todesnachricht gab, war er am Leben. Gab es eine Zukunft für ihre Liebe. Auch wenn ihr das Ganze jetzt wie ein Traum vorkam, aus dem sie vor langer Zeit erwacht war.

Die kleine Kammer über dem Stall, die Xaver ihr am Morgen gezeigt hatte, war winzig und erbärmlich. Es zog durch alle Ritzen und stank nach Kuhmist, die Verschläge waren ja direkt unter ihr.

Eine Waschschüssel neben dem Bett. Und wenn sie zum Abtritt wollte, musste sie quer durch den Stall. Immerhin gab es eine Glühbirne unter der niedrigen Decke.

»Fabelhaft«, sagte sie.

Er lachte kurz und verächtlich auf. »Du bisch ebbes anders gwehnt.«

»Im Schulhaus war es auch nicht besser«, sagte sie.

»In Düsseldorf scho'.«

Sie zuckte mit den Schultern. »Das ist lange her.«

Die ersten Tage auf dem Hof waren die schlimmsten. Jede Bewegung schmerzte, und die Erschöpfung zerrte sie zu Boden. Zum Glück erforderte es keine große Konzentration, Steine vom Feld zu klauben.

Abends musste sie sich dazu zwingen, die schmutzigen Arbeitssachen auszuziehen. Sich zumindest notdürftig zu waschen.

Die Bücher, die Pastor Nolting ihr geschenkt hatte, standen auf einem schmalen Brett über dem Bett, ihr fehlte die Kraft, eines davon herunterzunehmen und aufzuschlagen.

Sobald sie im Bett lag, stürzte sie in den Schlaf wie in einen tiefen Brunnen. Um halb sechs klingelte ihr Wecker, zum Frühstück gab es große Tassen mit Muckefuck, in die die Bauernfamilie Weißbrot brockte.

Elisabeth schlürfte und schlang wie sie und wischte sich mit dem Handrücken über den Mund. Wenn ihre Mutter sie gesehen hätte, wäre sie ohnmächtig umgefallen.

Sie wusste, alle waren davon überzeugt, dass sie aufgeben würde. Xaver ganz besonders. Und am dritten Tag war sie auch so weit. Ihr Körper fühlte sich an, als ob man sie über Nacht auf ein Streckbrett gespannt und ihre Gliedmaßen in alle Richtungen gezogen hätte. Sie schleppte sich in die Küche zum Frühstück, wo ihr Maria mitteilte, dass sie heute nicht aufs Feld müssten.

Es war Waschtag.

Die Wäsche war am Vortag schon eingeweicht worden, jetzt warfen die Frauen die Sachen in die großen Kessel, die auf dem Feuer standen und in denen das Wasser wild brodelte. Sie stampften und rührten das Ganze mit Holzstangen, während ihnen der Schweiß über die Gesichter rann. Dann wurden die Wäschestücke aus dem Kessel gefischt und in den Hof geschleppt, wo die Zuber mit den Waschbrettern standen.

Bis zum Abend walkten, schrubbten, wrangen und spülten sie.

Maria und Erna mangelten mit den Mägden die großen Teile, Elisabeth trug den Rest in den Garten und hängte ihn auf. Nachthemden, Geschirrtücher, Handtücher, Mieder, Leibchen und Unterhosen, die einmal weiß gewesen und jetzt grau verfärbt waren.

»D' Onderwäsch doch ned!«, hörte sie hinter sich eine raue Stimme.

Als sie sich umdrehte, stand die alte Wengert am Gartenzaun und musterte sie mit bösem Blick.

»Wie bitte?«, fragte Elisabeth und sah, wie sich die Lippen von Xavers Mutter verächtlich kräuselten. Ihr dünnes dunkles Haar war straff zurückgekämmt und zu einem Dutt gebunden. Neben ihren Augen Falten wie Messerschnitte. Keine Lachfalten, Frau Wengert verzog selten eine Miene.

Sie marschierte an Elisabeth vorbei und riss die Unterwäsche wieder von der Leine. Nur die Leibchen, die langen Unterhosen und Hemden der Männer durften hängen bleiben.

Sie klatschte die nassen Teile zurück in den Korb, hob ihn hoch und drückte ihn Elisabeth in die Arme.

»Oba auf'm Dachboda.«

»Gerne«, sagte Elisabeth spitz. Und erschrak, als die alte Frau nun ganz dicht an sie herantrat. Ihr Gesicht war ihr so nahe, dass sich ihre Nasenspitzen fast berührten.

»Der Xaver isch fei scho' vergäbe«, zischte Frau Wengert ihr zu.

»Ich weiß«, sagte Elisabeth. »Ich will ihn auch nicht.«

Frau Wengert lachte kurz auf, es klang genau wie Xavers Lachen. Tief und rau. Leg dich nicht mit mir an, sagte ihr Lachen. Xaver ist der Mann im Haus, aber ich bin die Bäuerin.

»Ich will nur hier arbeiten«, sagte Elisabeth. »Ein paar Wochen, bis die Schule wieder anfängt.«

Frau Wengerts Kiefer bewegten sich, als kaute sie auf den Worten herum. Elisabeth lächelte, schief und harmlos.

Xavers Mutter lächelte nicht zurück.

Aber sie ließ sie in Ruhe. Ein paar Tage später kam Erna abends in Elisabeths Kammer und fragte sie, ob sie nicht ins Haus kommen wollte. Zum Kartenspielen.

Trotz ihrer Müdigkeit schleppte sie sich nach unten.

Sie saßen alle am Küchentisch. Die Frauen strickten, flickten, stopften. Xaver und der Pole tranken Bier und rauchten, seine

Schwestern und die beiden Knechte spielten Karten. Maria teilte gerade neu aus.

Elisabeth kannte das Kartenspiel nicht und hatte Mühe, die Regeln zu verstehen, die Maria ihr umständlich auf breitem Schwäbisch erklärte. Und die Luft war so stickig und verraucht und kratzte im Hals. Sehnsüchtig dachte Elisabeth an ihr Bett in der zugigen Kammer.

Aber nachdem sie ein paar Runden gespielt hatte, war ihre Müdigkeit plötzlich weg. Sie verlor das erste Spiel haushoch, das zweite auch, aber in der dritten Runde hatte sie die Regeln endlich begriffen und schlug sich leidlich.

Die anderen lachten, und sie lachte mit, laut und vergnügt. Wann war sie das letzte Mal so fröhlich gewesen? Bei den Noltings, wenn Elmar seine Witze gemacht hatte. Sie dachte an Rüdiger, sein ernstes, blasses Gesicht, und wurde plötzlich wehmütig, aber nur ganz kurz, dann teilte Maria die Karten aus, und die nächste Runde begann.

»Du bisch fei a nedde Denge«, sagte Erna, als sie die Küche verließen. »Un luschdig. Hätt i ned denkt.«

Ich auch nicht, dachte Elisabeth.

Die Arbeit fiel ihr jetzt viel leichter. Sie hatte immer noch Schmerzen, aber ihr Körper hatte sich daran gewöhnt wie an einen Geruch, den man nach einiger Zeit nicht mehr wahrnimmt.

Ihre Fingerspitzen waren mit Schwielen überzogen, Arme und Nacken wurden fast so dunkelbraun wie die Haut von Sergeant William.

Als im Juni das erste Heu gemacht wurde, konnte sie leicht mit Maria und Erna mithalten. Und mit Rosel, die nach dem Frühstück auf dem Hof aufgetaucht war, um zu helfen.

Rosel war achtzehn, drei Jahre älter als Elisabeth, und viel kleiner als sie, aber ihr Körper war prall und rund, die Weiblichkeit quoll bei ihr aus allen Poren. Sie trug eine hochgekrempelte

Männerhose und eine karierte Bluse. Wenn sie sich nach vorne beugte, um das Gras zusammenzurechen, sah man die dunkle Vertiefung zwischen ihren Brüsten.

Aber Xaver sah gar nicht hin. Er beachtete seine Verlobte genauso wenig wie Elisabeth. Mit den Knechten warf er das Heu, das die Frauen zusammengetragen hatten, auf den Wagen. Oben stand Maria mit einer Mistgabel und verteilte es.

Am Abend klebte Elisabeths Körper vor Schweiß und Schmutz. Sie dachte an den See, der kühl und grün zwischen den Bäumen lag.

Und als der Pole vorschlug, schwimmen zu gehen, stimmte sie begeistert zu.

Die Mädchen sahen sie an, halb entgeistert, halb amüsiert.

»Mir doch ned«, sagte Erna. »D' Männer.«

Xavers Mundwinkel wanderten nach oben, kaum merklich, aber Elisabeth sah es.

Es ärgerte sie, dieses Grinsen. Als man sich nach dem Abendessen zum Karteln zusammensetzte, massierte sie sich mit den Zeigefingern die Schläfen und verzog das Gesicht.

»Ich hab Kopfweh«, sagte sie. »Ich geh schlafen.«

Aber sie ging nicht in ihre Kammer, sondern schlich sich vom Hof und lief zum Wäldchen.

Der See lag wie immer einsam und verlassen da. Samtgrün glänzte die Wasseroberfläche in der Abendsonne, die nicht vor zehn Uhr untergehen würde. In den Baumwipfeln kicherten Vögel. Elisabeth zog sich bis auf die Unterwäsche aus und rannte ins Wasser. Nach ein paar Metern ließ sie sich nach vorn fallen, bevor ihr Bedenken kommen konnten.

Als sie ins Tiefe kam, hatte sie einen Moment lang Panik, dass sie untergehen und ertrinken könnte. Aber ihr Körper erinnerte sich an alles. Sie schwamm zweimal über den See, dann ging sie zurück zu ihren Sachen.

Und daneben saß Xaver.

19

Elisabeth war kein bisschen überrascht, dass er hier war. Wenn er nicht gekommen wäre, wäre sie enttäuscht gewesen.

Dennoch tat sie, als habe sie ihn nicht gesehen, und zog sich schweigend an. Warf den Kopf in den Nacken und wollte los, aber nun streckte er ihr wortlos seine Zigarettenpackung hin.

Lucky Strike, die hatte bestimmt einer der Hamsterer auf dem Hof gelassen. Für eine Packung Lucky Strike gab es zwei Hühner oder fünf Laib Brot.

Sie fischte eine Zigarette aus der Schachtel, obwohl sie gar nicht rauchte. Als er ihr Feuer gab, dachte sie an ihre Mutter, die ihr jede Woche zwei Briefe schickte. Postlagernd. Elisabeth hatte ihr gesagt, dass es einfacher sei, die Briefe vor der Arbeit abzuholen – das Rathaus lag ja gleich neben der Post.

Frau Sonne wohnte jetzt bei ihrem Ohlenforst, wahrscheinlich planten sie schon die Hochzeit.

Er ist der beste Mann, den man sich vorstellen kann, schrieb Frau Sonne. *So großzügig und klug. Ich kann es kaum erwarten, bis ihr euch kennenlernt.* Jedes Mal bestellte sie die herzlichsten Grüße an die Pfarrersfamilie. *Ich bin Frau Nolting zu größtem Dank verpflichtet, dass sie sich so gut um dich kümmert*, schrieb sie. *Ich hoffe, du revanchierst dich bei ihr für die Gastfreundschaft, indem du fleißig mithilfst. Und die Lebensmittel von den Amis helfen sicher auch.*

Wenn Mutter mich jetzt sehen könnte, dachte Elisabeth, während sie den Rauch einatmete und dann langsam wieder ausblies. Sie spürte ein Kratzen im Hals, ein Brennen in den Augen. Bloß nicht husten.

Ihre Haare waren nass, und ihre dünne Sommerbluse klebte auf ihrer feuchten Haut. Sei's drum, im Gegensatz zu Rosel gab es bei ihr nicht viel zu glotzen.

»Schee, oder?«, sagte Xaver leise. Sein Blick war auf das Wasser gerichtet, über dem die Mücken tanzten.

Von nun an trafen sie sich mehrmals die Woche am See. Elisabeth schützte Kopfschmerzen oder Müdigkeit vor und huschte vom Hof in den Wald, und Xaver folgte ihr.

Wenn sie aus dem Wasser kam, war er da und wartete auf sie. Sie rauchten eine Zigarette zusammen und gingen nacheinander zurück. Elisabeth zuerst, Xaver später.

Erst beim dritten oder vierten Mal legte er den Arm um sie, zog sie an sich und küsste sie. Mit beiden Händen umfasste er ihr Gesicht. Seine Finger waren schwielig und seine Hände viel größer und kräftiger als die von Rüdiger, aber er brauchte die Kraft gar nicht, die in ihnen steckte. Sie wehrte sich nicht, sie hielt ganz still.

Mit seiner Zunge drang er in ihren Mund, und seine Hände glitten über ihren Körper, über ihren Hals, ihre breiten Schultern, ihre kleinen Brüste, die Brustwarzen hart vor Verlangen.

Eines führte zum anderen wie die Glieder einer Kette. Am nächsten Abend zog er ihr die nasse Unterwäsche aus. Er berührte sie überall, und sie berührte ihn.

Als er das erste Mal in sie eindrang, tat es so weh, dass sie aufschrie. Xaver küsste ihre Tränen weg und fuhr mit seinen rauen Fingern über ihre Wangen. Beim zweiten Mal war es schon besser.

Elisabeth fieberte den ganzen Tag auf die geheimen Treffen am See hin und wusste, dass es ihm genauso ging, obwohl sie nicht darüber sprachen. Sie redeten überhaupt sehr wenig. Wenn sich ihre Blicke trafen, auf dem Feld oder bei Tisch, senkten sie schnell die Köpfe. Sie hatten beide Angst, dass ihnen jemand die Lust ansah, die sie beherrschte.

Der Hof, die Arbeit, das Dorf, das alles spielte keine Rolle, wenn sie zusammen waren. Rosel und Rüdiger schon gar nicht.

Den ganzen Sommer ging es so.

Eines Abends kam Elisabeth mit einer Schubkarre voller Mist aus dem Stall und sah die Frau neben dem Brunnen stehen und sich suchend umblicken. Sie brauchte einen Moment, bis sie Frau Koziol erkannte. Ihr zotteliges Haar war unter einem Kopftuch versteckt, und sie war auch ein bisschen dicker geworden.

Frau Koziol erkundigte sich erst nach Elisabeths Befinden, dann streckte sie ihr zwei Briefumschläge hin. »Das ist für dich angekommen.«

Elisabeth nahm die Briefe und sah die Handschrift. Es war ein Gefühl, als ob ihr jemand die Beine weggeschlagen hätte. Sie wankte zur Scheunentür und lehnte sich dagegen.

»Der erste kam schon vor ein paar Wochen«, sagte die Koziol. »Also, im Juli. Die Block hat ihn angenommen und dann vergessen, er lag die ganze Zeit im Schulhaus. Erst als gestern der zweite Brief kam, ist ihr der erste wieder eingefallen.«

Prisoner of War war oben auf die Umschläge gedruckt. Und darunter stand in Handschrift:

To

Elisabeth Sonne

Schulhaus

Weilerbach Kreis Schwäbisch Gmünd

Germany

»Von wem sind die Briefe denn?«, fragte Frau Koziol. »Familie?«

Elisabeth drehte einen Umschlag um. Kein Absender. Sie brauchte auch keinen, sie kannte ja die Schrift. Sie öffnete den Mund, wollte etwas entgegnen und brachte keinen Laut heraus. Es kostete sie sehr viel Kraft, die Briefe nicht fallen zu lassen.

Als die Koziol weg war, rannte sie nach oben in ihre Kammer. Sie riss zuerst den Brief vom Juli auf, der mehr als sieben Wochen im Schulhaus gelegen hatte.

Geliebte Elisabeth,

ich hoffe und bete, dass Dich diese Zeilen erreichen. Ich bin in Kriegsgefangenschaft geraten, man hat mich nach Illinois, USA gebracht. Es geht mir … die nächsten Worte waren geschwärzt worden … *Ich und meine Kameraden verbringen die Tage damit …* die nächsten Zeilen hatte man ebenfalls mit dicken schwarzen Balken unleserlich gemacht.
Wann ich hier entlassen werde und wieder nach Hause darf, steht in den Sternen. Ich hoffe, recht bald, denn ich sehne mich unendlich danach, euch alle wiederzusehen. Es ist eine rohe, grausame Welt! Sei umarmt, meine liebe Freundin, und bete für mich, wie auch ich für Deine Gesundheit bete.
Dein treuer Freund
Rüdiger

Danach öffnete sie den zweiten Brief.

Liebste Elisabeth,

hat Dich mein Schreiben vom Juni nicht erreicht? Ich habe sehnlichst auf Nachricht von Dir gewartet und bin sehr beunruhigt darüber. Von Mutter habe ich gehört, dass Du Dich gänzlich von ihnen zurückgezogen hast. Es schmerzt mich tief, sollte ich Dich nicht mehr an meiner Seite wissen dürfen. Bitte schreib mir!
Dein treuer Freund

P.S.: Ich bin wohlauf und einigermaßen gesund und guten Mutes, dass mein Aufenthalt im Lager sich seinem Ende zuneigt.

Mit zitternden Fingern legte Elisabeth die beiden Briefe nebeneinander auf ihr Bett.

Das erste Schreiben war vom 30. Juni, das zweite vom 19. August.

Und natürlich hatte Rüdiger nicht nur an sie geschrieben, sondern auch an seine Familie. Ganz offensichtlich hatte er sich nach Elisabeth erkundigt, sonst hätte Frau Nolting sie in ihrer Antwort an ihn ja nicht erwähnt.

Elisabeth hob den Kopf und starrte auf einen länglichen Wasserfleck, der sich im Putz über ihrem Bett abzeichnete. Jeden Sonntag sah sie Frau Nolting und Susanne im Gottesdienst. Sie grüßten sich und wechselten ein paar Worte. Es ging immer um Belangloses, das Wetter, den Bibelkreis und wann die Schule wieder losginge.

Seit sie sich mit Xaver am See traf, hatte Elisabeth aufgehört, sich nach Rüdiger zu erkundigen. Sie las auch seine alten Briefe nicht mehr. Wann immer er in ihrer Erinnerung auftauchte, verdrängte sie ihn. Mit dem, was sie mit Xaver machte, wollte sie ihn nicht in Verbindung bringen.

Frau Nolting und Susanne hatten es auch nicht für nötig befunden, Elisabeth zu erzählen, dass Rüdiger am Leben war.

Elisabeth hatte nie mit Susanne über ihre Gefühle für ihren Bruder gesprochen. Im Gegenteil, sie hatte alles getan, ihre Liebe zu verbergen. Vielleicht hatte Susanne keine Ahnung, was Elisabeth für Rüdiger empfand.

Empfunden hatte, korrigierte sie sich in Gedanken.

Denn was auch immer zwischen ihr und Rüdiger gewesen war, es war vorbei.

Sie hatte ihn so geliebt, seine Empfindsamkeit, seine Zartheit, seine poetischen Briefe. Seine Familie, vor allem die. Aber dann war Elmar gefallen, Pastor Nolting ermordet worden und Frau Nolting in ihrem Kummer erstarrt.

Und Xaver hatte ihr das Schwimmen beigebracht.

Nun gab Elisabeth Xaver alles, was sie Rüdiger gerne gegeben hätte, aber er hatte es nicht gewollt.

Sie schloss die Augen und dachte an Xavers Arme, die sie hielten. Ihre nackten Körper, die zuckenden, keuchenden Bewegungen, ihre Gier aufeinander. Seine Bartstoppeln kratzten an den Innenseiten ihrer Schenkel. Er hatte sogar auf dem Rücken Haare.

Es war ehrlicher als all die großen Gefühle, die sie und Rüdiger sich immer beteuert hatten. Immer wenn sie vom See zurück zum Hof lief, sehnte sie sich bereits nach dem nächsten Mal.

Sie knüllte Rüdigers Briefe zusammen und vergrub sie im Misthaufen. Nicht nur die beiden neuen, auch seine alten Briefe warf sie auf den Mist.

Am nächsten Tag ging sie an den See, und als Xaver kam, sagte sie ihm, dass es vorbei war.

»Ich muss zurück nach Düsseldorf«, sagte sie. »Meine Mutter braucht mich.«

»Ond wenn'd hier bleibsch?«, fragte er.

»Als was?«, fragte sie. »Deine Mätresse?«

»Mei Frau.«

Sie dachte an seine Mutter.

Der Xaver isch fei scho' vergäbe, hatte sie Elisabeth am ersten Tag erklärt.

Ich will ihn auch nicht, hatte Elisabeth ihr geantwortet. Das war gelogen und war doch auch wahr. Sie wollte Xaver nicht zum Mann, sie wollte keine Bäuerin werden, und sie wollte auch nicht den Rest ihres Lebens in Weilerbach verbringen. Sie gehörte nicht hierher, und sie wusste, dass das auch für Xaver der ganze Reiz an der Sache war.

Sie schüttelte den Kopf. Wortlos streckte er ihr seine Zigaretten hin. Sie nahm sich eine, und als er ihr Feuer gab, sah sie die Traurigkeit in seinen Augen. Und die Erleichterung.

Elisabeth hatte auf dem Wengert-Hof kaum Geld verdient, aber die wenigen Groschen hatte sie gespart, was hätte sie auch kaufen sollen. Mehr als genug für eine Fahrkarte nach Düsseldorf.

Sie besorgte sich eine Reiseerlaubnis und schrieb ihrer Mutter.

Xaver brachte sie nach Gmünd zum Zug. Er trug ihr den Koffer ins Abteil und gab ihr zum Abschied die Hand.

»Alles Gute«, sagte er.

»Für dich auch«, erwiderte sie.

Elisabeth hätte ihn gerne geküsst, aber so nah waren sie sich dann doch nicht.

20

Essen, 1962

Hedwig war außer sich vor Glück, als ihr Martin und Betty die frohe Botschaft überbrachten. Und auch Tante Erika und Onkel Albert, Hartmut und Annemarie und Klaus und Sieglinde freuten sich mit ihnen. Sieglinde war ebenfalls schwanger, sie hatte zwei Monate Vorsprung vor Betty und begann sie sofort mit guten Ratschlägen zu überhäufen, als hätte sie schon drei Kinder zur Welt gebracht und großgezogen.

Nur Gabriele reagierte seltsam reserviert, als Betty ihr von ihrer Schwangerschaft erzählte.

»Na siehst du«, sagte sie. »Hat es also doch geklappt.«

»Ich hab gar nicht mehr damit gerechnet«, antwortete Betty. »Ich bin so glücklich. Und Martin erst. Er schwebt über allen Wolken.«

»Das freut mich für euch.« Gabriele schenkte Betty Kaffee ein, den diese nicht trinken würde. Kaffee löste bei ihr Sodbrennen aus, ganz abgesehen davon, dass sie Gabrieles schwarzes Gebräu ohnehin nicht mochte.

Gelegentliches Sodbrennen war die einzige unangenehme Nebenwirkung, die die Schwangerschaft bis jetzt mit sich gebracht hatte. Betty war kein Mal schlecht geworden, sie fühlte sich auch nicht schlapp und müde oder litt unter Stimmungsschwankungen.

Allerdings hatte sich ihr Geruchssinn unglaublich verschärft, seit sie in anderen Umständen war. Betty hatte immer eine sensible Nase gehabt, aber nun nahm sie die unglaublichsten Nuancen wahr. Den Schweißgeruch eines Mannes, der zwei Reihen vor ihr in der Straßenbahn saß. Den Duft von Rosen, noch bevor sie um die Straßenecke gebogen war und den Blumenladen zu Gesicht bekam. Den Geruch von fremden Frauen an Martin.

Wenn er von der Arbeit nach Hause kam, roch sie die Sandelholznote von Fräulein Leyensiepers Parfüm oder das süßliche Maiglöckchenaroma von Fräulein Walters Deodorant. Jedenfalls bildete sich Betty ein, dass die Sandelholznote zu Fräulein Leyensieper gehörte und der Maiglöckchenduft zu Fräulein Walter, vielleicht war es auch andersrum.

Manchmal, wenn es spät bei ihm geworden war, roch sie auch etwas anderes. Den Duft von überreifem Obst, von Fleisch, von nassem Laub. Den Geruch, den sie selbst ausströmte, wenn sie mit Martin geschlafen hatte.

Seit Martin wusste, dass sie schwanger war, liebten sie sich kaum noch. Ich habe immer das Gefühl, dass uns jemand zusieht, sagte er. Unser eigenes Kind. Das geht doch nicht, dass einem das eigene Kind bei so was zusieht.

Sie wollte aber mit ihm schlafen. Sie vermisste seine Zärtlichkeiten, und sie hatte Angst, dass er sich anderen Frauen zuwenden würde, wenn sie ihm nicht mehr zur Verfügung stand. Vielleicht war es schon passiert, er hatte sich eine Geliebte genommen, die mit ihm machte, was er früher mit Betty gemacht hatte.

»Im April kommt das Kind, sagst du?«, fragte Gabriele jetzt. »Na, da wird sich ja einiges für euch ändern.«

»Das meine ich auch. Dann werden wir eine richtige Familie.«

»Du wirst nachts keine Ruhe mehr finden. Mach dich schon mal auf schlaflose Nächte gefasst. Bei Karlheinz' Schwester hat es drei Jahre gedauert, bis der Kleine durchgeschlafen hat. Sie hätte ihn gerne wieder zurückgegeben, aber die Frist war leider schon abgelaufen.«

»Warum sagst du das?«, fragte Betty.

»Was?« Gabriele sah sie überrascht an. »Hörst du das etwa zum ersten Mal, dass Kinder die Nächte durchbrüllen?« Sie stand mit dem Rücken zur Spüle, in der sich schmutzige Töpfe und Teller stapelten. Betty kam nur noch selten in Gabrieles Wohnung, meistens trafen sie sich oben in ihrer Küche, in der es immer aufgeräumt und gemütlich war. Auch wenn sie sich abends zu viert verabredeten, um Karten zu spielen oder ein Glas Wein zu trinken, kamen die Ansbachs zu Betty und Martin. »Das nächste Mal besucht ihr uns«, sagte Gabriele jedes Mal, wenn sie sich verabschiedeten. »Wir müssen uns doch auch mal revanchieren.«

»Das ist doch kein Problem«, erwiderte Betty dann. »Ich habe den ganzen Tag Zeit, alles vorzubereiten, und du gehst arbeiten.«

Aber heute hatte sie bei Gabriele geklingelt, um ihr die guten Neuigkeiten zu überbringen, und hatte sie ganz offensichtlich auf dem falschen Fuß erwischt.

Es war Donnerstag, da musste Gabriele erst mittags zur Arbeit, den Vormittag nutzte sie immer für den Haushalt. Das behauptete sie jedenfalls, aber jetzt war es bereits elf, und Gabriele war noch nicht einmal angezogen. Sie trug einen leuchtend roten Morgenmantel, der mit schimmernden Drachen bedruckt war. Er hatte keine Knöpfe und wurde nur von einem breiten Gürtel zusammengehalten. Jedes Mal wenn Gabriele sich bewegte, erhaschte man einen Blick auf ihre üppigen Brüste, auf ihre gebräunten Schenkel oder die runden Waden. Sie war noch ungeschminkt und sah dennoch perfekt aus. Ihre Wangen waren gerötet, die ungetuschten Wimpern lang, dicht und sanft gebogen, die vollen Lippen glänzten wie reife Kirschen. Ihre Augenbrauen bildeten zwei perfekte Bögen, wie mit einem Tuschepinsel gezogen, an der Nasenwurzel waren sie dick und kraftvoll und endeten in einem sanften Schwung an den Schläfen.

»Ich warte jetzt erst einmal ab, bis das Kind auf der Welt ist«, sagte Betty und erhob sich, »und dann werden wir schon sehen. Wer weiß, vielleicht schläft es ja vom ersten Tag an durch. So etwas soll es auch geben.«

Gabriele lachte laut. Und öffnete den Mund, um etwas Spöttisches zu entgegnen, aber Betty hatte genug.

»Ich muss los«, sagte sie. »Und du hast ja auch noch einiges zu tun.«

Sie ging in großen Schritten zur Tür, aber sie kam nicht weit. Gabriele streckte ihren Arm aus und hielt sie fest. Dabei verrutschte ihr Morgenmantel und enthüllte ihre rechte Schulter. Sie war rund und braun wie Mokkacreme.

»Bleib«, sagte Gabriele. »Es tut mir leid.«

»Was denn?« Betty blieb unwillig stehen.

»Alles. Meine dummen Sprüche. Ich wollte dir keine Angst machen.«

»Warum kannst du dich nicht einfach für uns freuen?«, fragte Betty.

Gabriele zog den Morgenmantel nach oben und seufzte. »Das würde ich gerne. Aber es geht nicht. Ich platze vor Neid.«

»Du bist neidisch? Auf Martin und mich? Ich dachte, ihr wollt keine Kinder.«

»Das hab ich nie behauptet. Wir können uns kein Kind leisten, so sieht es aus.«

Betty nagte an ihrer Unterlippe. »Karlheinz ist doch nun schon eine ganze Weile bei Krupp. Vielleicht bekommt er ja doch bald eine Zulage. Sie sind doch zufrieden mit ihm, oder?«

Gabriele angelte nach ihren Zigaretten, die auf dem Fensterbrett lagen, und zündete sich eine an. »Ich glaube schon«, sagte sie, nachdem sie den Rauch ausgestoßen hatte. »Aber es reicht hinten und vorne nicht.«

»Habt ihr denn schon einmal darüber nachgedacht umzuziehen? Die Wohnungen hier im Haus sind teuer, ihr findet doch bestimmt etwas Günstigeres. Auch wenn wir euch natürlich schrecklich vermissen würden.«

Gabriele lachte, als wäre das ein absurder Witz.

»Wo ein Wille ist, da ist auch ein Weg«, beharrte Betty. »Ich bin mir ganz sicher …«

»Genau«, unterbrach sie Gabriele. Sie hatte erst zwei Züge von ihrer Zigarette genommen, aber nun drückte sie sie mit schnellen, wütenden Bewegungen im Aschenbecher aus. »Aber da ist kein Wille.«

Betty runzelte die Stirn. »Gerade eben hast du noch gesagt, dass ihr gerne ein Kind hättet, wenn das Geld reichen würde.«

»Na und? Dann sage ich jetzt eben etwas anderes«, entgegnete Gabriele scharf.

Betty hatte jetzt endgültig genug. »Warum beruhigst du dich nicht erst mal? Kannst mich ja besuchen, wenn du wieder bessere Laune hast.«

Diesmal machte Gabriele keine Anstalten, sie aufzuhalten. Ihr Feuerzeug klickte auf, sie zündete sich eine neue Zigarette an.

Betty war schon im Flur, als sie Gabriele aufschluchzen hörte. Überrascht blieb sie stehen.

Gabriele in Tränen. Das war neu. Sie war stolz, spöttisch, verächtlich, überheblich, manchmal auch unvernünftig und kopflos. Aber sie weinte nicht, nie.

»Gabriele?«

Keine Antwort. Gabriele musste gemerkt haben, dass Betty die Wohnung nicht verlassen hatte. Warum sagte sie nichts?

Betty zögerte noch einen Moment, dann ging sie zurück.

Gabrieles Hand zitterte, als sie ihre Zigarette zum Mund führte. Betty goss ihr frischen Kaffee ein, nahm sich selbst ein Glas Wasser, trank und wartete, während Gabriele rauchte. Es dauerte eine ganze Weile, bis sie zu sprechen begann.

»Ich liebe ihn nicht«, sagte sie, den Blick auf die Glut ihrer Zigarette gerichtet. »Das ist das ganze Problem. Es war dumm von mir, ihn zu heiraten. Hab mir selbst mein Leben verpfuscht.«

Betty ging zum Wasserhahn und füllte ihr Glas von Neuem, um Zeit zu gewinnen. Gabriele und Karlheinz waren vollkommen unterschiedlich, das entging niemandem, das hatte auch Martin sofort festgestellt, als Betty ihm die beiden vorgestellt hatte.

Ein ungleiches Paar, hatte er gesagt. Aber so wird es ihnen zumindest nicht langweilig. Gegensätze ziehen sich an. Auch Betty hatte das am Anfang immer geglaubt. Aber inzwischen bezweifelte sie, dass Gabriele und Karlheinz sich wirklich anzogen. Es war nicht so, dass sie sich ständig über den Mund fuhren, wie Annemarie und Hartmut das taten. Gabriele und Karlheinz stritten sich nicht. Sie ignorierten sich.

Als die beiden letzten Samstag bei Betty und Martin gewesen waren, war das Gespräch auf die Politik gekommen. Martin hatte erzählt, dass Krupp ein Riesengeschäft mit der Ostzone abgewickelt hatte, in den nächsten Jahren würden Tonnen von Kruppstahl in die DDR geschafft werden.

»Mit den besten Grüßen vom Klassenfeind«, sagte Martin. »Ohne uns wären die Genossen geliefert. Aber zugegeben wird es natürlich nicht, dass der Stahl von Krupp kommt.«

»Die armen Schweine da drüben«, sagte Gabriele. »Vor ein paar Wochen haben sie wieder einen erschossen, der über die Mauer wollte. Die wären sofort alle weg, wenn die Grenze nicht wäre.«

»Ulbricht, Chruschtschow, Castro, steck sie in einen Sack und hau mit dem Knüppel drauf. Es erwischt immer den Richtigen«, sagte Martin und zündete sich eine Zigarette an.

»Adenauer nicht zu vergessen«, sagte Karlheinz.

»Na, Adenauer hat auch seine Fehler. Aber die anderen sind wirklich schlimmer, das muss man schon voneinander trennen«, sagte Martin.

»Meinetwegen. Kommunisten sind sie jedenfalls alle«, erklärte Karlheinz.

Als er merkte, dass ihn alle verständnislos anstarrten, lachte er in sich hinein, als ob er einen Witz gemacht hätte. Aber es war kein Witz gewesen, da war Betty sich sicher. Er hatte keine Ahnung von Politik, wofür Adenauer stand, was Kommunismus bedeutete.

Sie wechselten das Thema, Martin und Karlheinz sprachen über Fußball, da kannte Karlheinz sich bestens aus, Betty und Gabriele redeten über Frau Storz, die nun schon zum zweiten Mal laut darüber nachgedacht hatte, ob sie die Bäckerei nicht vielleicht verkaufen sollte, sie sei schließlich nicht mehr die Jüngste.

»Das wäre eine Katastrophe«, sagte Gabriele.

»Mach dir keine Sorgen. Wer immer die Bäckerei kauft, würde dich sofort übernehmen«, beschwichtigte Betty sie. »Du bist doch das beste Pferd im Stall.«

Gabriele nickte, aber Betty kannte sie gut genug, um zu merken, dass sie ihr gar nicht richtig zuhörte. Sie war mit ihren Gedanken woanders.

Sie schämt sich für ihren Mann, dachte Betty, während sie an ihrem Wasserglas nippte.

Karlheinz war ein liebenswerter, einfacher, gutmütiger Kerl. Aber er war zu wenig für Gabriele, und sie war zu viel für ihn. Eine Scheidung kam jedoch nicht infrage. Als geschiedene Frau wäre Gabriele ruiniert, Frau Storz würde sie sofort entlassen, tüchtig oder nicht, was sollte denn die Kundschaft sagen. Und danach würde sie so schnell keine neue Anstellung finden. Aber wovon sollte Gabriele dann leben? Sie hatte kein Erspartes, und das Verhältnis zu ihren Eltern war nicht besonders gut, sie würden sie bestimmt nicht durchfüttern.

»Nun wirf bloß die Flinte nicht ins Korn«, sagte Betty jetzt. »Jede Ehe gerät einmal in die Krise. Das Wichtige ist, dass ihr …«

»Ja, ja«, unterbrach sie Gabriele und schüttelte den Kopf. »Ich weiß, du meinst es nur gut, Betty. Aber erspar mir deine Allgemeinplätze, sie helfen mir nicht.«

»Was hilft dir denn?«, fragte Betty und stützte sich mit beiden Händen auf die Lehne des Stuhles vor ihr. »Hier herumzusitzen und zu rauchen und dich selbst zu bemitleiden? Das bringt dich auch nicht weiter. Wenn es wirklich so schlimm und ausweglos ist, wie du glaubst, müsst ihr euch scheiden lassen. Aber ich muss dir ja wohl nicht erklären, dass die Frau dabei immer den Kürzeren zieht. Am Ende hast du noch weniger Geld als jetzt, und dein Ruf ist ruiniert. Willst du das?«

Gabriele zuckte mit den Schultern.

»Hast du einen anderen?«, fragte Betty misstrauisch.

Gabriele verdrehte die Augen. »Wie sollte ich das denn anstellen? Ich arbeite den ganzen Tag, hast du das vergessen? Ich hab gar keine Zeit, mir einen Liebhaber anzulachen.« Sie zog eine Grimasse. »Außerdem hab ich genug von den Männern. Ich brauch keinen Neuen, ich will nur den Alten loswerden.«

»Was wirst du tun?«, fragte Betty.

»Wenn ich das mal wüsste.«

Kommt Zeit, kommt Rat, dachte Betty. Halt die Ohren steif, lass dich nicht unterkriegen. Es war fürchterlich, sie hatte wirklich nichts als Floskeln im Kopf. Sie trat ans Fenster, durch das man auf die Rückseite des Nachbarhauses blickte. Hinter der Mauer schlug Herr Kärcher gerade seine Frau, die ihn einen Schlappschwanz genannt hatte. Noch vor ein paar Jahren waren sie verrückt nacheinander gewesen, nun war nur noch Herr Kärcher verrückt, und seine Frau hatte einen anderen.

»Vielleicht musst du einfach durchhalten«, sagte Betty. »Manchmal passiert plötzlich etwas, mit dem man gar nicht gerechnet hat. Und das Leben verändert sich ganz von allein.«

Ihr waren damals die Noltings passiert. Und später Xaver. Dadurch hatte sich ihr Leben von Grund auf verändert, aber verbessert hatte es sich nicht.

»Wenn du denkst, es geht nicht mehr, kommt von irgendwo ein Lichtlein her«, sagte Gabriele, aber diesmal schwang kein Spott in ihrer Stimme mit. »Man kann sich aber nicht darauf verlassen, dass etwas passiert.«

»Nein. Leider nicht.«

Gabriele drückte die Zigarette aus und leerte ihre Kaffeetasse.

»Danke«, sagte sie dann.

»Wofür?«

»Dass du mir eine Freundin bist.«

Die Schwestern hatten allzu enge Verbindungen zwischen den Mädchen mit großem Argwohn beobachtet, aus einer großen Freundschaft entwickelt sich schnell eine große Zwietracht, sagten sie. War Gabriele Bettys Freundin? Das Wort fühlte sich seltsam an, wie ein Kleidungsstück, das nicht zu Betty passte.

Aber es gefiel ihr.

21

Düsseldorf, 1945

Düsseldorf war am Boden zerstört. Seit geraumer Zeit ratterte der Zug nun schon an Steinhaufen und Ruinen vorbei. Hier und da stieg Qualm aus leeren Fensterhöhlen und Löchern, als wären die feindlichen Jagdgeschwader gerade erst abgezogen. Aber vermutlich kochte jemand in den Ruinen Kartoffeln oder Steckrüben.

Gerade hatte der Zug in Benrath gehalten, die nächste Station war der Düsseldorfer Bahnhof. Elisabeth stand auf, um ihren Koffer aus dem Gepäcknetz zu holen.

»Warten Sie, ich helfe Ihnen.« Der dicke Mann, der ihr seit Frankfurt gegenübergesessen hatte, sprang ebenfalls auf. Bevor sie widersprechen konnte, hatte er damit begonnen, ihren Koffer aus der Ablage zu wuchten. Allerdings konnte er nicht damit rechnen, wie schwer er war.

Xavers Mutter hatte ihn mit Würsten, Speck, hart gekochten Eiern, Mehl und Kartoffeln gefüllt. Elisabeth war ganz sprachlos gewesen über so viel Großzügigkeit.

»Du hosch ja au feschde mitgschafft«, winkte Frau Wengert ab, als sie sich bei ihr bedankte. Vielleicht war sie aber auch einfach nur froh, Elisabeth endlich los zu sein.

»Ach, verdammt!«

Der Koffer knallte vor Elisabeths Füßen zu Boden, und im selben Moment hielt der Zug an. Mitten auf der Strecke. Natürlich war nicht der Koffer daran schuld.

Es war auch nicht der erste Stopp. Die ganze Fahrt war eine Tortur gewesen. In Mannheim hatte Elisabeth drei Stunden auf den Anschlusszug nach Düsseldorf gewartet. Als er endlich gekommen war, hatte man sie gar nicht einsteigen lassen wollen, so hoffnungslos überfüllt waren die Waggons. Sie hatte es aber doch noch geschafft, sich in ein Abteil zu quetschen, das eigentlich sechs Sitzplätze bot und in dem sich nun acht Erwachsene und zwei schreiende Kleinkinder zusammenquetschten.

»Was ist denn jetzt schon wieder los?«, stöhnte die ältere Dame, die am Fenster saß. »Warum halten wir?«

»Wahrscheinlich sind die Briketts alle«, sagte der Dicke.

Keiner lachte.

Elisabeth hievte ihren Koffer auf den Flur, wo sie noch eine gute halbe Stunde ausharren musste, bevor sich der Zug endlich wieder in Bewegung setzte.

In der Bahnhofshalle wartete Frau Sonne auf sie, obwohl der Zug vier Stunden Verspätung hatte.

Als Elisabeths Vater noch am Leben gewesen war, war sie eine elegante Erscheinung gewesen. Onduliertes Haar, polierte Schuhe, Hüte nach der neuesten Mode.

Nach der Todesnachricht hatte sie nicht mehr auf ihr Äußeres geachtet. In Weilerbach hatte sie sich an manchen Tagen nicht einmal die Haare gekämmt.

Heute hatte sie sich sichtlich Mühe gegeben. Ihr Haar war mit einer Schildpattspange zusammengesteckt, darüber trug sie einen flachen Hut mit einer kleinen Krempe. Sie hatte einen recht verschossenen Mantel an und abgetretene Schuhe mit kleinen Absätzen, beides musste sie in Düsseldorf gekauft haben.

Und sie sah so furchtbar aus, dass Elisabeth erschrak.

Frau Sonnes Nase stach aus ihrem blassen Gesicht wie ein Schnabel, die Lippen waren blutleer, die Augen schienen enger zusammengerückt zu sein.

Sie umarmten sich. Elisabeth, die in den letzten Monaten nur sehr selten an ihre Mutter gedacht hatte, spürte die Knochen unter ihrer Haut und machte sich sofort wieder Vorwürfe, dass sie sie damals allein hatte abreisen lassen.

Frau Sonne war dagegen erleichtert. Elisabeth war braungebrannt, wohlgenährt und gesund. »Vielleicht hättest du in Weilerbach bleiben sollen«, sagte sie. »Das Leben hier in der Stadt ist wirklich erbärmlich.«

»Auf dem Land ist auch nicht alles eitel Sonnenschein«, sagte Elisabeth, obwohl in den letzten Wochen fast durchgehend die Sonne geschienen hatte.

Der Düsseldorfer Bahnhof war erst vor einem Jahrzehnt neu errichtet und eingeweiht worden. Herr Sonne war damals hin und weg gewesen von der modernen, klaren Architektur.

Aber im Krieg hatte der Bahnhof seinen Stolz verloren. Vier Moskitobomber mit gläsernen Nasen hatten ihn ihm genommen. Nun war der Turm oben ausgefranst und die Halle daneben schwarz von Ruß und zusammengeflickt wie Frau Koziols Socken.

Die alten Gebäude mit ihren Gründerzeitfassaden, die den Bahnhofsvorplatz einrahmten, sahen auch nicht besser aus. Das früher so elegante Bahnhof-Hotel war nur noch Fassade, das Eingangsportal gähnte zahnlos, und aus dem Dach ragten Stahlstreben.

»Wir müssen ein ganzes Stück zu Fuß«, sagte Frau Sonne. »Die Straßenbahn fährt erst ab Graf-Adolf-Platz.«

»Wo ist das denn?«, fragte Elisabeth.

»Adolf-Hitler-Platz. Die Engländer haben überall die alten Namen wieder eingeführt. Man kennt sich in der eigenen Stadt nicht mehr aus.«

Die Hermann-Göring-Straße hieß jetzt Benrather Straße, der Horst-Wessel-Platz Worringer Platz, und die Schlageter-Siedlung hatten die Engländer in Golzheimer Siedlung umbenannt. Aber die Stadt war ja ohnehin ein einziges Trümmerfeld, sodass man eigentlich gar keine Straßennamen brauchte.

Elisabeths Hände brannten, sie hatte das Gefühl, dass ihre Arme langsam aus den Gelenken gezogen wurden und immer länger wurden. Der Koffer war so verflucht schwer. Ihre Mutter hatte ihn keine drei Meter weit gebracht, als sie ihn Elisabeth vorhin abgenommen hatte. Aber Elisabeth war stark nach den Monaten auf dem Bauernhof.

Sie schleppte den Koffer durch die kariöse Stadt, an einer langen Schlange vorbei, die sich vor einem Lebensmittelgeschäft aufreihte. Die Leute standen so dicht hintereinander, als wären sie zusammengenäht.

Dann kam der Europa-Palast, da hatte Elisabeth als Kind *Schneewittchen* gesehen. Der Vater hatte sie hingebracht und auch wieder abgeholt, das war ihr im Gedächtnis geblieben. Und dass sie danach wochenlang keine Äpfel gegessen hatte, weil sie Angst hatte, sie könnten ihr in der Kehle stecken bleiben. Oben an der Hausfassade prangte noch die Neon-Reklame, *uropa-Palast-Theater*, stand da in schwungvoller Leuchtschrift, das E war wohl im Krieg gefallen.

In der Straßenbahn ließ sich Frau Sonne keuchend auf einen Holzsitz fallen, sie war bleich und erschöpft, als hätte sie den Koffer den ganzen Weg geschleppt.

»Du gefällst mir gar nicht«, sagte Elisabeth. »Kümmert sich dein Ohlenforst denn ordentlich um dich?«

»Aber natürlich!« Frau Sonne sah sie entgeistert an. »Wo denkst du hin. Er passt gut auf, dass ich mich nicht übernehme. Ich hätte auf dem Bau anfangen können, aber das wollte er durchaus nicht erlauben. Das wär ja noch schöner, wenn meine Frau arbeiten geht, hat er gesagt.«

»Meine Frau?«, wiederholte Elisabeth. »Habt ihr geheiratet?«

»Nicht doch.« Frau Sonne lachte nervös. »Davon hätte ich dir ja wohl erzählt.«

Ihr bleiches Gesicht verfärbte sich rot, sie senkte jetzt auch den Blick auf ihre Schuhe. »Es wird auch erst mal nicht dazu kommen.«

»Wozu wird es nicht kommen?«, fragte Elisabeth und setzte sich neben Frau Sonne auf den Sitz.

»Wir werden uns nicht so bald verheiraten«, wisperte ihre Mutter ihr zu. »Sonst verliere ich doch die Witwenrente, und das wäre schwierig.«

Ihre mageren Hände krampften sich in ihrem Schoß zusammen. Mit einem Mann zusammenzuleben, mit dem sie nicht verheiratet war, das widerstrebte ihr zutiefst. Ob das Ganze ihre Idee oder auf Ohlenforsts Mist gewachsen war?

Elisabeth griff nach ihren knochigen Fingern und drückte sie. »Die Zeiten werden auch wieder besser.«

Die Skagerrak-Brücke nach Oberkassel war im März von der Wehrmacht gesprengt worden, ein paar Wochen bevor die Alliierten erst die linksrheinischen Stadtteile und dann auch den Rest von Düsseldorf besetzt hatten. Noch in der letzten Woche hatte man mit Fährschiffen übersetzen müssen, erzählte Frau Sonne, aber nun hatten die Briten eine Ponton-Brücke gebaut, vorgestern war sie eröffnet worden. Die Straßenbahn führte natürlich nicht hinüber, Elisabeth und ihre Mutter mussten wieder aussteigen und den Rest der Strecke zu Fuß gehen.

Glücklicherweise war es nicht mehr weit.

Die Wohnung befand sich in einem schönen großen Haus, dessen blaue Fassade keinerlei Kriegsschäden zeigte. Auf dem Metallschild neben der Klingel, die Frau Sonne drückte, stand nur der Name Ohlenforst.

Im Hochparterre wartete er in der offenen Wohnungstür. Ein großer, schwerer Mann mit dichtem weißem Haar, der Elisabeth jetzt die Hand entgegenstreckte.

»Guten Tag, guten Tag!«, sagte er jovial. »Je später der Abend, desto lieber die Gäste.«

Frau Sonne lachte laut, als wäre das ein besonders gelungener Scherz.

Herrn Ohlenforsts Hand war eiskalt. Er war so alt, so viel älter als Frau Sonne. Die Falten, die an seinen Mundwinkeln vorbeiliefen, sahen aus wie mit dem Messer gezogen. Seine Augen waren blau, das linke war noch ein bisschen blauer und größer als das rechte und ganz starr, weil es aus Glas war.

»Jetzt habe ich aber einen ordentlichen Hunger.« Herr Ohlenforst klatschte in die Hände und sah dabei Frau Sonne an.

»Da kommen wir ja gerade recht«, sagte sie.

Er hieß Siegfried mit Vornamen, aber Elisabeth sollte ihn Papa nennen, so nannte ihn ihre Mutter auch. Elisabeth brachte das Wort aber nicht über die Lippen, also vermied sie jede Anrede.

Wie alt er war, erfuhr sie nie, er hatte jedoch bereits im letzten Krieg gekämpft, damals war er ein junger Mann gewesen. Danach hatte er es zu einigem Wohlstand gebracht. Die Spuren davon sah man noch in den beiden Zimmern, die er zusammen mit Frau Sonne bewohnte. Das schöne glänzende Wandbüfett, in dem früher sicher einmal wertvolles Porzellan gestanden hatte. Der Kronleuchter unter der Decke. Die Vorhänge aus verblichenem Brokat.

Die Wohnung hatte ursprünglich aus acht Zimmern bestanden, Ohlenforst hatte hier zusammen mit seiner ersten Frau gewohnt, die im ersten Kriegsjahr gestorben war. Danach war die Wohnung geteilt worden. Nebenan wohnten Leute, die Ohlenforst *das Pack* nannte. In seiner Wohnung waren ebenfalls Ausgebombte einquartiert worden, aber nachdem Frau Sonne bei ihm eingezogen war, war man sie glücklicherweise losgeworden.

Die Möbel, die Teppiche, das Geschirr – alles hatten sie in den letzten Monaten für Lebensmittel hergegeben. Nun gab es so gut wie nichts mehr, was sich eintauschen ließ.

Aber jetzt hatten sie ja Elisabeth.

Schon am ersten Abend sprach Ohlenforst von der Arbeit, die sie bald finden würde. »Ein großes, starkes Mädchen wie du wird doch überall gebraucht«, sagte er.

»Elisabeth kann auch Schreibmaschine schreiben und Englisch«, sagte Frau Sonne.

»Ja, aber in der Schreibstube verdient man doch nichts«, erklärte Herr Ohlenforst. »Wenn man jung und kräftig ist, kann man auf jeder Baustelle mit anpacken. Dann gibt es Arbeiterzulage.« Er lächelte Elisabeth aufmunternd zu. Sein linkes Auge lächelte nicht mit.

Die Vermittlungsstelle für Bau- und Trümmerarbeiter war in einem halb zerbombten Gebäude am Burgplatz eingerichtet worden.

Überall standen Eimer herum, das Dach war wohl nicht mehr dicht. Aber heute regnete es zum Glück nicht.

Die Schlange vor dem Schalter war nämlich so lang, dass sie aus dem Gebäude herausführte und auf dem Burgplatz endete.

Elisabeth stellte sich hinten an und gähnte. Obwohl sie nach der langen Reise erschöpft gewesen war, hatte sie schlecht geschlafen. Ihr Bett stand in der ehemaligen Speisekammer neben der Küche. Daneben war das Schlafzimmer von Ohlenforst und ihrer Mutter. Die Wände waren so dünn, dass sie Ohlenforsts lautes Schnarchen hören konnte.

Sie schüttelte eine Lucky Strike aus der Packung, die Xaver ihr zum Abschied gegeben hatte. Gestern Abend hatte sie die Zigaretten nicht rausgeholt. Ihrer Mutter hätte es nicht gefallen, dass Elisabeth rauchte. Und Ohlenforst hätte ihr wahrscheinlich die ganze Packung weggeraucht. Nachdem er schon fast die Hälfte der Lebensmittel vertilgt hatte, die sie aus Weilerbach mitgebracht hatte. Der Mann hatte einen unglaublichen Hunger.

Elisabeth fragte sich, ob er sein Glasauge nachts herausnahm. Und ob er und ihre Mutter … nein, darüber wollte sie nicht nachdenken.

Sie zündete sich eine an, nahm einen tiefen Zug, schloss die Augen und spürte, wie der Rauch ihren Körper füllte. Sie hatte plötzlich das Gefühl, dass Xaver neben ihr stand und sie ansah, liebevoll und spöttisch zugleich.

In einem Jahr würde er seine Rosel heiraten. Weil sie zu ihm passte und zu seinem Hof. Vielleicht würde er manchmal an Elisabeth denken. Oder auch nicht.

»Dat sin dolle Kippe. Spendierse een?«

Elisabeth schlug die Augen wieder auf. Neben ihr stand ein Mädchen und grinste sie mit schief gelegtem Kopf an. Es war ein ganzes Stück kleiner als Elisabeth und hatte wunderschöne rotblonde Locken und blaue Augen. Ein Rauschgoldengel auf dem zerbombten Burgplatz.

Elisabeth betrachtete ihre rot glühende Zigarettenspitze. Sie kannte das Mädchen nicht, und es gefiel ihr nicht, dass es sie einfach so anschnorrte.

»Nu kumm«, sagte das Mädchen. »Wenn de misch en Zirett schenkst, revanchier isch misch.«

»Ach ja?« Elisabeth nahm einen tiefen Zug und stieß einen makellosen Rauchring aus. Das hatte ihr Xaver beigebracht. Der Ring flog wabernd zum Himmel, bis sich seine Konturen auflösten. »Und wie?«

»Ich weeß, wo et Arbitt jüfft.«

»Und wo?«

»Eesch die Zirett.«

Wortlos streckte Elisabeth ihr die Schachtel hin und gab ihr Feuer.

»Ahh.« Das Mädchen blies den Rauch aus der Nase. »Dat ist ja ma wat janz Feines. Wo hässe die her?«

»Hat mir ein Freund geschenkt.«

»Dat muss aber ne joode Fründ sin.« Der Blick wanderte von Elisabeths Gesicht über ihren Körper nach unten und dann wieder nach oben. Und Elisabeth musterte die andere ebenfalls.

Auf den ersten Blick wirkte sie sehr hübsch mit ihren goldenen Locken. Erst wenn man genauer hinsah, merkte man, dass ihre Augen zu weit auseinander standen. Dazwischen tummelten sich unzählige Sommersprossen, wie winzige Dreckspritzer. Sie hatte etwas Lässiges an sich. Dabei war sie ordentlich angezogen, ein langer Faltenrock, darüber eine Bluse, die bis oben hin zugeknöpft war.

»Uschi Schleiermacher«, stellte sie sich jetzt vor.

»Elisabeth Sonne«, sagte Elisabeth. »Was ist jetzt mit dieser Arbeit?«

»Dat kannse verjesse«, sagte Uschi mit einer Kopfbewegung zum Schalter. »Hier schicken se disch bloß zum Steinekloppen. Für fünfzisch Penning die Stunde rackerst du dich doll, und wenn du Pech hast, fällt dir am Ende noch das Haus auf'n Kopp. Nä, dat bruchste nit.«

Sie machte eine bedeutungsschwere Pause, in der sie gierig an ihrer Zigarette zog.

»Und weiter?«, fragte Elisabeth.

»Isch bin beim Ellermann in Derendorf. Schlösser und Beschläje. Da sitzt man schön jemütlich am Fließband. Und et jüfft siebzisch Penning un einen Zuschlach bei ner Sonderschicht.«

»Und die suchen noch jemanden?«

»Ja.« Uschi hatte ihre Zigarette zu Ende geraucht. Sie warf die Kippe auf den Steinboden und trat sie mit der Fußspitze aus. »Drum bin isch hier.« Sie musterte Elisabeth aus schmalen Augen. »Wenn de willst, fängste hütt an.«

Elisabeth zögerte einen Moment. »Also gut«, sagte sie dann.

Sie gingen durch den Hofgarten, den der Krieg genauso verkrüppelt hatte wie den Rest der Stadt. Von den großen Bäumen, die in über hundert Jahren hier gewachsen waren, waren nur noch die Stämme übrig, aus denen traurige Aststümpfe ragten. Einen Teil hatten die Bomben erledigt, den Rest hatten die Düsseldorfer besorgt. Brennholz war knapp in diesen Zeiten.

Elisabeth fühlte sich unbehaglich. Vielleicht brachte Uschi sie gar nicht zu einer Fabrik, vielleicht lockte sie sie in eine Falle. Weil sie die teuren Zigaretten gesehen hatte und hoffte, dass da noch mehr zu holen wäre.

Arbeit am Fließband, so was gab's doch nicht. Die Fabriken waren im Krieg zerstört worden, die wenigsten hatten ihre Produktion wieder aufgenommen. Und überall, wo die Fertigungsbänder wieder zu laufen begannen, standen die Arbeitswilligen Schlange.

»Wo küttst du denn her?«, fragte Uschi.

»Ich bin aus Düsseldorf«, sagte Elisabeth knapp. »Wir waren ein paar Jahre evakuiert. In Süddeutschland.«

»Aha«, sagte Uschi. »Dat hör isch, dat du weg wors. Häss du noch von denne Glimmstängel?«

Elisabeth reichte ihr die Packung und zündete sich dann ebenfalls noch eine Zigarette an.

Es war genau wie in Weilerbach oder Gmünd. Sie fragte sich, ob sie jemals irgendwo dazugehören würde.

Zu ihrer Erleichterung führte Uschi sie nicht in einen Hinterhalt, sondern durch ein Fabriktor, hinter dem eine lang gezogene Fertigungshalle lag, daneben ein Schuppen, der als Verwaltungsgebäude diente. Elisabeth meldete sich in der Schreibstube an, man gab ihr ein Kopftuch, und dann ging es an die Arbeit.

Sie setzte sich vor ein Fließband, auf dem silbrig glänzende Metallwalzen angefahren kamen. Neben ihr stand ein Pappkarton mit Ösen.

»Dat eine muss in et angere«, erklärte Herr Scholl, der Vorarbeiter, und zeigte ihr, wie man die Ösen in die Walzen einhakte.

Danach kam das Ganze wieder zurück aufs Band und glitt weiter zur nächsten Frau, die ein anderes Metallteil anschraubte.

»Janz einfach«, sagte Herr Scholl, nickte ihr noch einmal zu und ließ sie allein.

Es war aber nicht einfach, sondern höllisch schwierig, die Öse in den dafür vorgesehenen Haken zu fummeln. Während Elisabeth noch mit dem ersten Teil kämpfte, kam schon die nächste Walze angerollt, und dahinter tauchte wieder eine auf, und jedes Mal musste sie ihre Arbeit unterbrechen und die Teile vom Band nehmen. Nach einer Weile hatte sich neben ihr ein kleiner Haufen an Walzen angesammelt.

Elisabeth schwitzte.

»Na, hier lüppt jo jar nix.« Nun trat Herr Scholl wieder neben sie. Das war's dann wohl. Sie hatte ihre Chance vermasselt, man würde sie nach Hause schicken.

Aber Herr Scholl arbeitete nur schweigend den Walzenstapel ab. Während sie mit einem Teil kämpfte, erledigte er vier, und als der Haufen weg war, nickte er ihr aufmunternd zu.

»Dat wööd schon.«

Sie machte weiter, so gut es ging oder vielmehr so schlecht es ging.

Um halb zehn schrillte unter der Decke eine Glocke los, und das Band hielt an. Erleichtert stieß sie die Luft aus.

Während die Frau neben ihr eine kalte Kartoffel aus einem Stück Zeitungspapier wickelte und hineinbiss wie in einen Apfel, arbeitete Elisabeth die angesammelten Walzen ab. Sie hatte ohnehin nichts zum Essen mitgebracht, und im Gegensatz zu den anderen Frauen, die schon um sieben angefangen hatten, stand sie ja auch erst eine Stunde am Fließband.

»Wat mäckst du denn noch?«, sagte Uschi, die plötzlich neben ihr aufgetaucht war. »Mir hant Pause!«

»Ich kann nicht«, sagte Elisabeth. »Ich muss das unbedingt fertig machen, bevor das Band wieder losgeht.«

»Du büss ja noch neu.« Uschi zog sie am Ärmel. »Kumm, wir gehen raus. Pause is Pause.«

Sie stellten sich unter ein Vordach, wo sich bereits ein kleines Grüppchen versammelt hatte und abwechselnd in Butterbrote biss und an Zigaretten zog. Alle rauchten selbstgedrehte, nur Elisabeth hatte amerikanische Zigaretten, allerdings nur noch drei Stück. Eine gab sie Uschi, die andere zündete sie sich selbst an.

»Ich bin viel zu langsam«, jammerte sie. »Die schmeißen mich bestimmt wieder raus.«

»Nu ma langsam«, sagte Uschi. »Dat is janz normal. Nach een, zwei Stund hässe dä Dreh raus, dann lüppt et wie jeschmiert.«

Sie nahm einen letzten gierigen Zug aus ihrer Zigarette, dann trat sie den Stummel aus und steckte ihn in die Tasche. Man konnte den Tabak ja noch nutzen.

Wie alle Frauen in der Fabrik trug auch Uschi ein Kopftuch über ihren Rauschgoldengelhaaren. Ihr breites Gesicht wirkte dadurch viel härter und jungenhaft.

»Schad, dat die Dinger immer so schnell affjebrannt sin«, murmelte sie versonnen.

»Kannst die letzte haben«, sagte Elisabeth und gab ihr die Packung. Dafür bekam sie Uschis Brot mit Margarine.

»Nä, wat e Jlück, dat mir uns jetroffe han«, sagte Uschi und zündete ihre Zigarette an. »Nit nur wejen denne Zirette. Du büss schwer in Ordnung.«

Das Brot war an einer Ecke schimmelig. Elisabeth nahm ein paar Bissen, dann gab sie es Uschi wieder zurück. »Iss du es. Ich hab keinen Hunger.«

Uschis Augen wurden groß vor Verwunderung. »Daran merkt mer, dat de nit von hee biss. Hee hant se all Hunger.«

»Das lern ich auch noch«, sagte Elisabeth. »Genau wie mit dem Fließband.«

Uschi lachte.

»Erzähl mir was von dir«, sagte Elisabeth.

»Da jüfftet nit viel zu verzälle. Isch bin e Düsseldorfer Mädsche. Im Krieg haben se misch nach de Omma nach Dülke jeschickt. Isch bin vor Heimweh fast injejange un wollt nur noch zurück. Isch bruch min Stadt, och wenn dat hier nur noch e Trümmerfeld is.«

Uschi wohnte mit ihrer Mutter und zwei Tanten in Pempelfort. Ihr Vater war in den letzten Kriegstagen gefallen, erzählte sie, und plötzlich liefen ihr Tränen über die Wangen. Sie wischte sie weg, ohne das Rauchen zu unterbrechen.

»Mein Vater ist auch gefallen«, sagte Elisabeth.

»Dann weeßte ja, wie dat is«, sagte Uschi.

Elisabeth nickte, obwohl sie der Tod ihres Vaters so kaltgelassen hatte.

Uschi hatte recht, am Fließband lief jetzt alles wie geschmiert. Am Nachmittag glitten die Ösen wie von selbst in die kleinen Haken an der Walze. Wenn eine neue Walze heranfuhr, lag ihr Vorgänger schon wieder auf dem Band. Elisabeths Hände waren zu einem Teil der Maschine geworden, sie griffen, hakten, legten, griffen, hakten, legten. Ihr Kopf wurde nicht gebraucht.

Ihre Gedanken flogen nach Weilerbach. Zu Xaver, der jetzt wahrscheinlich auf dem Feld oder bei der Obsternte war. Zum Schwimmen war es inzwischen zu kalt. Vielleicht würde er im nächsten Sommer Rosel mit an den See nehmen. Eher nicht. Zum Schwimmen gingen ja nur die Männer.

Sie dachte auch an Rüdiger, der bestimmt aus der Kriegsgefangenschaft entlassen worden war und sich fragte, warum Elisabeth ihn ohne ein Wort des Abschieds, ohne eine Erklärung verlassen hatte. Xaver und er würden sich in der Kirche begegnen, dachte sie, aber Rüdiger würde Xaver nicht zur Kenntnis nehmen, und was Xaver dachte, wusste sie nicht.

Sie hatten so wenig miteinander geredet.

Als Elisabeth am Abend nach Hause kam, saß Herr Ohlenforst auf dem Sofa und starrte einäugig ins Leere. Ihre Mutter putzte die Fenster in der Küche. Es war aber ein ganz sinnloses Unterfangen, weil sie kein Putzmittel und auch kein Fensterleder hatte, noch nicht einmal Essig. Sie wischte die Scheiben mit kaltem Wasser ab und polierte sie mit einem Stück Zeitung, dass es quietschte. Dadurch verteilte sich der Dreck zu einem milchigen Schleier.

Es schien sie jedoch nicht zu stören, dass ihre Arbeit so sinnlos war, sie summte ganz vergnügt vor sich hin.

»Es geht endlich voran«, erklärte sie, als sie Elisabeth ihr Essen auf den Tisch stellte. Kartoffeleintopf mit Wurst.

»Esst ihr nicht mit?«, fragte Elisabeth.

»Wir haben mittags gegessen«, sagte Frau Sonne. »Papa isst lieber mittags. Abend bekommt es ihm nicht, davon bekommt er Bauchschmerzen.«

Sie zog sich einen Stuhl heran und setzte sich zu Elisabeth. »Aber jetzt erzähl mal – wie ist es gelaufen? Hast du Arbeit?«

»Gut ist es gelaufen«, sagte Elisabeth. »Ich bin jetzt in der Fabrik. Bei Ellermann. Schlösser und Beschläge.« Sie berichtete, wie sie Uschi getroffen hatte, aber nach den ersten Sätzen drang Herrn Ohlenforsts Stimme aus dem Wohnzimmer zu ihnen herüber.

»Pussel?«, rief er. »Was ist denn? Kommst du nicht?«

Frau Sonne stand sofort auf und strich sich mit einem entschuldigenden Lächeln den Rock glatt.

»Pussel?«, fragte Elisabeth. »Wieso sagt er Pussel zu dir?«

Das Gesicht ihrer Mutter begann zu glühen. »So nennt er mich nun mal. Er meint es lieb.«

Und dann eilte sie aus der Küche zu ihrem Papa. Elisabeth rührte in ihrem Eintopf. Sie hatte gerade einmal zwei Wurstzipfel im Teller. Den Rest der Wurst hatte bestimmt Papa bekommen.

Papa und Pussel hatten sich gefunden und waren komplett, da war kein Platz mehr für Elisabeth. Die Wohnung war ja auch zu klein für drei, und Elisabeth war so groß.

Allerdings konnte man den Lohn gut gebrauchen, den sie nach Hause brachte, und die Lebensmittelkarten mit Arbeiterzulage auch. Ohlenforst fand es nur gerecht, dass er den Großteil ihrer Zuteilung beanspruchte, immerhin wohnte sie ja auch in seiner Wohnung. Kartoffeln, Fleisch, Zucker, Margarine, Mehl, Kaffee-Ersatz, Zigaretten, sein großer Körper war hungrig auf alles. Am liebsten hätte er auch noch die Kohlen verschlungen, die seine Pussel für ihn aus dem Keller holte.

Den ganzen Tag saß er auf dem Sofa, während Frau Sonne um ihn herumhuschte und ihm jeden Wunsch vom Auge ablas.

»Ich bin ein alter Veteran«, sagte er. »Ich würde ja gerne, aber ich kann nicht.«

»Er ist mein großes Glück«, sagte Frau Sonne, wenn sie einmal ein paar Minuten mit Elisabeth allein war.

Und das war er auch, das erkannte Elisabeth, obwohl sie Herrn Ohlenforst genauso wenig mochte wie er sie. Herr Ohlenforst war ein Segen für Frau Sonne. Sie war von morgens bis abends auf den Beinen, wusch, putzte, kochte, flickte und war glücklich, weil sie endlich wieder jemanden hatte, der ihr die Verantwortung abnahm und ihrem Leben einen Sinn gab.

22

Elisabeth verbrachte so viel Zeit wie möglich außer Haus. Nach der Arbeit ging sie oft mit Uschi nach Hause, die sich mit ihrer Mutter und den beiden Tanten zwei Zimmer unter dem Dach teilte. Ein Wohnzimmer, in dem sie alle schliefen, und eine winzige Küche. Der Herd sah aus, als sei er vor Kurzem explodiert und dann hastig wieder zusammengesetzt worden. Und weil alle vier Frauen ununterbrochen rauchten, bekam man kaum Luft.

Trotzdem fühlte Elisabeth sich hier wohl. Die Schleiermacher-Frauen hatten einen derben Humor und ein offenes Herz, und es gab immer eine Tasse Kaffeeersatz, wenn man zu ihnen kam.

»Der Tag, an dem et widder rischtije Bohnekaffee und jenuch Tabak jüfft«, seufzte Uschis Mutter jedes Mal, wenn sie Muckefuck nachschenkte, »dat wööd min Jlücksdaach.«

Mitte Oktober wurden die Schulen geöffnet, auch das Auguste-Viktoria-Lyzeum, auf das Elisabeth früher gegangen war. Sie las in einer Zeitung davon, die bei Ellermann im Aufenthaltsraum liegen geblieben war. Die Nachricht ließ sie vollkommen kalt. Elisabeth spürte kein Verlangen, wieder in die Schule zu gehen. Latein und Griechisch, Mathematik und Musik, all das brauchte man nicht mehr in der Welt, in der sie jetzt lebte.

Ohlenforst hätte sie auch für verrückt erklärt, wenn sie damit angekommen wäre. Neben Frau Sonnes Rente war Elisabeths Lohn das einzige Einkommen. Sie brauchten das Geld, auch wenn es jede Woche weniger wert war. Hätte sie ihre Arbeit nicht mehr, hätte Ohlenforst sie vor die Tür gesetzt, daran hatte Elisabeth keinen Zweifel. Und ihre Mutter hätte leise widersprochen und sich dann gefügt.

Elisabeths Schulzeit war vorbei, genau wie ihre Jugend.

An sechs Tagen in der Woche hakte sie Ösen in Metallwalzen, aus denen später Schlösser wurden. Sie hatte keine Ahnung, wie die fertigen Produkte aussahen, die am Ende irgendwo in der Fabrik vom Förderband in einen Karton plumpsten. Sie wusste auch nicht, wer die Schlösser kaufen sollte. Es gab doch nichts mehr, was man hätte einschließen müssen.

Uschi arbeitete im Vertrieb, sie hätte es ihr vielleicht erklären können, aber sie sprachen niemals über die Arbeit. Sobald sie die Fabrik verließen, redeten sie nur noch über angenehme Dinge. Ihre Zukunft, die sie sich in leuchtenden Farben ausmalten.

Wann immer sie ein paar Groschen übrig hatten, gingen sie ins Kino. Uschi schwärmte für Hans Albers, der angeblich auf frappierende Weise ihrem Vater gleichsah, obwohl Elisabeth auf dem Foto, das mit einem Trauerflor verziert in der Küche hing und Herrn Schleiermacher in Wehrmachtsuniform zeigte, keine Ähnlichkeit erkennen konnte.

Einen Mann wie Hans Albers, so edel und stark und ein bisschen schwermütig, den hätte auch Elisabeth genommen. Aber so jemanden gab es nur im Kino.

Für die Halbstarken, mit denen sie sich am Samstag nach der Arbeit trafen, konnte sich jedenfalls keine von ihnen erwärmen.

»De Jungens«, nannte Uschi sie. »Große Klappe und nix dahinger.«

Das hinderte sie allerdings nicht daran, sich von Walter, Hans oder dem hübschen Horst ausführen zu lassen. Wenn sie zum Tanzen gingen, setzte sie sich manchmal auch bei einem von ihnen auf den Schoß.

»Aber mehr lüppt nit«, erklärte sie. »För e paar Bützke riskier isch doch nit meinen juten Ruf.«

Elisabeth tat Uschis lockere Art gut. Und sie war froh, dass sie am Wochenende nicht mit Ohlenforst und ihrer Mutter in Oberkassel sitzen musste.

Ohlenforst, der es als Zumutung empfand, wenn sie zu Hause war, mochte es auch nicht, wenn sie sich *herumtrieb,* wie er sich ausdrückte. Und ihre Mutter machte sich ebenfalls Sorgen.

»Mit wem triffst du dich denn immer?«, fragte sie. »Ich kenne diese Leute ja gar nicht.«

Uschi, die Elisabeth ihr einmal vorgestellt hatte, gefiel Frau Sonne nicht. Sie fand sie liederlich.

»Keine Angst, Mutti«, beruhigte sie Elisabeth. »Du kennst mich doch, ich mach schon keine Dummheiten.«

In Nürnberg saßen die Nazibonzen, die den Krieg überlebt hatten, auf der Anklagebank. Göring, Streicher, von Ribbentrop, Speer und Konsorten.

»Die Beweisaufnahme hat begonnen«, tönte die knarzende Sprecherstimme aus dem Radioapparat, der bei den Schleiermachers in der Küche stand. »Am morgigen Tag werden die ersten Zeugenanhörungen stattfinden.«

»Zeujenanhörungen.« Frau Schleiermacher stieß ein heiseres Lachen aus und schaltete den Radioapparat ab. »Wozu bruche die denn Zeujenanhörungen? Dat hätt doch wohl jeder bejriffe, dat dat all Schwerverbrecher sin.«

»Dat mit denne Judde ist ja furschbar«, sagte ihre Schwester Edda. »Hätt dat denn eener jewusst, dat se die all verjast hant?«

»Isch han et jedenfalls nit jewusst«, sagte Tante Auguste und nahm einen Schluck Ersatz-Kaffee. »Un jrad kann isch et ooch ni mehr höre. De janze alde Driss. Die solle lieber mal Danzmusick speele. Deutschland is kapott, un dat ständije Jejammere mäckt et och nit widder joot.«

Daraufhin nickten alle drei Schwestern trübsinnig und zündeten sich noch eine Zigarette an.

Elisabeth musste plötzlich an Trudi Schäfer denken, an ihre Mutter und an die Großeltern. Ob sie es geschafft hatten, außer Landes zu kommen, nachdem die Noltings sie in Weilerbach versteckt hatten? Vielleicht hatte man sie erwischt, und sie waren doch noch in einem von diesen Lagern gelandet. In einem der Flugblätter, die die Tommys verteilten, hatte Elisabeth ein Foto gesehen, das die Amerikaner in Auschwitz gemacht hatten. Ein haushoher Berg aus nackten Leichen. Sie spürte, wie ihr Magen zu rumoren begann.

»Wat mäcks du denn für en Schnuut, Lisbeth?« Uschi erhob sich so schwungvoll, dass sie fast ihre Kaffeetasse vom Tisch stieß. »Komm, mir haue ab. Hee drin kritt mer ja ne Rabbel. Die Jungens sin am Rhing un hant e Kartoffelfeuer.«

Auf der Straße hakte sie sich bei Elisabeth unter. »Dä Hans hätt misch jefrocht, ob isch mit ihm op et Land nach sinn Verwandte fahr.«

»Und? Was hast du ihm gesagt?«

»Na, wat denkst du denn? Der will misch doch nur an de Wäsch un sonst jar nix.«

»Und wenn Horst dich gefragt hätte? Hättest du da auch Nein gesagt?«

»Klar.« Uschi grinste. »Aber isch hätt e bisske länger überläscht.«

Leider gab es am Rhein nur ein Feuer ohne Kartoffeln.

»Nä, dat jlööw isch nit!«, meuterte Uschi. »Wo sin denn die Ääpel? Simmer ümsöns herjekumme? Isch han Hunger bis unger die Ärm.«

»Isch doch ooch«, stöhnte Walter. »Isch könnt e janz Pääd fresse, so ne Kohldampf han isch. Aber min Alter hätt die janze Ääpel alleen opjefresse, bevör ich zu Huss wor.«

Hans hatte eine Dose Tabak dabei, der allerdings zum Großteil aus zermahlenen Eicheln bestand, daraus rollten sie sich Zigaretten und rauchten, bis die Sonne unterging.

Danach war es eiskalt am Rhein, aber keiner wollte nach Hause, wo es ebenfalls kalt war, und zu essen gab es auch nichts. Also legten sie noch ein paar Holzscheite ins Feuer und rückten dicht an die Flammen. Uschi hatte eine Decke mitgebracht, die sie sich und Elisabeth um die Schulter legte.

»Dörf isch unger ör Deck?«, fragte Walter und rieb feixend seine kalten Hände.

»Du bis wohl jeck«, sagte Uschi.

Elisabeth blickte in die lodernden Flammen. Der Rhein dahinter wurde langsam von der Nacht verschluckt, die neue Pontonbrücke war bereits verschwunden.

langsame stunden überm fluss
die welle zischt wie im verdruss
da von dem feuchten wind gefrischt
ein schein bald blendet bald verwischt.

Die Worte von George waren plötzlich in ihrem Kopf. Das Gedicht ging noch weiter, aber den Rest hatte sie leider vergessen.

Lern so viel wie möglich auswendig, hatte Pastor Nolting gesagt. Was du in deinem Kopf hast, kann dir niemand stehlen.

Sie fragte sich, ob dem Pastor seine Gedichte und Lieder und Gebete geholfen hatten bei seinem erbärmlichen Ende im Lager.

Und würde nie erfahren, dass er sich bis zum Schluss daran festgehalten hatte und sie ihm großen Trost gespendet hatten.

»Woran denkste de janze Ziet?«, fragte Uschi neben ihr. »An dinne Schatz?«

»An welchen Schatz?« Elisabeth sah sie entgeistert an.

»Ach, komm schon.« Uschi schnaubte verächtlich. »Dat merk isch doch, dat du din Hätz verlore häss.«

»So ein Quatsch«, sagte Elisabeth. »Da ist keiner, wirklich nicht.«

Uschi blies Rauch durch die Nasenlöcher. »Verzell nix, isch

kenn misch us mit Liebeskummer. Han isch all schon erlebt.« Sie pickte mit spitzen Fingern einen Tabakkrümel von ihrer Zunge.

»Es ist vorbei«, gab Elisabeth widerwillig zu. »Und eigentlich war es auch nichts.«

»Bist du deshalb hier?«, bohrte Uschi weiter. »Weil der Kerl disch versetzt hätt?«

Elisabeth zündete sich eine neue Zigarette an. Dabei kratzte ihr Hals von dem scheußlichen Tabak, und ihre Augen tränten.

»Is schon joot, brauchst nix saje, wenn de nit willst.« Uschi schnippte die Asche von ihrer Zigarette. Leuchtende Funken fielen zu Boden und verglommen im Flug.

»Worüber wird denn hier geredet?« Horst trat neben sie und reckte neugierig den Hals. »Darf man mitlachen?«

»Dat hättse woll jähn.« Uschi schüttelte den Kopf. »Brrr!«, machte sie dann. »Misch wööt et kalt. Isch muss nach Haus.«

»Ich muss auch heim«, sagte Elisabeth. Sie hatte ihrer Mutter versprochen, dass sie vor fünf zu Hause wäre. Keiner von ihnen hatte eine Uhr, aber die Dunkelheit war bereits so dick, als könnte man sie mit den Händen greifen. Sie war bestimmt zu spät.

»Du musst nach Oberkassel, oder?«, sagte Horst. »Da muss isch och hin. Wenn de wills, kannse hinge op et Rad.«

»Oho, dä Prinz nimmt disch op sin Stahlross«, spottete Uschi. »Dann kann ja woll nix mehr schiefjonn!«

Es ging aber alles schief. Horsts Fahrrad hatte mitten auf der Brücke einen Platten, also mussten sie doch zu Fuß gehen.

Auf der Luegallee musste Elisabeth geradeaus, und Horst hätte nach rechts gemusst, aber er bestand darauf, sie nach Hause zu bringen.

»Dat is doch Ehrensache«, sagte er.

Als sie in ihre Straße einbogen, stand da ein großer Kerl in einem schwarzen Mantel vor ihrer Tür.

»Wer is dat denn?«, fragte Horst. »Kennse dä?«

Elisabeth wollte gerade verneinen, als sie Ohlenforst erkannte. Und er sie. Mit ein paar großen Schritten eilte er auf sie zu.

»Was fällt dir ein, du Luder«, zischte er. »Deine Mutter kommt um vor Sorge!«

»Ich hab die Zeit vergessen«, sagte Elisabeth, da holte er aus und versetzte ihr eine Ohrfeige. Es war ein Gefühl, als hätte er ihr den Kopf abgeschlagen. Sie taumelte ein paar Schritte zur Seite, rutschte auf einer Eispfütze aus und ging zu Boden.

Horst sog laut die Luft durch die Zähne.

»Isch … äh … bin dann ma fott.« Er schulterte sein Fahrrad und machte sich mit großen Schritten vom Acker.

Elisabeth rappelte sich mühsam hoch. Ihre Nase blutete, aber bevor sie ein Taschentuch aus dem Mantel ziehen konnte, hatte Ohlenforst sie am Ärmel gepackt und zerrte sie zum Haus. Sie versuchte, sich loszumachen, schaffte es auch, aber nun griff er nach ihren Haaren und riss sie daran weiter. Erst auf der Treppe ließ er sie los und stieß sie voran, sie fiel erneut.

Sie sah, wie sich seine Hände zu Fäusten ballten. Sein rotes Gesicht war rot vor Wut, nur das linke Auge war vollkommen gleichgültig.

Sie drehte sich weg und krabbelte auf allen vieren nach oben. Als sie die Tür erreicht hatte, klingelte sie Sturm.

Zum Glück öffnete ihre Mutter sofort, Elisabeth stürzte in die Wohnung und presste sich hinter ihr an die Wand.

»Der will mich umbringen, Mutti!«

Der bestürzte Blick ihrer Mutter wanderte von ihrer Tochter zu ihrem Mann.

»Sie trifft sich mit irgendwelchen Strolchen. Ich hab es mit eigenen Augen gesehen.« Ohlenforst fuhr sich mit der Hand durchs weiße Haar, straffte die Schultern, dann trat er ebenfalls in die Wohnung und schloss die Tür hinter sich. Alles unter Kontrolle. Auch seine Stimme klang jetzt ganz ruhig. »Aber damit ist jetzt

Schluss, das wird aufhören. Das hier ist mein Haus, und solange das Mädchen hier wohnt, hält sie sich an meine Regeln.«

Frau Sonne nickte und lächelte schief.

»Aber ich hab doch gar nichts gemacht«, flüsterte Elisabeth. »Wir waren am Rhein …«

»Halt dein Schandmaul!« Nun brüllte Ohlenforst doch wieder. »Ich bin die Lügen leid.«

Er verschwand mit schweren Schritten im Wohnzimmer und knallte die Tür hinter sich zu. Frau Sonne rannte in die Küche und kam mit einem nassen Handtuch wieder zurück, das sie Elisabeth reichte.

»Mach dich erst mal sauber. Wie siehst du überhaupt aus.«

Elisabeth trat vor den Spiegel im Flur. Ihre Nase war rot und geschwollen, das Blut war ihr bis zum Kinn gelaufen. *Wie siehst du überhaupt aus.*

Ich muss hier weg, dachte sie.

Ihre Mutter stand hinter ihr, ein dünnes Lächeln auf den Lippen, halb entschuldigend, halb vorwurfsvoll.

»Papa meint es doch nur gut«, sagte sie leise. »Er hatte schreckliche Angst um dich.«

Elisabeth ließ das Handtuch fallen und verschwand wortlos in ihrer Kammer. Sie riss das kleine Fenster auf, das in einen engen Hinterhof hinausführte, und atmete die dunkle Kälte in großen Zügen ein. Ich muss hier weg, dachte sie wieder und dachte an die Stadt, voll hungriger Menschen, die kein Dach über dem Kopf hatten. Und wusste, dass es keinen anderen Ort für sie gab.

Der Winter wurde eisig. Im Dezember fiel dicker Schnee auf die zerbombten Häuser, und im Januar trieben Eisschollen auf dem Rhein. Es war, als wollte Gott den Deutschen den letzten Hieb versetzen, nachdem sie sich selbst fast ausgelöscht hatten.

Bei Ellermann ging man in der Pause nicht mehr nach draußen, sondern drängte sich in dem engen Frühstücksraum zusammen. Bei der Arbeit trugen die Frauen Handschuhe, von denen sie die Fingerspitzen abgeschnitten hatten. Man band sich einen Schal vor den Mund und trug mehrere Pullover übereinander.

Wie Mumien, dachte Elisabeth, wenn ihr Blick über die Arbeiterinnen glitt, die vor dem Fließband kauerten. Wir sind alle tot und haben es nur noch nicht mitbekommen.

Nach der Arbeit ging sie jetzt immer direkt nach Hause. Sie verbrachte den Abend allein in ihrer eiskalten Kammer. Der Ofen im Wohnzimmer wurde geheizt, aber da saß Ohlenforst mit seiner Pussel, da wollte sie nicht sein.

Die Sonntage hielten sie am Leben, dann besuchte sie die Schleiermachers, die sich trotz Hunger und Kälte standhaft weigerten, ihren Humor zu verlieren. Man trank Ersatzkaffee oder Brennnesseltee mit Kunsthonig und erzählte Kamellen von vor dem Krieg.

Aber heute waren Uschi und Elisabeth allein in der Wohnung, die Mutter und die Tanten machten einen Verwandtschaftsbesuch.

»Hoffentlich kommt der Frühling bald«, sagte Elisabeth, während sie Tabakkrümel auf ein Stück Zeitungspapier bröselte.

»Ob wir dat noch erlääwe?«, sagte Uschi düster »Isch bin froh, wenn isch morjens wach werd un nit erfrore bin.«

Elisabeth rollte das Zeitungspapier, leckte die Kante an, sodass das Ganze zusammenklebte, und schob es zwischen die Lippen. Uschi gab ihr Feuer. Dann wollte sie Tee nachschenken, aber die Kanne war leer.

»Schon widder all. Da oben in der Dose müsst no was drin sin.« Uschi deutete auf das Brett unter der Decke. »Kommst du da dran, lang wie de biss?«

Elisabeth stand auf, die Zigarette im Mund streckte sie sich nach der Dose. Dabei rutschte ihr Pullover nach oben. Sie zog ihn mit einer Hand nach unten, mit der anderen angelte sie die Dose vom Brett.

»Leider leer«, erklärte sie betrübt, nachdem sie sie aufgeschraubt hatte.

»Wat war dat denn?«, fragte Uschi.

»Was war was?« Elisabeth legte ihre brennende Zigarette in den Aschenbecher und füllte den Kessel mit Wasser. Dann eben kein Tee. Heißes Wasser wärmte einen auch.

»Zeisch dat noch mal.«

»Was denn?« Nun drehte Elisabeth sich zu der Freundin um.

»Dinne Bauch. Mach mal dä Pullover hoch.«

»Wieso denn?« Elisabeth griff wieder nach ihrer Zigarette. Die Tabakkrümel stammten aus alten Kippen, die die Tanten vor der Verwaltung der Engländer gesammelt hatten. Wenn die Tommys sahen, wie sich die Frauen nach den Kippen bückten, steckten sie ihnen hin und wieder auch eine ganze Zigarette zu.

»Isch will din Bauch sehen.« Uschis Stimme hatte jetzt etwas Drohendes. Sie stand auf und trat auf Elisabeth zu.

»Ich …« Elisabeth wollte zurückweichen, aber hinter ihr war der Herd.

Und Uschi hatte sie auch schon erreicht und ihren Pullover nach oben gezogen und starrte nun auf ihren Bauch, der sich rund und prall nach vorn wölbte.

»Dat jüfft et doch nit«, wisperte sie. »Dat darf doch nit wahr sin.«

Elisabeth riss den Pullover wieder nach unten und wich zur Seite.

»Ich hab ein bisschen zugenommen.« Ihre Stimme klang, als drückte ihr jemand die Kehle zu.

»Zujenommen.« Uschi legte ihre Hände vor den Mund und atmete hörbar hinein. »Keiner nimmt zu, heutzutaje. Wer war dat? Eener von di Jungens? Der Horst?«

»Bist du noch recht gescheit?« Uschis Rauschgoldlocken verschwammen in den Tränen, die Elisabeths Augen füllten.

»Du hässet mitjebracht.« Uschi nickte düster. »Wie du us Süddeutschland zurückjekommen bis.«

23

Essen, 1962

Betty hatte Dr. Behrend gleich nach der ersten Untersuchung gefragt, ob sie weiterhin ins Schwimmbad gehen könnte.

»Aus medizinischer Hinsicht spricht nichts dagegen«, hatte er erwidert und dabei ein Gesicht gemacht, als spräche aus moralischer Hinsicht alles dagegen.

Also ging Betty nach wie vor jeden Morgen schwimmen. Es würde noch einige Zeit dauern, bis man ihr die Schwangerschaft ansah, das musste sie nutzen. Wenn der Bauch einmal größer wäre, konnte sie nicht mehr ins Schwimmbad und mit einem kleinen Kind sowieso nicht. Die Vorstellung beunruhigte sie, dass sie das Schwimmen in nicht allzu ferner Zukunft aufgeben müsste. Aber sie verdrängte sie, noch war es nicht so weit.

Eine Bahn Brust, eine Bahn Rücken, eine Bahn Kraul. Beim Schwimmen tauchte sie aus der Welt.

Sie stellte sich vor, wie sie morgens mit Martin frühstücken würde, im Stubenwagen neben dem Küchentisch läge ihr Kind und sähe sie an, wenn es nicht gerade schlief. Martins Blick wanderte abwechselnd von Betty zu seinem Sohn und wieder zurück. Betty hatte bereits beschlossen, dass sie dem Kind die Flasche geben würde, das war viel zeitgemäßer, als es zu stillen. Die Trockenmilch sei gesünder, hatte Annemarie ihr erklärt. In der Muttermilch seien doch jede Menge Bakterien. Außerdem könne dann auch Martin mal das Füttern übernehmen.

An den Wochenenden würden sie in ihrem neuen Wagen an den Baldeneysee fahren, um dort spazieren zu gehen. In Bettys Vorstellung schien immer die Sonne.

Martin konnte es kaum erwarten. Er hatte bereits den Kinderwagen ausgesucht und bestellt, ein schickes dunkelblaues Modell mit einer Federung wie ein Auto, mit hohen Rädern und einem niedlichen weißen Sonnenschirm. Zweihundert Mark sollte der Wagen kosten. Zweihundert Mark für einen Kinderwagen! Betty hatte nach Luft geschnappt, als sie das gehört hatte.

Geliefert würde der Wagen, sobald das Kind auf der Welt wäre, versicherte ihnen der Verkäufer. Genau wie der Stubenwagen, der kleine Kleiderschrank, der Wickeltisch und die Erstausstattung, die sie im selben Geschäft bestellt hatten.

Die Kleider wären je nach Geschlecht rosa oder hellblau.

Hedwig wollte nicht bis nach der Geburt warten, bis sie sich für eine der beiden Farben entschied. Nachdem Martin ihr erzählt hatte, dass sie Großmutter würde, war sie gleich ins Kaufhaus gelaufen und hatte Babywolle gekauft. Hellgelb, zartgrün, fliederfarben. Und nun strickte sie, als ob Fünflinge in Bettys Bauch heranwüchsen. Mützchen, Strampelhosen, Jäckchen und winzige Hausschuhe.

»Fühl doch mal, wie weich der ist«, sagte sie zu Betty und reichte ihr einen kleinen niedlichen Pullover mit Noppenmuster. »Das wird dem kleinen Mann gefallen.«

Dem kleinen Mann. Sie gingen alle davon aus, dass es ein Junge würde.

Beim Abendessen und Frühstück suchten Betty und Martin nach Namen. Gottfried, schlug Martin als Erstes vor, so hatte sein Vater geheißen.

Betty fand, dass das nach einem dicken Mann mit weißem Bart klang. »Nichts gegen deinen Vater«, sagte sie. »Aber ich hätte lieber etwas Flotteres.«

»Wie wäre es dann mit Martin?«, probierte Martin es weiter. »Oder ist dir das auch nicht flott genug?«

»Einen Martin hab ich doch schon.« Betty fand Ralf, Thomas und Andreas schön. »Oder Stefan.« Sie kostete den Namen wie eine Süßigkeit. Er schmeckte gut. Aber Martin verzog das Gesicht.

»Stefan Strissel. Das geht doch nicht. Damit ziehen sie ihn doch nur auf.«

»Dann eben Ralf. Ralf Strissel. Das klingt doch wunderbar.«

»Hm.« Er war nicht überzeugt, das war ihm anzusehen.

»Thomas Strissel?«, fragte Betty.

»Und wenn es doch ein Mädchen wird? Wie wäre es mit …«

»Keine Hedwig«, unterbrach ihn Betty. »Ich liebe deine Mutter, das weißt du, aber ich hätte gerne etwas …«

»… Flotteres.« Nun fiel er ihr ins Wort. »Ich wollte ja auch gar nicht Hedwig vorschlagen. Sondern Renate.«

»Renate.« Betty nickte. »Das finde ich auch nicht schlecht.« Allerdings auch nicht überragend. Aber das war egal. Es würde ohnehin ein Junge.

Nach dem Schwimmen öffnete sie eine neue Flasche Duschbad. Sie schüttete ein wenig von der grünen Flüssigkeit in die offene Hand, verteilte sie auf ihrem nassen Körper, und dann wurde ihr schlecht. Es war der Geruch. Diese Mischung aus Kräutern, Pfefferminze und Melisse. Sie stellte die Flasche weg, wusch sich das Duschbad von der Haut, den Händen, rieb und spülte und wurde den Geruch nicht los. Er klebte an ihr, obwohl das Wasser auf sie herunterprasselte.

Sie würgte, merkte, dass ihr schwindlig wurde, dass sie auf den nassen Fliesen den Halt verlor, und dann kippte die Decke vor ihr zu Boden, und das Wasser prasselte ihr plötzlich ins Gesicht.

»Was ist mit Ihnen?« Eine hohe Frauenstimme gellte durch den Raum, echote von den Kacheln wider. »Hilfe! Wir brauchen einen Arzt!«

Es ist alles in Ordnung, wollte Betty antworten, aber sie brachte kein Wort heraus, weil das Wasser in ihren Mund strömte, sobald sie ihn öffnete. Sie verschluckte sich, hustete, keuchte und spuckte. Jetzt ging endlich die Dusche aus.

»Kommen Sie, ich helfe Ihnen.« Eine der Badefrauen kniete

vor ihr und streckte Betty den Arm hin. Zwei Badegäste standen an der Tür. Die Handtücher um den Leib geschlungen, starrten sie Betty an, erschrocken und neugierig zugleich.

»Es geht schon wieder«, sagte Betty. »Ich bin ausgerutscht und gefallen.«

»Sie waren ganz bleich«, sagte eine der Handtuchfrauen. »Ich dachte, Sie sind ohnmächtig.«

»Soll ich einen Krankenwagen rufen?«, fragte die Badefrau.

»Du liebe Zeit, nein. Es ist alles in Ordnung. Wirklich.«

Während sie sich anzog, spürte sie die misstrauischen Blicke der anderen Frauen. Zum Glück waren es keine Stammgäste, sie hatte sie noch nie zuvor gesehen und würde sie hoffentlich auch nie wiedersehen.

Als sie das Wilhelmsbad verließ, rannte eine von ihnen hinter ihr her. »Warten Sie! Sie haben Ihr Duschbad vergessen.« Sie streckte Betty die klebrige Flasche hin.

»Das ist aber nett, vielen …« … Dank, wollte Betty sagen. Aber im selben Moment stieg ihr der Kräutergeruch wieder in die Nase. Sie hielt die Luft an, nahm die Flasche mit spitzen Fingern entgegen, nickte und lächelte.

»Keine Ursache«, sagte die Frau.

Betty steckte die Flasche nicht in die Tasche. Sie hielt sie in der Hand, bis sie die Straßenbahnhaltestelle erreicht hatte. Ein schneller Blick nach rechts und links, dann warf sie sie in den Mülleimer.

Am Abend erzählte sie Martin nichts davon, dass sie im Schwimmbad umgekippt war. Er hätte sie auf der Stelle ins Krankenhaus geschleppt. Er hätte darauf bestanden, dass sie nicht mehr zum Schwimmen ging. Es ist viel zu gefährlich, hätte er gesagt. Denk doch an unser Kind.

Sie wusste aber ganz genau, dass der Schwächeanfall nichts mit ihrer Schwangerschaft und auch nichts mit dem Schwimmbad zu tun hatte. Es war das Duschbad. Dieser Geruch.

Genauso hatte Martin gerochen, als er vor einigen Tagen von seinem Skatabend mit Manfred und Klaus zurückgekommen war.

Als Claudia wieder auftauchte, empfand Betty fast so etwas wie Erleichterung. Sie hatte damit gerechnet. Die hundert Mark, die Betty ihr gegeben hatte, waren leicht verdientes Geld. Sobald sie es ausgegeben hätte, wäre sie wieder da, zwei Wochen, maximal ein Monat, dachte sie. Aber so war es nicht.

Es war November, als Claudia wieder erschien.

Bettys Bauch wölbte sich bereits nach vorn. Im Schwimmbad war er unübersehbar. Sie ging dennoch weiter schwimmen. Sie hatte sich einen neuen Badeanzug gekauft, der einen Rockansatz hatte und mit vielen Rüschen verziert war. Der kaschiert alles bis zum Schluss, hatte ihr die Verkäuferin in der Umstandsmodenabteilung von Horten versprochen. Das war vermutlich übertrieben, aber noch erfüllte er seinen Zweck.

Als sie das Schwimmbad verließ, wartete Claudia auf sie. Sie lehnte im Nieselregen an einer Straßenlaterne, ohne Hut und Schirm, und hielt sich an ihrer Zigarette fest. Weil das nasse Haar an ihrem Kopf klebte, sah sie fremd aus, viel jünger und ungeheuer zerbrechlich.

Nun warf sie die Zigarette weg, setzte sich in Bewegung und kam auf Betty zu.

»Ich brauch noch mal Geld«, sagte sie anstelle einer Begrüßung.

Betty starrte sie an. Claudia sah nicht gut aus. Ihre Haut glänzte wie die Kacheln im Schwimmbad, nasse Ponysträhnen fielen ihr in die Stirn, hingen über ihre Augen. Die Wangenknochen standen weit vor, seit ihrem letzten Zusammentreffen hatte sie noch mal abgenommen. Und für November war sie viel zu leicht angezogen, eine fadenscheinige Sommerjacke über einem verschossenen Pullover.

Der Nieselregen wurde stärker. Betty spannte ihren Schirm auf. Einen Moment lang kämpfte sie mit dem Impuls, ihn über das durchnässte Mädchen zu halten.

Ich brauch noch mal Geld. Wenn Claudia nett und höflich gefragt hätte, hätte Betty ihr bestimmt freiwillig etwas gegeben. Aus lauter Mitleid, weil sie so erbärmlich aussah. Aber so nicht, dachte Betty.

»Wir brauchen alle Geld«, sagte sie. »Such dir eine Arbeit, und verdien dir was.«

»Mir gibt keiner Arbeit.«

»Hier haben sie dir eine Chance gegeben«, sagte Betty mit einer Kopfbewegung zum Schwimmbad.

»Schöne Chance. Die haben mich nach einem Tag wieder rausgeschmissen.«

»Weil du dich nicht benommen hast. Du warst unverschämt zu den Badegästen.«

»Ich pfeif auf die Maloche. Die haben mir nen Hungerlohn gezahlt. Davon kann niemand leben.«

»Jeder fängt mal klein an«, sagte Betty. »Was erwartest du? Dass sie dir von Anfang an ein Direktorengehalt geben? Du musst dich erst mal hocharbeiten.«

»So wie dein Alter«, sagte Claudia mit einem schiefen Grinsen. »Der macht die dicke Kohle. Schöne Karre, die ihr jetzt habt, so wat hätte ich auch gerne.«

Betty hatte sich fest vorgenommen, sich diesmal nicht einschüchtern zu lassen, aber nun erschrak sie doch. Claudia wusste genau Bescheid, sie hatte sie beobachtet, ohne dass Betty es mitbekommen hatte.

»Ich brauch fünfhundert«, sagte das Mädchen.

»Fünfhundert!« Bettys Stimme klang schrill. »Du bist verrückt!«, fuhr sie in leiserem Ton fort. »Warum sollte ich dir so viel Geld geben?«

»Damit ich dich in Ruhe lasse.«

»Das hast du mir beim letzten Mal auch schon versprochen. Und nun bist du wieder da.«

»Beim letzten Mal hab ich dat Geld nicht bekommen.«

»Na und? Das war ja nun nicht meine Schuld. Warum hast du deine Freundin geschickt, anstatt persönlich zu kommen?«

»Freundin.« Betty spuckte auf den Boden, nicht verächtlich, sondern so, als hätte sie einen schlechten Geschmack im Mund. »Ich war krank. Konnte nicht aufstehen.«

»Wie dem auch sei. Du kriegst nichts mehr. Ich wüsste nicht, warum ich dein Leben finanzieren sollte.«

»Weil ich sonst an deinen Alten schreibe.«

Bettys Finger zitterten, sie umklammerte den Schirmgriff mit beiden Händen und stellte sich vor, dass sie ein Windstoß ergriff, in die Höhe wirbelte und über die Stadt trug, weit, weit weg.

Claudia, die nicht Claudia hieß, deren echten Namen Betty immer noch nicht kannte, hob den Kopf und sah sie an. Ihre Augen waren so groß, die Pupillen schwarze Löcher in der dunkelbraunen Iris.

»Ich schreib ihm, dat ich dein Kind bin.« Ihre Stimme war leise und heiser.

»Bist du das?« Auch Betty flüsterte jetzt, dabei war weit und breit niemand zu sehen, der sie hätte hören können. »Warum soll ich dir das glauben?«

»Ich hab Beweise. Aus'm Heim.«

»Mein Kind wurde direkt nach der Geburt adoptiert.« Das hatte ihr Schwester Monika zumindest einmal erzählt.

»Wurde ich ja auch. Aber die haben mich zurückgegeben, weil sie nich' mit mir zurechtgekommen sind.«

»Zeig mir deine Beweise«, sagte Betty, obwohl sie sie gar nicht sehen wollte, genauso wenig wie Claudia.

Die Vergangenheit war vergangen. An dieser Überzeugung hatte Betty sich all die Jahre festgehalten, aber nun wusste sie, dass sie sich etwas vorgemacht hatte.

Claudia, die nicht Claudia hieß, hatte die Wahrheit herausgefunden und wollte, dass Betty bezahlte, für alles, was sie verschuldet hatte. Wie sie sie anstarrte, mit diesem lauernden, klebrigen Blick, als wollte sie das Geld mit ihren Augen aus Betty heraussaugen.

»Dat hättste wohl gerne«, sagte sie. »Aber vergiss es. Ich schick die Beweise lieber gleich an deinen Alten.«

Bis jetzt war Betty erstaunlich ruhig gewesen, aber nun begann sich ihr Magen zu drehen, und ihr Mund wurde trocken. Sie zwang sich, ruhig zu atmen. Den Blick nicht von Claudia abzuwenden.

Sie brauchte keine Beweise. Sie hatte von Anfang an gespürt, dass sie etwas mit diesem Mädchen verband wie eine Nabelschnur. Dass sie zusammengehörten.

Aber auch wenn Claudia hundertmal Bettys verlorene Tochter war, sie hatte kein Recht, ihr Leben zu zerstören.

»Ich habe nicht so viel Geld«, sagte Betty. »Jedenfalls nicht sofort.«

Claudias große Augen wurden schmale Schlitze. Sie betrachtete Betty, wie eine Katze einen halb toten Vogel betrachtet, bevor sie ihm die Kehle durchbeißt.

»Wann hast du es denn?«, fragte sie und kämmte sich mit den Fingern durchs Haar. Das Wasser tropfte von ihrer Stirn auf die Nase, fiel von der Nasenspitze aufs Kinn, lief ihren Hals herunter in den Kragen.

Und Betty stand unter ihrem Schirm, mit frisch geföhnten Haaren und in einem warmen Mantel. Obwohl Claudia die Katze war und sie ihr Opfer, obwohl sie sie loswerden und nie mehr wiedersehen wollte, hätte sie sie am liebsten unter ihren Schirm gezogen.

»Drei Wochen.«

»Zwei Wochen und keinen Tag länger.« Claudia zog ihre nasse Jacke vor der Brust zusammen, dann drehte sie sich um und ging weg.

»Wo finde ich dich?«, rief ihr Betty nach.

»Ich melde mich.«

Betty sah ihr nach, wie sie mit großen, wütenden Schritten die Straße überquerte und hinter einer Häuserecke verschwand. Meine Tochter, dachte sie. Und nahm im nächsten Moment eine sanfte Berührung in ihrem Leib wahr. Eine winzige Faust oder ein Fuß, der sich gegen die Wand ihrer Gebärmutter stemmte.

Es war das erste Mal, dass sie ihr Kind spürte.

In der Straßenbahn wurde ihr so schlecht, dass sie am Limbecker Platz aussteigen musste. Sie ging zwei Stationen zu Fuß, dann nahm sie den Bus nach Altenessen. Sie brauchte mehr als eine Stunde für den Rückweg, der normalerweise keine halbe Stunde dauerte.

Als sie zu Hause angekommen war, hatte sie einen Entschluss gefasst. Sie würde sich Gabriele anvertrauen und ihr alles erzählen. Dass Claudia sie erpresste und dass sie ihre Tochter war.

Betty hatte noch nie über ihre Vergangenheit gesprochen. Wenn man eine Sache totschwieg, hatte sie geglaubt, dann wuchs Gras darüber, und aus dem Gras wucherten Brombeerranken, Brennnesseln, Disteln. Es bildete sich ein dichtes Gestrüpp, in dem Schlangen nisteten, in dem wilde Tiere hausten, dem sich kein Mensch freiwillig näherte.

Aber nun war Claudia aufgekreuzt und hatte alles aufgewühlt und ausgegraben, was tief unter der Erde verborgen war.

Ich bin dein Kind.

Dieser Satz stand Betty im Weg, sie konnte nicht an ihm vorbei und auch nicht darüber hinweg.

Gabriele war ihre einzige Hoffnung. Gabriele mit ihrem kühlen Blick, mit ihrer Entschlossenheit. Vielleicht fand sie einen Ausweg, einen Spalt, durch den Betty entkommen konnte.

Danke, dass du mir eine Freundin bist, hatte sie zu Betty gesagt. Jetzt würde sich herausstellen, ob es stimmte, dass sie wirklich Freundinnen waren.

Gabriele hatte seit über einer Woche Urlaub, weil Frau Storz in Kur und die Bäckerei so lange geschlossen war. Normalerweise kam sie an ihren freien Tagen immer zu Betty hoch, aber in dieser Woche hatte Betty sie noch gar nicht gesehen. Und in der letzten Woche auch nicht, das abendliche Treffen zum Kartenspielen hatten Gabriele und Karlheinz nämlich im letzten Moment abgesagt.

Betty drückte die Klingel neben der Tür im ersten Stock und hörte den schnarrenden Ton der Glocke in der Wohnung. Aber danach hörte sie nichts mehr und spürte, wie ihre Zuversicht wieder verschwand, dass Gabriele ihr helfen würde, dass ihr eine Lösung einfallen würde. Stattdessen kehrte die Angst zurück. Betty klingelte noch einmal und wollte sich gerade abwenden, als die Tür doch noch aufging. Aber nur einen Spaltbreit.

Gabriele war im Bademantel, ihr Gesicht ungeschminkt und die Haare wirr.

»Ach, du bist es«, sagte sie. »Ich dachte schon.«

»Hab ich dich geweckt?«, fragte Betty. »Bist du krank?«

Gabriele schüttelte den Kopf. »Gerade passt es gar nicht. Bei uns sieht es schlimm aus.«

»Willst du hochkommen?«

Gabriele zögerte einen Moment lang, und Betty spürte zum zweiten Mal an diesem Tag die Bewegung ihres Kindes. Eine Berührung so zart wie Luftblasen in einem Schwimmbecken. »Bitte«, sagte Betty. »Ich muss …« Und dann verließ sie der Mut, mitten im Satz. Und die Hoffnung ebenfalls. Gabriele konnte ihr nicht helfen, was sollte sie denn tun? Claudia würde niemals aufhören, Betty zu erpressen.

Ihre einzige Chance war es, Martin alles zu erzählen und darauf zu hoffen, dass er ihr vergab und sie nicht verließ und zu seiner Kräuterbad-Geliebten zog. Denn dann hätte Bettys zweites Kind wieder keinen Vater, genau wie Claudia, die in Wirklichkeit gar nicht Claudia hieß.

»Was ist denn los?«, fragte Gabriele erschrocken. »Ist etwas mit dem Kind nicht in Ordnung?«

Betty schüttelte den Kopf und lächelte. »Alles bestens«, sagte sie. »Mir war nur nach einem Tee.«

Gabriele fuhr sich durch die ungekämmten Haare und nickte.

»Ein andermal«, sagte Betty und setzte sich in Bewegung. Auf der Treppe hörte sie, wie Gabriele die Tür zuzog.

Sie ging nach oben in ihre eigene Wohnung und fühlte sich fremd darin. Die blank geputzte Küche, der blaue Linoleumboden, das Wohnzimmer mit Schrankwand, das alles hatte nichts mit ihr zu tun, es gehörte ihr nicht und passte nicht zu ihr.

Sie setzte sich auf einen Küchenstuhl, legte die Arme auf den Tisch und den Kopf darauf und brach in Tränen aus. Und wusste nicht, dass Gabriele in genau derselben Haltung eine Etage unter ihr saß und ebenfalls weinte.

24

Düsseldorf, 1946

»Häss du denn jar nix jemerkt?«, fragte Uschi nun schon zum dritten Mal.

Sie hatte Elisabeth auf die Bank neben der Tür gesetzt und ihr einen Becher heißes Wasser in die eine Hand gedrückt und eine Zigarette in die andere.

»Du musst doch wat jemerkt han«, sagte Uschi.

Natürlich hatte Elisabeth es gemerkt. Sie schlief seit Wochen nur noch auf dem Bauch, weil sie das Dicke zurückdrängen wollte, aber es ließ sich nicht zurückdrängen, es wurde immer größer. Sie konnte nichts dagegen tun, sie konnte es nicht aufhalten, also ignorierte sie es, was sollte sie denn sonst tun.

Und nun war es zu spät.

»Jetzt kam mer et nimmer wegmachen«, sagte Uschi düster. »Wenn du es aus Süddeutschland mitgebracht hast, bist du mindestens …« Sie verstummte, rechnete an den Fingern nach, nickte. »Sechster Monat. Vielleicht auch schon weiter.« Sie nahm Elisabeth die Zigarette aus der Hand, an der sich ein langer Aschewurm gebildet hatte. Vorsichtig balancierte sie sie zum Aschenbecher auf dem Tisch, klopfte sie ab und gab sie Elisabeth wieder zurück. »Wer hätt disch dat Kink denn jemaat?«

Elisabeth presste die Lippen aufeinander. Für einen Moment tauchte Ohlenforst in ihrem Kopf auf, wie er seine Fäuste ballte. Er würde sie totschlagen, und das Letzte, was sie in ihrem Leben hören würde, wäre ihre Mutter, die ihr zurief, dass Papa es doch nur gut meinte.

»Wo soll ich denn bloß hin«, murmelte sie.

Uschi lehnte sich mit dem Rücken an die Wand und legte den Kopf in den Nacken. »Wenn et hee nit so verdammt eng wör, könntste bei uns ungerkumme. Äwer fünf Erwachsene un noch ne Säuschling, dat jeht nit.« Sie setzte sich wieder zu Elisabeth und griff mit beiden Händen nach ihrer Linken. »Jetz saach ma: Wä is dä Vatter?«

»Is och ejal«, murmelte sie, als Elisabeth wieder keine Antwort gab. »Der hät sisch sischer vom Acker jemaat. Du muss mit din Mutter rede, ohne dat dinne Vatter wat mitkritt. Sie soll disch nach de Schwestere in der Dorotheenstraße bringe. Da bisse erst emal in Sischerheit, bis dat Kink da is. Und danach küttse wieder nach'm Ellermann, un mir suchen för disch e eijene Zimmer. Irjendwo werde mer schon wat finge, un dinne Alde kann disch emal.« Sie packte Elisabeth an den Schultern. »Kopf hoch, Lisbeth. Du schaffs dat!«

Elisabeth sah an ihr vorbei und sah eine Küchenschabe, die hinter dem Herd hervorgekrochen war und nun ganz still an der Wand saß und mit ihren Fühlern wackelte. Eine der Frauen bei Ellermann hatte erzählt, dass die Schaben sogar die Atombomben überlebt hatten, die die Amis auf Japan geworfen hatten. Die Menschen waren tot, aber die Schaben machten einfach weiter und kümmerten sich nicht darum, dass fast die Welt untergegangen wäre.

»Dad wööd schon, Lisbeth«, sagte Uschi. »Et gibt jenuch Lütt, die sin totunjlücklisch, weil se kin Kinger krieje könne. Di nähme dir dat Blaach mit Kusshand ab.« Sie redete noch weiter, aber Elisabeth hörte nicht mehr richtig zu, weil die Schabe ihre ganze Aufmerksamkeit erforderte. Jetzt setzte sie sich in Bewegung. Sie huschte die Wand hoch und verschwand unter der Decke in einer Ritze. Vielleicht warteten da ihre Schabenkinder auf sie.

Elisabeth erhob sich mit einem Ruck.

Uschi, die mitten in einem neuen Satz war, hielt abrupt inne. »Wat is denn jetz loss?«

»Ich muss nach Hause.«

»Häss du jehöt, wat ich disch jesagt han?«, fragte Uschi.

Elisabeth nickte. »Ich muss jetzt wirklich los.«

»Isch bring disch«, sagte Uschi.

»Lass mal.« Elisabeth schüttelte den Kopf. »Du kannst doch auch nichts machen.«

»Dorotheenstraße«, sagte Uschi. »Da jehst du hin. Isch kenn eine, die war da. Die Schwestere sin furschbar, janz heilisch un so. Hör einfach nit hin, da rin, da russ.« Sie deutete erst auf ihr linkes Ohr, dann auf das rechte. »Sin ja nur e paar Woche, dann bisse se wieder quitt.«

Elisabeth trug ihr Geheimnis noch zwei Tage mit sich herum, weil sie einfach keine Gelegenheit fand, allein mit ihrer Mutter zu sprechen. Papa wollte seine Pussel ja immer bei sich haben. Wenn sie in der Küche war, musste die Tür offen bleiben, und wenn er hörte, dass Elisabeth und sie sich unterhielten, wollte er wissen, was sie redeten.

Jeden Morgen bei Ellermann sah Uschi sie erwartungsvoll an, und Elisabeth schüttelte den Kopf.

»Wenn du et ihr hütt nicht sagst, mach ich et«, zischte Uschi ihr am Dienstag zu. »Dat schwör isch disch!«

Am Abend wartete Elisabeth ab, bis Ohlenforst aufs Klosett ging, das auf der halben Treppe untergebracht war. Für gewöhnlich hatte man dann immer zehn Minuten Ruhe vor ihm, das musste reichen. Sobald sich die Wohnungstür hinter ihm geschlossen hatte, stieß sie hervor: »Ich krieg ein Kind.«

Ihre Mutter stand am Herd und putzte Steckrüben. Jetzt ließ sie das Messer sinken und drehte sich zu Elisabeth um.

»Was sagst du?«

»Ich krieg ein Kind.« Elisabeth hob ihren Pulli hoch und zeigte ihren Bauch. Ihre Mutter lächelte ungläubig.

»Du darfst Papa nichts sagen«, sagte Elisabeth. »Er schlägt mich sonst tot.«

Frau Sonne schüttelte den Kopf, öffnete den Mund und schloss ihn wieder. Ihre Hände umkrampften das Messer, als wollte sie es sich in die Brust stoßen. Oder Elisabeth in den Bauch.

»Wie ist das nur …?«, fragte sie. »Wer hat das denn …?«

Elisabeth trat neben sie und nahm ihr das Messer aus der Hand. »Du musst mir helfen, Mutti. Uschi hat gesagt, dass es auf der Dorotheenstraße ein Schwesternheim gibt, in dem man …« Sie verstummte, als hinter ihr die Wohnungstür aufging. Ohlenforsts schwere Schritte erklangen im Flur.

»Das Pack hält mal wieder lange Sitzungen«, knurrte er, pfefferte den Schlüssel auf die Hutablage und verschwand im Wohnzimmer. Der Sessel quietschte, als er sich setzte.

»Bitte!« Elisabeths Lippen formten das Wort, ohne dass ein Laut herauskam. Ihre Mutter drehte sich wortlos um und wandte sich wieder ihren Steckrüben zu.

Am nächsten Morgen packten sie Elisabeths Sachen. Ohlenforst stand mit verschränkten Armen in der Küche und ließ sie nicht aus den Augen. Nicht, dass sie am Ende noch einen Silberlöffel oder eine Kartoffel einsteckte.

Natürlich hatte Frau Sonne ihm alles erzählt. Er blieb aber ganz gefasst, er war ja auch nicht überrascht, sondern hatte von Anfang an gewusst, dass es auf diese Weise enden würde.

Frau Sonne legte einen Stapel Unterhosen in den Koffer, dann brach sie in Tränen aus.

»Du wirst doch jetzt nicht weinen«, tadelte Ohlenforst. »Doch nicht wegen diesem Mensch.«

Frau Sonne schluchzte laut und stammelte etwas Unverständliches. Elisabeth klappte den Koffer zu, trug ihn in den Flur und nahm ihren Mantel vom Haken.

Vielleicht war das Kind in ihrem Leib ihre Rettung. Es brachte sie hier heraus. Egal was geschieht, ich werde nie mehr in diese Wohnung zurückkehren, dachte sie.

Es war ein trüber Februarmorgen, und die Dorotheenstraße sah aus wie eine Fotografie, farblos und zweidimensional. Auf den Schutthügeln am Straßenrand lag grauer Schnee.

Sie suchten eine ganze Weile vergeblich nach dem Schwesternheim. Die Straße war lang, und sie kannten ja die Hausnummer nicht. Am Ende fragte Frau Sonne eine Frau, die mit einer Schubkarre voller Steine unterwegs war. Sie zeigte auf ein hohes, großes Gebäude auf der gegenüberliegenden Straßenseite.

DOROTHEENHEIM stand in großen Buchstaben über den Fenstern im zweiten Stock.

Die Schwester, die ihnen die Tür öffnete, trug ein dunkelblaues langes Kleid mit weißem Kragen. Auf ihrem pechschwarzen Haar saß eine blütenweiße Haube, die mit einer großen Schleife unter dem Kinn zusammengebunden war, und auf ihrer hübsch geschwungenen Oberlippe schwebte ein zarter schwarzer Schnurrbart.

»Ich bringe meine Tochter zu Ihnen«, begann Frau Sonne. »Sie ist …« Weiter kam sie nicht, weil sie nun wieder die Tränen überwältigten. Sie hatte auch auf dem ganzen Weg geweint.

Elisabeth brachte ebenfalls kein Wort heraus. Es war aber auch nicht nötig, die Schwester nickte nur kurz und führte sie dann zur Oberin.

»Ich bin Schwester Hertha.« Die Oberin reichte erst Frau Sonne und dann Elisabeth die Hand. Frau Sonne durfte sich setzen, Elisabeth musste stehen bleiben, es gab nämlich nur zwei Stühle. Der Raum war sehr karg eingerichtet – ein Tisch, hinter dem die Oberin saß, ein Regal mit ein paar Büchern und die beiden Stühle, das war das einzige Mobiliar. An der Wand hing ein Kreuz, und auf dem Fensterbrett verwelkte eine Topfpflanze.

Frau Sonne weinte immer noch, aber allzu viel gab es ja auch nicht zu erklären. Elisabeth bekam ein Kind, das hatten inzwischen alle begriffen.

Schwester Hertha holte einen Anmeldungsbogen und wartete

geduldig, bis Frau Sonne die Antworten herausgeschluchzt hatte, dann schrieb sie sie auf.

Name, Anschrift, Alter, Name der Eltern und so weiter.

»Wer ist der Kindsvater?«, fragte sie schließlich.

Frau Sonne zuckte mit den Schultern, und nun richtete sich der Blick der Oberin auf Elisabeth. Sie war nicht besonders alt, ein paar Fältchen neben ihren Augen, ansonsten war ihr Gesicht glatt. Rötliches Haar kräuselte sich unter ihrer Diakonissenhaube. Ihre Augen waren leicht nach vorne gewölbt, und sie blinzelte oft. Vielleicht war sie kurzsichtig.

Elisabeth presste die Lippen zusammen und schüttelte den Kopf.

Schwester Hertha nickte. »Das werden wir alles klären«, sagte sie und schob Frau Sonne den Anmeldungsbogen hin. »Keine Sorge, wir haben eine Menge Erfahrung mit solchen Fällen.«

Danach ging alles ganz schnell. Elisabeth musste sich von ihrer Mutter verabschieden, sie gaben sich nur die Hand, weil Schwester Hertha aussah, als duldete sie keine Zärtlichkeiten. Dann rief die Oberin Schwester Monika wieder herein, die schnurrbärtige Diakonisse, die ihnen vorhin die Tür geöffnet hatte.

Die nahm Elisabeths Koffer und führte sie durch einen langen Flur, eine Treppe hinunter und dann links und rechts und wieder links, bis sie in einem Kellerraum landeten, in dem ein paar Badewannen aus Blech standen. Elisabeth musste sich auf eine Bank setzen, während der Badeofen aufheizte.

Schwester Monika öffnete derweil ihren Koffer und wühlte ungeniert darin herum. Sie nahm ein paar Röcke heraus, die Elisabeth allesamt zu eng waren. Danach legte sie einige Blusen, Unterwäsche und Strümpfe auf die Bank und klappte den Koffer wieder zu.

»Zieh dich aus«, befahl sie knapp.

»Hier?« Elisabeth blickte sich unsicher um. Der Raum war groß, und die Tür stand weit offen. Außerdem war es eiskalt im Keller.

Die Schwester ignorierte die Frage. Sie ging zum Badeofen, füllte einen Eimer mit heißem Wasser und schüttete ihn in die Wanne. Dreimal wiederholte sie das Ganze, dann schüttete sie noch vier Eimer kaltes Wasser hinzu und stellte den Eimer weg.

»Am Anfang wird gebadet«, sagte sie. »Das ist hier Vorschrift.«

Es war jedes Mal das Gleiche, Schwester Monika hatte es schon so oft mitgemacht, dass sie sich schon lange nicht mehr aufregte. Zuerst weigerten sich alle Neuzugänge, sich auszuziehen, einige wurden hysterisch, andere sogar renitent, aber am Ende saßen sie alle heulend in der Wanne, in der das Wasser inzwischen natürlich eiskalt war, aber das war ja nun nicht Schwester Monikas Schuld. Elisabeth hockte sich ins kalte Wasser und zog die Beine an, sodass man den dicken Bauch nicht sah.

Schwester Monika streckte ihr die Seife hin. »Gründlich waschen. Vor allem untenrum. Wenn du es nicht machst, mach ich es.«

Die Drohung wirkte, Elisabeth rieb sich mit der Seife ein, während Schwester Monika auf der Bank saß und ihr dabei zusah. Am Schluss musste sie sich auch die Haare waschen, die Schwester spülte sie danach mit einem Eimer kaltem Wasser aus.

Dann reichte sie Elisabeth ein kleines hartes Handtuch.

»Ordentlich abreiben. Auch die Haare. Nicht dass du uns krank wirst. Und danach ziehst du dich wieder an.« Sie deutete auf den Kleiderstapel auf der Bank.

»Die Röcke sind alle zu eng«, sagte Elisabeth. »Mir passt nur noch der, den ich anhatte.«

Die Schwester nahm den Rock mit spitzen Fingern und betrachtete ihn angewidert, als wäre er ein totes Tier. Er war sehr schmutzig, Elisabeth hatte ihn die letzten Wochen ununterbrochen getragen. Den Rock in der Hand, eilte die Diakonisse wortlos aus dem Raum. Elisabeth trocknete sich hastig ab und hatte gerade die Unterwäsche angezogen, als Schwester Monika wieder zurückkam.

»Hier. Das passt bestimmt.«

Sie gab Elisabeth einen unförmigen Kittel aus dunkelblauem Leinenstoff.

Als sie ihn anzog, fühlte sie sich wie ein Sträfling. Und das war sie ja auch.

Sie kam zu den werdenden Müttern in die zweite Gruppe, die ihren Raum im hinteren Teil des Vorderhauses hatten. Das vergitterte Fenster führte auf einen länglichen Innenhof hinaus, der mit grauem Schneematsch bedeckt war. In einer Tonne stand ein erfrorener Tannenbaum, Fußspuren führten darum herum.

In dem Raum gab es kaum Möbel, aber immerhin acht Stühle, von denen sieben mit schwangeren Mädchen besetzt waren, die allesamt handarbeiteten. Auf dem achten saß eine dicke Diakonisse, die jetzt aufstand und mit einem breiten Lächeln auf Elisabeth zueilte.

»Da ist ja endlich unsere Elisabeth«, rief sie beglückt, als habe sie seit Tagen auf sie gewartet. »Wir freuen uns, dass du da bist. Ich bin die Schwester Gudrun.« Sie gab Elisabeth die Hand und zog sie gleichzeitig zu dem Stuhl, den Schwester Monika gerade ins Zimmer brachte und neben die anderen stellte.

»Setz dich, setz dich. Du hast bestimmt viele Fragen. Immer nur heraus damit!«

Aber Elisabeth hatte keine Fragen, ihr Kopf war wie leergefegt. Sie hätte furchtbar gerne eine Zigarette geraucht, aber damit brauchte sie Schwester Gudrun nicht zu kommen, das war ihr klar.

Die anderen Mädchen schielten sie über ihre Handarbeiten hinweg verstohlen an.

»Du willst doch sicher wissen, wie die anderen hier heißen«, schlug Schwester Gudrun vor, als Elisabeth beharrlich schwieg. Wieder lächelte sie Elisabeth warmherzig an, und Elisabeth nickte unwillkürlich, obwohl sie nichts weniger interessierte.

Nun musste jedes Mädchen aufstehen und seinen Namen sagen, den Elisabeth auf der Stelle wieder vergaß. Und weil ihr danach immer noch keine Frage eingefallen war, beschloss Schwester Gudrun, dass Hildegard sie mal im Haus herumführen und alles erklären sollte.

Hildegard sah aus wie zwölf, ein blasses hellblondes Wesen mit himmelblauen Augen und einem riesigen Bauch. Sie war allerdings schon sechzehn, wie sie Elisabeth erklärte. Der Vater ihres Kindes hieß Günther und war zwanzig, doch im April würde er einundzwanzig, und dann würden sie heiraten und wären eine richtige Familie. Seine Eltern waren gegen ihre Ehe, vor allem seine Mutter, die ein richtiges Biest sei, sagte Hildegard, aber wenn Günther volljährig war, konnten sie sich aufregen, soviel sie wollten, dann hatten sie ihm nichts mehr zu sagen.

Hildegard zeigte Elisabeth den Aufenthaltsraum der ersten Gruppe, der genauso kahl war wie ihrer, aber viel kleiner und außerdem leer, alle anderen Zöglinge waren nämlich tagsüber bei der Arbeit. »Die meisten sind dröwe in de Wäscherei oder in de Nähstub, awer mir Mütter dürfe uns schone, bis zur Jeburt. Und danach kumme mer in de Säuglingsstation, äwer nur, wenn wir uns joot führe, sons lassen sie disch och de Wäsch schrubbe. Die Säuglingsstation ist da dröwe.« Sie standen jetzt wieder im Flur, und Hildegard zeigte auf ein Fenster am Ende des Ganges, hinter dem aber nur eine Hauswand zu sehen war.

»Die Jruppe eins is die Aufnahmejrupp för alle Neue. Außer man is in Ümständ, dann kütt mer direkt in die zweite Jrupp, also zu uns. Wir sin jrad zehn, aber vörhin waren nur sibbe da, drei hant nämlisch ihr Kinger schon gekritt und sin dröwe beim Stille. Wemmer abjestillt hät, kütt mer in die normale Jrupp. Dat is die dritte.«

Die Worte sprudelten aus Hildegard heraus wie ein Wasserfall, es war, als hätte man ihr tagelang den Mund zugehalten, und nun durfte sie endlich wieder sprechen. Sie führte Elisabeth kreuz und quer durch das Gebäude, das groß und verwinkelt war. Im Vorderhaus befanden sich die Räume der sechs Gruppen, zwei riesige Schlafsäle, die Küche, der Speisesaal und die Kapelle.

»Im Keller wööd jebad, dat kennse ja schon«, sagte Hildegard und verzog das Gesicht. »Dat is äwer nur eemal im Monat, sons wäsche mer uns owe am Hahn.«

Geweckt wurde man morgens um sechs, Bettruhe war um neun Uhr, und Mittagessen gab es um zwölf. In der vierten Gruppe waren die schwierigen Mädchen, die man in den anderen Gruppen nicht haben konnte, die in der fünften Gruppe standen kurz vor der Entlassung.

»Un in der sechste Jrupp sin die Versaarer«, erklärte Hildegard verächtlich.

Elisabeths Kopf schwirrte, sie hatte große Mühe, Hildegard zu folgen. Ihr Bauch, den sie in den letzten Wochen immer ignoriert hatte, schien auf einmal unglaublich schwer zu sein, wie eine Bleikugel zog er an ihr. Sie hätte sich so gerne gesetzt.

Hildegard starrte sie an. Sie wartete darauf, dass Elisabeth nachfragte.

»Die Versager?«, wiederholte sie pflichtschuldig. »Was denn für Versager?«

»Dat sinder so welsche, di us denne angere Jruppe russgefloje sin oder di et drusse nit jeschafft hant un wieder zurückmusste.« Hildegard zupfte sich ein unsichtbares Stäubchen von ihrer Schürze und ließ es fallen.

Danach führte sie Elisabeth in die Küche, in die Näherei, wo auf ratternden Maschinen Oberhemden und Schürzen produziert wurden, und in die Wäscherei, in der es so dampfte, dass man kaum etwas sah.

»Dat Judrun ist eijentlich janz in Ordnung«, sagte sie. »Wemmer se ärjert, kann sie schon ma knatschisch werde, äwer sie haut nit. Im Jejensatz zu Schwester Edeltraud, dat is nämlich die schlimmste von allen. Die prüjelt för ihr Leben jern und mit allem, wat se in die Finger kritt. Prüjeln is offiziell verboten, aber wat willsse donn? Also, dem Schwester Edeltraud jehsse besser us'm Weg.«

Am Schluss gingen sie noch zur Säuglings- und Kleinkinderabteilung, die neben der geschlossenen Abteilung lag, in der die Mädchen mit Geschlechtskrankheiten untergebracht waren.

Beide Abteilungen durften sie nicht betreten. Man konnte aber durch ein Glasfenster auf eine Reihe kleiner Betten blicken, in denen Säuglinge lagen und schliefen oder schrien oder an ihren Fäusten lutschten.

»Dat ist wat Schönes, oder?«, sagte Hildegard verzückt. »Wenn mer sisch dat vörstellt, dat mer so wat Kleines bald im Ärm hät, dat ist doch …« Sie schüttelte verzückt den Kopf, weil ihr die Worte fehlten.

Elisabeth verschränkte die Arme vor der Brust. Sie dachte an Uschi, die bei Ellermann Schlösser in Kartons verpackte. Die sich manchmal bei einem der Jungens auf den Schoß setzte, aber keinen an die Wäsche ließ. Wenn sie sie nur früher getroffen hätte, dann wäre sie heute nicht hier.

»Wann ist et denn bei dir sowitt?«, fragte Hildegard.

Elisabeth zuckte mit den Schultern. »Weiß nicht.«

»Dat wäden se disch schon saare«, meinte Hildegard. »Mins kütt im März. Dä Jünther un isch …«

Sie wurde von schrillem Glockengebimmel unterbrochen, und ein paar Sekunden später war der Flur voll mit jungen Frauen, die zum Vorderhaus eilten.

»Middaachesse«, sagte Hildegard. »Nix wie hin, sonst kreeje mer nix mehr ab.«

Zum Mittagessen gab es wässrige Kartoffelsuppe, danach ging es nach draußen in den Hof. Eine halbe Stunde lang marschierten sie im Kreis um die tote Tanne herum. Hildegard lief neben Elisabeth her und quasselte in einer Tour, Elisabeth dachte sehnsüchtig an die fünf Zigaretten, die sie im Futter ihres Koffers versteckt hatte. Vielleicht konnte sie sie heute Abend da rausholen und sich in den Hof schleichen. Oder nach unten in den Badekeller, da war nachts bestimmt keiner.

Als sie wieder reingingen, kam ihnen eine andere Mädchengruppe entgegen. »Dat is die vierte«, zischte Hildegard aufgeregt und stieß Elisabeth mit ihrem spitzen Ellenbogen in die Seite.

Ihre Stimme war viel zu laut. Eines der Mädchen, die nun im Gänsemarsch an ihnen vorbeizogen, machte einen schnellen Schritt auf Hildegard zu, hob die Oberlippe, fletschte die Zähne und knurrte sie an wie ein wildes Tier.

Elisabeth und Hildegard sprangen beide erschrocken zurück.

»Heidrun!« Eine Diakonisse eilte mit wehendem Rock an ihnen vorbei, blieb neben dem Mädchen stehen und hob ihre Hand. Nicht, um sie zu schlagen, sondern wie ein Schutzpolizist, der ein Fahrzeug anhält. Das Mädchen zog prompt den Kopf ein.

»Weiter jetzt, alle, und zwar zügig!«, rief die Schwester.

»Dat war dat Edeltraud«, flüsterte Hildegard ihr zu und machte eine Handbewegung, als habe sie sich verbrannt.

25

Der erste Tag im Heim zog sich wie ein ausgeleierter Wäschegummi. Nach dem Hofgang ging es in den Gruppenraum. Dort nahmen die Mädchen ihre Handarbeit wieder auf.

»Was möchtest du denn anfangen?«, fragte Schwester Gudrun Elisabeth und zog ihren Stuhl neben sie.

Die anderen fertigten alle Säuglingskleidung an. Jäckchen, Strampelanzüge, winzige Mützchen. Aber Elisabeth wollte ihr Kind ja nicht behalten, warum sollte sie für es stricken?

»Ich weiß, was wir machen.« Schwester Gudrun drückte Elisabeths Hand, dann ging sie zu der Kommode an der Wand. Sie zog ein Blatt heraus, das vom vielen Gebrauch weich und wellig war wie alte Haut.

Aus der Schublade darunter holte sie Stricknadeln und ein graues Wollknäuel. Das Garn war hart und faserig und ringelte sich, erkannte Elisabeth, als Schwester Gudrun ihr das Knäuel in den Schoß legte. Es stammte von einem alten Kleidungstück, das aufgeribbelt worden war.

»Dann wollen wir mal sehen.« Schwester Gudrun reichte ihr auch die Stricknadeln, das Blatt legte sie vor ihr auf den Tisch. Es war eine Strickanleitung für ein Jäckchen. »Schlag einmal dreißig Maschen an. Das Gute an den Säuglingssachen ist, dass sie so klein sind. Man hat sie im Nu fertig.«

In dem riesigen Schlafsaal standen fünfzig Betten in einer Reihe. Die Schwangeren waren in einer Reihe unter der Dachschräge untergebracht, Elisabeth hatte das Bett neben Hildegard bekommen.

Sie schlug die Decke zurück und kletterte mit einem Seufzer der Erleichterung hinein. Der erste schreckliche Tag war vorbei.

Die Matratze war dünn und hart und zu kurz für ihren langen Körper. Egal. Hauptsache, sie durfte liegen.

»Wat mäckst du denn da?«, zischte Hildegard, die wie die anderen neben dem Bett stehen geblieben war.

Bevor Elisabeth reagieren konnte, ging die Tür auf, und die Oberin trat ins Zimmer. Ihr Blick glitt über die Zöglinge in ihren Nachthemden und blieb an Elisabeth hängen, die sich hastig wieder aus dem Bett wälzte. Dabei rutschte ihr Nachthemd nach oben und enthüllte ihre langen dünnen Beine. Einige Mädchen kicherten.

Die Oberin brachte sie mit einem eisigen Blick zum Schweigen.

Elisabeth zog das Nachthemd nach unten.

Schwester Hertha faltete die Hände.

»Wir wollen Gott danken für seine Güte und Gnade und für diesen Tag«, begann sie und sprach dann ein Gebet, in das alle einstimmten, nur Elisabeth nicht, weil sie es nicht kannte.

Lieber Gott, hol mich ganz schnell hier raus, betete sie stattdessen, aber Gott hörte sie nicht, er hatte in diesen verzweifelten Zeiten ja auch wirklich mehr als genug zu tun.

Hoffentlich kam das Kind bald.

Mit diesem Gedanken wachte Elisabeth morgens auf, und damit schlief sie auch wieder ein.

Im Heim war ihr Körper aufgegangen wie ein Hefekloß. Seit sie wusste, was los war, tat er sich keinen Zwang mehr an. Von einem Tag auf den anderen ging ihr Mantel nicht mehr zu.

Sie hielt ihn notdürftig über der Brust zusammen, während sie neben Schwester Monika die Dorotheenstraße entlanghastete, zur Praxis von Dr. Jüntgen am Hermannplatz. Das Wartezimmer war voller Patientinnen, ein paar Ehemänner waren auch dabei. Die meisten Frauen waren schwanger, einige hatten Unterleibsbeschwerden, eine ältere Frau, die Elisabeth gegenübersaß, hatte einen Knoten in ihrer Brust entdeckt, man würde sie ihr in ein paar Monaten abnehmen, danach auch die andere und in einem Dreivierteljahr würde sie sterben.

Elisabeth wurde als Letzte aufgerufen. Die Zöglinge aus dem Dorotheenheim behandelte Dr. Jüntgen nämlich beinahe zum Gotteslohn, das Fürsorgeamt zahlte ihm so gut wie nichts für die Untersuchung. Also mussten sie warten.

Elisabeth war noch nie im Leben beim Frauenarzt gewesen. Nachdem sie sich hinter einer Spanischen Wand entkleidet hatte – nur das Mieder und den Strumpfhalter durfte sie anlassen –, stand sie vor dem Doktor. Er war ein großer schöner Mann mit grauem Haar und goldener Brille, der ihr nicht ins Gesicht blickte, sondern auf ihr Handgelenk starrte, während er ihren Pulsschlag zählte. Danach maß er ihren Blutdruck, klopfte ihre Brust ab und tastete mit seinen langen Fingern über ihren Bauch.

Dann musste sie sich auf den gynäkologischen Stuhl setzen.

»Beine nach oben«, sagte Schwester Monika, die mit in den Untersuchungsraum gekommen war, das war auch sinnvoll, weil Dr. Jüntgen kein Wort mit Elisabeth sprach.

Elisabeth starrte die Diakonisse ungläubig an. Dr. Jüntgen nahm seine Brille ab, hielt sie gegen das Licht und begann sie zu putzen. Er wusste, was jetzt kam, es war bei allen neuen Patientinnen das gleiche Theater. Bei den Heiminsassen war es besonders lächerlich, die hätten sich lieber früher zieren sollen.

Schwester Monika stand auf und drückte Elisabeths Oberkörper mit sanftem Nachdruck nach hinten und hob erst ihr linkes Bein auf die Stütze, dann das rechte.

Elisabeth spürte die kalte Luft, die von unten in ihren Körper eindrang. Sie versuchte, die Beine anzuziehen, die Knie zu schließen, aber Schwester Monika war schneller. Sie fixierte ihre Fußknöchel mit den Lederriemen, die an den Beinstützen hingen. Dr. Jüntgen hatte seine Zeit schließlich nicht gestohlen und sie selbst auch nicht.

Der Doktor setzte die Brille wieder auf und nickte. Er tastete eine Weile auf Elisabeths Bauch herum und horchte mit seinem Stethoskop daran, und dann drang er mit einem kühlen metallischen Gegenstand in sie ein und spreizte sie dort unten auf. Elisabeth, die die ganze Zeit lautlos geweint hatte, stieß einen gellenden Schrei aus.

»Ruhig«, sagte der Doktor ungehalten. Es war das erste Mal, dass er das Wort an sie richtete. »Nicht so zappeln, sonst kann ich nichts sehen.«

Elisabeth presste die Lippen zusammen. Sie dachte an Xavers schwielige, zärtliche Hände. Wie er sie getröstet hatte, als er das erste Mal in sie eingedrungen war.

Er war so vorsichtig gewesen. Niemals hatte er sich in sie ergossen, im letzten Moment hatte er sein Ding aus ihr herausgezogen. Und dennoch war sie schwanger geworden.

Xaver hatte keine Ahnung, dass sie nun mit gespreizten Beinen vor einem Doktor lag, der mit einem Metallstab in ihr herumstocherte. Er wusste nicht, dass sein Kind in ihrem Bauch war. Er wusste nichts.

Xaver. Der jetzt seine Äcker pflügte oder nicht pflügte oder seine Rosel küsste oder nicht küsste. Elisabeth wusste ja genauso wenig von ihm.

»Gut«, sagte Dr. Jüntgen schließlich und nickte Schwester Monika zu, worauf sie die Lederriemen löste und Elisabeth freiließ.

Sie huschte hinter die Wand, zog sich an und blieb dann einfach sitzen, das Gesicht unter den Händen verborgen. In ihrem ganzen Leben hatte sie sich noch nie so geschämt.

In vier, maximal sechs Wochen wäre es so weit, hatte Dr. Jüntgen Schwester Monika erklärt.

»Das kann ja heiter werden, wenn du dich schon bei einer ganz normalen Untersuchung so anstellst«, schimpfte die Diakonisse, als sie zurück zum Dorotheenheim gingen. »Eine Geburt ist kein

Zuckerschlecken, das kann ich dir flüstern. Da mach dich bloß auf was gefasst.«

Vier, maximal sechs Wochen, dachte Elisabeth. Das war lang, aber es war zu schaffen. Sobald das Kind aus ihr heraus wäre, konnte sie hier weg. Hoffentlich bekam sie ihre Stelle bei Ellermann zurück oder schnell irgendeine andere Arbeit. Zur Not ging sie eben auf den Bau, da suchte man immer.

Die Wohnung war das Problem. Aber in vier, maximal sechs Wochen wäre der Winter vorbei, würde es wärmer, sähe alles besser aus. Irgendein Loch, in das sie sich verkriechen könnte, würde sie finden, eine Schlafstatt in einem Keller, einem Gartenhaus, in den Nissenhütten in Unterrath.

Wenn sie draußen wäre, würde sie erst mal eine rauchen, dachte sie und spürte, wie ihr ganz schwindlig wurde vor Gier und Verlangen. Ihren Koffer mit den Zigaretten im Futter hatte sie seit ihrer Ankunft nicht mehr zu Gesicht bekommen. Die Schwestern hatten ihn in Verwahrung genommen. »Du bekommst ihn bei deiner Entlassung«, hatte Schwester Monika gesagt. »Keine Sorge.«

Noch vier, maximal sechs Wochen.

Elisabeth verschränkte die Hände auf dem Bauch und drückte ihn im Gehen nach unten. So fest es ging.

Du warst lange genug in mir drin, dachte sie. Raus jetzt, weg mit dir! Gib mir mein Leben zurück.

Aber das Kind hörte nicht auf sie, es dachte gar nicht daran, früher auf die Welt zu kommen. Auch als vier Wochen vorbei waren, kam es nicht, und nach sechs Wochen war es immer noch nicht da.

Elisabeth musste noch zweimal zu Dr. Jüntgen, aber bei diesen Untersuchungen gab sie keinen Laut von sich. Sie stellte sich vor, dass sie gar nicht da wäre, nicht in diesem Raum, nicht auf diesem Stuhl, nicht in diesem Körper, in dem sich das Kind breitgemacht hatte und Dr. Jüntgen herumstocherte.

Sie schwebte über sich und sah sich selbst mit gespreizten Beinen daliegen, die Hände zu Fäusten geballt, die Lippen so fest zusammengepresst, dass sie ganz weiß waren. Armes Ding, dachte Elisabeth, mitleidig, aber unbeteiligt.

Nur drei der schwangeren Mädchen in der Müttergruppe wollten ihr Kind nach der Geburt weggeben: Hannelore, Elisabeth und die schwachsinnige Anna, die man allerdings gar nicht erst nach ihrer Meinung gefragt hatte.

Die anderen sieben wollten sie behalten. Einige hatten Familien, die sich um sie kümmern würden. Mütter, die die Kinder ihrer minderjährigen Töchter als ihre eigenen ausgeben würden. Meist wusste die ganze Nachbarschaft Bescheid, nur das Kind selbst erfuhr die Wahrheit erst, wenn es fast erwachsen war.

Andere wollten sich mit den jeweiligen Kindsvätern verheiraten, waren aber noch zu jung dafür. Ab sechzehn war es erlaubt, wenn der Mann einundzwanzig war.

Die rothaarige Edith war von einem Tommy geschwängert worden, obwohl auch den britischen Besatzungssoldaten der Kontakt zu Deutschen streng verboten war. Brian, wie Ediths Tommy hieß, hatte Edith aber nicht ausgenützt oder gar vergewaltigt, sondern hatte sich Hals über Kopf in sie verliebt. Er hätte sie am liebsten direkt geheiratet und mit nach England genommen, doch dann hätte er den Dienst quittieren müssen. Außerdem war Edith erst fünfzehn.

Als sie schwanger wurde, hatten ihre Eltern sie zu den Diakonissen gebracht. Ab sofort durfte sie Brian nicht mehr sehen, Männern war der Zutritt zum Heim verboten, nur der Pastor durfte rein.

Brian wurde schier wahnsinnig vor Sehnsucht und Sorge um sein Mädchen. Am ersten Sonntag im März tauchte er plötzlich vor dem Dorotheenheim auf. Schwester Irmgard öffnete ihm die Tür und schickte ihn gleich wieder weg, aber Brian stieß sie zur Seite und machte sich auf die Suche nach seinem Darling, seinem

Sweetheart, seinem Baby. Er rief laut Ediths Namen, und Schwester Irmgard rief ebenso laut nach der Polizei.

Bis die Polizisten endlich im Heim eintrafen, hatten Brian und Edith sich schon gefunden und hielten sich fest umschlungen. Brian sprach kaum Deutsch, und Edith konnte kein Englisch, aber sie verstanden sich auch ohne Worte. Die Polizisten mussten sie mit Gewalt voneinander lösen.

Danach bekam Brian Arrest, und Edith regte sich so auf, dass ihre Wehen einsetzten und das Kind zwei Monate zu früh zur Welt kam.

Hildegard bekam ebenfalls ihr Kind, einen strammen Jungen, den sie Günther nannte, wie seinen Vater. Sie fieberte dem 26. März entgegen, denn dann würde der große Günther volljährig und würde sie endlich aus ihrer beschämenden Lage befreien.

Am 24. März überreichte ihr Schwester Irmgard beim Frühstück einen Brief von Günther. Er war natürlich schon geöffnet und gelesen geworden, das machten die Diakonissen immer. Mit zitternden Fingern zog Hildegard das Blatt aus dem Umschlag.

Günther schrieb ihr, dass er sich außerstande sähe, sie zu ehelichen. Er habe sich zu schnell auf die Sache eingelassen, nun habe er gründlich nachgedacht und hoffe, dass sie ihm verzeihen könne. Sie habe auch einen Besseren als ihn verdient. Selbstverständlich würde er seinen Verpflichtungen … Den Rest erfuhr Hildegard nicht, weil ihre Tränen das Blatt durchweicht und die Tinte aufgelöst hatten.

Die Hauptsache hatte sie ohnehin schon verstanden: Günther war ein freier Mann, und sie war im Heim gefangen, genau wie das Kind.

Ein Tag war wie der andere. Man stand auf, betete, frühstückte, strickte, ging ein paar Schritte, strickte, betete, aß, strickte, betete, aß, betete, schlief.

Der Hunger zog sich wie ein roter Faden durch alles, was sie taten.

Manchmal hatte Elisabeth das Gefühl, dass sie nur aus einem großen leeren Magen bestand. Aber es gab nichts. Morgens ein Stück Brot mit Margarine und Honigersatz, mittags wässrige Suppe, abends zwei Kartoffeln oder Steckrüben.

Es fehlte auch an allem anderen. Kohle, Kleider, Schuhe, Medizin, Verbandszeug. Elisabeth fragte sich, woher die Wolle kam, die sie die ganze Zeit verstrickten. Vielleicht zogen die Schwestern die fertigen Kindersachen heimlich wieder auf und gaben ihnen das Garn zurück, damit sie beschäftigt waren, immer beschäftigt. Wer nicht beschäftigt ist, kommt auf dumme Gedanken, sagte die Oberin.

Sich regen bringt Segen, sagte Schwester Gudrun.

Und sie hatten recht damit, sobald es einmal nichts zu tun gab, wurde es brenzlig.

Als sie zu lange beim Mittagessen anstehen mussten, schlug Inge aus der Dritten Hildegard mit einer solchen Wucht ins Gesicht, dass ihr linkes Vergissmeinnichtauge zum Veilchen wurde. Inge kam daraufhin für einen Tag in den Besinnungsraum und danach in die Vierte.

Beim Hofgang stellte eins der Mädchen Elisabeth ein Bein, sodass sie der Länge nach aufs Gesicht fiel und Nasenbluten bekam. Sie hatte keine Ahnung, wer das getan hatte und warum.

»Wird schon einen Grund dafür gegeben haben«, sagte Schwester Monika, als sie sie auf der Krankenstation verarztete.

Dem Kind hatte der Sturz nichts ausgemacht. Elisabeth hoffte den ganzen Tag vergeblich darauf, dass endlich die Wehen begännen.

Die ersten vier Wochen im Heim hatte man Eingewöhnungszeit, erst danach durfte man Besuch bekommen, und auch dann nur alle zwei Wochen. Elisabeths Mutter ließ sich jedoch auch nach der Eingewöhnung nicht blicken, vermutlich war Ohlenforst daran schuld.

Elisabeth hoffte, dass Uschi auftauchen würde, vielleicht mit ein paar Zigaretten, die sie ihr heimlich zustecken könnte. Jeden Sonntag wartete sie auf sie. Aber Uschi kam nicht. Oder kam doch und wurde nicht reingelassen.

Dafür kamen endlich die Wehen. Beim Frühstück spürte Elisabeth ein Ziehen im Bauch, aus dem Krämpfe wurden. Nach dem Mittagessen sagte sie Schwester Gudrun Bescheid, die Schwester Monika holte, die ein bisschen auf ihrem Bauch herumtastete.

»Das dauert noch«, sagte sie dann. »Beim ersten Mal dauert es immer.«

Elisabeth ging wieder zurück in den Gruppenraum und wollte sich gerade setzen, da platschte unter ihrem Rock eine Ladung Wasser zu Boden. Gerda und Margot, die neben ihr saßen, sprangen mit spitzen Schreien auf. Wieder wurde Schwester Monika geholt, und dann ging es ins Entbindungsheim.

Die Flurklinik war gleich um die Ecke vom Dorotheenheim, das hatte bisher noch jede geschafft, versicherte Schwester Monika Elisabeth, aber Elisabeth schaffte es kaum. Nachdem das Kind sich so lange Zeit gelassen hatte, legte es jetzt die größte Eile vor.

Bevor die eine Wehe richtig verklungen war, kam schon die nächste angerollt und riss Elisabeth mit sich. Es war, als stülpte sich ihr Körper von innen nach außen, als wollte nicht nur das Kind aus ihr heraus, sondern der Rest ihres Körpers gleich mit.

»Nur noch ein paar Schritte«, sagte Schwester Monika, als Elisabeth schon zum dritten Mal keuchend stehen blieb. »Komm schon, Kindchen. Wir sind gleich da.«

Elisabeth schüttelte den Kopf, es ging nicht, es ging einfach nicht. Zum Glück näherte sich jetzt eine Passantin, sah, was Sache war, und packte Elisabeth kurzerhand unter dem einen Arm. Schwester Monika griff sie unter dem anderen, und so schleppten, zogen, zerrten sie sie in die Klinik. Dort wurde sie auf eine Trage gelegt, und auf dem Flur vor dem Entbindungssaal bekam sie ihr Kind.

Danach hatte man ihr wohl ein Schlafmittel gegeben, denn als sie wieder aufwachte, lag sie in einem Krankenzimmer. Ihr Unterleib schmerzte, aber es war nur noch eine Erinnerung an die schrecklichen Wehen. In ihrem Zimmer lagen noch drei andere Frauen, eine schlief schnarchend, die beiden anderen starrten aus dem Fenster.

Elisabeth dachte an das Kind, das sie für den Bruchteil einer Sekunde gesehen hatte. Ein sehr kleines, sehr rotes Köpfchen mit dunklem Haar.

Inzwischen hatte man es bestimmt gebadet und angezogen. Sie stellte sich vor, dass in diesem Moment ein Paar das Entbindungsheim betrat. Sie hatten einen Kinderwagen dabei, in den sie das Kind legen würden, um es mit nach Hause zu nehmen. In Elisabeths Vorstellung wohnten sie in einem schönen Haus mit einem großen Garten, in dem Gemüse, Obst, Kartoffeln und viele Blumen wuchsen. Ein Garten, wie es ihn in Düsseldorf schon lange nicht mehr gab, deshalb mussten sie von außerhalb sein.

Wenn es ein Mädchen wäre, würden sie das Kind Ellinor nennen oder Constanze oder Viola. Sie würden ihm einen Namen geben, der zu dem schönen Haus passte.

Elisabeth strich vorsichtig über ihren Bauch, der immer noch dick war, aber nicht mehr prall und fest, sondern ganz weich. Sie lächelte zaghaft.

Es war überstanden.

Drei Tage später kam Schwester Monika ins Entbindungsheim, um sie abzuholen. Auf der Straße teilte Elisabeth ihr mit, dass sie nur schnell ihre Sachen zusammenpacken und dann nach Hause wollte.

»Wie bitte?«, fragte Schwester Monika. »Hast du den Verstand verloren? Wo willst du denn hin?«

»Nach Hause«, wiederholte Elisabeth und räusperte sich. »Meine Mutter wird mich …«

»Deine Mutter wird gar nichts«, unterbrach Schwester Monika sie. »Die hat dich in unsere Fürsorge übergeben, wusstest du das etwa nicht? Bis du volljährig bist, bleibst du im Heim.«

Es dauerte einen Moment, bis die Worte in Elisabeth eingesickert waren. Unmöglich, dachte sie und wusste gleichzeitig, dass es stimmte.

Ihre Mutter wollte sie nicht wieder zurückhaben. Es war alles so viel einfacher ohne Elisabeth, vor allem für Papa.

»Du bist ab heute in der dritten Gruppe«, sagte Schwester Monika. »Das Stillen entfällt ja bei dir. Am besten …«

Den Rest hörte Elisabeth nicht mehr, weil sie losgerannt war. Mit schweren, großen Schritten polterte sie den Bürgersteig entlang, die Straße hinunter, ohne Ziel, ohne Plan, sie wollte nur weg.

Sie kam aber nicht weit.

Ihr linker Fuß landete in einem Loch im Pflaster, sie stolperte und fiel, und bis sie sich wieder aufgerappelt hatte, war Schwester Monika schon neben ihr und packte ihren Arm.

Als sie Elisabeth nach oben zog, spürte sie, wie ein Blutschwall in die Stoffbinde zwischen ihren Beinen sickerte, und mit dem Blut versickerte ihre Kraft, und eine große Müdigkeit stieg in ihr auf.

Auf dem Weg zurück zum Heim schimpfte Schwester Monika über ihre Undankbarkeit, dabei hatte man doch so viel für sie getan.

»Beten wir zu Gott dem Allmächtigen«, sagte sie, als sie das Tor endlich erreicht hatten, »dass das arme Kind nie erfährt, was es für eine Mutter hat.«

26

Essen, 1962

Am Nachmittag kam Gabriele dann doch nach oben und brachte zwei Nussecken mit.

»Was ist jetzt mit dem Kaffee?«

Betty hatte schon den Mantel an, weil sie zum Einkaufen gehen wollte. Jetzt zog sie ihn wieder aus, ging in die Küche und setzte Kaffeewasser auf. Martin hatte vor Kurzem eine elektrische Kaffeemaschine mit nach Hause gebracht, aber Betty benutzte sie nur ungern. Das Ding sparte kaum Zeit und stand nur im Weg herum.

»Bei dir riecht es wieder so lecker«, sagte Gabriele und schnupperte.

»Bohneneintopf«, erwiderte Betty. »Frisch gemacht. Willst du einen Teller?«

Sie erwartete, dass Gabriele ablehnen würde, sie war ja ständig auf Diät, aber zu ihrer Überraschung nahm sie das Angebot an. »Warum nicht. Ich hab den ganzen Tag noch nichts gegessen.«

Und dann schaufelte sie den Eintopf in sich hinein wie eine Verhungernde und trank Kaffee dazu, und Betty knabberte lustlos an einer Nussecke.

»Tut mir leid wegen heute Morgen«, sagte Gabriele mit vollem Mund. »Aber mir ging es nicht gut.«

»Was war denn?«, fragte Betty, die keine Lust hatte, über Gabrieles Probleme zu reden, doch über ihre eigenen wollte sie auch nicht sprechen. Es brachte ja nichts, weder bei Gabriele noch bei ihr.

»Die Storz hat einen Käufer für die Bäckerei gefunden«, sagte Gabriele.

»Ach, wirklich? Ich wusste ja gar nicht, dass sie sich nun doch entschlossen hat, zu verkaufen.«

»Hat sie. Mit ihrer Gesundheit steht es nicht zum Besten. Das Ganze soll so schnell wie möglich über die Bühne gehen.«

»Und was ist mit dir?«, fragte Betty.

»Ich soll der neue Geschäftsführer werden«, sagte Gabriele. »Dein Bohneneintopf ist übrigens ganz vorzüglich. Könnte ich noch einen Teller haben?«

»Was?«

»Ob ich noch einen Teller von dem Eintopf …«

»Nein, das andere.« Betty stand auf und nahm den leeren Teller, um ihn erneut zu füllen. »Du sollst Geschäftsführer werden?«

»Das hat mich Herr Neumann gefragt.« Gabriele nahm den dampfenden Teller erfreut entgegen.

»Wer ist denn Herr Neumann?«

»Der Käufer. Er hat schon drei Bäckereien in Essen und kann sich nicht um alles selbst kümmern. Frau Storz hat mich ihm empfohlen.«

»Und?«, fragte Betty. »Willst du?«

»Ich weiß nicht.« Gabriele pustete auf die heiße Suppe. »Es ist eine Menge Verantwortung. Die Bestellungen, die Verwaltung, ich müsste das ja alles machen. Und ich wäre auch für das Personal zuständig.«

»Du würdest aber auch besser verdienen.«

Gabriele begann wieder zu löffeln. »Natürlich.«

»Mach's«, sagte Betty.

»Und wenn es nicht klappt? Ich hab doch überhaupt keine Erfahrung mit der Geschäftsführung. Was, wenn mir die Verkäuferinnen auf der Nase herumtanzen?«

»Du wirst dich schon durchsetzen«, antwortete Betty. »Du bist doch so stark.«

Gabriele aß schweigend weiter und kratzte auch den letzten

Rest Eintopf aus dem Teller, bevor sie ihn mit einem leisen Seufzen wegschob.

»Noch einen?«, fragte Betty.

Gabriele schüttelte den Kopf. »Ich bin gar nicht so stark«, sagte sie. »Und ich will es auch nicht mehr sein. Ich hätte manchmal auch gerne jemanden, der für mich sorgt. Du weißt ja gar nicht, wie gut du es hast.«

Betty spürte, wie ihr Tränen in die Augen schossen. Hastig stand sie auf, ging zum Fenster und drehte Gabriele den Rücken zu. Gabriele hatte recht, sie hatte es gut, viel zu gut.

Sie wusste, dass es ihr nicht zustand. Jemandem wie ihr stand nichts zu, das hatten ihr die Schwestern schließlich lange genug eingetrichtert.

Dennoch hatte sie gehofft, dass sie genug bezahlt hätte. Vier Jahre voll harter Arbeit und Hunger. Und der Besinnungsraum. Und Schwester Edeltraud.

Aber nun präsentierte Gott ihr die Rechnung, und sie sah, dass sie immer noch im Soll war.

Nachdem Schwester Monika sie zurück ins Heim gebracht hatte, war Elisabeth direkt zur Oberin gerannt. Ohne anzuklopfen, stürmte sie in das Büro, wo Schwester Gudrun gerade ein Nickerchen machte, am Schreibtisch sitzend, den Kopf auf die gefalteten Hände gelegt. Sie hatte fürchterliche Zahnschmerzen und die ganze Nacht kein Auge zugemacht, trotzdem fühlte sie sich schuldig, dass Elisabeth sie am helllichten Tag beim Schlafen ertappte.

»Was gibt's denn?«, fragte sie ungehalten und setzte sich kerzengerade hin.

»Ich will mit meiner Mutter reden«, erklärte Elisabeth mit lauter Stimme.

»Aber deine Mutter nicht mit dir.« Schwester Gudrun lächelte ein dünnes Lächeln, holte den Ordner mit Elisabeths Unterlagen aus dem Schrank und zeigte ihr das Formular, das ihre Mutter unterschrieben hatte, bevor sie das Heim für immer verlassen hatte.

»Sie wusste ja gar nicht, was sie da tat!«, rief Elisabeth. »Ich will nach Hause.«

»Sie wusste es sehr gut«, sagte die Oberin. Während Elisabeths Schwangerschaft hatte Frau Sonne ihre Tochter kein einziges Mal besucht, sie hatte sich nicht einmal nach ihr erkundigt. Sogar die Schwestern, die einiges gewohnt waren, fanden das befremdlich. »Aber keine Sorge, du bekommst hier alles, was du brauchst. Mit Gottes Hilfe …«

»Nein!«, schrie Elisabeth, stürzte sich auf den Ordner und wollte den Antrag ihrer Mutter zerreißen. Schwester Gudrun konnte ihn gerade noch in Sicherheit bringen.

Schwester Monika war inzwischen hinzugeeilt. Gemeinsam überwältigten sie Elisabeth, brachten sie in den Keller und schlossen sie in den Besinnungsraum ein.

»Sie bleibt für den Rest des Tages hier unten«, sagte die Oberin und hielt sich die schmerzende Backe. »Dann kommt sie in die vierte Gruppe. So was Unverschämtes hab ich ja lange nicht mehr erlebt.«

Die beiden Diakonissen verließen den Raum, schlossen die Tür von außen ab, und dann erlosch die Glühbirne an der Decke. Es war, als ob man Elisabeth einen Sack über den Kopf gezogen hätte. Absolute Finsternis.

»Hee!«, rief Elisabeth. »Schalten Sie das Licht wieder an.«

Keine Reaktion. Die Schwestern hörten sie nicht mehr, sie waren schon wieder auf dem Weg nach oben.

Elisabeth kroch auf allen vieren über den Boden, tastete, bis sie die Pritsche fand. Sie kauerte sich aufs Bett. Schloss die Augen, um die Dunkelheit nicht mehr sehen zu müssen. Vielleicht konnte sie die Zeit verschlafen, bis man sie wieder herausließ.

Aber leider war sie hellwach. Sie spürte, wie die Dunkelheit von ihr Besitz ergriff, wie sie in ihre Lunge drang, ihre Gliedmaßen versteifte und in ihr Gehirn stieg. Wie der Besinnungsraum zum Abgrund wurde, in dem es kein Oben und kein Unten gab und keine Zeit.

Sie schwebte in schwarzem Entsetzen, und als sie doch endlich einnickte, ging das Licht wieder an.

Sie fuhr hoch, wartete darauf, dass die Tür geöffnet wurde, aber das geschah nicht. Die Pritsche war rot von Blut. Es war aus ihr herausgeflossen, die Binde hatte es nicht mehr aufnehmen können.

Viel später drehte sich der Schlüssel im Schloss, und Schwester Edeltraud stand auf der Schwelle. Sie hielt die Hände vor der Brust gefaltet und betrachtete Elisabeth mit einem sanften Lächeln.

»Haben wir uns wieder beruhigt?«, fragte sie.

Elisabeth stand auf und spürte einen neuen Schwall Blut aus sich herausfließen.

»Du liebe Zeit«, sagte Schwester Edeltraud. »Hier sieht es ja aus wie in einem Schlachthaus. Das bringen wir wohl besser mal in Ordnung.«

Sie gingen in einen der anderen Kellerräume, in denen die Badewannen standen, und heizten den Badeofen an. Schwester Edeltraud ließ Elisabeth einen Eimer mit heißem Wasser füllen und gab ihr Schmierseife, und dann musste sie erst einmal den Besinnungsraum schrubben. Den Boden, die Matratze, die Pritsche. Zum Schluss durfte sie sich selbst säubern. Eine andere Reihenfolge wäre ja auch unsinnig gewesen.

Schwester Edeltraud hatte ein schmales, ebenmäßiges Gesicht und eine sanfte Stimme. Aber in ihr war alles hart und scharf, sie war wie eine Klinge, die in einem weichen Futteral steckt.

Niemand mochte sie, noch nicht einmal die anderen Diakonissen, aber das war ja auch der Zweck der Sache. Die vierte Gruppe war schließlich für all diejenigen gedacht, die sich nicht an die Regeln hielten, die störten und sich widersetzten. Für alle, deren Seelen in größter Gefahr waren und die es durch äußerste Strenge und unnachgiebige Härte zu retten galt.

Elisabeths Schonzeit in der Müttergruppe war zu Ende. Ab sofort wurde nicht mehr gehäkelt und gestrickt, sondern hart gearbeitet. Gleich am nächsten Morgen ging es los.

Weil es ihr erster Tag war, begleitete sie Schwester Edeltraud an ihren neuen Arbeitsplatz. Sie führte sie an der Säuglingsabteilung und den Syphiliskranken vorbei zur Wäscherei. Elisabeth bekam einen Kittel und ein Kopftuch, dann ging es in die Halle, in der die Luft so dick und feucht war, dass man sie fast auswringen konnte. Links standen die großen Waschkessel und Schleudern, geradeaus die Wäschemangeln, auf der rechten Seite wurde gebügelt.

Elisabeth kam zum Mangeln. Dort führte Schwester Mechthild das Regiment, die prall und rund war, als hätte ihr Körper die Feuchtigkeit der Wäscherei in sich aufgesogen.

»Heute nur ein halber Tag«, sagte Schwester Edeltraud. »Elisabeth hat erst vor einer knappen Woche entbunden.« Sie zog Schwester Mechthild ein Stück zur Seite und flüsterte ihr etwas zu, das Elisabeth nicht verstand und auch nicht verstehen wollte.

»Ja, ja«, sagte Schwester Mechthild laut. »Die üblichen Pappenheimer. Das kennen wir schon.« Sie packte Elisabeth am Ärmel und führte sie zu einer der Mangeln, an der bereits zwei Mädchen damit beschäftigt waren, die drehenden Walzen mit Leintüchern zu füttern.

»Erst mal zuschauen!«, rief Schwester Mechthild und deutete mit Zeige- und Mittelfinger auf ihre Augen, die Mangel dröhnte nämlich laut.

Bis zum Mittag stand Elisabeth neben der Mangel und sah den Mädchen zu, die mit präzisen Bewegungen ein Tuch nach dem anderen mangelten, falteten, stapelten. Sie redeten kein Wort, weder mit Elisabeth noch miteinander.

Überall in der Halle wurde mit der gleichen stillen Verbissenheit gearbeitet. Elisabeth betrachtete die Mädchen an den Kesseln, die die Wäschestücke mit großen Paddeln aus dem kochenden

Wasser fischten und dann im hinteren Bereich der Halle zum Trocknen aufhängten.

Was nicht gemangelt werden konnte, wurde an den Bügelbrettern geplättet. Oberhemden, Blusen, Kittel. Jedes Bügelmädchen war auf eine Wäscheart spezialisiert. Einige plätteten jahrelang Hemden, die anderen Schürzen. Die Motoren der Mangeln röhrten, hin und wieder hörte man ein Keuchen oder einen leisen Fluch, wenn ein nasses Wäschestück auf den Boden fiel. Ansonsten herrschte Stille in der Halle.

Elisabeth dachte an die Waschtage auf Xavers Hof, die Stimmen der Frauen, das Lachen, die Sonne, die die Wäsche trocknete. Und dachte an Xavers Mutter, die keine Ahnung hatte, dass Elisabeth jetzt hier war und gerade ihren ersten Enkel geboren hatte.

Mittags holte Schwester Edeltraud sie wieder ab, den Rest des Tages verbrachte Elisabeth allein im Gruppenraum und stopfte Socken. Am nächsten Tag stand sie dann mit an der Mangel.

Bei Ellermann hatte das Fließband den Tag in die Länge gezogen, hier walzte ihn die Mangel platt. Zwölf Leintücher schaffte man in der Stunde, hundertacht am Tag, denn es wurde neun Stunden gearbeitet. Bei Ellermann hatte Elisabeth gutes Geld verdient, hier bekam sie zehn Pfennige pro Tag, und wenn man schwatzte, wurden einem fünf abgezogen. Und wenn man sich absichtlich dumm anstellte oder wenn Schwester Mechthild den Eindruck hatte, dass man sich absichtlich dumm anstellte, dann klatschte sie einem mit einem nassen Handtuch ins Gesicht, dass es knallte.

Normalerweise blieben die Mädchen zwei, höchstens drei Monate bei Schwester Edeltraud, danach waren sie geläutert und durften wieder zurück in eine der anderen Gruppen. Aber bei Elisabeth war es anders. Schwester Edeltraud ließ sie nicht gehen.

»Du musst ihr dat Jeföhl jääwe, dat du disch ungerwirfst«, riet ihr Hannelore aus der Müttergruppe, die nach ihrer Entbindung ebenfalls in die Vierte überstellt worden war. Hannelore war schon fast neunzehn und hatte ein rundes, hübsches Gesicht und pechschwarze Haare. Ihre Augenbrauen hatte sie abrasiert und zog sie jeden Morgen mit einem Stück Kohle nach, das sie in der Küche gestohlen hatte. Es sah verboten aus. Vor der Einweisung ins Heim hatte sie sich als Prostituierte über Wasser gehalten, und nach der Entlassung würde sie wieder als Prostituierte arbeiten, bis einer ihrer Freier sie heiratete und nach einem Jahr Ehe im Vollrausch totschlug. »Saach immer schön *bitte* un *danke*, dann lött se disch in Ruh.«

Elisabeth versuchte es und nickte und lächelte, aber Schwester Edeltraud ließ sich davon nicht täuschen. Sie spürte den Widerstand in Elisabeth, den freien, wilden Geist, den Pastor Nolting in ihr geweckt hatte und den es nun niederzuringen galt.

Der Hass, der sie und Elisabeth miteinander verband, war stärker als jede Liebe, sie kamen nicht voneinander los. Erst nach einem Jahr wechselte Elisabeth probehalber in die dritte Gruppe, die auch *die normale Gruppe* genannt wurde.

Aber in der zweiten Woche rempelte sie im Speisesaal versehentlich ein Mädchen an. Die andere ließ ihren Teller fallen, und da sie nun die Hände frei hatte, gab sie Elisabeth eine Ohrfeige und riss sie an den Haaren. Zur Strafe kamen sie beide in die Vierte.

Dreimal versuchte Elisabeth, aus dem Heim zu fliehen. Beim ersten Mal kam sie nur bis zur Ecke, wo sie Schwester Monika und Schwester Helmtrud begegnete, die gerade vom Einkaufen kamen. Beim zweiten Mal schaffte sie es bis zur Straßenbahn.

Beim dritten Mal war es wieder Dezember, und sie kam bis Pempelfort zum Haus der Schleiermacher-Frauen, die allerdings inzwischen umgezogen waren. Sie wohnten jetzt im Nachbarhaus, in dem eine größere Wohnung frei geworden war.

Die Schleiermacher-Frauen hätten Elisabeth sofort aufgenommen und versteckt, denn sie hatten ein großes Herz. Eine der Tanten war sogar zu Hause, Elisabeth hätte nur bei ihr zu klingeln brauchen, und alles wäre gut geworden. Aber sie wusste ja nichts von der neuen Wohnung. Sie trieb sich den ganzen Tag auf der Straße herum, frierend und hungrig. Als sie in einer Bäckerei ein Brot stehlen wollte, wurde sie erwischt, man rief die Polizei, die Elisabeth zurück ins Heim brachte.

Dort musste sie sich über einen Tisch legen und den Rock nach oben ziehen, und dann züchtigte Schwester Edeltraud sie mit einem Gummischlauch, auch ihre Geduld hatte einmal ein Ende.

Danach Besinnung, erst bei Dunkelheit, dann mit Licht, dann wieder in die vierte Gruppe. Und alles nur für ihr Seelenheil.

Sonntags ging man in den Gottesdienst, der im Gemeindesaal der Matthäikirche stattfand, die Kirche selbst war nämlich im Krieg zerstört worden und unbenutzbar. Manchmal kam der Pfarrer auch ins Heim. Dann versammelten sie sich in der Kapelle, in der die täglichen Andachten abgehalten wurden.

Hier wie dort wurde die vierte Gruppe streng bewacht, denn während des Gottesdienstes versuchte der Teufel mit besonderer List, in die verwahrlosten Seelen einzudringen, sagte Schwester Edeltraud. Sie setzte ihre Zöglinge deshalb immer in eine Reihe, links und rechts bewachte eine Diakonisse den Ausgang, dahinter saß sie selbst, und beim kleinsten Anzeichen von Unruhe packte sie den Zögling beim Nacken, lautlos und schnell, wie ein Raubvogel eine Maus.

Elisabeth dachte an Pfarrer Noltings Gott, dessen Gnade grenzenlos gewesen war und der alles mit seiner Liebe erfüllt hatte. Der Gott der Schwestern war dagegen ungeheuer kleinlich. Er interessierte sich ungemein für schmutzige Fingernägel, heimlich gerauchte Zigaretten und gestohlene Zuckerwürfel. Und er war geradezu versessen auf alles Sexuelle. Ihm entging kein Lachen, keine geflüsterte Bemerkung, kein Zwinkern, keine Berührung.

»Lüsternheit ist der Weg zur Hölle«, predigte Schwester Edeltraud. »Denn wer dem Laster frönt, den verstößt unser Gott vor seinem Angesicht.«

»Wenn dir einer sagt, dass er Gott versteht und seinen Willen kennt, misstraue ihm«, hatte Pastor Nolting gesagt.

Wenn er bloß hier wäre, dachte Elisabeth. Er war doch ein Pastor, er hätte den Schwestern Einhalt gebieten können. Vielleicht aber auch nicht. Gegen Schwester Edeltraud kam niemand an.

Auch Elisabeth gab irgendwann auf. Nach einem weiteren Jahr in der vierten Gruppe wurde sie wieder in die dritte überstellt, und diesmal schaffte sie es dort. Oder vielmehr: Schwester Edeltraud hatte es geschafft. Elisabeth war gebrochen, sie gab keine Widerworte mehr, sie dachte sie nicht einmal.

Zum ersten Mal war sie genau wie alle anderen. Sie gehörte ins Heim.

Die Welt hinter dem Fenster sah aus, als wäre sie sehr weit weg.

»Hörst du mir eigentlich noch zu?«, fragte Gabriele.

Sie hatte sich eine Zigarette angezündet und schnippte die Asche in den leeren Suppenteller. Jetzt stand sie auf und trat neben Betty. Nahm einen letzten Zug, öffnete das Fenster und warf den noch brennenden Stummel in den nassen Garten.

Als sie das Fenster wieder schloss, stieg Betty der Geruch in die Nase.

Gabrieles Haare rochen nach Zigarettenrauch und nach Pfefferminze und Melisse.

Betty spürte eine Welle der Übelkeit in sich hochsteigen. Sie kämpfte sie wieder nach unten und atmete flach. Ihre Nerven lagen blank, sie sah schon Gespenster. Gabriele würde doch niemals, dachte sie, und dann erinnerte sie sich an Martins Blicke, wenn Gabriele eines ihrer Kleider trug, die ihre Brüste wie reifes Obst zur Schau stellten, und an Gabrieles Blicke, wenn Martin aufstand, um sich noch ein Bier zu holen, und wusste, dass es stimmte. Und dass alles noch schlimmer war, als sie bisher gedacht hatte.

27

»Tja, wenn du nicht reden willst«, sagte Gabriele. »Ich muss dann auch wieder. Danke noch mal für den fabelhaften Eintopf.«

Sie verließ die Küche, und Betty spürte, wie etwas Dunkles in ihr hochstieg, etwas Tintenschwarzes, Böses, das in ihr wohnte und lange geschlafen hatte. Wie es ihr zu Kopfe stieg und ihn fast zum Platzen brachte, während sie Gabriele nacheilte und sie gerade noch an der Tür erwischte und an den Schultern nach hinten riss.

»Hoppla«, sagte Gabriele, halb erschrocken, halb amüsiert. »Was ist denn jetzt passiert?«

»Du schläfst mit meinem Mann«, keuchte Betty.

Als Gabriele nicht widersprach, sondern schuldbewusst den Kopf senkte und auf Bettys frisch gebohnerten Linoleumboden starrte, war sie sich endgültig sicher. Die Wut ebbte ab, genauso schnell, wie sie aufgekommen war.

Sie musste sich setzen. Betty wankte zurück in die Küche, ließ sich auf einen Stuhl fallen und hoffte, dass Gabriele die Wohnung einfach verlassen würde, und zwar ein für alle Mal. Betty wollte keine Erklärungen und keine Entschuldigungen, sie wollte Gabriele nie mehr sehen.

Aber Gabriele folgte ihr in die Küche und lehnte sich an den Türrahmen.

»Es war nur ein einziges Mal«, sagte sie. »Ich könnte mich ohrfeigen dafür.«

»Geh«, sagte Betty, ohne ihre Nachbarin, die sie eine kurze Zeit lang für ihre Freundin gehalten hatte, dabei anzusehen. »Verschwinde.«

»Nein«, sagte Gabriele. »Das werde ich nicht tun. Ich hätte das nicht tun dürfen, aber nun ist es einmal geschehen und lässt sich nicht mehr rückgängig machen. Ich war so verdammt unglücklich an jenem Abend, und da ist mir dein Mann über den Weg gelaufen, und so ist es eben passiert.«

»So ist es eben passiert?« Betty stand auf, so abrupt, dass ihr Stuhl umkippte, aber sie stellte ihn nicht wieder hin. Draußen hatte es zu schütten begonnen. Das Wasser platschte auf Bettys Garten, auf die Beete, in denen im Sommer Muttis Setzlinge aufgegangen und herangewachsen und geerntet worden waren, in dem jetzt alles wieder brachlag, bis es im nächsten Frühling wieder von Neuem losginge, aber dann würde es nicht mehr Betty sein, die hier säte und grub und erntete. Denn auch wenn alles ungewiss war, so war ihr doch klar, dass sie nicht mehr in diesem Haus bleiben konnte. »So einfach ist das für dich?«

»Na ja«, sagte Gabriele. »Das Ganze war so unnötig wie ein Hühnerauge. Ich würde es niemals wieder machen, das kannst du mir glauben.«

»Kann ich das?« Der Regen klatschte an die Scheibe. Im Nachbarhaus traf sich Frau Kärcher mit ihrem Geliebten. Herr Kärcher war vorletzte Woche ausgezogen, sie hatten endlich freies Feld, aber glücklich war Frau Kärcher dennoch nicht. Ihr Geliebter ging ihr jetzt schon auf die Nerven, und neulich hatte er sie sogar nach Geld gefragt.

»Martin ist mir doch überhaupt nicht wichtig«, sagte Gabriele. »Er bedeutet mir genauso wenig wie Karlheinz. Du bist wichtig, Betty. Du bist für mich die Einzige, die zählt.«

»Das hättest du dir früher überlegen sollen«, erwiderte Betty. »Es ist dir ja wohl klar, dass ich dir nie mehr wieder vertrauen kann.«

Gabriele und Martin. Sie stellte sich vor, wie sie übereinander herfielen, zitternd vor Leidenschaft. Wie sie sich küssten und auszogen. Vielleicht hatten sie hinterher sogar über sie gesprochen, während sie sich eine Zigarette teilten.

Martin: »Betty darf niemals davon erfahren. Es würde ihr das Herz brechen.«

Gabriele: »Auf keinen Fall. Sie ist ja so moralisch. Und außerdem ist sie meine beste Freundin.«

Elisabeth spürte, wie ihr heiß vor Wut wurde. Das Kind, es war bestimmt nicht gut für das Kind, wenn sie sich so aufregte. Sie musste sich beruhigen, aber wie sollte das gehen, wenn einem das Leben den Boden unter den Füßen wegzog?

»Ich will, dass du jetzt gehst, Gabriele.«

»Wirst du Martin zur Rede stellen?«, fragte Gabriele, als hätte Betty nichts gesagt.

»Das geht dich nichts an.«

Gabriele ging zum Tisch und schüttete sich kalten Kaffee ein. Dann leerte sie die Tasse in einem einzigen, schnellen Zug, als wäre es Schnaps. Sie wollte sich eine Zigarette nehmen, aber die Packung war leer.

»Keinen Ton wirst du sagen«, murmelte sie, mehr zu sich selbst als zu Betty. »Im Gegenteil. Anstatt ihm eine Szene zu machen, backst du ihm einen Kuchen und massierst ihm die Füße.«

Betty biss die Zähne zusammen, starrte in den Regen und wusste, dass Gabriele recht hatte. Sie würde Martin keine Vorhaltungen machen, er würde niemals erfahren, dass sie Bescheid wusste. Sie wollte keine nörgelnde, keifende Ehefrau sein, sie wollte, dass er sie liebte.

Sie würde ihn jedoch dazu bringen, dass sie sich so schnell wie möglich eine neue Wohnung suchten, weit weg von den Ansbachs. Vielleicht ein Haus in der Vorstadt. Martin hätte dann einen weiteren Weg zur Arbeit, aber für das Kind wäre es gut. Für sie alle wäre es gut. Wir sind eine Familie, wir gehören zusammen, nichts kann uns trennen, dachte Betty.

»Mach nur die Augen zu«, knurrte Gabriele. »Ist ja auch am bequemsten so.«

Es war unglaublich. Gabriele hatte Bettys Mann verführt, sie war hier die Angeklagte, aber jetzt drehte sie die Sache einfach herum, setzte sich selbst auf die Richterbank und beurteilte Betty.

Betty lehnte ihren heißen Kopf an die kühle Fensterscheibe und hielt ihren Bauch mit beiden Händen fest, das Einzige, das mit Sicherheit zu ihr gehörte, jedenfalls bis zur Geburt, danach konnte man ihr auch das wegnehmen.

Ich war so glücklich, dachte sie. Aber nun ist alles vorbei.

Gabriele hob den umgefallenen Stuhl auf und stellte ihn neben Betty. »Setz dich«, sagte sie.

Betty gehorchte.

»Was ist eigentlich los mit dir?«, fragte Gabriele.

Das Kind versetzte Betty einen sanften Tritt.

»Wir kennen uns nun fast ein Jahr, aber ich weiß nichts von dir, außer dass du früher bei der Storz gearbeitet hast. Und dein Mann weiß genauso wenig über deine Vergangenheit, da bin ich mir sicher.«

»Was willst du denn hören?«, fragte Betty wütend.

»Alles«, sagte Gabriele.

Nachdem Betty einmal angefangen hatte, gab es kein Halten mehr. Ihre Vergangenheit drängte aus ihr heraus, ungeordnet und atemlos. Sie erzählte von Schwester Edeltraud und Ohlenforst, Weilerbach und dem Fließband, Xaver und dem Besinnungsraum. Und von Claudia, die nicht Claudia hieß und ständig Geld brauchte.

Sie erzählte das Spätere vor dem Früheren, das Unwichtige vor dem Wichtigen.

Gabriele verstand am Anfang überhaupt nichts, aber sie ließ Betty reden und fragte nichts, sondern hörte einfach zu, und nach einer Stunde wusste sie Bescheid.

»Diese Claudia«, sagte sie. »Meinst du wirklich, dass sie deine Tochter ist?«

Betty hätte gerne eine Zigarette geraucht. All die Jahre im Heim hatte sie das Rauchen vermisst und hatte jede Gelegenheit genutzt, an Zigaretten zu kommen. Alle Mädchen im Heim waren verrückt nach Zigaretten gewesen.

Gleich nach der Entlassung hatte Betty sich Zigaretten gekauft und sich eine angezündet, hatte sie jedoch nur halb geraucht und dann den Rest der Packung verschenkt. Schwester Edeltraud hatte ihr die Sucht und das Verlangen ausgetrieben, ohne dass Elisabeth es überhaupt gemerkt hatte. Bis heute hatte Betty die Zigaretten nicht vermisst.

Auch jetzt würde sie nicht wieder damit anfangen. Gabrieles Zigaretten waren eh alle, außerdem sagte Dr. Behrend, dass man als werdende Mutter aufs Rauchen verzichten sollte.

»Ich weiß es nicht«, antwortete sie auf Gabrieles Frage. »Manchmal, wenn ich sie ansehe, spüre ich etwas Vertrautes. Als ob wir uns schon lange kennen.«

»Wie ist sie auf dich gekommen?«, fragte Gabriele. »Meinst du, die Schwestern haben ihr deinen Namen verraten?«

Betty schüttelte den Kopf. »Bestimmt nicht. Es ist alles geheim.«

Beten wir zu Gott dem Allmächtigen, sagte Schwester Monika in Bettys Kopf, dass das arme Kind nie erfährt, was es für eine Mutter hat.

»Ich höre die ganze Zeit ihre Stimmen«, sagte Betty.

»Was? Wen hörst du?«

»Die Schwestern. Ich hab ihre Stimmen immer im Kopf.«

»Das kann ich mir vorstellen.« Gabriele warf einen sehnsüchtigen Blick auf die leere Zigarettenpackung auf dem Tisch. »Ich hör auch manchmal meine Großmutter, wie sie mit mir schimpft.« Sie zog eine Grimasse. »Hat ja auch allen Grund, mit mir unzufrieden zu sein.«

Betty ging nicht auf die Bemerkung ein. Sie stand auf und räumte den Tisch ab. Und weil sie gerade dabei war, begann sie auch gleich zu spülen. Gabriele setzte sich auf den frei gewordenen Stuhl am Fenster.

»Wenn alles geheim ist, woher weiß diese Claudia dann von dir? Das müssen wir rauskriegen.«

Wir, sagte Gabriele. Als ob sie irgendetwas mit Bettys Problem zu tun hätte. Außer dass sie ein Teil davon war.

»Von ihr selbst erfahren wir bestimmt nichts.« Betty stellte den tropfenden Teller auf die Geschirrablage.

»Dieses Fürsorgeheim«, sagte Gabriele gedankenverloren. »Gibt es das noch?«

Das Geschirrtuch war fleckig, Betty legte es zur Seite und holte ein neues aus der Schublade. »Keine Ahnung. Ich war seit meiner Entlassung nicht mehr in Düsseldorf.« Die Oberin hatte ihr die Adresse von Frau Storz gegeben und ihr gesagt, dass sie sich bei ihr vorstellen sollte. Und weil die Bäckerei in Essen war, war Betty sofort dorthin gefahren. Noch besser hätte ihr Hamburg gefallen oder London oder Peking. Weg, nur weg.

Frau Storz hatte sie eingestellt, obwohl Betty keine Erfahrung im Verkauf hatte vorweisen können und auch keine Zeugnisse außer einem Empfehlungsschreiben von Schwester Hertha, aus dem allerdings nicht hervorging, dass Elisabeth Insassin im Fürsorgeheim gewesen war. Zuerst hatte sie in einem winzigen Zimmer zur Untermiete gewohnt, später hatte sie sich eine eigene kleine Wohnung mit Küche leisten können. Und dann hatte sie Martin kennengelernt.

»Ich krieg das raus«, sagte Gabriele.

»Was?« Betty polierte Gabrieles Suppenteller. Es war ein Fehler gewesen, sich Gabriele anzuvertrauen. Wie war sie nur auf die hirnverbrannte Idee gekommen?

»Lass mich nur machen«, erklärte Gabriele. Ein Satz, der Betty noch mehr beunruhigte.

Gabriele lächelte jedoch nur, als Betty sie beschwor, bloß nichts zu unternehmen.

»Ja, ja«, sagte sie, und dann war sie endlich weg. Zum Glück, denn kurz darauf kam Martin nach Hause. Und Gabriele und Martin zusammen hätte Betty nun wirklich nicht ertragen.

Genau wie Gabriele es vorausgesagt hatte, stellte Betty Martin nicht zur Rede, sondern wärmte den Eintopf auf und deckte den Tisch, und danach aßen sie gemeinsam. Martin schmeckte es vorzüglich, aber Betty hatte keinen Appetit.

»Ich werde heute früh schlafen gehen«, verkündete sie beim Tischabräumen. »Ich habe Kopfschmerzen.«

Martin war sofort besorgt. »Hast du dich übernommen?«, fragte er. »Du machst einfach zu viel. Die ganze Hausarbeit, das ist nicht gut für dich. Wir müssen jemanden finden, der dir hilft.«

»Na, hör mal, das ist doch lächerlich. Es gibt doch fast nichts zu tun.«

»Die viele Schwimmerei gefällt mir auch nicht«, sagte Martin. »Du solltest endlich damit aufhören.«

»Mir gefällt auch vieles nicht«, sagte Betty und erschrak über ihren scharfen Ton. Martin sah sie überrascht an, und Betty lächelte liebevoll.

»Entschuldige«, sagte sie. »Ich bin heute nicht ganz ich selbst.«

Sie legte sich ins Bett und machte das Licht aus, aber ihr Kopf hämmerte weiter, und ihre Gedanken drehten sich. Die ganze Nacht über.

Zur gleichen Zeit hatte auch Susanne Nolting, die sich jetzt Stenzle schrieb und in Tübingen wohnte, eine schlaflose Nacht. Ihre jüngste Tochter hatte Keuchhusten und hohes Fieber. Susanne hatte sie zu sich ins Ehebett geholt, ihr Mann schlief auf der Couch im Wohnzimmer, er musste morgen früh raus und brauchte seinen Schlaf. Franz Stenzle war Pfarrer, aber der Beruf war das Einzige, was ihn mit seinem Schwiegervater verband, den er nie kennengelernt hatte. Stenzle war ein untersetzter Mann mit einer lauten Stimme, pragmatisch und beliebt, ein Handwerker Gottes. Er und Susanne hatten vier Kinder.

Susanne half viel in der Gemeinde mit und kümmerte sich auch noch um ihre Mutter und ihren Bruder, die ebenfalls in

Tübingen wohnten. Rüdiger hatte bereits zwei Studiengänge abgebrochen und verdiente seinen Lebensunterhalt eher schlecht als recht mit Gelegenheitsarbeiten. Seit dem Krieg war er nicht mehr der Alte, oder vielmehr war er ganz der Alte, früher hatte er seine Neurosen nur besser verborgen, jetzt lebte er sie offen aus.

Seine Schwester umsorgte ihn gnadenlos, sie gab ihm keine Chance, jemals wieder auf die Beine zu kommen.

Auch Uschi konnte nicht schlafen, sie wälzte sich schon seit Stunden ruhelos im Bett hin und her. Neben ihr schlief der hübsche Horst, den sie vor zehn Jahren geheiratet hatte, und nun hatten sie bereits zwei Kinder. Uschi dachte an das Grundstück im Kösener Weg, das sie gerne kaufen wollte. In der ganzen Straße wurden Einfamilienhäuser gebaut, Schuhschachteln, wie Horst sie verächtlich nannte. Aber groß genug für uns und die Kinder, dachte Uschi. Und ein schöner Garten drum herum. Ein Haus war etwas Sicheres. Wenn sie den Innenausbau selbst übernähmen, wäre es auch gar nicht so teuer. Horst hatte keine rechte Lust auf die Plackerei und wollte sich auch nicht auf Jahrzehnte verschulden.

Aber ich weiß besser, was gut für uns ist, dachte Uschi, und dann schlief sie doch endlich ein.

Betty war dagegen immer noch hellwach, als Martin ins Schlafzimmer kam. Sie dachte und dachte und dachte.

An Claudia, die ihr so vertraut vorkam und die fünfhundert Mark wollte, die Betty nicht hatte. Nachdem ich jetzt Martins Geheimnis kenne, brauche ich Claudias Enthüllungen eigentlich nicht mehr fürchten, dachte Betty. Er war ja genauso schlimm wie sie selbst. Betrog sie mit ihrer besten Freundin.

Wir sind quitt, dachte Betty, aber so einfach war das nicht.

Martin war ein Mann, für ihn galten andere Regeln. Wenn ihm Bettys Verhalten nicht passte, dann konnte er sich einfach scheiden lassen und mit Fräulein Leyensieper oder Fräulein Walter oder Gabriele ein neues Leben anfangen. Und für Betty wäre alles zu Ende, sie hätte ein Kind und kein Geld, und wenn herauskäme, was sie alles hinter sich hatte, würde ihr keiner mehr eine Chance geben.

Sie musste Claudia bezahlen. Fünfhundert Mark sind nicht so viel, dachte Betty. Sie würde ihr erst mal die zweihundert geben, die sie in den letzten Monaten zur Seite gelegt hatte, und dann würde man sehen.

Dann würde man sehen, dass Claudia nicht klein beigab. Und dass sie auch mit fünfhundert Mark nicht zufrieden wäre, sondern Betty immer weiter erpressen würde. Sie würde sie niemals loswerden.

Betty warf die Decke zurück. Plötzlich war ihr furchtbar warm. Draußen klatschte schon wieder der Regen gegen die Scheiben, es war eine richtige Sintflut zugange. Wo Claudia jetzt wohl steckte? Ob sie ein Dach über dem Kopf hatte und eine einigermaßen erträgliche Wohnung?

Wenn sie wirklich Bettys Tochter war, dann hatte Betty sie einmal in ihrem Bauch getragen, so wie sie jetzt den kleinen Andreas oder die kleine Renate in sich trug, auf diese Namen hatten sich Martin und Betty nämlich geeinigt.

Wenn man jemanden neun Monate lang in sich getragen und auf die Welt gebracht hat, dann muss man doch mehr spüren als nur so etwas Vages, dachte Betty. Und sehen müsste man es auch. Aber Claudia ähnelte weder ihr noch Xaver.

An dessen Gesicht Betty sich allerdings selbst kaum erinnern konnte. Die vielen Haare auf seiner Brust, auf den Armen und Beinen, das war das Einzige, was ihr im Gedächtnis geblieben war.

Die Schwestern hatten wieder und wieder versucht, seinen Namen aus ihr herauszuholen, aber sie hatte ihn nicht verraten. Sie hatte sich nach Kräften bemüht, Xaver in sich auszulöschen, und das war ihr ja auch fast gelungen.

An den See erinnerte sie sich ganz genau. Wenn sie im Besinnungsraum gesessen hatte, die Arme um die Beine geschlungen, um sich selbst zu wärmen, hatte sie sich vorgestellt, wie sie in dem moosgrünen Weiher trieb. Über sich der blaue Weilerbacher Sommerhimmel, unter sich die Algen und Wasserpflanzen, die Fische und Würmer und was sonst noch alles im See lebte.

Um sich herum das Wasser, das sie umfing und trug wie Gottes große Güte.

Betty war erleichtert, als es draußen hell wurde. Bevor Martins Wecker ging, stand sie auf und machte Kaffee, und als er in die Küche kam, schlug sie gerade ein paar Eier in die Pfanne.

»Du verwöhnst mich«, sagte er und zog sie gähnend an sich. »Womit hab ich das alles bloß verdient?«

»Das frag ich mich allerdings auch«, sagte Betty, aber nicht scharf und vorwurfsvoll, sondern scherzhaft.

Als er das Haus verlassen hatte, kam Gabriele hoch, sie musste abgewartet haben, bis er weg war.

»Das Heim ist immer noch da«, erklärte sie anstelle einer Begrüßung. »Ich war gerade bei der Post und hab im Telefonbuch nachgesehen. Mach dich fertig, wir fahren sofort los.«

Natürlich sträubte und wehrte sich Betty, aber damit hatte Gabriele gerechnet. Genau wie Betty hatte sie die ganze Nacht wach gelegen und hatte ihre Geschütze in Stellung gebracht, und jetzt feuerte sie sie nacheinander ab.

»Man muss sich seiner Vergangenheit stellen«, sagte Gabriele. »Wenn du der Sache mit dieser Claudia, oder wie immer sie heißen mag, nicht auf den Grund gehst, wird sie deine Ehe und dein Leben zerstören. Du musst kämpfen, sonst hast du verloren.«

Ausgerechnet Gabriele gab Betty gute Ratschläge, wie sie ihre Ehe retten sollte. Es war lachhaft. Aber Betty war nicht zum Lachen zumute.

Sie dachte an das Kind in ihrem Leib, das sie vor Claudia beschützen musste. Gabriele hatte recht, wenn sie sie bekämpfen wollte, mussten sie mehr über sie herausfinden.

Sie zog sich an. Dann fuhren sie zum Bahnhof, wo sie einen Zug nach Düsseldorf nahmen.

Eine knappe Stunde, dann waren sie da.

Der Düsseldorfer Bahnhof war nicht mehr schwarz verkohlt, die zerstörten Häuser am Bahnhofvorplatz hatte man durch neue Gebäude ersetzt, graue Betonklötze mit einem Gittermuster aus rechteckigen Fenstern. Keine Erker, keine Verzierungen, keine Farbe, solche Sperenzchen waren nach dem Krieg fehl am Platz.

Ein Taxi brachte sie in die Dorotheenstraße. Betty saß auf dem Rücksitz und war erleichtert, dass sie die Stadt kaum wiedererkannte. Die großen, breiten Straßen und die neuen Kastenhäuser und nirgends eine Ruine oder ein Schutthaufen. Als sie aus dem Heim entlassen worden war, hatte man Düsseldorf den Krieg noch angesehen, aber jetzt waren alle Spuren verwischt.

Nun bog das Taxi um eine Ecke und kam vor der Nummer 85 zum Stehen.

Gabriele, die vorn saß, bezahlte den Fahrer. Betty wollte die Fahrtkosten übernehmen, sie schaffte es jedoch nicht, ihren Geldbeutel aus der Tasche zu ziehen. Sie brachte auch keinen Ton heraus. Das Haus stand da, hoch und grau und finster, als hätte es all die Jahre auf sie gewartet.

»Dann wollen wir mal«, sagte Gabriele und stieg aus, und Betty hätte ebenfalls aussteigen müssen. Aber es ging nicht. Das Haus lähmte sie und raubte ihr den Atem.

»Kommen Sie, ich helfe Ihnen.« Der Fahrer riss von außen die Tür auf und bot ihr seinen Arm an.

Sie ließ sich nach draußen ziehen.

Als sie auf den Bürgersteig trat, wurde aus Betty wieder Elisabeth, ein großes, dünnes, hungriges Mädchen, das keiner brauchte und niemand vermisste. Ein Mensch, mit dem man machen konnte, was man wollte.

28

»Ich kann da nicht rein«, würgte Elisabeth hervor, als das Taxi abgefahren war. Die Fenster in der grauen Fassade waren schwarze Augen, die sie anstarrten. Hast du wirklich geglaubt, dass du mir entkommen könntest?, fragte das Haus.

»Natürlich kannst du da rein«, sagte Gabriele. »Keine Angst, ich bin bei dir.«

Du brauchsch koi Angschd habe, sagte Xaver.

Der Satz hatte sie damals ins Verderben geführt.

»Es geht nicht«, sagte Elisabeth und verschränkte die Arme vor der Brust.

»Du liebe Zeit, Betty. Du zitterst ja.«

Gabriele griff nach ihrem Ellenbogen, und Elisabeth machte unwillkürlich einen großen Schritt nach hinten, auf die Straße. Ein lautes Hupen ließ sie zusammenfahren. Ein Bus ratterte vorbei, der Fahrer hinter der Windschutzscheibe tippte sich wütend mit dem Zeigefinger an die Stirn.

Gabriele zog Elisabeth zurück auf den Gehweg. Fast wäre sie überfahren worden. Vielleicht wäre es ein passendes Ende gewesen.

Die junge Diakonisse am Eingang hatte Sommersprossen und sanfte Augen wie ein Waldtier. Elisabeth hatte sie noch nie zuvor gesehen.

»Wir möchten gerne mit der Oberin sprechen«, sagte Gabriele mit fester Stimme.

»Haben Sie einen Termin vereinbart?«

Gabriele schüttelte den Kopf.

»Sie brauchen einen Termin«, erklärte die Diakonisse bedauernd.

»Das wussten wir nicht«, sagte Gabriele. »Wir sind extra aus Essen angereist. Es ist wirklich dringend.«

Die Diakonisse blickte auf Elisabeths Bauch, der sich unter ihrem Mantel leicht nach vorn wölbte. »Wir nehmen hier nur Minderjährige auf.«

Elisabeth spürte, wie ihre Knie nachgaben.

Gabriele lachte. »Na, das ist ja ein Glück. Wir sind beide schon erwachsen. Und wir wollen auch ganz bestimmt nicht hierbleiben. Also, was ist jetzt? Bringen Sie uns zu Ihrer Chefin?«

»Das geht leider nicht.« Die Diakonisse machte ein betrübtes Gesicht, das nicht zu ihren lustigen Sommersprossen passte.

»Na gut«, sagte Gabriele. »Dann setzen wir uns hier in den Eingang und warten eben bis morgen oder übermorgen.«

»Moment mal«, sagte die Schwester und schloss die Tür. Nach ein paar Minuten kam sie wieder zurück, und nun durften sie doch zur Oberin.

Das Büro war immer noch im selben Raum. Schwester Hertha trug jetzt eine Brille über den hervorstehenden Augen, und ihr rötliches Haar war fast grau.

Der Raum war nicht mehr ganz so kahl und leer wie damals. Neben dem Kreuz hingen ein paar Bilder an der Wand, und auf der Fensterbank standen zwei verstaubte Alpenveilchen und eine Gießkanne aus rosarotem Plastik. Außerdem gab es drei Stühle, die an der Wand aufgereiht waren.

»Womit kann ich helfen?«, fragte die Oberin.

Elisabeth schluckte laut. Sie wartete darauf, dass ihr Gabriele zu Hilfe kam, aber die lächelte ihr nur aufmunternd zu.

»Natürlich.« Die Oberin stand auf und kam mit ausgestreckten Armen auf sie zu. Elisabeth brauchte alle ihre Kraft, um nicht wieder zurückzuweichen. »Das ist ja die Elisabeth. Ich hätte

Sie fast nicht mehr erkannt. Die kurzen Haare. Wie geht es Ihnen?«

Sie siezte sie, das war neu, aber alles andere genau wie früher. Der Blick, der über Elisabeths Bauch wanderte, nur ganz kurz, aber Elisabeth wusste, dass die Oberin das Gleiche dachte wie die junge Diakonisse am Eingang. Dass sie sich fragte, ob all die Mühe, die sie in ihre moralische Erziehung gesteckt hatten, umsonst gewesen war.

»Danke der Nachfrage«, sagte Gabriele an Elisabeths Stelle. »Frau Strissel und ich wollen Sie gar nicht lange stören, sondern haben nur eine Frage.«

»Frau Strissel?«

»So heiße ich jetzt«, sagte Elisabeth und sah, wie die Oberin aufatmete. Doch kein Sündenfall, sondern eine gerettete Seele.

»Und wer sind Sie, wenn ich fragen darf?«, wandte die Oberin sich an Gabriele.

»Ansbach«, sagte Gabriele und streckte ihr die Hand hin. »Und Sie?«

Diese Direktheit missfiel der Oberin. »Schwester Hertha«, sagte sie reserviert und sah Gabriele von oben herab an. Es gelang ihr erstaunlich gut, obwohl Gabriele ein bisschen größer war als sie.

Gabriele holte ihre Zigaretten aus der Tasche.

»Rauchen ist hier verboten«, sagte Schwester Hertha.

»Wie so vieles.« Gabriele steckte die Zigaretten wieder ein.

»Was gibt es denn jetzt?«, fragte die Oberin, wobei sie wieder Elisabeth ansah.

»Es ist so, dass ein Mädchen bei Frau Strissel aufgetaucht ist, das sich als ihre Tochter ausgibt und Geld von ihr fordert. Falls sie nicht zahlen sollte, würde sie ihrem Ehemann einen Brief schreiben.«

»Und der Ehemann hat keine Ahnung von Ihrer Vergangenheit?«, fragte Schwester Hertha.

Elisabeth schüttelte den Kopf. Die Oberin seufzte. Wenn die Mädchen die Einrichtung verließen, riet man ihnen nicht umsonst, kein Geheimnis aus ihrer Vergangenheit und keine Mördergrube aus ihrem Herzen zu machen. Natürlich war es nicht ratsam, Hinz und Kunz davon zu erzählen, dass man seine Jugend im Fürsorgeheim verbracht und womöglich ein uneheliches Kind geboren hatte. Aber vor seinem zukünftigen Ehemann sollte man die Sache offen ansprechen, das legte man den Zöglingen sehr nahe, doch kaum eins der dummen Dinger hielt sich daran. Sie erfanden lieber eine makellose, heile Vergangenheit, liebende Eltern, die leider früh das Zeitliche gesegnet hatten, Verwandte oder Bekannte, die einen aufgenommen hatten und nun ebenfalls verschieden waren. Oder Ähnliches. Irgendwann kam die Wahrheit jedoch unweigerlich ans Licht, weil sich die Mädchen in ihren eigenen Lügen verstrickten und die Ehemänner misstrauisch wurden. Dann war das Vertrauen zerstört, und der Jammer war groß.

Dass Elisabeth sich nicht an ihren Rat gehalten hatte, wunderte die Oberin kein bisschen. Das Mädchen hatte stets seinen eigenen Kopf gehabt, man hatte die allergrößte Mühe mit ihm gehabt. Jetzt wurde es also erpresst, soso.

»Und wie kann ich Ihnen nun helfen?«, fragte die Oberin und sah, wie Elisabeth nervös über ihre aufgesprungenen Lippen leckte. Eine Unart, die sie den Zöglingen immer abzugewöhnen suchten. Auch daran waren sie bei Elisabeth offensichtlich gescheitert.

»Wir wüssten gerne, ob dieses Mädchen wirklich die verlorene Tochter ist«, sagte Gabriele.

»Das ist unmöglich. Die Kinder, die zur Adoption freigegeben werden, erfahren nichts über ihre leiblichen Eltern.«

»Es gibt doch bestimmt Unterlagen.«

»Natürlich.« Die Oberin nickte. »Die sind aber unter Verschluss.« Dann dachte sie an den Vorfall im letzten Jahr und merkte, dass sie auf sehr dünnem Eis stand. Sie würde keinen Schritt weitergehen.

»Können wir die Unterlagen einsehen?«, fragte Gabriele.

»Nein«, sagte die Oberin. »Dazu gibt es auch keinen Grund. Hier hat alles seine Ordnung. Die Identität des Kindes, seine jetzigen Eltern und der Aufenthaltsort sind geheim. Darüber geben wir keine Auskunft.« Schwester Hertha legte ihre Handflächen gegeneinander und spreizte die Finger. Ihre Knöchel schmerzten. Eine beginnende Arthrose. »Vielleicht ist das Ganze nur ein dummer Unfug.«

Gabriele nickte ungeduldig. »Ganz offensichtlich weiß die Erpresserin ja, dass Frau Strissel vor sechzehn Jahren ein Kind bekommen hat.«

»Aber nicht von uns.« Die Oberin ging zum Fenster, griff nach der Gießkanne und wässerte ihre Topfpflanze, obwohl sie sie erst am Morgen gegossen hatte. »Es tut mir von Herzen leid, aber ich kann Ihnen da nicht weiterhelfen.«

Es ist vorbei, dachte Elisabeth voller Erleichterung.

Aber nun drehte sich Schwester Hertha wieder zu ihnen um. »Vielleicht möchten Sie sich ja noch ein bisschen im Haus umschauen, wenn Sie nun schon einmal hier sind«, sagte sie. »Sie werden das Heim nicht wiedererkennen. Es waren so harte Zeiten damals, aber jetzt ist alles besser. Die Mädchen schlafen in Vierbettzimmern, die jüngeren gehen zur Schule, die älteren erhalten eine Ausbildung. Jedenfalls die meisten.«

»Das müssen wir sehen«, rief Gabriele. »Du wolltest doch dieser Schwester noch guten Tag sagen, Betty«, sagte sie zu Elisabeth. »Wie hieß sie gleich wieder? Nun ist mir der Name doch glatt entfallen.«

Edeltraud, dachte Elisabeth und spürte, wie ihre Brust eng wurde.

»Schwester Irmgard?«, fragte die Oberin und drehte sich misstrauisch zu ihr um.

»Das war der Name!«, rief Gabriele. »Ist sie denn noch hier, die gute Seele?«

Die Oberin starrte Elisabeth an, die erneut über ihre Lippen leckte. Schwester Irmgard war die Leiterin der normalen Gruppe gewesen, in der Elisabeth aber immer nur kurze Zeit verbracht hatte, bevor man sie wieder in den Besinnungsraum und dann zu Schwester Edeltraud geschickt hatte.

»Sie ist noch hier«, sagte Schwester Hertha. »Ich weiß allerdings nicht …«

»Na, hören Sie mal«, rief Gabriele. »Jetzt sind wir einmal hier, da werden wir doch wohl nicht wieder abfahren, ohne kurz Hallo zu sagen!«

Nichts hatte sich verändert. Im Treppenhaus roch es genau wie früher nach Angst und Verzweiflung und verkochtem Gemüse. Damals hatten sie immer Hunger gehabt, heute gab es vermutlich genug zu essen. Vielleicht hält man die Zöglinge aber auch ganz bewusst knapp, dachte Elisabeth. Hunger macht schließlich gefügig.

»Hier entlang«, sagte die junge Diakonisse mit den Sommersprossen, die Schwester Margret hieß. Sie traten aus dem Treppenhaus in den Flur, und Elisabeth wurde plötzlich bewusst, wie oft sie von diesem Haus, von diesen Gängen und Räumen träumte. Es waren Träume, in denen nichts geschah, in denen sie niemals irgendwo ankam und immer nur ging.

Jetzt bogen sie in einen schmalen Flur ein, in dem all ihre Träume endeten. Hinter der drittletzten Tür auf der linken Seite befand sich der Gruppenraum der Vierten. Schwester Edeltrauds Reich des Bösen.

Elisabeth hätte sich gerne umgedreht und wäre geflohen. Aber das tat sie nicht, sondern setzte einen Fuß vor den anderen. Die Tür kam näher. In ihren Träumen wachte Elisabeth immer auf, wenn sie sie erreicht hatte, und lag da, schweißgebadet und erleichtert, und dachte: Es ist vorbei.

Aber es war ja gar nicht vorbei, erkannte sie jetzt. Es war alles genau wie früher. Auch sie war wie früher. Martin hatte recht, der Mensch ändert sich nie.

Sie versuchte an ihre Wohnung in Essen zu denken, die schöne Küche mit den Resopalfronten, an den Linoleumboden, blau gesprenkelt wie klares Wasser. Aber all das erschien ihr nun seltsam unwirklich. Das hier ist die Realität, dachte sie.

Die Tür zu Schwester Edeltrauds Gruppenraum war zu und blieb zu, als sie daran vorbeigingen. Vermutlich war das Zimmer leer. Die Mädchen waren um diese Zeit bei der Arbeit oder im Unterricht, und Schwester Edeltraud war ebenfalls irgendwo anders. Wenn sie überhaupt noch hier im Heim ist, dachte Elisabeth, und dann bogen sie wieder um eine Ecke und ließen den Raum hinter sich.

Schwester Irmgard saß an ihrem Schreibtisch und füllte Karteikarten aus. Im Dorotheenheim legte man größten Wert darauf, dass alles genau dokumentiert wurde, dass man den Fortschritt der Zöglinge genauso beschrieb wie ihre Fehltritte und Rückschläge. Nach der Sache im letzten Jahr wurden die Akten jeden Abend eingesammelt und unter Verschluss genommen.

Ellen fällt es schwer, sich in ihrer freien Zeit sinnvoll zu beschäftigen, schrieb Schwester Irmgard. *Sie sitzt am liebsten herum und unterhält sich mit den anderen Mädchen. Oft wird getratscht oder gestritten. Auch im Gottesdienst ist Ellen unruhig und schwätzt gern. Handarbeiten erledigt sie nur unter Druck und schlampig.*

Mit schief gelegtem Kopf blickte sie auf die Sätze auf dem linierten Papier. Die Oberin ermahnte sie immer, auch etwas Positives zu schreiben, aber zu Ellen fiel Schwester Irmgard partout nichts Positives ein. Im Gegensatz zu vielen anderen Mädchen wusch sie sich ordentlich und achtete auch auf ihre Kleidung. Aber sie übertreibt es, dachte Schwester Irmgard. Dieses Interesse an Äußerlichkeiten hatte etwas Ungesundes.

Nachdenklich spitzte sie ihren Bleistift an, und dann klopfte es.

»Herein«, rief Schwester Irmgard, erleichtert über die Ablenkung.

»Raten Sie mal, wen ich Ihnen mitgebracht habe«, rief Schwester Margret. Hinter ihr standen zwei junge Frauen, und genau wie die Oberin brauchte auch Schwester Irmgard einen Moment, bis sie Elisabeth wiedererkannte. Aber dann freute sie sich ungemein, sie zu sehen. Es kam so gut wie nie vor, dass sich einer der Zöglinge nach der Entlassung noch einmal im Heim blicken ließ. Man konnte es ja auch verstehen, die armen Dinger wollten ihre schändliche Vergangenheit hinter sich lassen und ein neues Leben beginnen. Dennoch schmerzte es, man fühlte sich den Geschöpfen schließlich verbunden und hatte so viel für sie getan.

Und nun ausgerechnet Elisabeth, das war erstaunlich, fand Schwester Irmgard. Von ihr hätte sie so etwas wie Dankbarkeit am allerwenigsten erwartet.

»Wie geht es Ihnen?«, fragte sie und erhob sich. »Und wo wohnen Sie jetzt? Ich bin ja ganz neugierig!«

Elisabeth erzählte, dass sie sich verheiratet hatte und in Essen wohnte. Sie sah aus, als wäre sie in Umständen, aber das erwähnte sie nicht, vielleicht war es ihr unangenehm. Die Unterhaltung verlief überhaupt sehr schleppend, und genau wie früher wich Elisabeth Schwester Irmgards Blick aus.

Ihre Begleiterin war dagegen umso gesprächiger und stellte eine Menge Fragen, nach den Abläufen im Heim, den Zöglingen und ihrer Arbeit, und dann kam sie auf die adoptierten Kinder zu sprechen und wollte wissen, ob hin und wieder eines von ihnen im Heim auftauchte, um etwas über seine leibliche Mutter in Erfahrung zu bringen. Und wie man in solchen Fällen verfuhr.

»Wir erteilen natürlich keine Auskunft«, sagte Schwester Irmgard. »Wenn eine Mutter sich einmal entschließt, ihr Kind aufzugeben, dann verwirkt sie damit jeden Anspruch auf einen zukünftigen Kontakt. Das ist ja auch nur recht und billig, dem Kind gegenüber und den Adoptiveltern.«

Die Frau ließ immer noch nicht locker. »Aber was, wenn das Kind den Kontakt zu seiner Mutter sucht?«

»Auch dann nicht«, sagte Schwester Irmgard. »Es ist für alle Beteiligten besser so.«

Sie war froh, als die beiden wieder gingen. Elisabeth mochte ja jetzt einigermaßen gefestigt sein und ein bürgerliches Leben führen. Aber da war etwas an ihr und in ihr, das Schwester Irmgard missfiel, und auch ihre Bekannte war mehr als seltsam. Vielleicht war es doch ganz gut, dass man die Zöglinge so selten wiedertraf.

Elisabeth war ebenfalls froh, als sie den Gruppenraum wieder verließen. Sie wollte auch den Rest des Hauses nicht mehr sehen. Nichts wie weg hier, dachte sie. Es war ja zum Sterben peinlich, wie Gabriele versucht hatte, erst die Oberin und dann Schwester Irmgard in die Mangel zu nehmen. Und erreicht hatte sie durch ihre lächerliche Fragerei rein gar nichts, überhaupt hätten sie sich die Fahrt nach Düsseldorf sparen können.

Sie durchquerte den Flur mit großen Schritten, so schnell, dass Gabriele und Schwester Margret Mühe hatten, ihr zu folgen.

Als sie ins Treppenhaus trat, kam ihr Schwester Edeltraud entgegen.

Im Gegensatz zur Oberin und Schwester Irmgard erkannte Schwester Edeltraud Elisabeth sofort, das sah sie an ihrem Blick.

Elisabeth fühlte sich wie eine Stubenfliege, die versehentlich in den Käfig des Kanarienvogels geflogen ist. Sie spürte, wie Schwester Edeltrauds scharfe graue Augen durch den teuren Mantel drangen, den Martin ihr im letzten Winter gekauft hatte, durch die gestärkte und gebügelte Bluse und die blütenweiße Unterwäsche, und wie Schwester Edeltraud in ihr Herz blickte.

»Elisabeth«, sagte die Stimme, die Elisabeth all die Jahre begleitet und ihr Leben kommentiert hatte. »Das ist aber eine Überraschung.«

Elisabeth spürte, wie eine Woge an Übelkeit in ihr aufstieg.

Einmal hatte sie im Besinnungsraum gesessen, und Schwester Edeltraud hatte vergessen, ihr den Eimer in die Zelle zu stellen, oder vielleicht hatte sie es auch nicht vergessen und ihn absichtlich aus dem Raum entfernen lassen, um Elisabeth daran zu erinnern, dass sie eine erbärmliche Sünderin war. Als Elisabeth das Bedürfnis spürte, hatte sie mit den Fäusten gegen die Tür gehämmert und mit den Füßen dagegengetreten, aber niemand hörte sie, niemand half ihr.

Am Ende hatte sie sich in einer Zimmerecke erleichtert, mehrmals, weil Schwester Edeltraud sie erst am nächsten Mittag aus dem Besinnungsraum befreit hatte. Elisabeth dachte an Schwester Edeltrauds angeekeltes Gesicht, als sie die Bescherung sah. Den Rest des Tages hatte Elisabeth damit verbracht, den Raum zu schrubben.

Plötzlich hatte sie den Geruch von Schmierseife in der Nase. Die Übelkeit wurde schlimmer. Elisabeth presste ihre Hand vor den Mund und schloss die Augen. Wenn sie sich hier übergab, würde Schwester Edeltraud sie das Erbrochene aufwischen lassen.

»Ist alles in Ordnung mit Ihnen?«, fragte Schwester Margret und berührte sanft ihre Schulter.

Elisabeth nickte, obwohl nichts in Ordnung war.

»Kommen Sie«, sagte Schwester Margret. »Sie müssen an die frische Luft.«

Elisabeth öffnete die Augen wieder und blickte in ihre sanften Waldtieraugen und sah die Sommersprossen auf ihrer Nase. Schwester Margret lächelte sie an, und Elisabeth ballte die Hände zu Fäusten und setzte sich in Bewegung. Sie ging an Schwester Edeltraud vorbei, die Treppe nach unten. Ein Teil von ihr wartete darauf, dass Schwester Edeltraud ihr nacheilte und sie an den Schultern zurückriss, aber das passierte nicht.

Auf der Straße zündete Gabriele sich erst mal eine Zigarette an, und Elisabeth nahm auch eine. Dr. Behrend konnte ihr gestohlen bleiben mit seinen Ermahnungen. Die Zigarette schmeckte ihr nicht, sie rauchte sie dennoch bis zum Ende, weil sie so froh darüber war, dass sie es durfte.

»Du liebe Zeit.« Gabriele blies Rauch aus der Nase. »Was sind das nur für scheußliche Drachen da drinnen. Pfui Teufel.«

Elisabeth ließ ihre Zigarette fallen und trat sie mit der Fußspitze aus. »Lass uns nach Hause fahren«, sagte sie.

Sie fanden keinen Taxistand, aber eine Straßenbahnhaltestelle. Die Nummer 150 fuhr zum Bahnhof. Gerade wollten sie einsteigen, als jemand Elisabeth am Ärmel packte.

Schwester Edeltraud, dachte sie erschrocken. Wie hatte sie glauben können, dass sie sie einfach so davonkommen ließ?

Als sie sich umdrehte, stand da aber nicht Schwester Edeltraud, sondern Schwester Margret. Ihr Gesicht war ganz rot, sie war ganz offensichtlich gerannt.

»Entschuldigung«, keuchte sie. »Aber ich muss Ihnen noch etwas sagen.«

»Wat is nu?«, schrie der Fahrer aus der Straßenbahn. »Wollen Se mitfahren, oder wie sieht et aus?«

»Wir nehmen die nächste«, rief Gabriele. Da bimmelte er und fuhr weg.

»Ich habe gerade gehört, warum Sie zu uns gekommen sind«, stieß Schwester Margret hervor. »Also, das mit Ihrer angeblichen Tochter.«

»Und?«, fragte Gabriele.

»Da war was.« Schwester Margret zupfte an der Schleife unter ihrem Kinn. »Ich darf eigentlich nicht darüber reden. Aber ich kann mir vorstellen … ich meine … ich vermute, dass Sie …« Sie blickte sich nervös um.

»Von uns erfährt keiner was«, versicherte Gabriele. »Wirklich nicht.«

Die junge Diakonisse knetete ihre Finger. »Also, es ist so, dass im letzten Jahr eine Insassin entflohen ist«, sagte sie. »Sie hieß Roswitha, und wir haben sie nicht wiedergefunden.«

»Aha«, sagte Gabriele und sah Elisabeth an, die über ihre trockenen Lippen leckte.

»Als sie weggelaufen ist, hat sie einen ganzen Stapel Akten mitgenommen«, fuhr Schwester Margret fort.

»Was für Akten?«, fragte Elisabeth.

Schwester Margret blickte sich wieder um. »Das weiß ich nicht. Ich war damals ganz neu im Heim und hab es überhaupt nur am Rande mitbekommen. Die Sache wurde nicht angezeigt.«

»Warum denn nicht?«, fragte Gabriele.

Schwester Margret zuckte mit den Schultern. »Man wollte wohl kein Aufsehen.«

»Wie alt war denn diese Roswitha?«, fragte Elisabeth.

»Ich glaube, sechzehn«, sagte Schwester Margret. »Ziemlich groß und furchtbar dünn.«

»Braune Haare?«, fragte Elisabeth.

»Blond«, sagte Schwester Margret. »Ein hübsches Ding. Aber ungeheuer blass.«

»Vielleicht hat sie ihre Haare gefärbt«, sagte Gabriele. »Woher stammte sie denn, diese Roswitha? Aus Essen?«

Schwester Margret schüttelte den Kopf. »Sie war aus Düsseldorf. Aber mehr weiß ich leider nicht.«

»Erinnern Sie sich denn noch an ihren Nachnamen?«, fragte Elisabeth

»Wundsam«, sagte Schwester Margret. »Bitte, verraten Sie niemand, dass ich mit Ihnen gesprochen habe.«

Ohne eine Antwort abzuwarten, drehte sie sich um und eilte mit gesenktem Kopf davon, zurück in das Heim, in dem sie fast genauso unglücklich war, wie Elisabeth es früher gewesen war.

Nach ihrer Ausbildung war sie voller guter Vorsätze in die Dorotheenstraße gekommen, voller Begeisterung und Idealismus.

Seitdem ließen die anderen Schwestern sie gegen die Wand laufen. Man hielt nichts von neuen Ideen und pädagogischen Ansätzen. Verständnis und Güte brachten einen bei verwahrlosten Mädchen nicht weiter. Wenn man den Fürsorgezöglingen den kleinen Finger reichte, nahmen die gleich den ganzen Arm, und wenn man Pech hatte, rissen sie ihn aus, sagten die Schwestern.

Ordnung, Disziplin und Härte – nur damit kam man ihnen bei. Das würde früher oder später auch Schwester Margret begreifen.

»Roswitha Wundsam«, sagte Gabriele. »Das ist sie, oder?«

Elisabeth nickte. Roswitha Wundsam, die mit einem Stapel Akten aus dem Dorotheenheim geflüchtet war, war ihre Erpresserin. Aber nicht ihre Tochter. Roswitha musste Elisabeths Namen in den entwendeten Unterlagen gefunden haben. Vermutlich hatten die Aufzeichnungen sie auch zur Bäckerei von Frau Storz geführt. Schwester Hertha hatte Elisabeth ja damals empfohlen, sich dort vorzustellen. Und von Frau Storz oder einer der Verkäuferinnen, vielleicht sogar von Gabriele, hatte Roswitha erfahren, dass Elisabeth sich nun Strissel schrieb und ganz in der Nähe wohnte.

So war alles gekommen.

Nicht meine Tochter, dachte Elisabeth und fragte sich, warum sie sich Roswitha dann so verbunden gefühlt hatte. Und immer noch fühlte. War das alles nur Einbildung?

»Und jetzt?«, fragte Gabriele. »Eigentlich ist die Sache ja erledigt. Wenn sie wieder auftaucht, sagst du ihr einfach, dass du nun Bescheid weißt.«

»Sie kann immer noch an Martin schreiben«, sagte Elisabeth. »Und ihm alles erzählen.«

»Du kannst im Heim Bescheid geben, dass du sie gefunden hast. Oder du gehst gleich zur Polizei. Dann nimmt man sie wieder in Gewahrsam. Das wird sie nicht riskieren, ich kann mir nicht vorstellen, dass sie zu diesen Drachen zurückwill.«

Gabriele holte ihre Puderdose aus der Handtasche und klappte sie auf. Im Deckel war ein Spiegel, in dem sie sich mit gerunzelter Stirn betrachtete, bevor sie sich mit dem Lippenstift die Lippen nachzog.

»Sollen wir?« Sie rieb die Lippen gegeneinander und verstaute Puderdose und Lippenstift wieder in der Tasche.

»Wundsam«, sagte Elisabeth. »Der Name ist nicht allzu häufig, oder?«

»Wieso?«

»Ich wüsste gerne, woher sie kommt.«

»Na, hier aus Düsseldorf, wenn Schwester Margret recht hat.«

»Warum hat man sie ins Heim geschickt?«

»Was spielt das für eine Rolle? Sie ist nicht deine Tochter.«

»Trotzdem«, sagte Elisabeth.

In dem Telefonbuch, das in der Telefonzelle an der Straßenecke von einer Metallkette baumelte, gab es nur einen Eintrag für Wundsam.

»Eichkatzstraße 14«, sagte Elisabeth.

Sie wussten beide nicht, wo das war, also fragte Elisabeth den Mann im Zeitungskiosk, der im Stadtplan nachschaute. Die Straße lag in der Siedlung Freiheit am Eller Forst. Um dorthin zu kommen, musste man erst neun Stationen mit der Straßenbahn fahren und dann in den Bus umsteigen.

»Das ist aber ganz schön kompliziert«, fand Gabriele. »Und am Ende haben die Wundsams dort überhaupt nichts mit unserer Roswitha zu tun.«

»Vielleicht aber doch«, sagte Elisabeth.

»Ich verstehe einfach nicht, warum du da hinwillst. Selbst wenn es Roswithas Leute sind, sie wohnt unter Garantie nicht mehr dort. Ich tippe darauf, dass sie in Essen ist.«

Elisabeth warf einen Blick auf ihre Uhr. Es war kurz nach drei. Um halb sechs kam Martin nach Hause, und sie hatte noch nicht einmal den Frühstückstisch aufgeräumt oder die Betten gemacht.

Gabriele hatte recht, vermutlich brachte es nichts, nach Eller zu fahren, aber es war ihre einzige Spur. Warum wollte Elisabeth Roswitha unbedingt finden? Darauf hatte sie allerdings auch keine Antwort.

»Du kannst ja allein zurückfahren«, sagte sie. »Ich werde mir das auf jeden Fall anschauen.«

29

Die Siedlung Freiheit sah aus wie ein Dorf. Geschwungene Straßen und Häuser mit hohen Satteldächern, die von großen Gärten umgeben waren, in denen im Sommer Blumen und Gemüse wuchsen. Jetzt lagen die Beete brach, und die Obstbäume reckten ihre kahlen Zweige fröstelnd in den grauen Novemberhimmel. Vor einem Haus spielten Kinder Fußball. Ein alter Mann führte seinen Hund aus.

Nur der Geruch passte nicht zur Dorfidylle.

Es war der Gestank nach verrottendem Abfall. Elisabeth hatte ihn sofort gerochen, als sie aus dem Bus gestiegen war. Er kam von der Müllkippe, die direkt hinter der Siedlung lag und den gesamten nördlichen Teil des Eller Forstes einnahm. Ein Gebirge aus Scherben, Bauschutt, verrostetem Metall, Batterien, Essensresten, Chemikalien, Lumpen, Papier, Holz, Dosen, Medikamenten und Autoreifen, das jeden Tag wuchs, genau wie die Wirtschaft.

Noch vor einem Jahrhundert war der Eller Forst ein Sumpfgebiet gewesen, in dessen Feuchtwiesen und Tümpeln Reiher, Störche, Rallen und Frösche gelebt hatten. Die Tiere waren längst verschwunden, es gab nur noch Ratten und den Müll und den Gestank, den die Bewohner der Siedlung schon gar nicht mehr zur Kenntnis nahmen.

»Die Eichkatzstraße ist da drüben«, sagte Gabriele, die natürlich nicht zurück nach Essen gefahren war, sondern Elisabeth begleitet hatte. Sie deutete auf ein Schild am Anfang einer Seitenstraße.

Vor der Hausnummer 14 harkte eine Frau trockenes Laub zusammen. Sie trug eine bunte Kittelschürze über einem grünen Wollpullover. Gummistiefel an den Füßen, weißer Dampf vor dem Mund.

»Kann ich Ihnen helfen?«, fragte sie, als sie ihre suchenden Blicke bemerkte.

»Wir wollen zu Wundsam«, sagte Gabriele.

»Dat bin isch.« Die Frau hatte ein freundliches, rundes Gesicht, ihre Wangen waren rot von geplatzten Äderchen. »Wat jibbet denn?«

Gabriele sah Elisabeth an, die sich räusperte.

»Also, eigentlich sind wir auf der Suche nach einem Mädchen. Roswitha Wundsam.«

»Roswitha?« Frau Wundsam stützte sich auf ihre Harke. »Sind Sie von der Fürsorge?«

»Nein«, sagte Elisabeth. »Es ist … privat.« Ihr Herzschlag beschleunigte sich. Die Frau kannte Roswitha, vielleicht war sie ihre Mutter.

»Privat.« Frau Wundsam lachte spöttisch. »Wat hat sie denn jetzt wieder anjestellt?«

»Nichts«, sagte Elisabeth. »Es ist nur so, dass ich ihr dringend etwas geben muss.«

»Na ja.« Frau Wundsam wirkte nicht überzeugt. »Da sind Sie bei mir an der falschen Adresse. Isch hab keine Ahnung, wo die Roswitha ist.«

»Aber Sie kennen sie.«

»Sie ist meine Nichte. Die Tochter von meinem Schwager.«

»Wohnt der auch hier?«, fragte Elisabeth.

»Jott bewahre!« Frau Wundsam begann wieder zu harken. Später würde sie das Laub mit der Schubkarre zur Müllkippe bringen, man hatte es ja nicht weit. Der einzige Vorteil, wenn man so nah an der Deponie wohnte. »Aber fragen Sie misch jetzt bloß nicht, wo sisch der Alte rumtreibt. Aus seiner Wohnung haben sie ihn rausjeschmissen, weil er die Miete nicht mehr bezahlt hat. Vermutlich isser bei einem seiner Schnapsbrüder unterjekrochen.« Sie attackierte das Laub mit finsterer Entschlossenheit und vorgeschobenem Kinn. »Isch weiß nicht, wat Sie von Roswitha wollen, aber isch kann Ihnen versichern, dass es die Kleine nicht leischt jehabt hat. Die Mutter ist über alle Berge, als Rosi zehn war, und danach wurde es mit dem Alten rischtisch schlimm. Er war ja nur noch besoffen. Roswitha hat ständig in der Schule jefehlt, und dann hat sie anjefangen, sich herumzutreiben. Ein Jammer, sie war ja eijentlisch ein kluges Ding.«

»Sie sind doch die Tante«, sagte Elisabeth. »Warum haben Sie ihr nicht geholfen?«

Frau Wundsam schnaubte leise. »Dat hammer ja versucht. Wir haben sie hierherjeholt, unsere Mädchen sind im jleichen Alter. Aber es war hoffnungslos, wir hatten nichts als Ärger mit ihr. Rosi kann sisch einfach nicht einfüjen. Nach ein paar Wochen war sie plötzlich weg, und danach hat man sie ins Heim jebracht. Und da ist sie dann auch wieder abjehauen.«

»Und Sie haben wirklich nichts mehr von ihr gehört, seit sie dort ausgebrochen ist?«, fragte Gabriele.

»Isch kann Ihnen nicht helfen.«

»Es gibt Hinweise, dass sie vielleicht in Essen ist«, sagte Elisabeth.

Roswithas Tante ließ die Harke fallen, stemmte die Hände in die Hüften und trat zu ihnen an den Gartenzaun. »Jetzt hören Sie mir mal jut zu«, sagte sie. »Isch weiß nit, wo dat Mädchen ist. Aber wenn isch et wüsste, würd isch et Ihnen auch nit sajen. Dass Sie der Kleinen wat jeben wollen, dat können Sie meinetwejen dem Mann im Mond erzählen oder dem Nikolaus, dat nehme isch Ihnen nit ab.«

»Ist ja schon gut«, sagte Gabriele. »Nun regen Sie sich nicht auf. Komm, Betty, wir müssen jetzt wirklich nach Hause.«

Es war kurz nach halb sieben, als Elisabeth die Tür aufschloss und in die Wohnung trat.

»Betty!« Martin eilte aus der Küche zu ihr. Er umfasste mit beiden Händen ihre Schultern und hielt sie fest, als hätte er Angst, dass sie sofort wieder verschwinden könnte. »Was ist passiert, um Gottes willen?«

»Nichts«, sagte Elisabeth. »Ich war unterwegs und hab mich verspätet. Es tut mir leid, dass du dir Sorgen gemacht hast.«

»Wo warst du denn? Ich dachte schon, es wäre was mit dem Kind. Ich hab bei Dr. Behrend angerufen und im Krankenhaus …« Er unterbrach sich und rieb sich mit beiden Händen übers Gesicht.

»Nicht doch, Martin. Es ist alles in Ordnung. Ich hab nur nicht auf die Zeit geachtet. Hast du schon gegessen?« Sie zog ihren Mantel aus und hängte ihn an die Garderobe.

Martin ließ die Hände sinken und sah sie ungläubig an. »Gegessen? Was denkst du eigentlich? Ich war verrückt vor Sorge!«

»Entschuldige«, sagte Elisabeth. »Das wollte ich nicht.«

»Wo warst du, Betty?« Jetzt klang er nicht mehr besorgt, sondern ärgerlich.

Im Zug hatten Elisabeth und Gabriele sich eine Ausrede zurechtgelegt, dass sie zum Einkaufen nach Düsseldorf gefahren waren und sich erst verlaufen und dann den Zug verpasst hatten. Aber jetzt brachte Elisabeth die Geschichte nicht heraus.

Sie dachte an Schwester Edeltraud, die sich in den letzten zehn Jahren kein bisschen verändert hatte und die sich auch in den nächsten Jahrzehnten nicht verändern würde. Niemand wagte es, ihr die Stirn zu bieten. Keiner kam gegen sie an. Ein Drachen, hatte Gabriele gesagt.

Und Elisabeth war das Menschenopfer, das man dem Drachen hingeworfen hatte. Genau wie Roswitha und all die anderen Mädchen, die in der vierten Gruppe gequält worden waren.

Wir sind unschuldig, dachte Elisabeth. Wir haben keinen Grund, uns zu schämen.

Die Erkenntnis war so banal, und doch zog sie ihr den Boden unter den Füßen weg. Sie klammerte sich an Martin fest, der sie erschrocken an sich zog.

»Du meine Güte, Betty. Du bist ja ganz blass. Du brauchst einen Arzt. Wir fahren am besten …«

»Nein, Martin«, unterbrach ihn Elisabeth. »Mir geht es gut. Aber ich muss dir etwas sagen.«

Sie erzählte ihm alles. Dieses Mal redete sie nicht wirr durcheinander, sondern war ganz ruhig und klar.

Martin wurde dagegen immer fassungsloser. »Wieso hast du mir das verschwiegen?«, fragte er. »Dein ganzes Leben. Ich wusste nichts von dir.«

»Ich hab mich geschämt. Ein uneheliches Kind. Wenn du das gewusst hättest, dann hättest du mich doch nie genommen.« Dann hätte mich keiner genommen, dachte sie und stand auf. Sie holte Eier und Speck aus dem Kühlschrank und eine Pfanne aus dem Schrank. Sie hatte den ganzen Tag nichts gegessen und war mit einem Mal am Verhungern. »Ich wollte nicht, dass du mich verachtest.«

»Wofür?«, fragte Martin. »Dass sie dich gequält und misshandelt haben?« Er schüttelte den Kopf. »Wofür hältst du mich?«

Sie briet den Speck an, schlug die Eier in eine Schüssel und verquirlte sie. »Ich wollte es vergessen. Aber die Schwestern haben mich nicht vergessen. Sie waren die ganze Zeit in meinem Kopf.«

»Und dieses Mädchen«, sagte Martin. »Dachtest du wirklich, dass sie deine Tochter ist?«

Elisabeth kippte die Eier in die Pfanne. Das Fett zischte laut, der gebratene Speck duftete. Sie dachte an das Heim, wie oft sie hungrig ins Bett gegangen war. An Roswitha, die vermutlich immer noch hungrig war. »Sie ist im richtigen Alter.« Sie ist mir so ähnlich, dachte sie. Nicht weil wir verwandt sind, sondern weil wir das Gleiche durchgemacht haben.

»Ich wünschte, du hättest es mir früher erzählt«, sagte Martin. »Wie konntest du diese Geschichte vor mir geheim halten? Was wäre das für eine Liebe, wenn sie wegen so etwas zerbricht?«

Elisabeth verteilte die Eier und den Speck auf zwei Teller, schnitt Brot und stellte alles auf den Tisch. Dann begann sie zu essen, und erst als ihr Teller leer war, sagte sie: »Ich weiß das von dir und Gabriele.«

Martin kaute schweigend seinen Speck. Schluckte und legte dann sein Besteck weg.

»Hat sie es dir erzählt«, sagte er. Eine Feststellung, keine Frage.

»Ich weiß es eben«, sagte Elisabeth. »Und von den anderen weiß ich auch.«

Das war ein Schuss ins Blaue, aber als Martin nicht widersprach, wusste sie, dass er getroffen hatte.

Er stand auf, trug ihre beiden Teller zur Spüle und kippte sein restliches Ei in den Mülleimer.

»Es tut mir leid«, sagte er leise, ohne sich zu ihr umzudrehen.

Ein Teil von ihr war froh, dass er nicht versuchte, sie anzulügen, ein anderer war traurig, weil sie ihm gerne geglaubt hätte, dass es alles nicht stimmte.

»Ich will, dass es nie wieder vorkommt«, sagte sie. »Nie wieder, Martin, hörst du?«

Der November ging zu Ende, der Dezember begann, und der Winter machte jetzt Ernst. So kalt wie in diesem Jahr war es seit Anfang des Jahrhunderts nicht gewesen, so kalt würde es auch nie wieder werden. Elisabeth zog jeden Morgen ihren Mantel an, wickelte sich einen Schal um den Hals, schlüpfte in ihre weißen Fellstiefel, schob ihre Strickmütze tief in die Stirn. Und ging ins Schwimmbad.

Martin sah es nicht gerne, aber das kümmerte sie genauso wenig wie die Blicke der anderen Badegäste auf ihren Bauch. Wenn sie im Wasser war, sah man ihn ohnehin nicht.

Gabriele nahm Herrn Neumanns Angebot an und bekam einen neuen Arbeitsvertrag. Ab Januar würde sie die Geschäftsleitung der Bäckereifiliale übernehmen. Sie verdiente fünfzig Mark mehr im Monat und erhielt eine Erfolgsbeteiligung. Sie und Elisabeth sahen sich jetzt seltener, weil Gabriele einen Schnellkurs in Buchhaltung absolvierte. Die Abende zu viert entfielen ebenfalls, nur Karlheinz war betrübt, dass sie sich nicht mehr trafen. In ein paar Jahren würde Gabriele sich von ihm scheiden lassen und Herrn Neumann heiraten, dann wäre er noch viel betrübter.

Annemarie und Hartmut bekamen ihr drittes Kind, auf der Tauffeier stritten sie sich so, dass Hartmuts Mutter einen Weinkrampf bekam.

In Weilerbach erhängte sich Herr Häufele. Nach Kriegsende hatte man ihn wegen seiner Parteimitgliedschaft aus dem Schuldienst entlassen, aber schon zwei Jahre später war er wieder eingestellt worden. Seine Lehrmethoden blieben dieselben, nur dass er jetzt morgens *Grüß Gott* anstatt *Heil Hitler* rief.

Herr Häufele wurde auf dem Dachboden der Schule gefunden, er baumelte genau über der Stelle, an der einst Elisabeths Bett gestanden hatte. Keiner wusste, warum er sich umgebracht hatte.

Roswitha ließ sich nicht mehr blicken.

Jedes Mal wenn Elisabeth aus dem Haus trat, in den Bus stieg, das Schwimmbad verließ, hielt sie nach ihr Ausschau. Sie träumte nachts von ihr. Sie fragte sich, warum sie nicht mehr auftauchte.

Vielleicht hatte sie mitbekommen, dass Gabriele und Elisabeth nach Düsseldorf gefahren waren und mit den Diakonissen gesprochen hatten, und wusste auch, dass sie aufgeflogen war. Vielleicht war sie krank. Oder tot. Erfroren, erschlagen, verhungert, erwürgt. Sie war so jung und hatte kein Zuhause und kein Geld.

Oft meinte Elisabeth, sie irgendwo zu sehen, in einem Geschäft, in der Menge, einmal sogar beim Gottesdienst in der Kirche. Jedes Mal hämmerte ihr Herz wie die neue Küchenmaschine, die ihr Martin geschenkt hatte. Aber dann war es doch nichts.

Sie rechnete überall mit Roswitha, nur nicht in ihrem Haus. Aber genau da tauchte sie auf. Eine Woche vor Weihnachten klingelte es, und als Elisabeth die Tür öffnete, stand Roswitha im Treppenhaus. Groß, dünn, blass und mit rattenbraunem Haar, das gefärbt war, wie Elisabeth jetzt wusste.

»Da bist du ja endlich«, sagte Elisabeth. Eine Begrüßung, die Roswitha verwirrte. Ihre Unterlippe schob sich nach vorn, ihre Augen wurden schmal. Sie sah aus wie ein großes trotziges Kind.

»Hast du dat Geld?«, fragte sie.

»Komm doch rein«, sagte Elisabeth, und das irritierte Roswitha noch mehr. Sie überkreuzte die mageren Arme vor der Brust.

»Nee«, sagte sie. »Bestimmt nicht.«

»Du kriegst das Geld erst, wenn du mir die Unterlagen gibst«, sagte Elisabeth. »Und zwar alle.«

Roswitha schnaubte verächtlich. »Du hast mir gar nichts zu sagen. Wenn du die Kohle nicht rausrückst, dann wird dein Alter …«

»Er weiß alles«, unterbrach Elisabeth sie. »Und ich weiß auch alles. Roswitha Wundsam.«

In Roswithas Augen blitzte etwas auf. Panik, Hass, Wut, Verzweiflung. Bevor Elisabeth es einordnen konnte, trat Roswitha den Rückzug an. Sie drehte sich wortlos um und rannte zur Treppe.

»Keine Angst«, rief Elisabeth ihr nach. »Du kannst mir vertrauen, Roswitha.« Leere Worte, die im Treppenhaus verhallten. Roswitha vertraute niemandem mehr, seit die Mutter sie im Stich gelassen hatte, seit der Vater ihr wieder und wieder versprochen hatte, sich niemals mehr zu besaufen, seit der Onkel sie in die kleinen Brüste gekniffen hatte, als sie aus dem Badezimmer gekommen war.

»Wenn du mir die Unterlagen bringst, geb ich dir das Geld«, rief Elisabeth.

Unten klappte die Haustür.

Roswitha war weg.

Elisabeth hatte sie endgültig verloren.

Dachte sie.

Aber drei Tage später stand sie wieder vor der Tür und übergab Elisabeth einen großen Stapel zerfledderten Papiers.

»Das ist alles?«, fragte Elisabeth misstrauisch. »Wirklich?«

Roswitha nickte.

»Erpresst du sonst noch jemanden?«

Roswitha schniefte laut, wischte sich mit dem Handrücken über die Nase und schüttelte den Kopf und dachte an die erste Frau, bei der sie es versucht hatte. Die Sache war gründlich schiefgegangen, sie hatte keinen Pfennig bekommen. Zur Geldübergabe war der Mann der Frau erschienen und hatte Roswitha eine gescheuert, dass ihr fast der Kopf weggeflogen war.

Danach hatte sie lange gebraucht, bis sie einen neuen Anlauf gewagt hatte.

»Wenn ich mitbekomme, dass du die Nummer noch mal versuchst, hetz ich dir das Amt auf den Hals. Die finden dich, da kannst du Gift drauf nehmen.«

Keine Antwort. Roswitha schob ihre Hände tief in die Taschen ihres dünnen Mantels.

»Was ist mit deiner Bekannten, die im Sommer das Geld abgeholt hat?«, fragte Elisabeth. »Was weiß sie über die Sache?«

»Nichts. Ich war damals krank. Hab sie zu dir geschickt, damit sie die Kohle für mich besorgt, aber die ist einfach damit verschwunden.«

»Wo wohnst du?«

»Was sollen die ganzen Fragen? Ich will jetzt mein Geld!«

Elisabeth holte ihren Geldbeutel und nahm fünfzig Mark heraus.

»Fünfhundert waren ausgemacht«, sagte Roswitha empört.

»Du kriegst das Geld in Raten. Komm nach Weihnachten hierher, dann gibt es wieder was.«

Roswitha musterte sie hasserfüllt. »Du willst mich reinlegen.«

»Warum sollte ich das tun?«, fragte Elisabeth.

Roswitha machte ein Gesicht, als wollte sie sie anspucken. Doch dann schnappte sie wortlos nach dem Geldschein und verzog sich.

Elisabeth wog den Papierstapel in ihren Händen. Und dachte an das Kind, das sie vor sechzehn Jahren geboren hatte. Ein rotes Köpfchen mit dunklem Haar. Mehr hatte sie damals nicht von ihm gesehen.

Ein Mädchen oder ein Junge. Vermutlich fand sich die Antwort in den Akten. Wahrscheinlich stand da auch, wohin man das Kind gebracht hatte und wo es heute war.

Und dann? Wüsste sie Bescheid und würde niemals wieder nicht Bescheid wissen.

Elisabeth legte den Papierstapel oben auf den Geschirrschrank. Jedes Mal wenn sie die Küche betrat, hatte sie das Gefühl, dass da ein bissiges Tier hockte. Sie spielte mit dem Gedanken, die Unterlagen einfach zu verbrennen. Es ist für alle Beteiligten besser so, hörte sie Schwester Irmgard wieder sagen.

Aber als Martin nach Hause kam, lagen die Unterlagen immer noch auf dem Schrank.

»Natürlich sehen wir sie uns an«, sagte Martin. »Danach können wir immer noch entscheiden, was wir unternehmen.«

Wir, sagte er. Es ärgerte sie, dass er davon ausging, dass es auch seine Entscheidung war, aber es machte sie auch froh.

30

Nach dem Abendessen setzten sie sich aufs Sofa und gingen alles durch. Schnell stellten sie fest, dass Roswitha die Dokumente willkürlich zusammengerafft haben musste. Es waren Abrechnungen, Personallisten, Haushaltspläne und die Akten der Zöglinge Theresa Wolpert, Sigrid Hansen und Elisabeth Sonne.

»Kennst du die anderen?«, fragte Martin.

Elisabeth schüttelte den Kopf. Die Geburtstage standen jeweils oben auf dem ersten Blatt, die beiden waren viel jünger als sie. Elisabeths Mund war jetzt ganz trocken. Warum hatte sie die Unterlagen nicht verbrannt? Was vorbei war, war vorbei. Es ließ sich nicht wiedergutmachen. Der Mensch änderte sich nie.

Martin reichte ihr ihre Akte. »Bitte schön.« Als ob es ein Geschenk wäre.

Er blickte ihr über die Schulter, als sie sie aufschlug. Sie sah die winzige ordentliche Handschrift von Schwester Hertha. *12. Februar 1946*, stand da. *Die Einweisung des Fürsorgezöglings erfolgt auf Wunsch der Mutter, Gertraud Sonne, geb. Haupt.*

Unten auf dem Blatt die kindliche Signatur von Mutti. Mit der Unterschrift hatte sie Elisabeth für immer aufgegeben, danach hatten sie sich nie mehr wiedergesehen.

Es folgten vergilbte Blätter mit den Eintragungen von Schwester Gudrun, die pedantisch aufgelistet hatte, welche Handarbeiten Elisabeth in der Zeit ihrer Schwangerschaft angefertigt hatte.

Elisabeth blätterte um. Der Entlassungsbericht der Flurklinik. *Normale Geburt ohne Komplikationen, Mutter und Kind gesund.* Sämtliche Angaben zum Kind waren geschwärzt.

Das Kind wird zur Adoption freigegeben, hatte Schwester Hertha auf der nächsten Seite notiert.

Danach ging es weiter mit Elisabeths Überstellung in die vierte Gruppe, mit Berichten über ihr renitentes Verhalten, Taschengeld- und Lohnabrechnungen, Krankheitsberichten und einem miserablen Arbeitszeugnis, das man ihr bei ihrer Entlassung nie ausgehändigt hatte, wozu auch.

Kein Wort über die Adoption. Wann sie stattgefunden hatte und wo das Kind heute war, stand auf einem anderen Blatt, in einer anderen Akte. Junge oder Mädchen, brünett, blond, rothaarig, groß, klein, dick, dünn, klug, schwachsinnig, freundlich oder bösartig. Elisabeth würde es nie erfahren.

Sie klappte den Pappdeckel zu und legte die Akte weg.

»Es tut mir so leid«, sagte Martin, als sie in Tränen ausbrach.

Dabei weinte sie doch vor Erleichterung.

Während Elisabeth Tee kochte, nahm Martin sich den Rest der Unterlagen vor, und als sie mit der Kanne und zwei Tassen ins Wohnzimmer kam, kochte er vor Empörung.

»Jetzt ist mir klar, warum die den Diebstahl nicht zur Anzeige gebracht haben«, erklärte er. »Diese barmherzigen Schwestern nutzen ihre Zöglinge nach Strich und Faden aus.«

»Wie meinst du das?« Elisabeth stellte das Tablett auf den Tisch und goss Tee ein.

»Die Mädchen bekommen für ihre Arbeit in der Wäscherei oder an den Nähmaschinen nur einen Hungerlohn. Den Rest streicht das Heim ein. Und zudem kassieren sie für jeden Fürsorgezögling noch Beiträge vom Staat. Zuschüsse für Unterbringung, Kost, Kleidung etc.«

»Als ich damals entlassen worden bin, waren dreihundertneunzig Mark auf meinem Sparbuch«, sagte Elisabeth. »Für vier Jahre Arbeit.«

Martin klopfte mit der flachen Hand auf den Papierstapel vor ihm. »Das wird ihnen das Genick brechen«, sagte er. »Wenn rauskommt, wie sich die Diakonissen an den Schutzbefohlenen bereichern, können sie ihr Heim zumachen.«

»Ist das dein Ernst?« Elisabeth hatte das Gefühl, dass etwas in ihrem Leib zu glühen begann. Ein roter Funke Hoffnung. Hoffnung worauf? Gerechtigkeit ist zu groß für die Menschen, hatte Pastor Nolting immer gesagt. Man überließ sie besser Gott.

Dann eben Rache, dachte Elisabeth.

Die Vorstellung, dass man die Schwestern anklagen könnte. Schwester Edeltraud in Handschellen, vor dem Richter, im Gefängnis. Ohne einen Eimer für ihre Notdurft.

Aber dazu würde es niemals kommen. Wegen der fehlerhaften Abrechnung würde man höchstens die Oberin belangen, und auch sie käme dafür nicht hinter Gitter. Man würde sie vielleicht versetzen, genau wie die anderen.

Trotzdem. Ein Anfang. Ein Zeichen, dass ihnen nicht alles erlaubt war.

»Wir können mit den Akten nicht zur Polizei«, sagte Elisabeth. »Die wollen doch sofort wissen, woher die Unterlagen sind. Und ich werde Roswitha nicht verraten, das habe ich ihr versprochen.«

»Ich hab auch nicht an die Polizei gedacht.« Martin nahm seine Tasse hoch und blies nachdenklich auf den Tee. »Ich kenne einen Reporter von der WAZ. Dem werde ich das Ganze einmal zeigen.« Er prostete Elisabeth mit der Tasse zu.

»Deinem Kind geht es bestimmt gut«, sagte er, als sie abends im Bett lagen.

Elisabeth war zuerst verwirrt, weil sie an das Kind in ihrem Bauch dachte, aber Martin sprach von dem anderen, dem verlorenen Kind. Das sie ebenfalls in sich getragen hatte und das ihr heute so fern war wie die Mariner-2-Raumsonde, die in diesem Moment den Planeten Venus passierte.

Was immer aus ihm geworden war, sie konnte ihm nicht helfen.

Roswitha war dagegen irgendwo hier in der Stadt und fror. Die Nächte waren so entsetzlich kalt. Und in ein paar Tagen war Weihnachten.

Sie feierten das Fest mit Martins Mutter, einem riesigen Gänsebraten, Klößen, Kraut, Fischpudding und schlesischem Gebäck. Martin schenkte Elisabeth eine goldene Kette mit einem Diamantsplitter, und von Mutti bekam sie eine lila Pudelmütze, selbst gestrickt, die so hässlich war, dass es selbst Elisabeth schwerfiel, Begeisterung zu heucheln.

Nach den Feiertagen lud Elisabeth die Ansbachs zum Kaffeetrinken ein. Gabriele und Martin begrüßten sich steif, wechselten den ganzen Nachmittag kein Wort miteinander und vermieden es sogar, sich anzusehen. Karlheinz fiel nichts auf. Elisabeth kochte mit größter Gelassenheit Kaffee, extra stark, wie Gabriele ihn mochte, und servierte Weihnachtsplätzchen. Martins und Gabrieles Seitensprung erschien ihr wie ein Film, den sie vor langer Zeit im Fernsehen gesehen und von dem sie große Teile wieder vergessen hatte.

Als die beiden weg waren, schlief Martin mit Elisabeth. Er dachte dabei an das Kind in ihrem Bauch, und sie dachte an Roswitha.

Zwei Wochen nach Weihnachten tauchte sie wieder auf.

Diesmal trat sie zumindest in den Wohnungsflur, als Elisabeth sie einlud, blieb jedoch ganz in der Nähe der offenen Tür. Fluchtbereit. Elisabeth gab ihr wieder fünfzig Mark und ein Päckchen, in Glanzpapier gewickelt und mit einer gelben Schleife verziert.

»Frohe Weihnachten nachträglich«, sagte sie.

»Wat soll dat denn?«, fragte Roswitha unwirsch.

»Mach es einfach auf«, sagte Elisabeth.

Roswitha riss das Geschenkpapier mitten durch, ließ es einfach fallen und hielt den Badeanzug in die Luft, den Elisabeth ihr gekauft hatte. Ein gelber Einteiler, bedruckt mit roten Kirschen. Elisabeth hatte lange gebraucht, bevor sie sich für das Modell entschieden hatte.

»Wat soll ich damit?«, fragte Roswitha. »Ich kann doch gar nicht schwimmen.«

»Ich bring es dir bei«, sagte Elisabeth.

Roswitha sah sie ungläubig an. »Sie wollen mir das Schwimmen beibringen? Soll dat ein Witz sein?«

»Du«, sagte Elisabeth. »Du hast mich so lange geduzt, jetzt gehen wir nicht mehr zum Sie über.«

Roswitha grinste und zeigte dabei ihren Schneidezahn, an dem ein Eck fehlte.

»Wir treffen uns morgen um zehn im Schwimmbad«, sagte Elisabeth.

»Was versprichst du dir denn davon?«, fragte Martin, als sie ihm davon erzählte.

»Dass sie nicht untergeht, wenn sie ins Wasser fällt«, sagte Elisabeth.

Martin rührte in der Kartoffelsuppe, die es zum Abendessen gab. »Meinst du nicht, dass es langsam an der Zeit wäre, das Schwimmen aufzugeben? Du bist im sechsten Monat.«

Sie überging die Frage einfach. »Wie war das Treffen mit diesem Reporter? Was sagt er zu den Unterlagen?«

»Er war begeistert«, sagte Martin. »Er will die Sache ganz groß bringen. Diese Schwestern können sich warm anziehen, das wird ein Skandal.«

»Vielleicht gibt es ja doch so etwas wie Gerechtigkeit«, sagte Elisabeth.

»Gerechtigkeit.« Martin nahm einen Löffel Kartoffelsuppe. »Gerecht wäre es, wenn man sie alle zur Zwangsarbeit in die Wäscherei schicken würde. Oder bei Wasser und Brot drei Wochen in den Karzer. Für ihre Gemeinheiten kann man sie jedoch nicht belangen, sagt Dr. Pöneken.«

»Wer ist denn Dr. Pöneken?«, fragte Elisabeth. »Der Reporter?«

»Unser Firmenanwalt. Strafrecht ist nicht sein Fachgebiet, aber er war sich sehr sicher, dass es keinen Sinn macht, die Diakonissen zu verklagen.«

Der Artikel über die betrügerischen Abrechnungen im Dorotheenheim wurde nie gedruckt. Gleich am nächsten Morgen meldete der Reporter sich wieder bei Martin. Er habe mit seinem Chef gesprochen, das Ganze sei ein zu heißes Eisen, man habe beschlossen, das Thema fürs Erste nicht anzufassen. Mit der Kirche wolle man es sich nicht verscherzen. Außerdem habe erst vor Kurzem ein Reporter das Heim besucht und wäre durchaus angetan von der Einrichtung gewesen.

Alle anderen Zeitungsredaktionen lehnten ebenfalls dankend ab. Finanzskandale interessierten die Leserschaft ohnehin nicht, erklärte ein Reporter der Rheinischen Post, und als Martin ihm daraufhin anbot, ihm einen Hintergrundbericht über die menschenverachtenden Zustände im Heim zu verschaffen, beendete er das Gespräch hastig.

Roswitha erschien eine Viertelstunde zu spät im Schwimmbad. Als sie ins Becken stieg, zitterte sie vor Angst und Aufregung, genau wie Elisabeth damals im See mit Xaver.

»Das wird schon«, sagte Elisabeth. »Ich hab es einmal gelernt, und du lernst es auch.«

Und während sie mit Roswitha das Schwimmen übte, grübelte Xaver Wengert in Weilerbach über den Bauplänen für einen neuen Schweinestall. Er hatte in den letzten Jahren nach und nach fast alle Felder verpachtet oder verkauft, hatte die Landwirtschaft aufgegeben und sich mehr und mehr auf die Schweinemast konzentriert. In der modernen Stallanlage, die an der Stelle des alten Kuhstalls errichtet worden war, waren heute schon über zweihundert Mastschweine untergebracht, in dem Neubau wäre Platz für dreihundert weitere. Die automatische Fütterungsanlage, die er einbauen lassen wollte, würde den Betrieb noch reibungsloser gestalten. Und sie ersparte ihm und Rosel das frühe Aufstehen. Seine beiden Söhne waren vierzehn und zwölf und packten schon kräftig mit an, auch sie wären froh über die Arbeitserleichterung.

Im Dorf schimpfte man über seinen Betrieb, wenn die Erweiterungspläne bekannt würden, würde es eine Menge böses Blut geben. Die Schweine stanken, daran konnte auch die modernste Stallanlage nichts ändern. Aber Xaver war mittlerweile der größte Steuerzahler in der Gemeinde, er machte, was er wollte.

Elisabeth hätte über den Gestank die Nase gerümpft, dachte Xaver, wenn er an sie dachte. Er stellte sich vor, dass sie Lehrerin geworden war oder vielleicht sogar doch Doktor.

Während Xaver seine Pläne studierte, rieb Susanne Nolting ihrer mittleren Tochter die Brust mit Salbe ein, die Kleine war seit drei Tagen erkältet.

Und Schwester Margret zerrte ein Mädchen an den Haaren aus dem Speisesaal, nachdem diese sie laut nachgeäfft hatte. Die anderen Schwestern nickten zufrieden. Nun hatte Schwester Margret es also doch endlich verstanden.

»Tauch deinen Kopf ins Wasser«, sagte Elisabeth zu Roswitha. »Du musst keine Angst haben.«

Und Martin trat bei Krupp in den Paternoster, wo bereits Fräulein Künecke stand, die seit Kurzem in der Postabteilung arbeitete. Sie fuhr in den vierten Stock, Martin stieg im dritten aus, und bevor er den Paternoster verließ, zwinkerte er ihr zu.

Nachwort

In meinem ersten Roman »Die Protestantin«, der 2006 erschienen ist, geht es um die Entstehungsgeschichte der Kaiserswerther Diakonie im 19. Jahrhundert. Bei der Recherche hat mich besonders die erste diakonische Einrichtung beeindruckt: Der Pastor Theodor Fliedner und seine Frau Friederike richteten in ihrem Gartenhaus ein Asyl für weibliche entlassene Strafgefangene ein. Nach ihrer Überzeugung brauchten die Frauen nach der Entlassung aus dem Zuchthaus neben moralischer Erbauung und Stärkung vor allem berufliche Perspektiven, um nicht wieder auf die schiefe Bahn zu geraten. Im Asyl wurden die weiblichen Insassen deshalb zu Dienstboten, Hausangestellten, Näherinnen oder mitunter auch Erzieherinnen ausgebildet.

Viele Jahre später bin ich in einem Archiv auf die Lebensberichte von Frauen gestoßen, die in der Nachkriegszeit als Jugendliche in evangelischen Erziehungsheimen untergebracht waren. Ich war schockiert, was aus der Idee der Diakoniegründer geworden war: Bis in die siebziger Jahre des letzten Jahrhunderts waren die Insassen dieser Einrichtungen faktisch rechtlos. Mit Hilfe von Religion, Kontrolle, Demütigung und harter Arbeit wurden sie gefügig gemacht, Gewalttätigkeiten, Prügel, Zensur, Dunkelarrest und sexuelle Übergriffe gehörten zum Alltag im Heim. Nach jahrelanger Arbeit in Wäschereien, Nähereien oder in der Kinderpflege verließ ein Großteil die Einrichtungen ohne Berufsausbildung oder Ersparnisse, aber nachhaltig traumatisiert.

Die meisten Diakonissen, die in den evangelischen Jugendheimen und Erziehungsanstalten wie dem Dorotheenheim in Düsseldorf arbeiteten, waren nicht die bösen Hexen – als die sie in der Literatur oder in Filmen oft dargestellt werden. Sie taten, was sie taten, in der festen Überzeugung, dass sich die gefährdeten Seelen der Zöglinge nur durch Zucht und Ordnung retten ließen. Grausamkeit und Strenge waren das moralische Gebot, jede Schwäche, jedes Wegsehen würde dazu beitragen, dass die Mädchen wieder der Sünde verfielen, anstatt dem sittlichen Verfall zu entkommen. Eine fehlende pädagogische Ausbildung und mangelnde Kontrolle von außen machten das totalitäre, menschenverachtende System perfekt.

Wie leicht man gerade als Mädchen in der Nachkriegszeit in ein solches Heim eingewiesen werden konnte, wie unendlich schwer es war, wieder herauszukommen – und was ein solches Umfeld aus ohnehin schon benachteiligten Jugendlichen macht, das waren die Fragen, die mich dazu gebracht haben, »Die Schwimmerin« zu schreiben.

Bei der Recherche hat mir u.a. die Arbeit »Verspätete Modernisierung. Öffentliche Erziehung im Rheinland – Geschichte der Heimerziehung in Verantwortung des Landesjugendamtes (1945–1972)« von Andreas Henkelmann, Uwe Kaminsky, Judith Pierlings, Thomas Swiderek und Sarah Banach sehr geholfen (Essen, 2011). Sehr nützlich waren auch die Dissertation »Öffentliche Erziehung und Heimerziehung für Mädchen 1945 bis 1975« von Annette Lützke (Essen, 2002) und »Schläge im Namen des Herrn« von Peter Wensierski. Die Dokumentation »Heimerziehung in Berlin« (hrsg. von Gangway e.V.) enthält viele biografische Berichte von ehemaligen Heimkindern. Der Film »Bambule« von Eberhard Itzenplitz (nach einem Drehbuch von Ulrike Meinhof) vermittelt einen Einblick in ein Berliner Mädchenheim in den sechziger Jahren.

Bei der Recherche für den Roman haben mich das Stadtarchiv Düsseldorf und das Haus der Geschichte in Essen unterstützt. Ich danke Dr. Uwe Kaminsky, Heiner Walter, Dr. Norbert Friedrich von der Fliedner-Kulturstiftung, Dr. Christoph Beck, Hubert Schmid, Silvia Prange, den Nutzern von heimkinder-forum.de und allen anderen, die mir mit ihrem Wissen weitergeholfen und ihre Erinnerungen mit mir geteilt haben. Und sämtlichen Mitarbeitern im Allwetterbad Ratingen-Lintorf, ich schwimme nämlich auch sehr gerne.

An keinem anderen Roman habe ich so lange gearbeitet wie an diesem. Und niemals zuvor habe ich so oft gezweifelt, ob ich die Arbeit jemals fertigstellen würde.

Deshalb möchte ich allen danken, die während der langen Entstehungszeit immer wieder nachgefragt und mich ermutigt haben und die dazu beigetragen haben, dass daraus ein richtiges Buch wurde: meinem Agenten Markus Michalek, meiner Lektorin Anna Hoffmann, Heide Kloth und allen anderen bei HarperCollins. Ich danke meiner Familie – Ida, Paul und Ralf Kretschel (der auch das schöne Cover gestaltet hat), Ruth, Ansgar und Konrad Mayer. Und meinen Freundinnen Tanja Fuchs, Christine Kahlhöfer, Sibylle Pietrek und Petra-Maria Schönbeck.

Düsseldorf, im Februar 2020
Gina Mayer

Die Presse über das Buch

»Wer sich vornimmt, nur ein Kapitel vorm Einschlafen zu lesen, der muss sich auf eine schlaflose Nacht einstellen.«
Mike Altwicker, *Deutschlandfunk Kultur Lesart*

»›Die Schwimmerin‹ ist ein historischer Roman fernab von jeder Romantik, die diesem Genre gerne anhaftet – und gerade deshalb umso lesenswerter.«
Cathrin Brackmann, *WDR 4, Zur Sache*

»Die Schwimmerin ist ein Buch für alle, die an Zeitgeschichte und an Frauenschicksalen im 20. Jahrhundert interessiert sind.«
Ein Buch-Podcast

»Ein bedrückendes Thema, aber toll erzählt.«
Andrea Gerk, *Deutschlandfunk Kultur Lesart*

Zur Autorin

Gina Mayer, geb. 1965, studierte Grafikdesign und arbeitete danach als freie Werbetexterin, bevor sie Schriftstellerin wurde. Seit 2006 hat sie eine Vielzahl an Romanen für Kinder, Jugendliche sowie einige Erwachsenenromane veröffentlicht. Ihre Werke standen auf der Spiegel-Bestsellerliste und wurden in viele Sprachen übersetzt. Gina Mayer lebt mit ihrem Mann in Düsseldorf. Weitere Infos: https://ginamayer.de/